Paralela

LAUREN MILLER

Paralela

tradução de
Carolina Caires Coelho

pavana

Copyright da tradução © 2013 Pavana

Copyright © 2013 Lauren Miller

Publicado originalmente sob o título *Parallel*.

Todos os direitos reservados. Nenhuma parte desta edição pode ser utilizada ou reproduzida – em qualquer meio ou forma, seja mecânico ou eletrônico –, nem apropriada ou estocada em sistema de banco de dados, sem a expressa autorização da editora.

O texto deste livro foi fixado conforme o acordo ortográfico vigente no Brasil desde 1º de janeiro de 2009.

EDIÇÃO UTILIZADA PARA ESTA TRADUÇÃO Lauren Miller, *Parallel*, Nova York, Harper-Teen, 2013.

PREPARAÇÃO Shirley Gomes

REVISÃO Bia Chaves

CAPA Rodrigo Frazão

IMAGEM DE CAPA Dmitryrollins93/Shutterstock.com

IMPRESSÃO E ACABAMENTO EGB – Editora Gráfica Bernardi Ltda.

1ª edição, 2014

CIP-BRASIL. CATALOGAÇÃO NA PUBLICAÇÃO
SINDICATO NACIONAL DOS EDITORES DE LIVROS, RJ

M592p

    Miller, Lauren
        Paralela / Lauren Miller; tradução Carolina Caires Coelho. – 1. ed. – São Paulo: Pavana, 2014.
        il.

    Tradução de: Parallel
    ISBN 978-85-7881-220-1

    1. Romance americano. I. Coelho, Carolina Caires. II. Título.

14-10922   CDD: 813
                                  CDU: 821.111(73)-3

2014

Pavana é um selo da Alaúde Editorial Ltda.

Rua Hildebrando Thomaz de Carvalho, 60

04012-120 – São Paulo – SP

www.edicoespavana.com.br

Setembro

1 (Aqui)

terça-feira, 8 de setembro de 2009

(um dia antes do meu aniversário de dezoito anos)

Hesito, então aponto a arma para ele e puxo o gatilho. Faz-se um instante de silêncio precioso. Depois:

– Corta!

Suspiro, baixando a arma. Todos voltam à ação. Mais uma vez.

Fecho os olhos, lembrando-me em silêncio de que estou amando todos os minutos disso tudo. Depois me desculpo comigo mesma pela mentira.

– Abby?

Nosso diretor, Alain Borneau, um homem com o ego de Narciso e o temperamento de Zeus, está parado tão perto que posso sentir seu hálito mentolado no rosto. Forço um sorriso e abro os olhos. Seu nariz, refeito com uma plástica, está a milímetros do meu.

– Está tudo bem?

– Ah, sim – balanço a cabeça com entusiasmo. – Está tudo ótimo. Só estou repassando a cena mentalmente. – Dou uma batidinha na testa para enfatizar. – Isso me ajuda a focar. – A única imagem em minha mente no momento é a do x-búrguer com bacon que pretendo pedir no quarto do hotel hoje à noite (com muito picles, mostarda e sem ketchup). Mas se Alain acha que estou lhe dando menos de cem por cento, ele vai me mandar para a copa para tomar um estimulante potente, um preparado marrom-esverdeado com gosto de giz, que faz meu xixi ficar com cheiro de pimenta.

Ele aperta meu ombro.

– É isso aí, garota. Agora, vamos repetir tudo mais uma vez. Só que com mais sensualidade.

Certo. É claro. Estamos falando de uma cena em que atiro na cabeça de um homem gordo que está na cozinha, preparando um sanduíche de mortadela. Posso imaginar como fazer isso *com mais sensualidade*.

Minha vida se tornou oficialmente irreconhecível.

Quando estava no jardim de infância, minha mãe decidiu que eu era uma criança prodígio. O fato de não conseguir identificar de cara meu talento extraordinário não serviu para diminuir sua certeza de que eu tinha um. Quatro meses e vinte e duas análises de desenvolvimento depois, ela continuava longe de descobrir minha suposta genialidade, mas havia aprendido algo sobre sua filha que a deixou extremamente orgulhosa: parecia que eu, Abigail Hannah Barnes, era dotada de um "forte autoconhecimento".

Não tenho ideia de como uma criança de cinco anos pode demonstrar a força de seu autoconhecimento com um lápis preto e um formulário de múltipla escolha, mas aparentemente eu consegui vinte e duas vezes.

Até um ano atrás, eu teria concordado com aquela declaração. Eu *sabia* quem eu era. Do que gostava (escrever e correr), no que era boa (inglês e história), o que queria ser (jornalista). Então, me apegava às coisas para as quais tinha facilidade e ficava longe de todo o resto (em especial, de qualquer coisa que pudesse exigir coordenação visual-motora ou o uso de um bisturi). Essa foi uma estratégia eficaz de sucesso. Quando chegou o último ano, eu era editora-chefe do jornal da escola, capitã da equipe de cross-country, e estava prestes a me formar entre os cinco por cento melhores alunos de minha turma. Meu plano – parte *do* plano, aquele que informava todas as decisões acadêmicas que fiz desde o sétimo ano, ano em que decidi que queria ser jornalista – era me inscrever cedo no curso de jornalismo da Northwestern, depois me destacar no segundo semestre.

O centro dessa estratégia era o primeiro semestre: uma combinação perfeita de aulas avançadas e optativas totalmente triviais com nomes que parecessem válidos. Tudo estava fluindo de acordo com o plano, até que:

— Abby, a senhora DeWitt quer falar com você. Sua grade horária tem algum problema.

Primeiro dia do último ano. Estava sentada na sala da coordenação, discutindo opções de jantar de aniversário enquanto aguardava o início do sorteio de vagas do estacionamento.

— Problema?

— É tudo o que eu sei. — A senhora Gorin, minha coordenadora, balançava um pequeno pedaço de papel cor-de-rosa. — Pode resolver isso, por favor?

— Mas e o estacionamento...?

— Você pode nos encontrar no auditório. — Ela sacudiu o papel cor--de-rosa sem paciência.

Peguei a bolsa e segui para a porta, torcendo para esse "problema" não levar mais de cinco minutos. Se eu não estivesse no auditório quando sorteassem meu nome, dariam minha vaga de estacionamento para outra pessoa e eu passaria o último ano na terra de ninguém que é o estacionamento anexo.

Quatro minutos e meio depois, estava sentada na sala da orientadora, olhando para uma lista muito curta de optativas. Aparentemente, o senhor Simmons, homem que criara e ministrava História da Música, disciplina extremamente fácil, havia decidido cancelar repentinamente as aulas, obrigando-me a escolher outra optativa para o quinto horário. Sei que pode não parecer nada importante, mas se você tivesse passado tanto tempo quanto passei elaborando a grade horária perfeita e se tivesse se convencido de que seu futuro sucesso *dependia* de cursar seis disciplinas muito particulares, o contratempo seria catastrófico.

— A boa notícia é que você tem duas disciplinas para escolher — gorjeou a senhora DeWitt. — Técnicas de Encenação e Princípios de

Astronomia. – Ela sorriu, olhando para mim por sobre o aro de seus óculos azuis. O ar de repente pareceu ficar muito escasso.

– Não! – Ela ficou com aquele olhar assustado no rosto quando eu disse isso. Eu não pretendia gritar, mas a mulher tinha acabado de puxar meu tapete. Além disso, seu terninho fúcsia estava me dando dor de cabeça. Pigarreei e tentei novamente. – Tem de haver outra opção.

– Receio que não – ela respondeu com satisfação. Então, em um sussurro infantil, como se estivéssemos falando de algo muito menos importante do que todo o meu futuro acadêmico: – Eu iria de encenação se fosse você.

Devo mencionar algo sobre minha escola: é o que chamam de especializada em artes e ciências, o que significa que, além de seguir o currículo regular das escolas públicas, a Brookside High oferece dois ramos especializados: um para aspirantes a atores e artistas e outro para jovens Einsteins de sucesso, seduzidos pela promessa de um curso de nível universitário. No segundo ano, cometi o erro de presumir que "nível universitário" significasse equivalência às matérias do primeiro ano da faculdade, mas depois de cursar oito semanas da inofensiva Introdução à Botânica, fiquei sabendo que a prova final seria a mesma que o professor havia aplicado no ano passado. Para os universitários da Georgia Tech.

Então, enquanto disciplinas como Técnicas de Encenação e Princípios de Astronomia seriam, sem dúvida, aulas fáceis nas escolas normais, quando se estuda em uma especializada em artes e ciências e, por acaso, não se tem inclinações para artes nem para ciências, essas preciosidades com títulos inofensivos são cansativas detonadoras de médias. Ah, e cheguei a mencionar a curva obrigatória de notas?

Era uma escolha entre ruim e pior.

– Técnicas de encenação – escolhi, por fim. E foi isso.

Na quinta aula daquela tarde, nossa professora informou que havia selecionado *Arcádia*, de Tom Stoppard, para ser produzida por nossa turma. Eu tinha lido a peça no ano anterior na aula de literatura e adorado (principalmente porque meu trabalho, "Pessoas que gostam de pessoas: determinismo em *Arcádia*", ganhou o prêmio de redação), então quando chegou a hora dos testes, tentei o papel de Thomasina

Coverly, a adolescente precoce que é a personagem principal. Não porque realmente *quisesse* o papel principal (ou qualquer outro, diga-se de passagem – estava fazendo lobby para ficar como diretora de cena, em segurança nos bastidores), mas porque as falas de Thomasina eram as mais fáceis de decorar. E como a mesma menina sempre ganhava o papel principal em todas as peças da escola desde o jardim de infância, imaginei que, na pior das hipóteses, ficaria como sua substituta. Além disso, fazer o teste para o papel principal tinha a vantagem de irritar aquela menina, a autointitulada abelha rainha da galera do teatro e minha rival desde o jardim de infância, a insuportável Ilana Cassidy, que imaginava que faria o teste sem concorrência.

Mas, dois dias depois, lá estava meu nome no alto da lista do elenco. Tinha conseguido o papel.

Esse golpe causou alvoroço entre o pessoal do teatro. Todos esperavam que Ilana ficasse com o papel. Meus colegas de elenco estavam convencidos de que eu, a intrusa inexperiente, arruinaria o espetáculo "deles", e eu suspeitava que estavam certos. Mas as decisões da senhora Ziffren no que dizia respeito à seleção de elenco não estavam abertas à discussão, e minha nota dependia de minha participação.

O auditório estava lotado na noite de estreia. Sentava-se na primeira fila uma importante diretora de elenco que havia pegado um avião para ver o sobrinho no papel de Septimus Hodge. Esse tipo de coisa acontecia o tempo todo naquela escola especializada, então era fácil ignorar (principalmente porque toda minha energia se concentrava na possibilidade real de que eu esquecesse minhas falas e, sozinha, arruinasse o espetáculo).

Mas depois recebi uma ligação daquela mesma diretora de elenco, convidando-me para fazer um teste para *Assassinos cotidianos*, filme de ação de alto orçamento que começaria a ser rodado em maio, em Los Angeles. Segundo a diretora, estavam em busca de uma adolescente de cabelos escuros e olhos claros, iniciante, para o papel de cúmplice muda do ator principal e, com meus cabelos castanhos e olhos azuis-acinzentados, eu tinha o visual perfeito. Por acaso eu não estaria interessada em ir até Los Angeles fazer o teste para o papel? Imaginando que a experiência pudesse acrescentar muito em minha inscrição na Northwestern, convenci meus pais a me deixarem tentar.

Tudo aconteceu muito rápido. Alain me ofereceu o papel na mesma hora. Ele e os produtores sabiam dos meus planos de entrar na faculdade e garantiu que a produção terminaria no final de julho, restando tempo suficiente para que eu fosse para a Northwestern antes do início das aulas, em setembro. Surpresa, e um tanto quanto lisonjeada, aceitei a proposta.

A vida acabou acelerando a partir de então. Em fevereiro, viajei de Atlanta para Los Angeles para provas de figurino, leituras (muito empolgante quando não se tem falas) e treinamento com armas. Perdi as férias da primavera. Perdi o baile de formatura. A produção estava marcada para começar na terceira semana de maio, então, enquanto o restante de minha turma aproveitava as festividades do fim do ensino médio, eu estava enfiada em um quarto de hotel, compenetrada na leitura de rascunhos revisados de um roteiro cada vez mais intrincado (havia uma nova versão a cada dia), totalmente ciente do fato de que eu NÃO TINHA IDEIA do que estava fazendo. Um semestre de técnicas de encenação não transforma ninguém em ator.

A essa altura, ainda achava que as filmagens terminariam antes do semestre letivo, então me concentrei em aproveitar ao máximo. E daí se eu não participasse da colação de grau com a minha turma? Estava compartilhando água vitaminada com o cara mais sexy do mundo, eleito pela revista *Cosmopolitan*. Há jeitos piores de passar o verão. Nunca me passou pela cabeça que eu teria de adiar a faculdade ou fazer algo diferente do que já havia planejado. Mas então a produção foi empurrada para junho... depois julho... e agosto... momento em que fomos educadamente informados por nossos produtores que filmaríamos em outubro. Devido a um contrato muito bem redigido, eu estava presa ali até o fim. E de uma hora para a outra, meu plano meticulosamente construído – (a) quatro anos escrevendo para um jornal universitário premiado, (b) um incrível estágio de verão, (c) um diploma do melhor curso de jornalismo do país e, por fim, (d) um emprego em um grande periódico nacional, tudo antes de completar vinte e dois anos – foi vítima de uma morte rápida.

É difícil não culpar o senhor Simmons. Se ele não tivesse cancelado História da Música em setembro, tudo teria corrido como deveria, e ontem teria sido meu primeiro dia de aula na Northwestern. Em vez disso, aqui estou, presa em um estúdio de Hollywood, usando um macacão tão apertado que meu traseiro está adormecido.

Sim, eu sei que é o tipo de coisa com que as pessoas sonham, o tipo de coisa pela qual Ilana Cassidy daria um braço: a chance de estar em um filme de alto orçamento com um ator de primeira linha e um diretor premiado, e ter tudo isso de bandeja, sem o mínimo esforço. Coisas assim *nunca* acontecem comigo. Precisei me empenhar nas coisas que conquistei – todas as notas, todos os prêmios, todas as vitórias. O que foi parte do problema, eu acho. Quando veio com tanta facilidade, não pude deixar passar.

Mas nunca desejei uma carreira de atriz, nem nada parecido, então esse sonho que estou vivendo não é o *meu* sonho. E é por isso que, nesses momentos – quando estou cansada, com calor e com fome, e estamos na trigésima nona tomada de uma cena que, se entrar no filme, terá a incrível duração de seis segundos na tela –, é difícil ignorar a voz em minha cabeça me lembrando de que "uma vez na vida" nem sempre é o bastante.

Quando finalmente encerramos o dia, volto para o meu quarto. Os produtores hospedaram todo mundo no Culver, um hotel antigo, bem descolado, de Hollywood, que já pertenceu a John Wayne. Muita gente, de Greta Garbo a Ronald Reagan, já se hospedou aqui. De certo modo, o fato de o estúdio estar pagando para eu morar aqui parece mais notável do que estarem me colocando no filme.

O sol está baixo no céu quando atravesso a rua para ir ao hotel. A poluição em Los Angeles deixa o céu com umas cores bem legais, mas a paleta desta noite está especialmente incomum. O horizonte está riscado com vermelhos vivos e alaranjados, turbinados com tons brilhantes de bronze e dourado. Mas essa não é a parte incomum. Em meio às cores distintamente brilhantes, existem partes mais escuras –

em que as cores são tão intensas que praticamente desaparecem junto ao preto. Parece que a noite já caiu nessas partes, enquanto ainda é dia em todo o resto. Apesar do clima agradável, estremeço.

Enquanto caminho pelo saguão ladrilhado de preto e branco do Culver, meu celular toca. Sempre às 20h, como um relógio.

– Oi, mãe. – Passo pelos elevadores e subo a escadaria, acelerando o passo conforme piso nos degraus. Os três andares do saguão até o meu quarto constituem a totalidade dos meus exercícios aeróbicos, então, tento tirar proveito. Eu costumava correr quase dez quilômetros por dia (sempre ao ar livre, até mesmo nos meses de inverno); agora, tenho sorte se andar seis quarteirões. Alain não quer que suas assassinas fiquem muito magras, por isso pediram aos nossos treinadores que suspendessem os exercícios aeróbicos. Não correr está sendo cruel para mim.

– Oi, querida! Como estão as coisas? Está se divertindo?

– Estou! – respondo com entusiasmo, tentando parecer animada. A única coisa pior do que admitir para si mesmo que cometeu um erro gigantesco é admitir a mesma coisa para os pais. Principalmente quando você está se arrependendo de uma coisa à qual eles eram indiferentes desde o início. Não era essa coisa de atuar que deixava meus pais desconfiados, mas o fato de o filme para o qual fui escalada não ter um enredo coerente.

– Está aprendendo bastante? – Era a pergunta padrão de minha mãe.

– Ah, sim. Com certeza. – *Lição de hoje: como arrumar a calcinha com o canto de uma banqueta.* – Está tudo bem com vocês?

– Bem, com saudades de você, é claro – minha mãe responde. – Mas, fora isso, está tudo bem. Seu pai vai ao tribunal na segunda-feira, então, tem trabalhado feito louco. – Nos meus dezessete, quase dezoito anos de vida, apenas cinco dos casos de meu pai foram a julgamento, o que é triste, pois ir ao tribunal é uma das únicas coisas de que ele gosta na prática do direito. Meu pai era pintor quando conheceu minha mãe. Na verdade, a arte foi o que os uniu. Eles estavam lado a lado diante do quadro *A persistência da memória*, de Dali, em uma exposição surrealista no MoMA, quando ele olhou para a minha mãe e disse (de uma forma nada brega, segundo ela insiste): "O problema em ver Dali é que é difícil olhar para seu trabalho sem pensar que você poderia viver uma vida inteira e não sentir nada com tanta profundidade quanto ele sentiu tudo". Eles se casaram menos de um ano depois, no dia seguinte à formatura da minha mãe na Barnard. Meu pai batalhou como pintor durante mais alguns anos, mas finalmente cedeu e se inscreveu na faculdade de direito, em grande parte porque meus avós disseram que pagariam. O plano era advogar por alguns anos para juntar dinheiro. Vinte anos depois, ele é diretor do Departamento de Litígios de um grande escritório de advocacia de Atlanta, e trabalha mais de sessenta horas por semana. E na maior parte do tempo, está totalmente entediado.

— Como estão as coisas no museu? — pergunto. — A exposição do Picasso já abriu? — Minha mãe é curadora-chefe do High Museum, trabalho que ela ama de paixão. No último outono, uma exposição de Seurat organizada por ela teve grande repercussão no mundo da arte, e museus maiores começaram a cortejá-la, mas ela respondeu que não tinha nenhum interesse em deixar a coleção que havia passado os últimos dez anos tentando construir. Em vez disso, aproveitou sua nova reputação para levar uma série de exposições importantíssimas a Atlanta.

— Só abre amanhã — ela responde. Posso escutar seu sorriso. — Falando em coisas que acontecem amanhã...

— Alguns de meus colegas de elenco vão me levar para jantar amanhã à noite. Em algum lugar da moda em Hollywood — comento rapidamente, sabendo onde isso ia parar. Não era verdade, mas sei o quanto minha mãe detesta a ideia de me deixar sozinha em meu aniversário de dezoito anos, sem ninguém com quem comemorar. Também sei que ela não pode ficar longe do museu nesse momento.

— Que notícia ótima, querida. — Ela pareceu aliviada. — Queria que eu e seu pai pudéssemos estar aí também. Dezoito anos! Minha nossa, estou me sentindo velha.

A linha apita quando estou destrancando a porta.

— Ei, mãe, é a Caitlin. Estamos tentando nos falar a semana toda, então acho que é melhor eu...

– Ah, é claro, querida. Diga que eu mandei um *oi*.

Desligamos, atendo a ligação da minha melhor amiga.

– Ainda bem. Achei que teria que deixar uma mensagem raivosa para obrigar você a retornar minhas ligações.

– Desculpe. Fiquei o dia todo no set. Como vai? Tudo bem?

– Melhor do que bem – Caitlin responde. – A nerd dentro de mim mal consegue se conter.

Minha melhor amiga é, certamente, uma nerd de carteirinha – pelo menos quando se trata de ciência. E sua nerd interior vive, por acaso, no corpo de uma supermodelo. Ela puxou a mãe, uma ex-modelo que virou designer de bolsas. A inteligência, por outro lado, puxou do pai, engenheiro estrutural e, provavelmente, o cara mais bobo que eu conheço. Embora não tenha herdado a afinidade que ele tem com sandálias de velcro, Caitlin herdou o amor do inteligentíssimo pai por coisas excessivamente detalhadas e complicadas até dizer chega. No colégio, ela passava os fins de semana trabalhando em um laboratório de astrofísica na Georgia Tech (o diretor do departamento é um velho amigo do pai dela), ajudando alunos com suas pesquisas e aproveitando para pesquisar também. Nossos colegas de turma na escola não sabiam muito bem o que pensar dela. Acho que ela se enturma um pouco melhor com o pessoal da faculdade. Não que Caitlin se preocupe com isso. Nunca se importou. Na escola, ela e eu orbitávamos na periferia do grupo dos populares. A hierarquia social era um pouco deturpada devido a essa coisa de escola especializada – os atletas costumavam dominar a cena, mas um aluno que se destacasse em ciência ou participasse do grupo de teatro e tivesse a aparência um pouco acima da média e um bom traquejo social também ficava por cima. Então, o grupo do pessoal "legal" era uma mistura bem eclética de adolescentes de cada linha. Caitlin e eu fazíamos parte dessa turma, mas como andávamos com a equipe de golfe, e não com os jogadores de futebol, e às vezes deixávamos de ir a festas para fazer a lição de casa, não pertencíamos à realeza social.

– A melhor parte é que Yale não tem grade obrigatória de disciplinas – Caitlin está falando –, por isso, posso fazer praticamente o que eu quiser. Hoje fui dar uma olhada em Termodinâmica Estatística e em

Introdução à Astrofísica Relativística, e as duas são incríveis. Adoraria fazer as duas, mas os horários se sobrepõem em quinze minutos. Além disso, IAR tem um pré-requisito… do qual talvez eu conseguisse uma dispensa… mas, sei lá. Acho que estou inclinada a escolher Termo.

Só Caitlin ficaria tão empolgada com esse tipo de aula. Sério! Nem sei o que essas coisas significam.

– Mas não preciso decidir isso hoje – ela acrescenta por fim parando para respirar. – Tenho até o fim da semana para decidir.

– As aulas não começaram na semana passada?

– Sim, mas temos duas semanas para finalizar nossa grade horária – Caitlin explica. – Eles chamam de período de teste. É possível frequentar qualquer aula que quiser, e a grade horária não é definitiva até o fim desse período. Já disse o quanto eu amo este lugar? – Como se restasse alguma dúvida; Caitlin sempre quis ir para Yale, desde o ensino fundamental.

– A vida devia ter um período de teste – eu pondero. – Impediria que as pessoas ficassem presas a decisões que não queriam tomar de verdade, mas são capazes de mudar a vida.

– Ah…

– Como estão as coisas com Tyler? – pergunto, mudando para um assunto mais feliz. Três semanas atrás, nosso melhor amigo subiu em uma cadeira em uma festa lotada e proclamou seu amor por Caitlin, num estilo de animação de torcida (não sei muito bem como funciona o mecanismo, mas, aparentemente, algumas líderes de torcida o ajudaram na empreitada). Como eu estava fora durante o verão, Caitlin e Tyler passaram quase todos os dias juntos. Ela devia saber o que Tyler sentia por ela, mas diz que estava ocupada demais fingindo que as coisas não tinham mudado para notar o tamanho da mudança. Para falar a verdade, acho que Caitlin não ficou tão chocada com o grande anúncio quanto Ilana. Não sei o que a chocou mais – eu ter roubado seu papel, ou Caitlin ter roubado seu namorado.

Depois de esperar quatro dias para marcar o primeiro encontro (Caitlin queria que houvesse um "intervalo respeitável" entre o fim do relacionamento de Tyler com Ilana e o início de seu relacionamento com ela; além disso, embora nunca tivesse dito a ele, ela estava estranhando muito a ideia de beijá-lo, questão que Tyler resolveu três minutos após o início do primeiro encontro dos dois, quando parou a van de sua mãe no trecho de cascalho da Kent Road e puxou Caitlin para o banco de trás), meus dois melhores amigos prosseguiram com dezessete dias de um lance completamente intenso.

Eram inseparáveis até irem para a faculdade – Caitlin para Yale e Tyler para Michigan, sem nunca definirem seu relacionamento. Caitlin se recusa a chamá-lo de namorado, apesar do fato de conversarem ao telefone todas as noites e não saírem com outras pessoas. Tyler, por outro lado, usa as palavras "namorada" e "amor" sempre que possível. Ir com calma aparentemente não faz parte da estratégia dele para esse relacionamento. Na noite passada, ele me deixou uma mensagem de voz de dois minutos e quarenta e seis segundos, na qual cantava a plenos pulmões a letra de uma versão inspirada em Caitlin de "Love Story", da Taylor Swift.

— As coisas com o Ty vão bem — ela diz. — Ele quer vir me visitar no fim do mês, mas eu disse que é muito cedo... é muito cedo, não é?

Antes de conseguir responder, alguém bate com força na porta. Espio pelo olho mágico, esperando que seja a camareira. Mas Bret Woodward está no corredor, usando um blazer e segurando flores. Ele é o ator de primeira linha que está gerando toda essa agitação sobre o filme, aquele cujo rosto está na capa de quase todas as principais revistas do mês, promovendo o *outro* longa-metragem de ação de oito milhões de dólares do qual faz parte, que estreia na sexta-feira. E ele está na minha porta. Com *flores*.

— Droga! — Sussurro com violência no telefone. — Droga, droga, droga!

— O que foi? — Caitlin sussurra também.

— Por que *você* está sussurrando?

— Desculpe — ela diz com a voz normal. — Quem está batendo na porta?

Ouve-se outra batida.

— *Abby*. Quem está na porta?

— Bret — consigo desabafar.

– Bret *Woodward?!*

– Shhhh. – Peço silêncio. – Estou fingindo que não estou aqui.

– Ei, Superfurtiva – Bret fala do corredor. – Dá para ver seus pés sob a porta. – Baixo os olhos até o chão. Há um vão de mais de cinco centímetros entre a porta e o piso de madeira. *Droga de hotel antigo.*

Caitlin começa a rir.

– Eu te ligo depois – murmuro. Aperto o botão para desligar e abro a porta.

– Está se escondendo de mim? – Bret pergunta com uma piscadinha. Sim, *com uma piscadinha*. O cara mais sexy do mundo está na minha porta, segurando flores e piscando.

– Escondendo? Ah! Por que eu me esconderia? – Mostro o telefone. – Minha amiga estava no meio de uma história e eu não queria interromper. – Dou um sorriso que espero que pareça espontâneo e totalmente desencanado. O oposto de como estou me sentindo.

Bret força um sorriso.

– Que bom. Então isso é para você. – Ele me oferece as flores. Eu as pego, afastando-me para deixá-lo entrar no quarto.

Uma rápida informação sobre o cavalheiro que está me visitando: oficialmente, ele acabou de completar trinta e três anos, o que significa que, na vida real, deve estar se aproximando dos quarenta. Ou seja, na melhor das hipóteses, o cara tem quinze anos a mais do que eu. Na pior, ele tem idade suficiente para ser meu pai.

– Qual é a ocasião? – pergunto, admirando o eclético buquê. Vou dizer uma coisa: ele tem um ótimo gosto para flores.

Bret revira os olhos.

– Muito engraçado.

– Mas meu aniversário é só amanhã – observo.

– Sei disso – ele afirma. – Mas a comemoração começa agora. Por isso, vá trocar de roupa.

– Comemoração?

– Isso mesmo. Sem discussão. – Ele vai até o meu armário e abre as portas. Está vazio. Bret olha para mim, confuso. Aponto para minha mala, encostada em um canto, com roupas saindo dela.

– Ainda não desfiz a mala – explico.

– *Você* não desfez a mala? Está aqui desde o início do verão! – Bret olha para a explosão de roupas. – Como consegue viver assim?

– Não gosto de ficar amarrada? – Tento explicar. Não chega nem perto da verdade, mas parece menos idiota do que meus reais motivos – que têm a ver com minha fixação obsessiva por ir embora daqui para poder começar a faculdade a tempo e seguir com meu plano. Bret acena com a cabeça, como se tivesse compreendido.

– Entendo – ele diz em voz baixa, o que eu acho que era para ser seu tom expressivo. – A permanência é sufocante. – Concordo, esperando que o gesto seja igualmente expressivo enquanto Bret coloca minha mala sobre a cama e começa a revirá-la, examinando todas as peças de roupa antes de dobrá-las e colocá-las de lado. Sim, dobrá-las. *Bret Woodward está dobrando minhas roupas.* – O que acha desta? – ele pergunta, segurando a blusa preta do meu pijama. Eu rio. Bret nem pisca.

Ah. Certo. Ele está falando sério.

– Hum, está bem... com o quê? – pergunto, com medo de escutar a resposta. Bret atira a blusa do pijama na minha direção, depois pega as botas de caubói que estão embaixo da cama.

– Com isso – ele diz, segurando as botas. – Agora vá trocar de roupa – ele ordena, me empurrando na direção do banheiro. – Precisamos chegar em quinze minutos.

Em defesa de Bret, a blusa do pijama é um pouco parecida com um vestido. Um vestido muito, muito curto. Só que é uma *blusa de pijama*. Pondero, dizendo a Bret que não posso sair usando isso, mas logo algo em mim cede. Completo dezoito anos em menos de cinco horas. Depois de tantos anos tendo um comportamento exemplar, conquistei o direito de mudar um pouco as regras (neste caso, em especial, a regra que diz que uma garota de respeito não deve sair em público usando apenas a parte de cima do pijama e botas). E estou em Los Angeles; não serei a pessoa menos vestida da rua – nem de longe. Tiro a calça jeans, borrifo um pouco de perfume, faço uma pequena oração de agradecimento por ter depilado as pernas e enfio o pija... – err, o vestido – pela cabeça.

Embora tenha usado essa blusa para dormir um milhão de vezes, não estou preparada para o reflexo que me saúda no espelho de corpo inteiro atrás da porta do banheiro. O "vestido" é mais longo do que me lembro e serve direitinho. Vestida assim, com as ondas escuras de meu cabelo alisadas e ainda usando a maquiagem da filmagem, mal me reconheço. Pela primeira vez desde que cheguei a Los Angeles, pareço alguém que pertence a este lugar. Apenas meus olhos – redondos, com um quê de pânico – me entregam.

– Já está quase pronta? – Bret grita do lado de fora. – Estamos atrasados.

– Só um segundo! – respondo, bochechando com o conteúdo dos frasquinhos de enxaguante bucal que estão sobre a pia.

Quando saímos do hotel, o manobrista está esperando com o carro de Bret, um Prius vermelho-cereja com bancos de couro importado. Fico me perguntando quanto Bret pagou para forrar o interior de seu carro ambientalmente responsável com pele de filhotes de vaca. O funcionário sai do carro e corre para abrir a porta do lado do passageiro, mas Bret é mais rápido.

– Bem na hora – ele diz quando entro no carro, contorcendo-me quando o tecido gruda na minha coxa.

– Mas há poucos minutos você disse que estávamos atrasados – digo quando Bret se junta a mim no carro.

– Foi um exagero necessário – Bret responde com um sorriso brincalhão. – Descobri que as mulheres são muito mais rápidas quando pressionadas. – Ele pisa no acelerador e nos afastamos da guia em alta velocidade. *Mulheres.* Penso no desfile de mulheres com que ele se relacionou no passado: atrizes, modelos e, mais recentemente, uma estilista. Essas mulheres são, bem, *mulheres.* De repente, o fato de minha pessoa virgem que ainda-nem-completou--dezoito-anos ter acabado de entrar em um carro com esse cara de supostamente trinta e três anos, mas provavelmente perto dos quarenta (usando apenas uma blusa de pijama e botas) parece uma péssima ideia.

Bret olha para mim enquanto voamos pela Venice Boulevard.

– Em que está pensando neste exato momento? – ele pergunta. – Está com uma cara estranha. – E diminui a velocidade apenas o suficiente para fazermos a curva, depois volta a acelerar.

– Simplesmente não acredito que farei *dezooooito anos* em algumas horas – digo, esticando a palavra. – Ainda me sinto tão nova, sabe?

Bret ri.

– Você é nova. – Ele vira o volante de forma brusca e pisa nos freios. – Chegamos.

Estacionamos em uma viela estreita, próxima a um prédio de tijolos pretos, sem janelas, com uma porta azul elétrica. *Um restaurante?* A princípio, achei que sim, mas não tem nenhuma placa, nenhum toldo, nenhum cardápio na porta. Nada que indique o que há do lado de dentro.

Ah, meu Deus. Não é um restaurante. É alguma casa de swing bizarra.

– Espero que esteja com fome – Bret diz, debruçando-se sobre mim para abrir a porta do passageiro. – Tudo o que tem no cardápio é incrível. – *Não é uma casa de swing bizarra!* Estou exultante. Bret sorri para mim. – Bem-vinda à sua festa, Aniversariante.

Para minha surpresa, umas vinte pessoas estão esperando por nós do lado de dentro, o bastante para encher a área reservada do restaurante. Reconheço a maioria, todos do filme. Bret se afasta para falar com o garçom e alguém me entrega uma taça de champanhe. Viro a bebida de uma vez, como se estivesse acostumada a receber taças de champanhe em áreas reservadas de restaurantes superluxuosos, esperando que ajudasse a acabar com a estranheza daquela noite.

– Abby! – Kirby, a mais jovem (e, ao que parece, mais bêbada) do elenco se aproxima de mim, equilibrando-se nos saltos altos. – Consegue acreditar? – ela sussurra, agarrando-se em meu ombro para não cair. *Uau. Olá, vodca. Vejo que já conheceu Kirby.* – Isso aqui é, tipo, *ai meu Deus... tipo o lugar do momento* – diz, empolgada, com um carregado sotaque de Boston que eu não sabia que ela tinha. – Ninguém, tipo, nem consegue fazer reserva se não for famoso.

– Uau! – Olho para Bret, que está ocupado dando instruções detalhadas a um dos garçons. Ele percebe que estou observando e pisca.

— Precisamos de bebidas — Kirby anuncia, soltando meu ombro e segurando em meu cotovelo. Ela me arrasta até a mesa repleta de garrafas no canto do salão e se serve de Red Bull com vodca. Eu a vejo tomar tudo de uma vez, e logo servir mais uma dose. — RBV? — ela pergunta, balançando a garrafa de vodca na minha cara.

— Não, obrigada. Já estou sentindo a champanhe.

— Você que sabe. — Ela dá de ombros, depois sai andando, levando a garrafa.

— E então, como me saí, Aniversariante? — Ouço Bret perguntar, falando em meu ouvido. Eu me viro e percebo imediatamente o quanto seus lábios estão perto dos meus. — Sabe, você não é uma pessoa fácil de sacar — ele murmura, tirando o cabelo do meu rosto. — Mas não estou reclamando. — Quando seus dedos percorrem meu queixo, gotículas de suor se formam sobre meu lábio superior. Luto contra o ímpeto de exterminá-las com a língua.

A intensidade do momento está aumentando a cada segundo, mas eu não consigo desviar o olhar. Os olhos de Bret são TÃO AZUIS (lentes de contato coloridas, sem dúvida) e seu perfume é ridiculamente bom. Como nunca havia notado isso antes? Aproximo a cabeça para sentir melhor. Bret, certamente menos embriagado do que eu e, assim, ainda operando no âmbito do comportamento normal, presume que estou me aproximando para um beijo. Por que, sério, quem se aproxima para *cheirar*? A menina louca de pijama e botas, é claro.

Então, ele me beija. É mais o prelúdio de um beijo, na verdade. Seus lábios mal roçam nos meus, e logo termina. Um segundo depois, ouço o nítido clique da câmera de um celular. Não preciso nem olhar para saber de quem é. Terceiro RBV em uma mão, celular na outra.

— Sorriam! — Kirby diz em um tom cantado, tirando outra foto. Eu me dou conta de que há uma enorme chance de eu acabar na *US Weekly*, ideia ao mesmo tempo terrível e empolgante. Aperto os dentes e sorrio para a câmera, já ensaiando explicações racionais na cabeça. *Ah, isso. Estávamos só ensaiando uma cena para o filme, pai. Não, nós não nos beijamos de verdade no filme, mas o diretor quis ver como ficaria se nos beijás-*

semos... Sim, ele faz o papel do meu tio, mas o roteirista estava brincando com um enredo de incesto... DROGA!

– Não se preocupe com a foto – Bret diz, colocando o braço em meu ombro. – Não tem sinal aqui, então ela não pode mandar a imagem para ninguém até sairmos. E a essa altura, todas as fotos incriminadoras já terão sido apagadas. – Ele acena com a cabeça para o cara ao lado de Kirby. O bíceps dele é do tamanho da minha coxa, mas não deve ter mais de vinte anos. – Aquele é o Seth, meu treinador. Sempre que saímos com a Kirby, ela vira a louca da câmera. Então Seth é o encarregado de "pedir emprestado" o celular dela e apagar tudo antes que ela possa fazer qualquer estrago. – Ainda com os braços nos meus ombros, Bret me conduz a um sofá de veludo do outro lado do salão.

– Mas você não respondeu a minha pergunta – ele diz quando nos sentamos. – Como eu me saí?

– Está brincando? Isso é ótimo. O melhor aniversário de todos.

– Mas ainda não é seu aniversário. – Bret aponta para o relógio. – Ainda são 21h30min.

– Hummm... bem lembrado. Então acho que é o melhor dia *anterior* ao meu aniversário de todos. – Brinco.

– Imagino que tenha sido bom eu guardar a verdadeira diversão para amanhã – diz Bret com um sorriso misterioso.

Eu ergo as sobrancelhas.

– Essas pessoas mal me conhecem e você vai me obrigar a comemorar meu aniversário duas vezes?

– Amanhã à noite seremos só você e eu, garota. Jantar na praia em Malibu. – Ele toma um gole de champanhe. – A menos, é claro, que você tenha outros planos... – Bret faz uma pausa, tomando outro gole enquanto espera que eu me manifeste e confirme que não tenho. É o que ele espera. Mas eu não vou, de jeito nenhum, sair para jantar com esse cara. Claro, a ideia de participar de um jantar íntimo com o cara mais sexy do mundo tem seu apelo, mas ele (a) é velho demais para mim, (b) é famoso demais para mim, e (c) parece muito inclinado a querer sexo no primeiro encontro para mim. Além disso, ainda tenho os pés muito firmes na realidade para saber que isso – os espaços reservados para trinta e poucas celebridades de Hollywood em restaurantes da moda – não faz parte do meu mundo. Estou apenas de passagem.

Bret ainda está esperando minha resposta quando o primeiro prato chega.

– Estou faminta – anuncio, praticamente correndo para a mesa.

– Vamos comer! – Bret grita para as pessoas, e todos se sentam.

Três horas, quatro pratos e um delicioso bolo com cobertura de chocolate depois, estou bebericando a quarta taça de champanhe e refletindo sobre a diferença entre esse aniversário e o último. Há um ano, comemorei o grande dia com um bolo de sorvete e jantar com Caitlin e meus pais. Agora, aqui estou, do outro lado do país, festejando com celebridades e tomando champanhe. Ao meu lado, Bret Woodward – *o* Bret Woodward – está conversando sobre futebol universitário com o cara que faz o papel do meu irmão, com o braço pendurado nas costas da minha cadeira como se aquele fosse seu lugar.

– Ei, bw! – Seth grita para Bret do outro lado da mesa. – Acho que chegou a hora de colocar a Barbie Hollywood na cama. – Ele aponta para Kirby, debruçada sobre a mesa, roncando. – Posso pegar um dos carros? – Seth pergunta. Ao ouvir a palavra "cama", sou atingida por uma onda de exaustão. Estou acordada há vinte e uma horas, depois de ter dormido apenas quatro.

– Você se importa se eu for com eles? – pergunto a Bret, repentinamente impressionada com o peso de minhas pálpebras. – Tenho que estar no set às 6h amanhã.

– Vamos todos – ele diz, fixando os olhos azuis nos meus cansados olhos acinzentados. Fico corada com o olhar, mas não viro o rosto, encorajada por todo o açúcar, álcool e endorfinas. Por um segundo, me imagino beijando-o – beijando-o de verdade. – Apenas diga que vai jantar comigo amanhã à noite. – Eu o ouço dizer.

– Vou jantar com você amanhã à noite.

– Sério? – Para um cara que parecia tão confiante, ele parece extremamente surpreso.

* * *

– Ei, Jake, espere só um minuto – Bret diz ao motorista quando a limusine para na frente do Culver. –Vou acompanhar Abby até o quarto.

– Ah, não precisa – digo. – Eu vou ficar bem. Você precisa levar Kirby para casa de qualquer modo. – Dou um tapinha amigável no braço dele e saio rapidamente da limusine, fechando a porta antes que Bret tenha tempo de argumentar. Dois segundos depois, estou batendo na janela, sentindo-me uma idiota.

O teto solar se abre e Bret coloca a cabeça para fora.

– Esqueci de agradecer – digo. – A noite foi incrível.

–Você merece coisas incríveis – ele responde, levantando a taça de champanhe vazia. Atrás dele, o céu noturno tem um tom espantoso de azul-índigo. Meu primeiro pensamento é que se trata apenas de poluição. Mas logo vejo as estrelas. Estão tão brilhantes. Tipo… brilhantes de um jeito estranho. Inclino a cabeça para trás para ver melhor. O vento bate e me faz estremecer, mas não consigo parar de olhar para as estrelas, que são tão brilhantes que quase cegam. – A noite é sua, Aniversariante. – Ouço Bret dizer. Abaixo os olhos, esquecendo das estrelas e do arrepio, mas Bret já voltou para dentro da limusine, desaparecendo atrás do vidro escuro enquanto o carro se afasta.

Quando chego ao quarto, nem me preocupo em acender as luzes. Tiro as botas, penso em como é conveniente já estar de pijama, e caio na cama.

Sonho com terremotos. Sacudindo tanto que a porta bate, as janelas racham e o espelho da antiga cômoda se estilhaça no chão de madeira. Mas isso só dura um segundo. Depois o mundo fica preto.

Pulo da cama com uma luz clara e quente e uma rajada de ar frio. Tremendo, abro os olhos, depois os fecho imediatamente, recuando diante da claridade. Levo alguns segundos para me dar conta de que aquela luz ofuscante é o sol.

Merda, merda, merda.

Se o sol já nasceu, ou não acordei com a ligação que pedi para a recepção fazer às cinco horas, ou eles não ligaram. Sinto que começo a entrar em pânico. Que horas são? Eu tinha que estar fazendo cabelo e maquiagem às 6h05min. Alain vai ficar furioso se eu me atrasar. *Por favor, que não tenha passado das seis, por favor, que não tenha passado das seis, por favor, que não tenha passado das seis.* Ainda acostumando os olhos à luz, rolo até o criado-mudo e me obrigo a olhar para o relógio.

Mas não tem relógio nenhum. Onde devia estar o criado-mudo, há uma parede. Uma parede mal pintada de branco.

O medo toma conta do meu corpo. As paredes do meu quarto no hotel são cobertas de papel de parede dourado, com textura. E a cama não é tão próxima da parede. Com o coração acelerado, olho para o cobertor que estou segurando. Um cobertor que devia combinar com o estofamento cor de marfim da cadeira vitoriana próxima à janela.

O cobertor é azul.

2 (Lá)

segunda-feira, 8 de setembro de 2008

(um dia antes do meu aniversário de dezessete anos)

– Abby? Abby, querida, acorde.

Abro os olhos. Minha mãe, ainda de pijama, está sentada na beirada da minha cama, extremamente calma. Aprecio o esforço, mas logo percebo que há algo errado. Tem muita luz no meu quarto.

– Que horas são?

– Cinco para as oito.

Eu pisco. Por um instante, fico parada, calculando o número exato de minutos entre agora e a hora que toca o último sinal. Treze.

– Abby? – Minha mãe está claramente confusa com minha imobilidade. Ambas sabemos que não tem como eu conseguir chegar à escola a tempo, o que significa que vou perder o sorteio das vagas de estacionamento do último ano. Eles começam com as vagas mais próximas ao prédio e vão afastando na direção da rua, tirando nomes de uma caixa na velocidade da luz. Para garantir a vaga, é preciso estar presente no momento em que seu nome é chamado. Se não estiver, fim de jogo. É automaticamente relegado ao terreno do outro lado da rua.

Pulo da cama.

– Por que o alarme não tocou? E por que meu despertador está no chão? – Aponto um dedo acusatório para a base do meu criado-mudo, onde meu rádio-relógio está virado para baixo sobre o carpete. Minha mãe se abaixa para pegá-lo.

– Teve um terremoto ontem à noite – ela responde, colocando o relógio de volta no criado-mudo. Está piscando 12:00. – Pelo menos todos acham que foi um terremoto.

– Um terremoto? Em *Atlanta?* – Fico olhando para ela. – Como é possível?

– Aparentemente, não é a primeira vez que acontece. E também não foi só aqui. – Ela aperta o botão do rádio em meu relógio. O som familiar do meu programa matutino de notícias preferido enche o quarto:

Não foi relatado um número significativo de avarias e feridos, mas as pessoas estão relatando quedas de energia em várias partes da cidade. Esse é o terceiro terremoto que atinge Atlanta desde 1878. Sismólogos estão desnorteados com o tremor, que, apesar de ter sido relativamente pequeno – apenas 5.9 na escala Richter – parece ter desencadeado atividade sísmica no mundo todo.

Por um instante, imagino se ainda estou dormindo. Um terremoto sentido no mundo todo?

– Viu preparar o seu café, tudo bem? – minha mãe perguntou, levantando-se.

Faço que não com a cabeça enquanto saio da cama.

– Não dá tempo. Mas obrigada. – Puxo o elástico do cabelo, desejando que tivesse tido a ideia de lavá-lo na noite anterior, e me contraio quando meus dedos encontram um nó. – Será que as aulas foram canceladas? – Grito.

Minha mãe reaparece na porta. Nega com a cabeça.

– Já anunciaram que não.

– E os abalos secundários? – Pergunto enquanto me olho no espelho da cômoda, tentando decidir se é mesmo necessário tomar banho.

– Imagino que eles achem que todos estarão mais seguros na escola – minha mãe responde. – Menos janelas.

Ignoro o banho e borrifo neutralizador de odores de lavanda no corpo. Prendo os cabelos sujos em um rabo de cavalo, pego minha bolsa e desço as escadas até a cozinha.

— Está empolgada com o primeiro grande dia? — Meu pai pergunta quando eu apareço.

— "Empolgada" é uma palavra forte.

— Bem, tente aproveitar — ele diz em tom ansioso. — Só se faz o último ano uma vez. — Posso dizer pelo olhar dele que está se lembrando do seu próprio último ano de colégio, quando passava um tempo no estúdio de Andy Warhol em Manhattan depois da aula (sim, *aquele* Andy Warhol), fazendo serigrafias e litografias, e provavelmente usando uma quantidade enorme de drogas. Ele me disse que, embora sua vida tenha ficado mais feliz nos anos seguintes, nunca se sentiu tão vivo como naquela época.

— Não esqueça o almoço! — diz minha mãe, indo atrás de mim com o saco de papel pardo na mão. Como sempre, tem um adesivo colorido para mantê-lo fechado. Eu disse uma vez, anos atrás, que o adesivo era desnecessário porque o saco sempre ia parar no lixo. No dia seguinte, havia um bilhete dentro do saco, escrito em um belo papel artesanal: *Querida Abby, a beleza da vida está na beleza da vida. Aprecie os detalhes. Com amor, mamãe.* O adesivo permaneceu.

— Não corra! — meu pai aconselha.

— Pode deixar — minto e corro para a porta.

Minha escola fica a exatamente seis quilômetros e cinco semáforos de distância. Nos últimos três anos, aprendi que o tempo que levo para chegar lá varia drasticamente, dependendo do horário e do clima. Antes das sete da manhã, em um dia claro, levo quatro minutos. Em dias de chuva, durante a hora do *rush*, levo pelo menos doze. Hoje é a primeira "manhã pós-terremoto" pela qual já passei, então não sei muito bem o que esperar, mas certamente não estou preparada para o engarrafamento que encontro assim que saio do meu bairro. Ninguém se move. Parece que todos em um raio de quinze quilômetros resolveram entrar no carro ao mesmo tempo. Olho para o relógio no painel e resmungo. Já são 8h25min, e ainda faltam cinco quilômetros.

– Se estou atrasada, significa que muita gente também está. Tenho certeza de que vão adiar o sorteio – penso em voz alta, tentando acreditar em mim mesma. Ah, até parece. O diretor, um cara grande e feio cujo arsenal de clichês e cicatrizes de acne lhe rendeu o apelido de "O Queijo", certamente saborearia a oportunidade de proferir sua máxima preferida: "Depende de vocês fazer o que for preciso". Em outras palavras: não culpem o terremoto – se chegar na escola no horário certo é importante para vocês, arrumem um despertador a pilha (foi o que ele disse a todos os alunos, sem ironia, totalmente sério, depois que um tornado destruiu a rede elétrica local há dois anos).

Às 8h54min, estaciono na escola. Pelo que vejo, os carros que entupiam as ruas não pertenciam aos meus colegas de classe. Não há nenhuma vaga vazia.

– Uma prévia – balbucio, indo até o terreno anexo, do outro lado da rua. – É melhor eu me acostumar. – Estaciono em uma das poucas vagas restantes e corro para o prédio. O sinal da segunda aula está tocando, alto e agudo, quando abro a porta. Não vejo nenhum aluno do último ano no corredor lotado, o que considero um bom sinal: o sorteio pode não ter acabado ainda.

Quando me aproximo do auditório, sou recebida pela voz abafada do Queijo. Passo pela porta e me sento na última fileira. O auditório tem assentos no estilo *stadium*, de modo que posso ver perfeitamente o palco. Atrás do tablado, existe um diagrama gigante do estacionamento sobre um cavalete. Mesmo não dando para ler a essa distância, todas as vagas estão preenchidas com nomes. Droga.

– Este é o ano de vocês – o senhor Queijo está dizendo. – Tirem proveito. – Ele cerra os punhos para dar ênfase. Pelo mar de corpos afundados nas cadeiras, é óbvio que ele está sendo ignorado com sucesso.

Procuro Caitlin e Tyler na multidão. É fácil encontrar Ty. É o único moreno em uma fileira de brancos (nosso time de golfe). Depois acabo encontrando Caitlin do lado esquerdo, ao lado de um assento vazio perto do corredor, certamente guardado para mim. Meus olhos estão fixos no alto de sua cabeça loira, desejando que olhe para mim, mas ela está concentrada em algo em seu colo.

Dois segundos depois, meu telefone vibra com uma mensagem de texto.

Caitlin: KD VC???

Respondo rapidamente. ATRÁS DE VC. NO FUNDO. Logo depois que aperto "enviar", ela se vira. Aceno e ela sorri, aliviada por me ver, depois se vira novamente para o telefone.

TD BEM?

SIM. DESPERTADOR NÃO TOCOU.

VIXE. QUE DROGA.

NEM FALE. QUE N° VOCÊ PEGOU?

27

QUE SORTUDA! SEGUNDA FILEIRA MAIS PRÓXIMA DO PRÉDIO.

LEGAL! E EU?

Caitlin levanta os olhos e me olha com empatia. Meu telefone vibra em minha mão.

A7 :(

A de Anexo. Que ótimo.

– Sinto muito – Caitlin sussurra. Dou de ombros. A essa altura, nem estou mais surpresa.

Não sei bem o que gostaria de saber, mas pergunto assim mesmo:

QD CHAMARAM MEU NOME?

Outro olhar solidário.

FOI O N° 19

Na primeira fileira. É óbvio.

– Esperamos que cada um de vocês se responsabilize por seu futuro – o Queijo continua sua lengalenga. – Nossos coordenadores são um ótimo recurso, usem-nos, mas as decisões são, em última instância, de vocês. Para onde vão a partir daqui, depende de vocês. Não peguem a Estrada para Lugar Nenhum. – Todos reviram os olhos. Os prisioneiros estavam atingindo seu limite de Queijo. Felizmente, ele estava terminando. – São 9h05min – ele anuncia, apontando para o relógio na parede. – Esperamos que todos estejam na sala para a segunda aula, em seus lugares, às 9h15min. Estão dispensados.

Vou para o corredor da esquerda para encontrar Caitlin. Usando jeans justos, sapatos de salto e um blazer de seda curto, aparentemente devia estar na capa da *Teen Vogue*, e não atravessando os corredores de uma escola de bairro.

– Oi – Caitlin diz, passeando pelo corredor. – Esqueceu de trocar as pilhas do seu despertador?

– Como você sabe? – Ando ao lado dela. – Perdi alguma coisa importante?

Ela sacode a cabeça.

– Apenas pérolas de sabedoria do Queijo. Sei que está arrasada por ter perdido. – O telefone dela vibra com uma mensagem de texto.

– Tyler?

Ela faz que não com a cabeça.

– É o meu pai. Ele está no escritório regional do SGEU. Fiz ele prometer que me mandaria notícias de hora em hora.

– SGEU?

– Serviço Geológico dos Estados Unidos. Estão preocupados com danos estruturais devido ao tremor.

– Já descobriram a causa? – pergunto. – Desde quando terremotos fazem o mundo todo tremer?

– Terremotos não fazem isso.

Antes que eu tenha tempo de perguntar o que Caitlin quis dizer, alguém dá um tapinha em meu ombro.

– Abby? – É a senhora DeWitt, uma de nossas orientadoras. Fui à sua sala tão poucas vezes que estou surpresa por ela saber meu nome. – Tem um minuto?

– Hum, claro. – Olho para Caitlin. – Vejo você depois? – Caitlin concorda, depois segue na direção da porta. Eu me viro para a senhora DeWitt, que faz um sinal para que a acompanhe.

– Enviei um bilhete para a senhora Gorin hoje cedo, pedindo que você passasse na minha sala antes do sorteio, mas vejo que não conseguiu ir à sala da coordenação hoje.

– É... não, acabei de chegar. Fiquei sem energia devido ao terremoto – explico. Ela está alguns passos na minha frente, então me apresso para alcançá-la. – Hum, está tudo bem?

Chegamos à sala dela e ela me conduz para dentro.

– Está tudo bem – responde, fazendo um gesto para eu sentar. – Só temos de fazer uma mudança em sua grade horária.

Fico paralisada.

– Que tipo de mudança?

– O senhor Simmons cancelou História da Música – ela diz, sentando-se atrás de sua mesa. Há fotos de um gato siamês com cara de malvado no quadro de avisos. – O que deixa seu quinto período vazio. – Sua voz é brusca, como se estivesse com pressa. – Mais cedo havia vagas em algumas optativas, mas, como já realocamos vinte e dois alunos desde então, receio que não tenham sobrado muitas opções.

Droga. História da Música era um componente fundamental para minha grade horária perfeita. O nome parece válido o bastante, mas é uma disciplina facílima. A prova final consiste em ouvir à lista de músicas "essenciais" selecionadas pelo senhor Simmons e escrever um trabalho sobre a importância da música para a cultura popular americana.

– Então, como eu fico? – pergunto, esperando que ela me diga que o senhor Simmons criou uma nova matéria, algo que faça História da Música parecer ciência avançada.

– Princípios de Astronomia. – Ela nem tentou dar a entender que se tratava de uma boa notícia.

Eu não vou surtar, eu não vou surtar.

– É minha única opção?

– A esta altura, sim – ela diz, desculpando-se. – Se estivesse aqui quando a chamamos, podia ter escolhido a aula de teatro da senhora Ziffren... mas acho que agora não tem outro jeito, não é? – Ela sorri com tranquilidade ao me entregar minha nova grade horária. – A boa notícia é que astronomia vai se destacar muito em seu histórico escolar. – Olho para a página recém-saída da impressora, ainda morna.

É. As notas baixas sempre se destacam.

★ ★ ★

— Abby, pare de surtar. — Caitlin espeta um pepino com o garfo e o coloca na boca. — Eu fiz essa matéria no primeiro ano. Não é difícil.

— Diz a menina que passou os últimos dois verões fazendo estágio na Nasa. — Estamos sentadas na colina atrás do refeitório, com o almoço ao lado. O gramado está cheio de alunos do último ano desfrutando da luz do sol e de um dos poucos benefícios de estar no último ano: comer ao ar livre.

Caitlin revira os olhos.

— Abby, nem é uma aula de astronomia de verdade. Estou falando sério. Se houver alunos da área de ciências lá, serão do primeiro ano.

— Que ótimo — digo com sarcasmo. — Então um bando de moleques de catorze anos podem me fazer parecer burra. Estou me sentindo muito melhor agora.

— É o último ano, galera! — Olhamos para cima. Tyler está sorrindo para nós, acompanhado de quatro caras da equipe de golfe.

— Por que está tão feliz? — resmungo enquanto Tyler se senta na grama ao lado de Caitlin, com o almoço na mão. Os outros caras se sentam à mesa de piquenique a alguns metros de distância, certamente preocupados em não amassar as calças cáqui.

Caitlin, Tyler e eu almoçamos juntos todos os dias desde o sexto ano. Meus pais conheceram os pais de Tyler — ambos músicos clássicos — em um evento para arrecadar dinheiro para o Fundo de Doação Nacional para as Artes duas semanas depois que se mudaram para cá, de modo que eu e Ty participamos de churrascos e noites de jogos juntos desde bebês. Houve um período, no ensino fundamental, em que fingíamos menosprezar um ao outro, mas a partir do quinto ano já éramos inseparáveis. Só conhecemos Caitlin no sexto ano, quando sua família se mudou de São Francisco para cá. Nós três somos melhores amigos desde então. Hoje em dia, Caitlin e eu somos mais próximas do que somos de Tyler, principalmente porque ele passa o tempo todo jogando golfe e saindo com os jogadores de vôlei. E com as líderes de torcida.

Tyler se livra do blazer e o pendura na cerca atrás de nós. Sim, ele vai para a escola de blazer. Esse é o Tyler. Uma contradição ambulante. O garoto do coral que usa identidade falsa para comprar cerveja todos os fins de semana, mas que se recusa a atravessar a rua fora da faixa de pedestres. O atleta com uma obsessão por Carrie Underwood. O menino da cidade que usa blazer e joga croqué.

– Estamos no último ano. Quer motivo maior para ficar feliz? – Tyler vira o saco do almoço e derruba seu conteúdo no gramado. Quatro sanduíches, duas maçãs, uma laranja, dois sacos de batatas fritas, um iogurte de mirtilo e um pacote inteiro de biscoitos doces.

– Abby está surtando porque vai ter que fazer astronomia – Caitlin diz a ele.

– Não estou surtando.

Ela me olha com as sobrancelhas erguidas.

– Credo, eu também estaria surtando – diz Tyler.

Caitlin o cutuca com o cotovelo.

– Ignore ele. – Caitlin ordena. – Vai dar tudo certo. O senhor Kang é um ótimo professor.

– Não é ele que vai dar essa matéria – digo a ela.

– Do que você está falando? A matéria é do Kang.

– Este semestre não – respondo, entregando a ela a folha com minha nova grade horária. Caitlin bate o olho e reage imediatamente.

– Não pode ser!

– O quê? – indago.

– A menos que seja outro Gustav P. Mann, o cara que está ministrando sua aula de astronomia é um ganhador do prêmio Nobel.

Lembranças de Introdução à Botânica do nono ano voltaram em alta velocidade.

– Por favor, diga que está brincando – resmungo.

– Ainda tem vaga em todas as minhas aulas – diz Tyler com compaixão. – História da Narrativa do Sul, Design de Objeto Cenográfico, Introdução a Ritmo e Andamento, Física Aplicada, Matemática Avançada e Espanhol para Conversação. – Ouvindo-o recitar essa lista risível, sinto inveja de Tyler e de sua profunda falta de ambição acadêmica. Ele é inteligente, mas quando se é um astro do golfe, o processo de inscrição na faculdade é um pouco diferente.

— Essas matérias existem mesmo? — pergunto a ele.

— Mais ou menos — Tyler responde, terminando o último sanduíche.

— Por que ele está dando aula aqui? — Caitlin ainda está olhando para minha grade horária. — Sei que houve uma pressão para ele pedir demissão, mas como veio parar aqui?

— Pedir demissão de onde? — pergunto.

— De Yale. Ele é professor efetivo de lá. — Ela franze a testa. — *Era* professor efetivo.

— Por quê? Ele molestou algum aluno ou algo assim? — Tyler brinca. Caitlin olha feio para ele.

— Não, ele não molestou nenhum aluno. Ele publicou um livro que a comunidade científica não conseguiu engolir, principalmente porque parecia um enredo de ficção científica. Quando não foram capazes de derrubar a teoria, riram dela. E dele.

— Qual é a teoria? — pergunto.

— Tem a ver com universos paralelos — Caitlin responde. — O doutor Mann alega que é possível que eles…

— Oiiii, Tyler! — A expressão de Caitlin azeda em um instante. Ninguém precisa olhar para saber de quem é a voz. Ilana Cassidy, possivelmente a pessoa menos agradável e mais genuinamente mesquinha do mundo. Aparentemente, o fato de Ilana ser o demônio encarnado não era suficiente para impedir Tyler de ficar com ela na festa anual de fim de verão de Max Levine, dando a impressão errônea de que eles agora formavam um casal. Ilana está parada ao pé do morrinho, com as mãos na cintura, posando como se estivesse no tapete vermelho.

— Ela está esperando os paparazzi? — Caitlin murmura em voz baixa. A única pessoa que gosta menos de Ilana do que eu é Caitlin.

Os olhos de Ilana voam para cima de Caitlin. Em uma estranha virada do destino, Caitlin é a única pessoa cuja aprovação Ilana busca, o que tem muito a ver com seu guarda-roupa digno de passarela. Ilana vê que a estou observando e olha com raiva.

– O que está olhando? – Sei que é melhor não responder.

– Falo com você depois, está bem? – Tyler diz para Ilana. – Estamos no meio de uma conversa.

Um olhar de irritação toma conta do rosto de Ilana, mas ela disfarça com um sorriso forçado.

– Está certo! – ela responde. – Depois você me manda uma mensagem de texto!

Tyler dá um aceno esquivo, depois volta a se concentrar no almoço.

– Ainda não acredito que você ficou com ela – Caitlin diz para Tyler com a voz áspera quando a vê se afastar.

– Não sei por que você a odeia tanto. Ela não é tão ruim assim.

– Ah, é sim.

– Sabe de uma coisa, vocês duas são meio parecidas – Tyler diz, abrindo o iogurte. Ele lambe a parte interna do alumínio, depois faz uma bolinha com ele e joga na lata de lixo mais próxima, fingindo não notar que Caitlin está olhando feio para ele.

– Não somos, não.

– Cabelos loiros, olhos azuis... – Tyler sorri. – Vocês podiam até ser irmãs.

Não consigo conter o riso. É verdade que Caitlin e Ilana têm cabelos loiros e olhos azuis, mas não se parecem em nada. Caitlin é uma réplica da mãe – alta, magra, bonita de modo natural. Ilana, por outro lado, sempre parecia ter passado duas horas na frente do espelho (e umas quatro na academia) tentando conquistar o visual de boneca Barbie. Seu 1,58 metro de altura comporta roupas do departamento juvenil, e os cabelos castanhos e encaracolados foram descoloridos e alisados, de modo a caírem esticados sobre seus ombros magros.

Caitlin faz cara feia e dá um soquinho no ombro de Tyler. Ele agarra o punho dela e o segura por alguns segundos a mais do que seria necessário. É quando acontece. Algo se passa entre os dois. Algo que eu nunca tinha notado antes. Algo tão sutil que é quase imperceptível...

Química.

Assim que o pensamento passa por minha cabeça, tenho certeza de que é isso. Não consigo explicar como eu sei. Simplesmente sei. É como um pressentimento intenso, uma intuição tão forte que quase parece um *déjà vu*. Será que foi por isso que Tyler me perguntou ontem se Caitlin havia conhecido alguém no laboratório durante o verão? Imaginei que fosse porque ele queria importuná-la (Tyler não se cansa de fazer piadas de nerd), mas agora me pergunto se ele não tinha outros motivos. E Caitlin estava criticando essa coisa da Ilana com uma intensidade desproporcional, de forma maliciosa – coisa que não costuma fazer.

– Então está dizendo que Caitlin faz seu tipo? – eu digo, mantendo um tom de voz casual. – Como não pode ficar com Caitlin, está se conformando com Ilana.

Tyler e Caitlin olharam para mim, ambos surpresos. Não fazemos esse tipo de brincadeira. Nunca. *Estou enganada ou as bochechas de Tyler ficaram ainda mais coradas?* O constrangimento dura um instante. Depois Tyler sorri, e o estranhamento evapora.

– Sim, é isso mesmo – ele diz, puxando Caitlin em sua direção, entrando na brincadeira. – Ilana está preenchendo o vazio que Caitlin deixou em mim.

– Não me lembro de ser fresca – Caitlin retruca, empurrando-o. Seu tom de voz é áspero e malicioso, nada a ver com ela. – Desculpe, isso foi maldade.

– A menina tem fotos de Mary-Kate Olsen na porta do armário – Tyler observa. – Tenho quase certeza de que "fresca" é o que ela almeja ser.

Caitlin olha o relógio.

– É melhor eu ir – ela diz. – Tenho de passar na sala da senhora DeWitt antes da aula. – A menção ao nome da orientadora me faz voltar ao estado de pânico. A aula de astronomia começa em dez minutos.

– Por favor, diga que vai mudar para a minha turma – imploro. – Poderá estudar com seu ídolo e me ajudar ao mesmo tempo.

– Bem que eu gostaria – ela responde. – Mas eu já fiz com o senhor Kang no primeiro ano. Ela não vai me deixar fazer duas vezes.

– Então o que pretende trocar?

– Não vou trocar. Só vou acrescentar. Quero ver se me deixam dobrar a sexta aula.

– Quer fazer duas matérias de uma vez? – pergunto. Já vi a grade horária de Caitlin. É pesada.

– Nenhuma das duas será oferecida no próximo semestre – ela diz como se fosse a coisa mais normal do mundo. – Então, sim, por que não?

Olho para Tyler. Ele apenas dá de ombros.

– Que novidade, Barnes. Ela é maluca.

Chego na quinta aula alguns minutos mais cedo, mas a sala já está cheia. Caitlin estava certa sobre os alunos do primeiro ano; cerca de metade dos rostos parecem jovens e assustados. Do resto, um terço é de gente que conheço, provavelmente outros refugiados de História da Música. Os outros, reconheço como geninhos da área de ciências, que certamente destruirão a média e as notas de todos. Procuro um lugar vazio.

Encontro um na última fileira, perto de um cara que nunca vi antes. Cabelos loiros e bem curtos, olhos castanho-escuros, traços comuns. Camiseta azul-claro dentro de calças cargo verdes cheias de bolsos. Tênis brancos estilo All Star (cano baixo) que parecem ter acabado de sair da caixa. Tem jeito de bobo, mas é bonitinho. Como Max Levine antes de deixar o cabelo crescer e começar a fumar toneladas de maconha. Como parece velho demais para estar no primeiro ano, imagino que seja aluno novo.

O Garoto Astronomia me vê olhando para ele e sorri. Aponta para o lugar vazio.

– Ei – ele diz quando me aproximo. – Meu nome é Josh.

– O meu é Abby. – *Por que fiquei nervosa de repente?*

– Matéria popular – Josh observa, olhando para a sala lotada. – Significa que é boa, ou muito fácil.

– Certamente não é fácil – respondo. – A menos que você seja da área de ciência. Nesse caso, "fácil" é um termo relativo.

– Ah, certo – Josh diz. – Aquela coisa de escola especializada. Você está no programa de ciência?

– Não, nem chego perto. Nunca estudei uma disciplina de ciências que não tenha odiado.

– Então o que está fazendo na aula de astronomia?

– Um infeliz capricho do destino – respondo, distraída pela pequena pinta sob seu olho esquerdo, bem abaixo da linha do cílio. É minúscula, não passa de um pontinho, mas a marquinha de certo modo faz seu rosto passar de comum a adorável. Ou talvez sejam as poucas sardas claras no nariz. Ou a forma perfeita do lábio inferior.

A pinta dança um pouco quando ele ergue as sobrancelhas.

– Destino? Então essa deve ser uma aula muito importante para você. – Não consigo determinar se ele está brincando.

– E você? – Pergunto. – Está aqui por destino ou por escolha?

– Hum, acho que terei de dizer que é por escolha. Foi a primeira disciplina em que me inscrevi.

– Ah, então você gosta de se torturar.

Josh ri alto. Sua risada, mais grave do que a voz, me faz pensar na doçura do pão de gengibre da minha mãe. Viro os joelhos na direção dos dele, desejando que estivessem próximos o bastante para se tocarem.

– Ah, pense bem, o que é mais legal do que o universo? – ele diz. – É esse enorme mistério infinito que os astrônomos e cosmólogos passam a vida tentando decifrar. E depois de toda essa descoberta e revelação, há sempre mais para entender. – Ele dá um sorriso pueril. – Eu amo isso.

Sorrio também.

– Aposto que você era um desses meninos com um telescópio no quarto. – Eu brinco. – E deixe-me adivinhar… adesivos que brilham no escuro no teto?

– Culpado! – Ele diz, e as luzes escurecem.

– Bem-vindas a Princípios do Astrrronomia! – retumba uma voz com sotaque alemão e com alguns erros. – Que comece o diverrrsão! – O doutor Mann junta as mãos com alegria, recebendo risadas abafadas do fundo da sala.

Nosso professor é mais baixo do que eu esperava, mas se parece com todas as fotografias que já vi de Albert Einstein: cabelos grisalhos desgrenhados, olhos arredondados enormes, sobrancelhas rebeldes. Usando um terno marrom de lã com remendos de camurça nos cotovelos, ele é a personificação perfeita do professor maluco. Será que seus colegas de Yale ririam dele se parecesse mais normal?

O doutor Mann levanta uma pilha de papéis.

– Aqui está o programa para esse curso – ele diz ao entregar a pilha para uma menina na primeira fileira. – Nossa tarefa não é dominar os assuntos dessa lista, embora certamente seja uma busca válida e digna que a disciplina requer. – Ele faz uma pausa, analisando a sala. Conseguiu nossa atenção. – Em vez disso, nosso trabalho terá como foco uma perspectiva mais ampla. As grandes questões. Só peço uma coisa: independentemente do conceito, vocês devem se comprometer com esse princípio. – Ele dá meia-volta e se aproxima do projetor, onde começa a escrever com movimentos nítidos e precisos. Quando termina, acende a luz. Quatro palavras, em maiúsculas, aparecem na tela branca:

OLHEM MAIS A FUNDO

– Não teve treino de cross-country? – Minha mãe está sentada à mesa da cozinha pagando contas quando entro pela porta dos fundos.

– O treinador cancelou – digo a ela, colocando a bolsa e as chaves sobre o balcão. – Acho que ficou assustado com o terremoto. O que está fazendo em casa tão cedo?

– O museu ficou fechado hoje – minha mãe responde. – Tivemos um vazamento de água. – Ela tira os óculos de leitura e esfrega os olhos.

– Ah, qual foi o tamanho do estrago?

– Não foi tão grande quanto poderia ter sido, felizmente. Uma ala inteira ficou alagada, mas havia apenas dois centímetros de água, de modo que a coleção não foi afetada. Demos muito mais sorte do que o MoMA – ela afirma. – Eles tiveram um incêndio provocado pelos cabos elétricos e perderam quatro obras.

– Nossa! Isso é terrível.

– Eu sei. Mas ouça isso: as quatro obras que perderam estavam penduradas dos dois lados da *Persistência da memória* do Dali. Você sabe, o quadro que eu e seu pai estávamos vendo quando nos conhecemos. O fogo começou atrás da parede.

– Mas o Dali sobreviveu? – Posso dizer por seu tom de voz que a resposta é positiva.

Ela confirma.

– Além de ter sobrevivido, não sofreu dano nenhum. Nem com a fumaça. – Ela sorri. – Seu pai, é claro, acredita que isso significa alguma coisa. Só não sabe ainda o quê. – Ela se levanta da mesa e estica as costas. Na TV instalada sob os armários da cozinha, um repórter está falando dos terremotos. A faixa na parte inferior da tela diz: TERREMOTO ABALA O MUNDO.

– Eles sabem qual foi a causa? – pergunto, apontando com a cabeça para a TV.

– Estão chamando de "casualidade". Pode acreditar? O que, eu diria, significa que não fazem a mínima ideia. – Ela abre a geladeira e examina seu conteúdo. – Quer um lanchinho?

– Claro – respondo, percebendo que estou faminta. Subo no balcão, depois me abaixo para tirar as botas.

– E aí? – minha mãe pergunta, colocando homus na tigela de cerâmica que meu pai pintou no México no último verão. Temos dezenas de tigelas, mas minha mãe sempre pega essa. – Posso perguntar os detalhes? – Ela joga um saquinho de minicenouras na minha direção.

– Sobre meu dia? Claro. – Mordo uma cenoura. – Cheguei bem a tempo de perder todo o sorteio das vagas de estacionamento. A boa notícia é que não terei que me preocupar com exercícios este ano, porque vou me exercitar muito indo e voltando do terreno anexo.

– Sinto muito, querida.

– Ah, tudo bem – respondo, pegando outra cenoura.

– E o resto do seu dia? – minha mãe pergunta. – Está feliz com a grade horária que se esforçou tanto para montar?

Abro a boca para reclamar da indesejada aula de astronomia, mas Josh surge em minha cabeça. Josh, cujo sobrenome eu nem sei qual é. O Garoto Astronomia. Meu estômago dá uma revirada quando penso nele.

– Tive que mudar – conto a ela. – Adeus, História da Música. Olá, Princípios de Astronomia.

Minha mãe fica confusa com meu sorriso.

— É uma coisa boa?

— Sei lá — admito. — O professor parece legal, e... — Hesito, sabendo que se mencionar Josh, ele vai se transformar no assunto do dia.

— E...?

Meu telefone toca dentro da bolsa.

— Diga "oi" para a Caitlin por mim — minha mãe diz, voltando a se sentar à mesa.

— Pode deixar. — Pego uma última cenoura, depois saio do balcão. — Obrigada pelo lanche. — Tiro o telefone da bolsa e atendo a ligação. — Oi.

— AI. Literalmente ACABEI de sair do estacionamento. — Com bolsa e botas nas mãos, aceno para minha mãe e subo para o quarto.

— Tenho certeza de que vão deixar você trocar sua vaga por uma no anexo — digo, brincando, sabendo que Caitlin preferiria ficar uma hora sentada no carro do que caminhar os quatrocentos metros até o terreno anexo, por dois motivos: ela vive sobre saltos de dez centímetros e carrega mais de dez quilos de livros de ciências na bolsa.

— Muito engraçado. Como foi a aula de astronomia? O que achou do doutor Mann?

— O cara usou a palavra "grilo" e "paspalhice" com o rosto sério — respondo. — Como não gostar?

— Ele disse por que está na nossa escola?

— Por causa de um grilo com a administração de Yale.

— Sério?

— Não. Mas é uma palavra ótima, não é? — Jogo a bolsa e as botas sobre o carpete do quarto e me deito de barriga para baixo na cama. — Acho que estava certa sobre a pressão para que ele pedisse demissão. Ele só disse que a academia não era mais o que costumava ser e que queria passar algum tempo com "mentes puras". Escolheu Atlanta porque a filha dele mora por aqui.

— Eu queria ser filha dele — Caitlin diz, desejosa. — Todo aquele DNA digno de um Nobel.

— Vou me lembrar de contar isso ao seu pai. — Eu me viro de costas, apoiando-me em meu enorme travesseiro do gato de Cheshire que tenho desde os nove anos. Ele devia ter sido doado quando

repintei o quarto, no ano passado, mas ainda está aqui, enorme, cor-
-de-rosa e desgastado, ocupando o centro de minha cama listrada
de azul e branco.

— Ei, você sabe onde posso arranjar aquelas estrelas que brilham no
escuro? — pergunto. — Sabe? Aquelas que grudam no teto?

— Um dia na aula de astronomia e já quer estrelas no teto.

— Essa sou eu, abraçando a ciência. Aceite.

— Suas estrelas podem esperar até quinta-feira? — Caitlin pergunta.
—Vou ao museu Fernbanck para um evento de jovens cientistas. Posso
comprar na lojinha do planetário.

— Obrigada! Pode ser meu presente de aniversário.

— Nada disso. O presente eu já comprei, embrulhei, e está pronto
para ser levado ao jantar de amanhã, junto com seu bolo. — Caitlin
compra o mesmo bolo de sorvete de menta com gotas de chocolate
em todos os meus aniversários desde o sétimo ano. E todos os anos
o devoramos de uma vez. É um rito de passagem altamente calórico
que me recuso a abandonar. O resto do dia é sempre meio frustrante,
uma vez que quando chega meu aniversário, todos os meus colegas já
passaram por isso. Completar dezessete anos (ou dezesseis, ou quinze)
é muito menos empolgante quando já aconteceu com todo mundo.
— Ei, estou estacionando na entrada de casa — Caitlin avisa. — Conversamos depois?

— Está bem. — Ouve-se um clique e ela desliga. Com o telefone
ainda pressionado à orelha, olho para o teto, visualizando minha futura
galáxia de neon.

Naquela noite, tive dificuldades para dormir. Quando era 00h10, de-
sisti. Com muito cuidado para não acordar meus pais, passo pela cozinha
e vou até a porta que dá para o deque. Do lado de fora, está mais frio e
mais silencioso do que eu esperava. Bate um vento gelado em minhas
pernas descobertas, e eu — que visto apenas uma camiseta — estremeço.
Envolvo o corpo com os braços.

— Feliz aniversário — sussurro na escuridão.

Sobre mim, o espaço negro e sem luz está repleto de estrelas. Não consigo me lembrar da última vez que observei o céu noturno. Quando mais nova, era fascinada por ele, espantava-me com seu tamanho e seus mistérios. Em noites sem nuvens, eu me sentava aqui durante horas, ligando os pontos com as mãos, formando animais e objetos na cabeça, com meu pai ao lado, desenhando minhas criações em seu caderno, descrevendo a exata localização de cada uma para que não se perdessem ou fossem esquecidas. Minhas criaturas estão lá em cima agora, no mesmo lugar onde as deixei. Jogando a cabeça para trás, traço seus contornos com a ponta dos dedos, desejando conhecer as verdadeiras constelações.

Minha visão embaça enquanto olho, sem piscar, para o céu estrelado. E então, do nada, uma estranha motivação toma conta de mim. Como uma trovoada, as palavras "É isso" reverberam em meu cérebro. Pisco com força e o céu entra em foco. Pisco novamente, tentando entender o que estou sentindo. O que é isso? Mas as estrelas não revelam nada.

3 (Aqui)
quarta-feira, 9 de setembro de 2009
(meu aniversário de dezoito anos)

Meu coração bate com tanta força que as costelas doem.

Viro a cabeça para a direita e vejo uma cama de solteiro a alguns centímetros de distância, encostada em outra parede branca, que está decorada com uma fotografia em preto e branco do Obelisco Espacial de Seattle. A cama está desarrumada, parece que alguém dormiu sobre os lençóis floridos, e o relógio na beirada da janela pisca marcando meio-dia. Não há sinal do dono da cama.

Onde estou?

Examino o resto do pequeno quarto: duas escrivaninhas idênticas, duas cômodas idênticas, duas portas fechadas. Por um momento, pergunto-me se estaria na prisão, concluindo depois que lençóis floridos e fotografias artísticas provavelmente não são coisa do governo. Minha mente percorre uma lista de outras possibilidades horríveis. Talvez as duas portas estejam trancadas. Talvez eu tenha sido drogada e sequestrada, e é aqui que meus captores estão me mantendo. Penso na noite anterior. *Lembrei de trancar a porta?* As calças de flanela e a camiseta cinza da equipe de cross-country da Brookside que estou usando são minhas, mas não me lembro de tê-las trazido para Los

Angeles e, definitivamente, não as estava usando ontem à noite. Em nenhum momento tirei meu pijama. *Que diabos está acontecendo?*

Há vozes do lado de fora. Pessoas conversando. Alguém rindo. Saio da cama e vou até a janela que, para meu alívio, não tem grades nem está trancada, mas entreaberta, e claramente é a fonte tanto da luz do sol quanto do ar gelado. Abro a janela toda e ponho a cabeça para fora.

A janela fica no segundo andar de um edifício de tijolos aparentes em forma de U, de frente para um pátio fechado. As vozes que ouço pertencem a um grupo de estudantes que carregam mochilas e bolsas de lona, reunidos em volta de um banco de madeira. O quarto, o prédio, os jovens do lado de fora. Só pode ser um campus de universidade. *Mas onde?* Esse lugar não tem nada a ver com as fotos que vi da UCLA ou da USC. E, além disso, o ar está muito frio para aqui ser o Sul da Califórnia. Meu medo se transforma em pânico. *Tenho de sair daqui.*

Ando até uma das portas, torço para que não esteja trancada, e a abro. É um armário. Quando examino seu conteúdo, meu braço fica arrepiado. As roupas que estão ali são minhas.

Do outro lado da segunda porta fica um corredor curto, que leva a uma pequena sala comunitária. Vejo o canto de um sofá verde e a beirada de uma mesa de centro. Uma lareira desativada que funciona como despensa, com uma caixa de aveia orgânica, dois pacotes de biscoito de canela e um pote de manteiga de amendoim. Uma máquina de café espresso estilosa no chão. Um par de tênis Nike roxos perto da porta. E um tornozelo.

O tornozelo – ligado a um pequeno e delicado pé feminino descalço – está suspenso no ar, paralelo ao chão, como se sua dona estivesse balançando a perna. Chego mais perto, tentando ver melhor essa pessoa antes que ela me veja.

– Abby?

O pé despenca no chão, e uma bela garota oriental aparece no meu campo de visão. Primeiro acho que é mais nova que eu, mas então percebo que é apenas baixinha. Não tem mais que um metro e meio de altura, mas parece forte. Seu corpo pequeno e musculoso veste calça de ioga e camiseta regata, e ela está em pé sobre um tapete de ioga. Quando me vê, sorri.

– Não acordei você, né? Tentei não fazer barulho.

Eu queria gritar: QUEM É VOCÊ E O QUE ESTOU FAZENDO AQUI??? Mas por alguma razão, não fiz isso. Simplesmente retribuí o sorriso e balancei a cabeça.

– Bom – ela responde, pegando a garrafa de água perto dos seus pés. – Depois da noite passada, achei que você precisava descansar um pouco.

Noite passada? Ela sorri novamente, desta vez um sorriso maior.

– Feliz aniversário, amiga!

Meu aniversário. Tinha esquecido. O que, considerando a manhã que tive, não chega nem perto de ser tão estranho quanto essa menina que eu nunca vi na vida me chamando de amiga.

– Obrigada.

A garota pega um pote opaco de vitaminas que estava na mesa de centro e joga dois comprimidos na palma da mão.

– Casca de salgueiro? – ela me oferece. Respondo com um olhar vazio, levemente confuso, que resume bem o meu estado mental no momento. – É para dor de cabeça – ela explica. – Acordei com uma monstruosa.

– Hã, não, obrigada – respondo. Considerando as circunstâncias, provavelmente é melhor não aceitar comprimidos não identificados de estranhos. E, por incrível que pareça, embora minha cabeça não esteja leve, também não está latejando. Apesar dos litros de champanhe que bebi ontem à noite, não estou com a mínima ressaca.

A menina coloca os comprimidos na boca e toma um gole de água.

– Bom, acho que vou tomar um banho – ela diz. – Tenho aula de economia às onze.

Ela passa por mim em direção ao quarto.

Uma pessoa educada sairia do caminho, mas fico ali, paralisada, tentando encontrar uma explicação razoável para tudo isso. Ainda estou parada no mesmo lugar quando ela sai do quarto, alguns instantes depois, enrolada em uma toalha e carregando um *nécessaire*.

– Vejo você daqui a pouco – ela diz, sorrindo, enquanto vai até a porta. Quando a abre, vejo de relance uma entrada octogonal, cercada por quatro portas escuras de madeira, todas com números metálicos de três dígitos. A porta se fecha quando ela sai, e fico sozinha.

Vou até o sofá e não me sento, mas sim despenco nele. Meu coração está acelerado. Estou com uma sede absurda e não tenho a mínima ideia de onde estou ou como cheguei aqui. O relógio do aparelho de TV a cabo diz que são 10h10min, o que significa que no período das últimas oito horas eu, e todos os meus pertences, de alguma forma saímos do quarto 316 do Hotel Culver e chegamos aqui. Onde quer que "aqui" seja.

Meus olhos esquadrinham o quarto, buscando alguma evidência, e param em um livro azul, com páginas marcadas, sobre a mesa de centro. Demoro um pouco para assimilar o título: *Programa de estudos 2009-2010 – Yale University.*

Estou em Yale.

Fecho e aperto bem os olhos e tento acordar do que só pode ser um sonho. Mas, quando abro os olhos novamente, ainda estou aqui, neste sofá aveludado, segurando o catálogo de cursos de Yale com as mão trêmulas. Respiro fundo, esforçando-me para manter a calma.

Um telefone toca, e dou um salto. Então percebo que é o *meu* telefone, tocando no quarto. Pulo do sofá e corro pelo corredor. Meu celular está na escrivaninha perto da cama em que acordei.

PAPAI E MAMÃE – CASA.

Sem dúvida estão ligando para me desejar feliz aniversário, mas não consigo lidar com eles agora. Não vou conseguir manter a calma. Deixo a chamada cair na caixa postal e imediatamente ligo para Caitlin.

– Graças a Deus – digo assim que ela atende.

– Feliz aniversário! – ela grita. Relaxo no momento em que ouço a voz dela. *Caitlin explicará tudo para mim. Dará um jeito de fazer sentido.*

– Você tem que me ajudar.

– A ressaca está tão ruim assim? – ela pergunta, rindo. – Minha cabeça está latejando, mas, fora isso, estou bem.

– Estou falando sério, Caitlin. Estou desesperada.

– O que foi? – ela pergunta, alarmada.

– Onde você está?

– No meu quarto. Por quê?

– Em Yale? – prendo a respiração, torcendo. *Por favor, que ela esteja aqui, que ela esteja aqui.*

– É claro que estou em Yale, boba. Onde mais poderia estar? – Sinto um breve lampejo de alívio. *Caitlin está aqui.* Caitlin, que tem resposta para tudo. Ela terá uma resposta para isso. Tudo vai ficar bem. – Abby? – A voz de Caitlin carrega certa preocupação. – O que está acontecendo?

Respiro fundo.

– Sei que parece loucura – começo a dizer. – Mas... acho que estou aqui também. Em Yale.

Caitlin ri.

– Você me deixou preocupada por um segundo. Achei que tinha alguma coisa muito errada. – A voz dela parecia suave agora. Leve. – É meio surreal, né? Estarmos juntas aqui?

– Há quanto tempo estou aqui? – sussurro.

– O que quer dizer? Chegamos aqui há uma semana, sexta-feira. Ei, está tudo bem? – A preocupação volta.

Estou tonta. Caitlin está agindo como se o fato de eu estar aqui fosse a coisa mais normal do mundo. Caitlin, a pessoa mais racional que conheço. Meu pânico logo se transforma em pavor. *Alguma coisa está muito errada.* É isso, ou:

– É algum tipo de brincadeira?

– O que é brincadeira? – Caitlin parece realmente confusa agora. – Abby, o que está acontecendo? Você está bem?

Definitivamente, não estou bem. Minha cabeça acelera, passando por todas as possibilidades imagináveis. O problema é que não existem muitas. Ou estou sonhando, ou alucinando, ou maluca. Ou todo o resto do mundo está.

– Estou indo para aí – diz Caitlin. – Chego em cinco minutos.

– Não! – digo rapidamente, mais alto do que pretendia. – Quer dizer, não... tudo bem. Estou bem. – Eu minto. Quero a ajuda de Caitlin, mas primeiro preciso de um tempo para pensar.

– Você não parece bem.

– Estou bem – insisto. – Só tive um sonho muito estranho, é só isso. – *Um sonho do qual não consigo acordar.*

– Abby.

– Estou bem! – repito, lutando para manter a voz o mais tranquila possível. – Encontro você depois, está bem?

– Nós vamos experimentar a aula de História da Arte às 11h15min, né? – Ela ainda parece em dúvida.

– Vamos! – digo, com todo o entusiasmo que consigo reunir.

– Certo, legal. – A voz dela volta ao normal. – Quero dar uma olhada em uma aula de química às 10h30min. Tudo bem se eu encontrar você no McNeil?

– Claro – respondo, já distraída. São 10h15min. Isso me dá mais uma hora para entender que raios aconteceu ontem à noite.

– Tá, vejo você lá.

Assim que desligo, um mensagem de texto pula na minha tela.

Tyler: FELIZ NÍVER, BARNES. BEM-VINDA AO MELHOR ANO DE SUA VIDA.

Depois de dez minutos nele, "melhor" não é a palavra que eu usaria.

Pego o que parece ser meu laptop e o enfio na mochila que está pendurada nas costas da cadeira, juntamente com minha carteira e o celular. Estou prestes a sair do quarto quando percebo que talvez seja melhor me trocar primeiro. Depois de vasculhar o armário, escolho o jeans que ganhei no último natal, minha camiseta com gola em V preferida e um aconchegante cardigã marrom que nunca vi antes. Quando estou saindo, minha colega de quarto volta do banho.

– Nosso jantar de hoje ainda está de pé, né? – ela pergunta. – Estava pensando em convidar um amigo do Ben para ir junto.

– Claro, parece ótimo. – Não tenho tempo para fazer planos de aniversário. Ou descobrir quem é Ben.

– Às 20h no Samurai Sushi? O trem do Ben chega às 19h30min.

Confirmo, distraída, olhando para o quarto para garantir que tenho tudo o que preciso. Meus olhos recaem sobre uma chave-cartão com minha foto e um código de barras e a pego.

– Certo, maravilha! – a menina está dizendo. – Vou fazer a reserva. Ah! Antes de ir... – Ela pega um envelope pardo da gaveta da escrivaninha e me entrega. – Isso é para você. – Viro o envelope nas mãos. As palavras *Para Abby, com amor, Marissa* estão escritas em letras pretas na frente. – Abra – diz Marissa, cutucando-me com o cotovelo. – E, por favor, não diga que eu não precisava ter comprado nada. E daí se só nos conhecemos há doze dias? Quando meu aniversário chegar, em fevereiro, já estaremos morando juntas há cinco meses, e mesmo se nos odiarmos, você vai se sentir obrigada a comprar alguma coisa para mim. Só estou me poupando da inconveniência de me sentir uma idiota quando isso acontecer.

Retribuo o sorriso, esquecendo momentaneamente do fato que nos últimos sete minutos adquiri, de alguma forma, uma vida completamente nova, complementada com roupas de outono e uma colega de quarto que gosta de dar presentes.

Dentro do envelope há uma única fotografia em preto e branco de Caitlin e eu, sentadas lado a lado no gramado em frente ao que parece ser uma catedral, rindo de alguma piada. A fotografia parece algo que se veria em uma revista.

– Que foto linda! Você que tirou? – pergunto, olhando para Marissa. Ela me olha, achando graça.

– No fim de semana passado, lembra? No piquenique dos alunos novos.

– Ah, é mesmo. Nossa. – Forço um sorriso, desejando que meu coração desacelere. *Como essa menina, que eu nem conheço, tem uma fotografia minha tirada no fim de semana passado?*

– Como ficou tão boa, imaginei que pudesse querer uma versão ampliada para pendurar na parede. Então imprimi em 20 cm x 25 cm e vou mandar emoldurar com vidro fosco. Deve ficar pronta amanhã.

– Uau… obrigada! Que presente legal. – Fico sinceramente tocada com o presente, mas estou desesperada para sair daqui. Abro meu melhor sorriso para me desculpar. – Eu preciso mesmo ir. Quero dar uma olhada em uma disciplina que começa logo mais. – Sigo na direção da porta, esperando que ela não pergunte o nome da disciplina.

– Não se preocupe – ela responde. – Vejo você hoje à noite! – Ela acena, depois desaparece no quarto. Pego a grade horária que está sobre a mesa de centro e corro para a porta.

Quando chego ao pátio, me dou conta de que não tenho plano nenhum. Preciso de um lugar para pensar, de preferência um lugar silencioso, com acesso à internet. Folheio o programa do curso e encontro um mapa do campus. Não é excepcionalmente detalhado, mas as palavras "Sterling Memorial Library" se destacam. Perfeito. *Agora, como faço para chegar lá?*

O pátio, como o prédio ao seu redor, tem forma de U. A parte aberta do U fica de frente para uma rua movimentada, mas há uma grade de ferro ocupando toda a extensão da abertura. *Quem dá a alguém uma vista para uma rua grande, mas nenhuma forma de chegar a ela?* Por um instante, penso em gritar para alguém pelas grades, mas logo mudo de ideia. É melhor não me comportar como louca, pelo menos por enquanto. Na base do U, há um túnel largo que passa pelos prédios e parece ser minha única saída.

O túnel me leva a um quadrilátero totalmente fechado. Uma olhada no mapa é tudo o que preciso para descobrir meu paradeiro. O desenho dos prédios, o tamanho do pátio... tem que ser o Antigo Campus, o que significa que acabei de sair do Vanderbilt Hall, construção em forma de U, na extremidade sul. A biblioteca fica a apenas algumas quadras a nordeste daqui, então eu sigo para o portão arqueado no outro extremo do quadrilátero. Quando estou passando pelo arco, um grupo de meninas surge de uma porta a alguns metros de distância, carregando copos de café e pãezinhos. Meu estômago ronca de inveja. A placa acima da porta diz DURFEE'S e tem a imagem de uma caneca de café. Procuro a carteira na mochila, torcendo para ter dinheiro. Encontro quatro dólares e algumas moedas, o suficiente para comprar café e um bagel.

A Durfee's está movimentada. Ninguém presta atenção em mim, o que é ótimo, e o lugar é muito barato. Compro um café grande, um bagel com gergelim, uma garrafa de água e uma barrinha de cereais para mais tarde e ainda sobra um dólar. Estou bem longe de Los Angeles, isso é certo.

Quando estou saindo, dois caras, ambos usando camisas polo com o colarinho virado para cima e cheirando a cerveja de ontem (certo, cerveja da semana passada) entram. Eles me veem, olham um para o outro, e sorriem.

– Ei, ei – um deles diz para mim. Seus cabelos ruivos e despenteados não devem ver xampu há um bom tempo. – Você parecia estar se divertindo ontem à noite.

– Ontem à noite?

Eles riem.

– É. Está tudo meio nebuloso, não é? – diz o outro. Seus cabelos loiros estão arrepiados, como se tivessem secado quando ele estava de cabeça para baixo.

Cabelo Ensebado aponta com a cabeça para meu café e para a sacolinha de compras.

– Vou adivinhar: café, água e um bagel. – Fico olhando para ele. – Acertei. – Confirmo, sem saber se devo ficar assustada ou impressionada. – É o kit essencial para ressaca – ele explica. – Mas você esqueceu o Advil.

– Ah… certo. – Dou um sorriso que espero parecer amigável, tentando não fazer cara feia quando sinto meu estômago queimar. Ficar tão perto deles e de seus poros que emanam cheiro de cerveja está me deixando enjoada.

– Acabou o Advil – diz o loiro, apontando para a caixa vazia. – Nossa, deve ter algo errado com a pressão atmosférica. Todos com que falei estão com dor de cabeça. – Ele mostra a fila de pessoas esperando para pagar. Todos estão segurando caixas de analgésicos. – Quer um Tylenol? – ele me pergunta.

– Hum, não. Estou bem, na verdade. Mas obrigada. – Cabelo Espetado dá de ombros.

– E aí, o que você vai fazer hoje? – Cabelo Ensebado pergunta, com hálito fedendo a álcool. Estou com muita vontade de vomitar. Agora mesmo.

– Hum, você sabe… nada demais. Ei, preciso correr. – Não me preocupo em esperar pela resposta. Talvez tenha sido grosseira, mas imagino que uma saída apressada seja menos socialmente prejudicial do que esvaziar o conteúdo de meu estômago sobre seus sapatos de camurça.

Alguns minutos depois, estou mostrando meu cartão de identificação para o segurança na entrada da Sterling Memorial Library, que reconheço da fotografia que Marissa me deu. Parece mais uma igreja gótica do que uma biblioteca. O exterior é impressionante, mas o interior é de tirar o fôlego. A entrada principal, adornada com símbolos e textos em várias línguas antigas, dá para uma nave no estilo de uma catedral, com passagens abobadadas, iluminação com janelas de clerestório, e tantos vitrais que nem dá para contar. Sigo na direção do balcão de retiradas, que, combinando com o tema de catedral do resto da biblioteca, parece um altar. A bibliotecária levanta os olhos quando me aproximo.

– Olá – ela diz. – Posso ajudar?

– Oi... Eu, hum...

Ela me interrompe educadamente.

– Aluna nova. – *Pareço tão sem noção quanto me sinto, aparentemente.* – Os alunos do primeiro ano são os únicos que vêm à biblioteca durante o período de teste das disciplinas – ela explica com um sorriso gentil. – É a primeira vez que vem aqui? – Confirmo que sim. Ela coloca a mão debaixo da mesa e pega um mapa da biblioteca. – Então é provável que precise de um desses – ela diz, passando o mapa para mim. – A política da biblioteca está no verso.

Passo os olhos sobre o mapa.

– Qual é o melhor lugar para eu ficar?

– Depende de quanta privacidade deseja – ela responde. – Há cinco salas de leitura neste andar, algumas outras espalhadas pelo prédio principal e seis baias de estudo em cada andar das estantes.

– Andar das estantes?

A bibliotecária aponta para o mapa em minhas mãos.

– Nossos quinze andares de livros. Se está procurando privacidade, seria sua melhor escolha.

– E como eu...?

Ela se vira para o computador e pressiona algumas teclas.

– Só vou precisar do seu cartão de identificação para reservar uma baia – ela me diz. Eu entrego a ela, que escaneia o código de barras e me devolve. – Prontinho. Baia 3M-06. – Ela se debruça e faz um X vermelho em meu mapa da biblioteca, depois aponta para a esquerda, para outra estação de segurança. – Apenas mostre a identificação ao guarda.

"Baia", logo aprendo, é o eufemismo da biblioteca para os cubículos ridiculamente pequenos com portas corrediças de plástico que circundam as paredes internas do prédio. Enquanto espero meu laptop ligar, fecho os olhos e repasso as últimas vinte e quatro horas na cabeça, tentando relembrar todos os detalhes dos acontecimentos da noite passada. Será que Bret pode ter colocado alguma coisa na minha bebida? Mas por que ele me drogaria e me levaria a Yale? E se acabei de chegar aqui ontem à noite, como Marissa tem uma foto minha que, supostamente, foi tirada na semana passada, e por que eu tenho um cartão de identificação de estudante com meu nome e minha foto?

Eu suspiro, abrindo os olhos assim que meu computador liga. Qualquer dúvida sobre quem seria o dono do laptop desaparece quando vejo a tela de início. A imagem de fundo é uma foto minha com Caitlin e Tyler no campo de futebol da Brookside, usando beca e capelo, sorrindo como se tivéssemos acabado de ganhar o Super Bowl. É uma foto da formatura, obviamente. *Mas de onde saiu?* Eu perdi a colação de grau. Nessa data, eu já estava em Los Angeles, participando da pré-produção do filme. Sábado, 6 de junho de 2009. Eu me lembro de ter ligado para Caitlin naquela tarde para perguntar como foi.

Como há uma foto minha na formatura se eu não estava lá?

Olho para a fotografia, tentando me lembrar daquele momento, mas não consigo. Não tenho lembrança nenhuma de estar lá, o que faz sentido, porque EU NÃO ESTAVA. De repente, fico irritada. Irritada porque o que está acontecendo, seja lá o que for, me faz duvidar da minha sanidade, me faz duvidar da realidade. Estive em Los Angeles, vivendo no Hotel Culver, gravando um filme com Bret Woodward desde maio. *Isso* eu sei. *Disso* eu me lembro. *Isso* é real.

Não é?

Confrontada com inconsistências que não consigo explicar, entro em "modo jornalista". Verificaria os fatos de minha vida do mesmo jeito que faria em um artigo de jornal, começando pelo filme que passei os últimos quatro meses gravando. Entro na internet, e o navegador me redireciona a uma tela de log-in da rede de Yale, com espaços para meu número de estudante e senha. Sem desanimar, pego meu cartão de identificação e o examino. Sob o código de barras, há um número com dez dígitos, que deve ser meu número de estudante. Digito os números no espaço de cima. Agora a parte mais difícil, a senha. Venho usando a mesma senha desde que lemos *Alice através do espelho*, no sétimo ano.

Digito p-a-í-s-d-a-s-m-a-r-a-v-i-l-h-a-s no espaço da senha e prendo a respiração ao clicar no botão de log-in. Depois de alguns segundos, a tela de log-in desaparece.

Estou dentro.

Animada, digito as palavras "filme *Assassinos cotidianos*" na barra de busca. Os primeiros resultados me dizem o que eu quero saber. *Dirigido por Alain Bourneau e protagonizado por Bret Woodward, Assassinos cotidianos é um suspense dinâmico sobre um atirador do exército desertor e seu bando de assassinos adolescentes.* Desço a tela. O nome de Bret está exatamente onde espero que esteja, no alto da longa lista do elenco. Os três nomes seguintes são conhecidos. Até agora, tudo está exatamente como me lembro. Continuo descendo, procurando meu nome. Lá está Kirby. Lá está o cara que faz o papel do outro companheiro de Bret. Meu nome deve ser o próximo.

Por favor, faça com que esteja lá.

Não está.

Paro para pensar, lembrando-me do teste. Daquela pequena sala do estúdio. O zumbido alto do aparelho de ar-condicionado na janela. O sorriso encorajador da diretora de elenco. Então volto um pouco mais, recordando a noite da peça da escola... e mais ainda, até o dia em que descobri que faria o papel de Thomasina... depois o primeiro dia do último ano de colégio, quando a senhora Ziffren entregou cópias de *Arcádia* e nos disse que os testes seriam na semana seguinte.

Aperto os olhos, repassando a conversa que tive com a senhora DeWitt naquela manhã. Eu me lembro que ela disse que o senhor Simmons havia cancelado História da Música, e que minhas opções de substituição eram Técnicas de Encenação e Princípios de Astronomia.

Mas também me lembro – com a mesma clareza – da senhora DeWitt me dizendo que Princípios de Astronomia era minha *única* opção... que todas as outras disciplinas que estavam disponíveis já haviam sido preenchidas... que, por ter chegado atrasada, eu era a última aluna do senhor Simmons a ser realocada.

Mas eu *não cheguei* atrasada. Nunca chego.

O terremoto.

Um fluxo de novas memórias inunda minha mente: fiquei presa no trânsito a caminho da escola, fui interceptada pela senhora DeWitt quando saía do auditório, reclamei com Caitlin na hora do almoço, fingi escutar o professor de astronomia enquanto olhava para o aluno novo sentado ao meu lado.

No mesmo dia, dois conjuntos de lembranças completamente diferentes. É como se minha mente tivesse gravado duas versões diferentes dos acontecimentos daquela manhã. Repasso as duas versões mais uma vez, lutando para dar sentido à inconsistência. Quando não consigo, procuro outros dias duplicados em minha cabeça, mas não encontro nenhum. Apenas aquele. Há exatamente um ano e um dia atrás. Eu me lembro disso porque era véspera do meu aniversário.

Por impulso, pesquiso no Google as palavras "terremoto Atlanta setembro 2008". A busca dá mais de um milhão de resultados. O primeiro é um link para um artigo da CNN, datado de 9 de setembro de 2008.

Um raro terremoto com magnitude de 5.9 abalou o sudeste no início da manhã de ontem. Os cientistas estão perplexos, uma vez que parece ter havido mais de setenta tremores similares em todo o mundo. São abundantes as teorias sobre a causa dos tremores, mas até agora os sismólogos não conseguiram isolar sua origem.

Fechos os olhos novamente, tentando invocar mais dessas lembranças alternativas. Outras aulas de astronomia, outras conversas com o simpático aluno novo. *Nada.* Nada além daquele primeiro dia. Tenho um dia de lembranças com terremoto, e um ano todo de lembranças sem terremoto.

DING! Meus olhos se abrem. É outra mensagem de texto do Tyler.

PEÇA PARA CAITLIN ME DEIXAR FAZER UMA VISITA

Penso por um segundo, então, respondo.

DE Q AEROPORTO VC VEM?

Ele vai achar superestranho eu estar perguntando, mas pelo menos saberei, pela resposta, se ele ainda está em Michigan. Meu telefone toca com a resposta.

VC VAI COMPRAR MINHA PASSAGEM?

Droga. Por essa eu não esperava!

Estou pensando na resposta quando o telefone toca de novo.

DTW

Detroit. Então Tyler ainda está em Michigan, Caitlin ainda está em Yale, e eu estou a quase cinco mil quilômetros de onde deveria estar. Sem a mínima ideia do motivo.

Suspiro e desmorono na cadeira, desejando poder voltar a dormir e esquecer toda essa experiência. Mas preciso encontrar Caitlin em seis minutos e, segundo meu mapa, o McNeil Lecture Hall fica na galeria de arte do outro lado do campus. Deixo o laptop na mesa, tranco a porta da minha cabine de estudos e desço as escadas correndo.

A placa azul em frente à Chapel Street, 1.111, dá as boas-vindas à Galeria de Arte de Yale. Abro a porta e entro no saguão. Estou tão preocupada com o fato de estar atrasada que quase nem noto a faixa pendurada na parede.

A ARTE DA HARMONIA: O CROMOLUMINARISMO DE SEURAT.

DE 1º DE SETEMBRO A 30 DE NOVEMBRO

GALERIA DE ARTE DA YALE UNIVERSITY. CORTESIA DO HIGH MUSEUM.

A exposição de pontilhismo da minha mãe. Eu sabia que a coleção viajaria depois da exposição fixa de nove meses no High Museum, mas fiquei surpresa ao encontrá-la aqui. A voz de um professor, alta e nítida, reverbera através das paredes finas da sala de conferências, lembrando-me de que a aula a que eu queria assistir começou há cinco minutos. Ainda com os olhos na faixa, estico o braço para abrir a porta.

— Eu não faria isso se fosse você — diz uma voz masculina. Olho em volta. A única outra pessoa no saguão é um cara usando uma camiseta cinza do time de lacrosse de Yale, sentado no banco de madeira que ocupa toda a parede do auditório. Ele está encostado na parede, com as longas pernas esticadas à frente. Tem um caderno no colo e uma caneta nas mãos.

Eu o observo rapidamente: cabelos escuros e lisos, olhos de um verde bem claro, pele bronzeada de sol, não artificialmente. Ele é bonito. Tipo *muito* bonito. A camiseta está justa no bíceps, o que parece requerer certo esforço.

– Por que não? – pergunto, tirando a mão da maçaneta.

– O professor é obcecado por pontualidade – ele diz. – Todo ano usa como exemplo quem chega tarde durante o período de teste de aulas. Censura, ironiza... não é legal. A boa notícia é que ele não passa lista de presença, então não importa se você faltar. Principalmente se tiver as anotações. – Ele levanta o caderno e aponta para a parede. – Daqui dá para ouvir tudo o que ele fala. Meu nome é Michael, por sinal – acrescenta, inclinando-se para a frente para me cumprimentar. A palma de sua mão é quente, seca e levemente áspera. Mão de menino. Por uma fração de segundo, pensei em como seria senti-la em minhas costas.

– Eu sou Abby – digo a ele, e largo sua mão antes que meus pensamentos fiquem obscenos.

Michael abre espaço para eu sentar.

– Você é do primeiro ano? – ele pergunta.

– É tão óbvio assim?

Ele sorri.

– Um pouco. Você tem essa expressão meio desnorteada. É bonitinho. – Desnorteada, sem banho e, agora, suando. "Bonitinho" não deve ser o termo mais apropriado. Procuro chiclete na bolsa, mas não encontro.

– Em que faculdade você está? – Michael pergunta. Quando fico olhando para ele, sem responder, ele ri. – Não se preocupe, não vou ficar perseguindo você. Só estou curioso. Estou na Pierson, mas moro fora do campus, na casa da Alpha Delta Phi.

Ah. É mesmo. Yale tem toda essa coisa de faculdades e residências. Caitlin me explicou quando entrou. Os alunos do primeiro ano são mandados para uma das doze residências, onde moram durante todo o período em que estudam em Yale, a menos que se mudem para fora do campus. Cada uma tem sua própria pequena comunidade, e as faculdades competem umas com as outras nos jogos internos, mas ficam juntas nos jogos de futebol. Mas em qual estou?

Michael ainda está esperando minha resposta.

– Devo estar especialmente ameaçador hoje – ele brinca, quando não respondo.

– Ah, não – digo, rapidamente. – É que... – *É que não tenho ideia do que você está falando, porque eu não estava aqui ontem, nem imagino como vim parar aqui, e não sei praticamente nada sobre esta universidade.* – Eu moro no Vanderbilt Hall? – Soa mais como uma pergunta do que uma resposta, mas Michael não parece notar.

– Então, você está na Berkeley – ele diz, acenando com a cabeça. – Que legal. – Agora estou ainda mais confusa, mas como Michael é o único que parece saber o que está fazendo, acabo cedendo.

Do lado de dentro da sala de conferências, o professor começa a falar mais alto. Michael e eu nos encostamos na parede, ouvindo.

– Hoje continuaremos nossa discussão sobre arte pré-histórica – diz a voz que atravessa a parede. Michael e eu pegamos nossos cadernos e canetas. E passamos os quarenta minutos seguintes anotando como loucos.

Assim que acaba a aula, Michael precisa correr para a próxima.

– Outro professor obcecado por pontualidade – ele explica, jogando a mochila no ombro. – Mas vejo você na segunda-feira, certo? – Quando confirmo, ele sorri. – Ótimo.

Caitlin sai do auditório alguns segundos depois.

– Não vi você lá dentro – diz. Ela pega um frasco de analgésico e coloca dois comprimidos na boca. – Nossa, essa dor de cabeça não vai embora.

– Eu fiquei anotando aqui fora. Ei, está ocupada agora?

– Não. Quer almoçar?

– Preciso que vá comigo até a biblioteca – digo.

– Por quê?

– Explico quando chegarmos lá.

Quando abro a porta de minha baia, Caitlin parece surpresa.

– Já reservou uma cabine? – Abro a porta e faço um sinal para que ela entre, depois fecho a porta e volto a trancá-la. Caitlin joga a bolsa sobre a mesa e cruza os braços. – Agora, pode me contar o que está acontecendo, por favor?

–Você se lembra do oitavo ano, quando Jeff Butler me deu um fora uma semana antes do baile de primavera?

– É claro que sim. Você faltou na escola três dias seguidos.

– Lembra o que me disse?

– Que ele fala cuspindo?

Sacudo a cabeça sem muita paciência.

–Você disse que eu não devia me preocupar com isso, porque em algum mundo paralelo *eu* teria terminado com ele.

–Veja como eu já era sábia naquela época. – Caitlin sorri, depois franze a testa imediatamente. – Espere, é *por isso* que estamos aqui? Você está a fim do Jeff Butler? Ab, o cara dá um sentido totalmente novo para a frase "diga, não cuspa". Além disso, ele cortou parte do dedo mindinho na aula de...

Eu a interrompo.

– Não estou falando do Jeff!

– Então do que está falando? Sério, Abby, está começando a me assustar.

– Quero saber se eles existem mesmo.

– O quê?

– Mundos paralelos.

Caitlin responde sem hesitar.

– Sim.

–Tipo, de verdade *mesmo*?

– Sim – Caitlin repete. – Bem, não dá para provar de maneira empírica, mas a teoria quântica diz que existe um mundo paralelo para cada versão possível de sua vida. E a maioria dos físicos mais importantes apostaria a carreira nisso.

Sinto meu cérebro mudar para o "modo cético".

– Mas parece tão maluco – eu digo.

– Foi o que disseram a Galileu. E a Pasteur. E...

– Certo, está bem. Então, tem algum jeito de uma pessoa, de certa forma... ir parar em um deles?

Caitlin me olha de um jeito estranho.

– Não. Mundos paralelos ocupam dimensões separadas no espaço. Não tem nem como vermos, muito menos viajarmos para eles. – Ela me olha com atenção. – Foi por isso que me trouxe até aqui? Para conversar sobre o multiuniverso?

Respiro fundo, conversando mentalmente comigo mesma por cinco segundos – a mesma conversa que tive o dia todo: *existe uma explicação racional para isso. Caitlin vai me explicar, e tudo voltará a fazer sentido.*

– Abby?

Vamos tentar.

– Ontem à noite, quando fui dormir, estava em um quarto de hotel em Los Angeles – começo a explicar com calma. – O mesmo quarto de hotel em que morei nos últimos quatro meses. E hoje, quando acordei, estava aqui.

Certamente Caitlin não estava esperando por isso.

– O quê?

– Não era para eu estar aqui. Em Yale. Era para eu estar em Los Angeles, gravando um filme com Bret Woodward. Era para sairmos para jantar hoje, para comemorar meu aniversário. E tenho quase certeza de que era um encontro, porque ele me beijou ontem à noite. Bem, tecnicamente, *eu* o beijei… ou pelo menos ele deve achar que sim, mas não foi minha intenção, e não passou de um quase-beijo, na verdade. – Estou começando a divagar, mas não me importo. A essa altura, só quero desabafar. – Só que agora estou aqui, e todo mundo está agindo como se eu estivesse aqui há semanas, e há fotos de mim fazendo coisas que nunca fiz, como estar na formatura! – Aponto para a foto na tela do computador. – De onde veio aquela foto? Eu não estive presente na colação de grau. Queria estar, mas já estava na Califórnia. E meu cartão de identificação…

– Espera aí. – Caitlin faz um T com as duas mãos, silenciando-me. –Você não estava na formatura? – Faço que não com a cabeça. – E perdeu a colação de grau porque estava em *Los Angeles*, gravando um filme. Com *Bret Woodward*. – Ela está calma, mas me olha de um jeito estranho. Não a culpo. Pareço uma louca. Respiro fundo, obrigando-me a relaxar.

– Sei que parece loucura – digo. – Mas, sim. Uma diretora de elenco me viu na peça de primavera do ano passado e achou que eu serviria para o papel.

– A peça de teatro da escola?

Confirmo.

– Fiquei com o papel principal. Eu *não queria* o papel. Nem queria estudar aquela disciplina. Mas o senhor Simmons cancelou História da Música, e eu tive de escolher algo para substituir. Teatro me pareceu um pouco menos difícil que astronomia, então...

Caitlin franze a testa.

– Mas você escolheu Princípios de Astronomia. Eu a ajudei a estudar para a prova final, lembra?

– Esse é o problema. Eu *não* me lembro. Não da parte em que você me ajudou a estudar, pelo menos. Eu me lembro de escolher teatro, ganhar o papel principal em *Arcádia*, interpretar Thomasina com perfeição, palavras da diretora de elenco, não minhas, e depois ser convidada para ir para Los Angeles uma semana antes do Natal para fazer um teste para *Assassinos cotidianos*.

– O filme com Bret Woodward.

Suspiro profundamente. É ainda mais difícil do que pensei.

– Sei o que parece – digo com preocupação. – Acredite, eu sei. – Esforço-me para manter a voz firme. – Mas eu juro, Cate, quando fui dormir ontem à noite, estava em Los Angeles, no Hotel Culver, onde estou morando desde o início do verão.

– E estava lá porque uma diretora de elenco viu você na peça da escola – Caitlin diz lentamente, sem tirar os olhos dos meus. – E isso aconteceu porque você escolheu a aula de teatro, e não de astronomia.

– Sim, isso mesmo.

– E por causa disso, pensou que pudesse estar em um mundo paralelo?

Parece absurdo.

– Eu estou louca – resmungo. – É a única explicação racional, não é? De todas as minhas lembranças do ano passado, nada aconteceu de verdade. Estou tendo algum tipo de colapso psicológico.

Caitlin revira os olhos.

– Você não está tendo um colapso.

– Então você pode explicar isso? Pode explicar o que está acontecendo comigo?

– Bem, não. Ainda não.

– Então como pode ter tanta certeza de que não estou louca?

– Uma pessoa louca não se chamaria de louca com tanta rapidez – ela diz de maneira trivial, assumindo um ar de cientista. Ela fica assim quando está tentando resolver um problema. – Certo, então sabemos que uma das duas hipóteses é verdadeira: ou suas lembranças dos últimos doze meses são precisas, ou não são. Se não forem, precisam estar vindo de algum lugar. Ou da sua imaginação, e ainda assim você não seria louca, ou de alguma fonte externa.

– *Fonte externa*? Como assim? Tipo controle da mente? – Posso não ser louca, mas minha voz está ficando aguda e frenética como se fosse. – Acha que alguém está bagunçando minhas lembranças?

– Calma. Não acho nada ainda. – Ela morde o lábio, pensando.

Apoio a cabeça na mesa, encostando a testa na madeira fria. Alguém escreveu CARPE DIEM com caneta azul na parede.

– Alguém chegou a descobrir o que causou aquele terremoto? – Escuto-me perguntando.

Caitlin para de morder o lábio.

– Por que está perguntando isso?

– Porque é a única coisa de que me lembro do último ano que parece ter realmente acontecido – respondo. – E é a única lembrança que tenho que não condiz com as outras.

Os olhos de Caitlin voam para o meu rosto.

– O que quer dizer com "não condiz"?

Eu endireito o corpo.

– É como se minha mente tivesse registrado duas versões do mesmo dia – digo a ela. – O primeiro dia do nosso último ano do colégio. Na versão normal, condizente com minhas outras lembranças, não houve terremoto, e a senhora DeWitt me chamou para ir até a sala dela e me disse que História da Música havia sido cancelada. Eu podia escolher entre teatro e astronomia como optativa substituta.

– E você escolheu teatro.

– Isso mesmo. E na outra versão, o terremoto causou uma queda de energia e eu cheguei atrasada na escola.

— Essa é a versão de que me lembro — Caitlin diz com calma. — Você chegou no fim da reunião sobre o estacionamento, e quando a senhora DeWitt conseguiu localizá-la, a matéria do doutor Mann era sua única opção. Você passou o resto do dia surtando por causa da média geral das notas.

— Eu *não* estava surtando. Apenas...

— O tremor mudou as coisas. — Caitlin começa a morder o lábio novamente, dessa vez com tanta força que acho que pode sangrar. — O que o tremor tem a ver com... — Ela para de repente. — Que horas são?

Olho para o meu telefone.

— 12h45min. Por quê?

— Sai um trem por hora. Se corrermos, dá tempo.

— Trem? Para onde?

Caitlin já está seguindo para as escadas.

— New London — ela grita. — Explico no caminho.

— Depois do tremor, um grupo de físicos do Japão saiu em defesa da teoria dele. Achavam que era no mínimo possível que ele tivesse razão. Os acadêmicos das grandes universidades ainda não conseguiam chegar perto dele, mas o Connecticut College concedeu um subsídio para ele continuar a pesquisa no observatório Olin. Ele está dando aulas na Connecticut College desde janeiro. Uma droga para o pessoal de Yale que queria cursar suas aulas de cosmologia no próximo semestre, mas um momento salvador para sua carreira.

Estamos sentadas lado a lado em um trem, dividindo um muffin de chocolate ressecado da barraquinha da estação.

— Westbrook! — diz a voz do condutor. — Próxima parada, Westbrook!

— Então a teoria do doutor Mann era sobre terremotos? — pergunto, confusa.

— Não, a teoria dele era sobre a interação de realidades alternativas, algo que ele chama de "entrelaçamento cósmico". Basicamente, a ideia de que é possível que mundos paralelos colidam. — Ao ouvir a menção a mundos paralelos, os pelos de meu braço ficaram arrepiados.

– Ele acha que o terremoto foi isso? Uma colisão de mundos paralelos?

– O tremor – Caitlin me corrige. – Não foi um terremoto. E, sim. Pelo menos segundo o artigo publicado na *New Science* do mês passado.

Meu coração começou a acelerar.

– E se ele estiver certo?

– Só passei os olhos no artigo – Caitlin diz, colocando o último pedaço de muffin na boca. – Agora vamos direto à fonte.

Encontramos o doutor Mann no Centro Científico F. W. Olin, um prédio contemporâneo de tijolos cinza perto do centro do campus, começando uma aula de uma hora sobre cosmologia. Jogo a bolsa sobre um banco de uma pracinha, preparando-me para esperar, mas Caitlin já desapareceu na sala de aula. Entro atrás dela em silêncio.

O doutor Mann me vê entrar e sorri, mostrando que me conhece. *Ele sabe quem eu sou.* Eu, por outro lado, tenho apenas uma vaga imagem dele na cabeça, e que nem faz jus ao homem. Imaginei os cabelos grisalhos e desgrenhados e os dedos manchados de tinta, mas não a intensidade dos olhos azuis. Para alguém que deve ter uns setenta e poucos anos, ele possui o entusiasmo de um homem muito mais jovem.

Sua aula é surpreendentemente direta. Ele distribui cópias do programa, depois inicia o que parece uma história para dormir, apresentando a evolução do pensamento cosmológico moderno. É uma história convincente, ainda mais contada com o sotaque germânico do professor. Na verdade, estou tão completamente absorvida pela narrativa que, quando ele para no meio de uma frase e diz que nos veremos novamente na sexta-feira, fico surpresa. Ficamos mesmo sentadas aqui durante quarenta e cinco minutos?

– Vamos – Caitlin diz. – Temos que falar com ele antes que saia.

O doutor Mann está apagando o quadro quando nos aproximamos.

– Professor? – Caitlin diz com educação.

O velho homem se vira e sorri. De perto, ele parece mais um avozinho doce do que um professor maluco, e tem cheiro de caramelo. Gosto dele imediatamente.

– Meu nome é Caitlin Moss – ela diz, estendendo a mão. – Fui aluna da Brookside...

– *A* aluna, pela impressão que deixou na faculdade – responde o professor com ternura, segurando a mão dela entre as suas. – Nos quatro anos que estudou na Brookside, recebeu notas máximas em mais de uma dúzia de disciplinas de ciências e ganhou três prêmios nacionais de física, não é?

Caitlin sorri.

– Essa sou eu.

O professor agora se vira para mim e seu sorriso se alarga.

– Senhorita Barnes! Que surpresa agradável. – Ele segura minha mão. – O que traz vocês a New London? – Ele dá uma piscadinha. – Já enjoaram de Yale?

– Nós, hum... – Olho para Caitlin em busca de ajuda.

– Esperamos que possa nos apresentar aos princípios básicos do entrelaçamento cósmico – ela diz. O professor suspende as sobrancelhas. Fica claro que ele não recebe esse pedido com frequência. – Especificamente, ao conceito de realidade compartilhada – Caitlin acrescenta, e o doutor Mann parece muito satisfeito com o pedido.

– É para um projeto de escrita criativa – afirmo. Com a visão periférica, vejo Caitlin revirar os olhos.

– Seria um prazer – responde o doutor Mann. – Por onde devo começar?

– Pelo tremor global – responde Caitlin.

– Certamente – concorda o doutor Mann. – Acredito que o tremor foi causado pelo que chamo de "colisão interdimensional". Simplificando: dois mundos paralelos batendo um no outro.

– Mas *por quê?* – pergunto. – Não é mais provável que não tenha passado de um terremoto gigantesco?

Os olhos do doutor Mann brilham.

– Ah, mas temos certeza de que não foi – ele explica. – Terremotos causam um certo padrão de ondas sísmicas. O que aconteceu em setembro simplesmente não correspondeu a isso. – Engulo em seco, minha garganta de repente fica árida. – Se o tremor foi, de fato, uma colisão – ele continua –, acredito que a força do impacto possa ter criado uma ligação entre nosso mundo e o mundo paralelo com que colidimos, resultando em um efeito similar ao entrelaçamento quântico de partículas.

Fico boquiaberta.

– Uau!

O doutor Mann ri.

– Reação perfeitamente apropriada. É uma das maiores estranhezas da mecânica quântica – ele explica. – Quando partículas subatômicas se chocam umas com as outras com força suficiente, ficam ligadas de uma forma que não se limita a tempo e espaço. Tudo o que acontece com uma partícula começa a ter efeito sobre a outra. – O velho homem sorri. – Einstein chamava de *spukhafte Fernwirkung*. – Sua voz é mais baixa agora, quase um sussurro. – A "ação fantasmagórica à distância".

A sala está quente, mas sinto um arrepio.

– E o senhor acredita que a mesma coisa aconteceria se dois mundos paralelos colidissem? – Caitlin indaga.

– Exatamente – responde o doutor Mann com um aceno de cabeça. – Acredito que a força da colisão poderia fazer com que a realidade física de um mundo se sobrepusesse à realidade física do outro, deixando os mundos, e seus habitantes, em um estado permanentemente entrelaçado.

Permanentemente entrelaçado. Parece ameaçador, mas o que significa? Olho rapidamente para Caitlin, procurando ajuda.

– Um exemplo concreto seria útil – ela diz ao doutor Mann.

– Pois não – ele responde gentilmente. – Vou utilizar a ilustração que dei aos alunos. – Caitlin pega um caderno para fazer anotações.

– Diferentemente de muitos dos meus colegas – ele começa a explicar, virando-se para o quadro –, acredito que todos os mundos que existem atualmente foram divinamente criados em um momento singular da história. Se for verdade, então o "agora" do nosso mundo deve ocorrer em um momento diferente do tempo do que o "agora" de qualquer outro mundo. – Ele tira a tampa de uma caneta e desenha duas linhas paralelas. – Em nosso mundo, "agora" é 9 de setembro de 2009. Mas, em um mundo paralelo, "agora" pode ser 31 de dezembro de 2020, ou 9 de abril de 1981. Ou...

– Ou 9 de setembro de 2008! – Caitlin exclama.

– Ah. – O doutor Mann parece impressionado. – A data do tremor. É claro. – Ele escreve a data sob a linha superior e a circula. – Aquilo – ele diz, apontando – é o mundo paralelo. E isto – ele bate sobre a linha de baixo – é o nosso mundo. – Quando ele escreve a data abreviada sobre ela, fixo os olhos nos números repetidos. 09/09/09. *Será que essa repetição significa alguma coisa?*

– E o que aconteceria – especificamente – se esses dois mundos colidissem? – Caitlin pergunta, ansiosa, como sempre, para ir direto ao ponto.

– No momento preciso do impacto, a realidade do mundo paralelo substituiria a realidade do nosso mundo – ele declara, tampando a caneta.

Gotículas de suor surgem sobre meu lábio superior.

– *Substituiria?*

O doutor Mann confunde meu pânico com fascínio e continua falando.

– Tive a mesma reação quando me dei conta das implicações. Pensar que em um único instante, a realidade de um mundo paralelo poderia tomar completamente a realidade de nosso mundo, apagando e substituindo tudo o que conhecemos e que acreditamos ser verdade. – Ele abre um grande sorriso. – É uma ideia empolgante, não é?

Montanhas-russas são empolgantes. Isso, meu caro senhor, é aterrorizante.

– Por que não pode acontecer no outro sentido? – pergunto. – Por que o mundo paralelo precisa vencer?

– Porque o tempo só se move em uma direção – Caitlin explica antes que o professor consiga responder. – O presente não pode mudar o passado. O passado cria o presente.

– O passado de um *outro mundo*? – Fico olhando para eles sem acreditar. – O que é isso? Estamos falando do mundo físico. As coisas não podem mudar do dia para a noite. – Minha voz havia assumido um tom sabichão, como se eu pudesse superar o homem que ganhou o Nobel.

Os lábios do professor se curvam formando um meio-sorriso divertido.

–Você conhece a obra *Uma tarde de domingo na ilha Grande Jatte*, de Seurat? – ele pergunta.

Eu pisco. *La Grande Jatte* era a peça principal da exposição sobre pontilhismo de minha mãe. Estava reproduzida em miniatura na faixa que vi hoje de manhã.

– Sim – respondo, perturbada pelo sincronismo. – Conheço a obra muito bem, para falar a verdade.

– É aquela grandona com os pontinhos? – Caitlin pergunta. Engulo um sorriso. Assim que o doutor Mann começa a falar minha língua, deixa de falar a dela.

– Centenas de milhares deles – ele responde. – Dispostos de uma forma muito particular, para criar uma imagem muito particular. Mas se alguém reorganizar os pontos, aquela imagem torna-se irreconhecível e uma nova imagem se forma. Mesmos pontos, mesma tela, imagem diferente. – O homem olha para mim. – Acredito que o mesmo acontece com a realidade.

De certo modo, essa metáfora me atinge de maneira mais concreta do que todo aquele papo científico. Talvez por estar acostumada a esse vocabulário – é o que meus pais falavam à mesa do jantar todas as noites durante minha infância. A realidade é uma pintura pontilista. *Isso* eu sou capaz de entender.

– Mas como isso poderia acontecer sem ninguém se dar conta? – pergunto. – O senhor disse que esse tal entrelaçamento afeta todo mundo. Então por que ninguém, além de mim… – Paro imediatamente ao ver o professor erguer as sobrancelhas. – Por que ninguém percebe? – Por mais que eu goste desse homem, não estou prestes a me tornar uma cobaia de suas teorias malucas, mesmo que elas se provem verdadeiras.

– Realidade compartilhada – Caitlin diz antes que o doutor Mann tenha tempo de responder. – Estamos recebendo as lembranças de nosso "eu" e nosso cérebro as está processando como se fossem nossas. – Ela olha para o professor em busca de confirmação. – Não é?

– Exatamente – ele responde. – Se nosso mundo realmente colidiu com um mundo paralelo, conforme seu eu paralelo for avançando no tempo, suas lembranças vão sendo continuamente apagadas e substituídas pelas de seu paralelo, fazendo com que você se lembre das experiências de vida dele como se fossem suas. Não só as coisas que ele já vivenciou, mas também as coisas que *vai* vivenciar no decorrer do ano seguinte – explica o doutor Mann. – Essas experiências ainda vão acontecer, mas nos lembramos delas como se já tivessem ocorrido. É assim que nosso cérebro dá sentido à lacuna.

– E minhas lembranças *verdadeiras*? – pergunto. – As coisas que realmente aconteceram comigo…?

O doutor Mann estala os dedos. É um sim alto e estridente.

– *Ausradiert!* Desaparecem.

O alívio toma conta de mim. *Então essa não pode ser a explicação*. Se nossos mundos estivessem realmente entrelaçados, eu não me lembraria do filme, de Bret, ou do verão que passei em Los Angeles. E não teria apenas um dia de novas lembranças, mas sim o ano inteiro.

– Mas pode haver alguma anomalia, não é? – Caitlin interrompe meus pensamentos como se lesse minha mente. – Pessoas que mantiveram as antigas lembranças, por exemplo. Ou que não receberam um conjunto completo de lembranças novas.

– Estou contando com isso – diz o doutor Mann de forma enigmática, fixando os olhos nos meus.

Olho rapidamente para Caitlin, mas ela está escrevendo como louca em seu caderno.

Outro aluno se aproxima do professor com uma pergunta sobre a aula.

– Com licença, um instante – o professor diz para nós, virando-se.

– Se meu passado foi substituído, por que eu me lembro de como as coisas eram antes? – Meu sussurro parece um assobio.

– Você ouviu o que ele disse – Caitlin responde, sem se preocupar em falar baixo. – Sempre existem as anomalias.

Sacudo a cabeça, incapaz de aceitar uma coisa dessas. Queria uma explicação, mas isso é demais. Não seria fácil digerir tanta loucura.

– Onde estávamos? – pergunta o doutor Mann com um vozeirão, assustando-nos. O aluno com que ele falava já está no meio do corredor. *Quanto ele escutou de nossa conversa?*

– Anomalias – Caitlin responde, olhando fixamente para mim.

– Recapitulando – eu digo, encarando o bom doutor. – Estava dizendo que se meu eu paralelo e eu estivermos *entrelaçados* – vomito a palavra como se tivesse gosto ruim –, então agora deveria me lembrar não só das coisas que ele já vivenciou, mas também de tudo que *vai* vivenciar na lacuna entre seu presente e o meu?

– Isso mesmo. – Ele está me olhando de um modo estranho novamente. Desta vez, não desvio o rosto.

– Então, o futuro dele já está determinado?

– Ah… ótimo! O centro da questão. – O professor sorri para mim como um colegial. – É claro que é difícil ter certeza dessas coisas, mas em minha visão a resposta é tanto sim como não. Acredito que, a cada momento, seja no nosso mundo ou em outro, o futuro de cada pessoa já está, até certo grau, determinado. Por todos termos uma inclinação natural a fazer certas escolhas e agir de determinada forma, há, de certo modo, uma trajetória padrão em nossa vida.

– Um caminho "mais provável" – complementa Caitlin.

– Um caminho mais provável – concorda o doutor Mann. – O que não é o mesmo que dizer que nosso destino está selado. Na verdade, acredito que é o extremo oposto. A cada instante, todas as pessoas têm a liberdade de escolher um caminho diferente, mudando assim a trajetória de sua vida. Nada está gravado em pedra.

Minha mente pula para o caminho de minha própria vida. As séries de escolhas que me levaram a Los Angeles, começando com a decisão de cursar aquela disciplina de teatro no outono. Aquele único momento – a escolha aparentemente inofensiva entre duas optativas – alterou radicalmente a direção de minha vida. Mas eu não sabia disso na época. Não tinha ideia do que estava em jogo naquele dia.

Será que ela tinha?

– Nossos eus paralelos são pessoas reais? – eu me ouço perguntando. – Tipo, seres humanos vivos, que respiram?

– Claro que sim – responde ele. – Eles habitam um outro mundo, mas nem esse mundo e nem eles são menos "reais" do que nós. – Ele para e pensa. – Acho que esse conceito costuma ser o mais difícil para os alunos entenderem. Se nosso mundo foi mesmo entrelaçado com um mundo paralelo, você não *se transforma* em seu eu paralelo. Nem ele em você. Você não trocou de corpo e nem viajou pelo espaço. Vocês continuam sendo seres separados e distintos, vivendo em dois mundos físicos diferentes. Esse mundos simplesmente ficaram ligados.

– Mas o que isso significa para mim? – pergunto. – O que acontece se meu eu paralelo toma alguma decisão capaz de mudar sua vida amanhã? Onde eu vou parar? – Estou me esforçando para não deixar o pânico transparecer em minha voz. Não estou conseguindo.

– Essa é a beleza de tudo – pondera. – Não é possível saber como as escolhas se manifestarão na vida dele, a menos que ele já as tenha feito. Uma decisão que parece "capaz de mudar vidas" pode, no final das contas, não ser nada disso. Frequentemente, são as escolhas que parecem não ter consequências que nos desarraigam. – Sua voz é suave e repleta de satisfação, como se estivesse descrevendo as regras de seu jogo de cartas favorito. – Muita coisa depende do tipo de pessoa que sua paralela é – ele completa. – Algumas pessoas esculpem novos caminhos diariamente. Outras mantêm o curso durante a vida toda. Se a sua paralela for do primeiro tipo, é possível que você acabasse em um lugar novo por dia. – Ele olha para mim de um jeito estranho. – É uma ideia estimulante, mas imagino que seja um tanto quanto perturbador experimentar em primeira mão.

Meus membros começam a formigar. *Ele sabe.*

Meu pulso começa a acelerar quando me imagino presa sob um microscópio gigantesco, trancada nos fundos de um laboratório. *Preciso sair daqui. Agora. Já.*

Ao meu lado, Caitlin dá um sorriso jovial.

— Bem, acho que precisamos ir ou perderemos o trem. Muito obrigada por seu tempo, doutor Mann.

Estou no meio do corredor. Caitlin precisa praticamente correr para me alcançar.

— Abby! — ela sussurra, agarrando o meu braço. — Pode ir mais devagar?

— Álcool. Onde podemos arrumar?

— São 16h30min.

Olho feio para ela e abro a porta.

— Acabei de descobrir que minha vida está sendo controlada por uma versão paralela de mim, que MORA EM UM MUNDO PARALELO. Acho que isso me dá o direito de beber um coquetel no meio da tarde. — Um cara me olha de um jeito estranho na praça. — Sabe, seria muito mais fácil se descobríssemos que estou louca. Era só me internarem e o assunto estaria encerrado — resmungo.

Caitlin me abraça.

— Ei, maluquete, tem uma pizzaria nova na Crown Street, e eu ouvi dizer que não pedem documento. Que tal se eu te pagar uma bebida como presente de aniversário?

— Sim, por favor.

Caitlin apoia a cabeça em meu ombro.

— Independentemente do que aconteceu, ou esteja acontecendo, nós vamos dar um jeito — ela me diz. — Eu prometo. — E, por um instante, acredito nela.

Uma bebida e uma fatia de pizza depois, eu me sinto muito melhor. E relativamente normal. É minha segunda semana de faculdade e eu estou em uma mesa de canto com minha melhor amiga, comendo pizza de mariscos e bebendo uma cerveja meio choca enquanto observamos os jogadores de lacrosse bonitinhos sentados duas mesas à frente. (Bem, eu estou observando. Caitlin está fingindo observar enquanto manda uma mensagem de texto para Tyler por baixo da mesa.) Isso não parece o "possível futuro" de uma pessoa paralela. Parece minha vida. Ou uma versão dela. *Mas quanto tempo essa versão vai durar?*

– Ei, era para ser divertido. Nada de pensar em astrofísica à mesa – Caitlin ordena, com a voz um pouco arrastada.

– Uau. Já imaginou que *você* estaria falando essas coisas para mim?

– Rá! Com certeza, não. – Caitlin toma um gole da cerveja. – Talvez seja Deus se vingando de você por odiar tanto a ciência. – Ela está brincando, mas parte de mim se pergunta se não pode ser algo assim... se eu não sou uma ingrata e estou sendo punida por não dar valor à minha vida.

– Você não acredita em Deus – observo. Mas minha voz tremula um pouco.

Caitlin nota.

– Abby, eu estava brincando. Se tem algo acontecendo, não tem nada a ver com você. Ou com Deus.

– Se algo está acontecendo, eu não deveria *saber* que está acontecendo. – Lembro a ela. – Eu não deveria estar ciente do assustador fato de que as coisas estão drasticamente diferentes do que estavam ontem. Mas estou. Tem de haver um motivo pra isso.

– Não necessariamente – Caitlin responde. – Pode ser apenas uma casualidade.

– Uma *casualidade*?

Ela dá de ombros.

– Talvez sua mente esteja apenas diferente. Como aquele cara da Inglaterra que conseguiu decorar até 1.250 dígitos.

– Sim, obrigada – retruco. – É muito animador. – Olho para meu copo de cerveja pela metade e o pego nas mãos. *Talvez sua mente esteja apenas diferente.* Não é bem a resposta que eu estava procurando.

– Sei que você quer dar um sentido para as coisas – ela diz com cuidado. – Mas às vezes a ciência não nos dá os motivos que estamos procurando. Podemos teorizar sobre como as coisas devem funcionar, mas, como disse o doutor Mann, sempre existem desvios.

– Você acha que ele sabia por que estávamos lá? – pergunto. – Ele não parava de olhar para mim, e depois fez aquele comentário no final...

– Mas você contou aquela história incrível e totalmente verossímil sobre o trabalho de escrita criativa – Caitlin diz, como se falasse sério. – Como ele pode ter descoberto?

– Não estou brincando, Caitlin. E se ele contar para alguém e eles me prenderem, ou algo assim?

– "Eles" quem, Abby? Os agentes do governo que o doutor Mann tem no bolso da calça? O homem foi banido, perdeu o cargo de professor efetivo e foi relegado à periferia da cosmologia convencional. Mesmo que ele contasse a alguém, quem acreditaria?

– Mas você acredita? – pergunto. – Eus paralelos. Mundos entrelaçados. Realidade compartilhada. – Mal dá para ouvir as palavras quando eu falo. – Realmente acredita que é essa a explicação para tudo isso?

Caitlin hesita, depois confirma.

– Não posso explicar exatamente por que e duvido que alguém possa provar, mas, sim. Acredito. Pelo menos por enquanto – ela acrescenta.

– Certo, então vou explicar o que não entendo – digo. – Se nosso mundo é realmente entrelaçado com um mundo paralelo, então não está afetando só a mim; está afetando todo mundo. O que significa que, neste exato momento, suas lembranças do passado não são suas.

– Certo. São da minha paralela. – O tom de voz dela é trivial. – Eu me lembro de coisas que aconteceram com ela, e de coisas que *vão* acontecer nos próximos 365 dias, como se tivessem acontecido comigo. – Ela equilibra o saleiro sobre um grão de sal.

– Mas elas *não* aconteceram com você – aponto. – Aconteceram com seu eu paralelo. O que significa que suas lembranças são falsas.

– Tecnicamente, sim.

– Caitlin!

– O quê?

– Está agindo como se o fato do último ano de sua vida ter sido apagado não fosse importante!

– Não foi apagado. – Ela me corrige. – Foi modificado.

– Reescrito.

– Reescrito – ela concorda.

– E isso não te assusta? – indago. – A ideia de suas lembranças estarem sendo *reescritas* por outra pessoa?

– Essa "outra pessoa" tem exatamente a mesma formação genética que eu – Caitlin afirma. – Sou eu, sob outras circunstâncias. – Ela dá de ombros como se estivéssemos falando de algo trivial. – Então, não. Não me assusta.

– Não é você! – Eu insisto. – Até onde sabemos, ela poderia decidir largar a faculdade amanhã e entrar para o circo.

– Mas há enormes probabilidades de que não faça isso – Caitlin responde. – O mais provável é que ela faça exatamente o que eu faria em sua situação.

– Quem disse? O meu eu paralelo não fez.

– Mas foi porque a colisão tornou impossível o caminho que você tomou – Caitlin diz, com calma. – Seu eu paralelo *não pôde* escolher aquela aula de teatro no ano passado porque já estava cheia quando ele chegou à sala da senhora DeWitt. Se tivesse escolha, teria escolhido teatro, como você fez.

Não estou convencida, mas não tenho energia para discutir.

– Se você está dizendo... – Termino a cerveja e me levanto. – Outra rodada?

Caitlin olha para o relógio.

– Temos reserva para as oito, não é?

O jantar. Eu já tinha esquecido completamente.

– Argh. Não podemos cancelar?

– A Marissa vai ficar muito chateada. Ela está ansiosa para que você conheça o Ben.

– Sério? Além de tudo, agora tenho que jogar conversa fora com um estranho?

– Dois estranhos. – Caitlin me corrige. – Ben vai levar um amigo.

– Certo – eu suspiro. – Quem é Ben?

– Namorado da Marissa. Está no terceiro ano da NYU. Eles se conheceram em Nova York, ela estava fazendo um curso de verão na

Pratt e ele estagiava em algum lugar, eu acho. E o outro cara é um amigo dele do colégio, que estuda aqui. Dizem que é gatinho.

Eu me dou conta de que não tomei banho hoje. E nem me olhei no espelho. Caitlin vê o pânico em meu rosto.

– Relaxa. Ainda não são nem seis horas. Você tem bastante tempo para se arrumar. Mas talvez seja melhor deixarmos a segunda bebida para lá.

– Que tal tomarmos a cerveja e deixarmos o jantar para lá? – Eu sugiro, voltando a me sentar. – Quero dizer... esse é mesmo o melhor momento para eu conhecer homens mais velhos e gatos?

– É uma pergunta retórica? – Caitlin faz um sinal para a garçonete trazer a conta. – Agora, quanto ao guarda-roupa... que tal aquela blusa Marc Jacobs que minha mãe me deu de aniversário, aquela roxa meio acinzentada, com as calças da Hudson? Eu uso com sapatilhas, então se você usar salto alto, deve servir.

Imagino meu reflexo no espelho do banheiro na noite anterior, minha expressão ao mesmo tempo de medo e satisfação. Uma menina com a parte de cima de um pijama e meias, pronta para tudo. Ou pelo menos tentando estar.

– Terra para Abby... ouviu o que eu falei? Blusa roxa. Jeans.

– Sim, eu escutei. Mas está tudo bem – digo a ela. – Já tenho uma roupa em mente.

É incrível o que um banho quente e um pouco de cafeína são capazes de fazer. Às 19h45min, já estou relaxada, mais ou menos normal. Marissa me mandou uma mensagem de texto há mais ou menos uma hora dizendo que ela, "B & M" nos encontrariam no restaurante, então fico com toda a suíte para mim. A blusa do pijama parece ainda melhor do que na noite passada, provavelmente por não ter passado os últimos quatro meses enfiada em um mala. Acrescento meias-calças pretas e um blazer larguinho ao conjunto (minha tentativa de deixar a roupa mais apropriada à Costa Leste) e calço as botas de caubói. O olhar no rosto de Caitlin quando eu saio é inestimável.

– Uau! Você está linda! Onde você comprou esse vestido?

– Fiz um curso-relâmpago sobre versatilidade do guarda-roupa com Bret Woodward ontem à noite. Onde eu via um pijama, ele viu um vestido. – Dou de ombros. – E eu concordei.

Caitlin parece impressionada.

– Ficou ótimo.

Saímos para o restaurante, que Caitlin disse que ficava a apenas algumas quadras de distância. Agora que não estou mais agindo como o McGyver, noto coisas que não havia notado pela manhã, como a arquitetura do Old Campus e como a cidade de New Haven parece ser nitidamente urbana. Existe uma energia audível na calçada – alunos conversando animadamente enquanto andam, música tocando dentro dos carros e dos dormitórios, o zumbido de uma multidão dentro de um bar nas proximidades. *É esse o som da faculdade.* Algo desperta dentro de mim.

– Então – Caitlin diz ao me dar o braço –, estou achando que há uma boa chance de que essa seja nossa realidade por um tempo.

– Não me deixe com esperanças.

– Pensando nisso – ela diz –, minha paralela certamente não vai mudar de ideia sobre Yale, e a sua não vai tomar decisões definitivas a respeito de faculdades até receber as cartas de aceitação, na primavera.

– É, mas ela pode decidir não se inscrever nessa universidade – observo.

– Mas ela não vai – Caitlin responde, parecendo ter muita certeza.

– Como você sabe?

– Porque fui eu que preenchi o formulário de inscrição.

Eu paro.

– Você não fez isso!

– Com a sua permissão! – ela afirma rapidamente. – Sua mãe estava insistindo para você se inscrever, e eu sabia que você só não havia se inscrito porque achava que ela ficaria decepcionada se você não entrasse. Então, eu a convenci a me deixar preencher o formulário para você e nós enviamos sem contar a ninguém. Dessa forma, se você não entrasse, ninguém precisaria saber.

– Mas *como* eu entrei? Minhas notas eram boas, mas minha classificação não era tão alta assim. – *Não foi você que entrou,* diz a voz em minha cabeça. *Foi seu eu paralelo.*

Caitlin revira os olhos.

– Abby, você passou todos os anos no colégio elaborando a inscrição perfeita para a faculdade. Está escrito em sua testa que tem boa formação.

– Mas e as redações? Foi você que escreveu?

– É claro que não. Eu queria que você entrasse, lembra? – A expressão dela escureceu por uma fração de segundo, tão rapidamente que me pergunto se não foi coisa da minha imaginação. Caitlin sempre teve vergonha de não escrever bem, e costumava fazer piadas sobre isso. Mas o olhar que vi foi de irritação. – Usei um editorial que escreveu para o *Oracle* como apresentação – ela me conta –, e um e-mail que me mandou como redação complementar de quinhentas palavras. Palavras suas. Ou da sua paralela – ela diz, corrigindo a si mesma. – Não que a distinção importe a essa altura.

Quem disse?

– Bem, obrigada – agradeço. – Ou tenho que agradecer a ela. Se tivesse acordado na Northwestern hoje de manhã, estaria catatônica agora.

– Duvido.

– Sério, Caitlin. Não conseguiria fazer isso sem você.

– E nem precisaria – ela diz. – Mesmo que estivesse na Northwestern, ainda teria a minha ajuda. – Ela aponta para um pequeno e mal iluminado restaurante com lanternas japonesas penduradas na frente. – Chegamos.

O lugar está lotado, mas é fácil localizar Marissa (principalmente porque ela começa a acenar como uma louca quando nos vê). O cara sentado ao lado dela até que é bonitinho, usa jeans justos e óculos de aro grosso, e está com o braço apoiado nas costas da cadeira dela. M. está de costas para a porta, então, a princípio, vejo apenas um colarinho verde e cabelos escuros.

– Continue andando – Caitlin sussurra atrás de mim, empurrando-me para a frente. No mesmo instante, M. se vira na nossa direção. Nossos olhos se encontram e ambos sorrimos.

M de Michael. E ele está ainda mais lindo do que estava à tarde, se isso é possível.

– Chegou a convidada de honra – Marissa diz quando nos aproximamos da mesa. Os rapazes se levantam para nos cumprimentar. – Abby e Caitlin, estes são Ben e Michael.

– Então a aniversariante é você? – Diz Michael, puxando a cadeira ao seu lado. – Isso me poupa o trabalho de persegui-la – ele sussurra quando eu me sento, depois chama o garçom para pedir uma rodada de "bombas-s" para a mesa. – E traga um copo cheio pra ela – ele acrescenta, apontando para mim. – Hoje ela completa vinte e um anos. – O garçom não parece acreditar, mas também não questiona.

– O que é bomba-s? – pergunto quando o garçom se afasta.

– Bomba de saquê – Michael explica. – Uma copinho de saquê dentro de meio copo de cerveja, tomado o mais rápido possível. – Ele ri da minha cara de nojo. – Não é tão ruim quanto parece. Eu juro.

– Ele está mentindo. É exatamente tão ruim quanto parece – afirma Ben. – Mas depois do primeiro, não dá mais para notar.

Ben está certo. Na segunda rodada, já não me importava nem um pouco com o sabor: minha única preocupação era dominar a arte de jogar o copinho de modo a minimizar o respingo de cerveja (desisto de disputar quem bebe mais rápido durante a primeira rodada – até a pequena Marissa consegue beber mais rápido do que eu, embora a comparação não seja muito justa, já que ela está jogando o copinho de saquê na água com gás. Tem algo a ver com cerveja causar "catabolismo acelerado de aminoácidos" o que, sim, ela disse com seriedade). Marissa, Michael e eu estamos no meio de uma competição bem quente. Enquanto isso, Ben e Caitlin não estão nem participando do frenesi. Estão afastados da mesa, conversando de um modo que não estimula a participação do grupo. Olho para Marissa para ver se está irritada, mas está tão concentrada em melhorar seu tempo que nem nota que seu namorado parece estar totalmente envolvido com outra garota.

– Sobre o que estão conversando? – pergunto a eles, arrastando um pouco as palavras para parecer mais bêbada do que estou e assim não dar a entender que estou chamando a atenção deles.

– Caitlin está contando tudo sobre astrofísica de partículas. – Ben responde, não parecendo nada culpado. Ele sorri para ela. – Talvez não tudo, mas a parte que meu cérebro de ervilha é capaz de entender.

– Ben faz faculdade de jornalismo – Caitlin anuncia. – Fez um estágio no *Huffington Post* no último verão. – Lanço um olhar para ela.

Eu já devia saber de todas essas coisas. Felizmente, Marissa interrompe antes que eu tenha que responder.

— Eu já falei para ela — ela diz, fazendo um gesto com a mão. — Mas o que não falei é que o Michael é *muito* bom no lacrosse. E é membro de uma fraternidade. Não é, Michael?

— Oh — Michael diz quando nosso garçom chega com a comida. — Se essas são as duas qualidades que mais chamam a atenção, estou perdido.

Depois que o garçom distribui os pratos, a conversa praticamente acaba e o grupo detona uma quantidade obscena de sushi. A comida ajuda a balancear o álcool, e quando Ben faz um sinal pedindo a conta estou me sentindo realmente bem. Satisfeita, com a cabeça um pouco leve, e um tanto quanto apaixonada por Michael, que parece estar se divertindo tanto quanto eu. No momento, ele está recostado, com o braço atrás da minha cadeira, passando o dedo de leve em meu ombro. Eu me apoio nele, absorvendo o momento, agradecendo porque meu defeito cerebral (porque, sério, vamos dar nome aos bois) vai permitir que eu me lembre disso amanhã, mesmo que mais ninguém se lembre.

— Abby? — Michael parece preocupado. Não o culpo. Sua companheira de bomba de saquê está sentada à mesa com os olhos fechados. Eu os abro e sorrio.

— Oi.

— Você está bem?

— Estou. Esse foi o melhor aniversário de todos. — O rosto de Bret surge em minha mente. Eu disse exatamente a mesma coisa para ele na noite passada. *Faz mesmo menos de vinte e quatro horas?*

Michael aponta para o relógio.

— E são apenas 22h. O que me diz de declararmos esse o padrão insuperável de excelência de aniversários?

— Isso envolve mais bebida? — Ben pergunta.

— Claro que sim — Michael diz, confirmando com a cabeça. — Muito mais bebida. E talvez um pouco de dança.

"Um pouco" de dança é apelido. Acontece que Ben conhece um cara, que conhece um cara que é segurança da Alchemy, casa noturna a leste do campus (não tenho ideia como um cara de Nova York tem contatos em New Haven). É noite de hip-hop das antigas, e o espaço apertado já está lotado de gente tentando se mexer. Nós cinco passamos as duas horas seguintes na pista de dança, parando apenas para tomar doses de dois dólares e para pausas cada vez mais frequentes para ir ao banheiro.

– E depois? – Ben pergunta quando as luzes da casa noturna se acendem. Como dica, bocejo.

– Parece que a aniversariante está esgotada – Michael nota.

– Não, eu não estou! – É mentira. Estou completamente esgotada. Meu cabelo está grudado na testa e minhas coxas estão úmidas de suor. Bocejo mais uma vez, entregando-me. – Certo, talvez um pouco.

– Estou com sono – diz Marissa, apoiando-se em Ben e fechando os olhos.

– É, acho melhor ir pra casa – sugere Caitlin. – Tenho aula às 8h. E, Ab, você não vai dar uma olhada naquela aula de Ciência Política às 9h?

Aff. Aulas.

Michael pendura o braço em meu ombro. Sua pele está tão grudenta quanto a minha.

– Parece que fomos vencidos – ele diz a Ben. – Vamos encerrar a noite?

Quando andamos as dez quadras até o Old Campus, estou basicamente dormindo em pé. Depois que passamos pelo portão principal, Caitlin me dá um abraço de despedida.

– Me ligue amanhã – ela sussurra, me dando um apertão. – De onde estiver.

– Deixa que eu te acompanho – Ben diz casualmente. – Não é bom andar sozinha. – Olho rapidamente para Marissa para ver se ela está irritada, mas parece que não. Está apenas com sono. De canto de olho, vejo Caitlin hesitar.

No mesmo instante, o telefone dela toca. Seu rosto se ilumina quando ela vê quem é.

– Oi! – ela diz ao atender. – Eu já ia te ligar. – Ela sussurra "está tudo bem" para Ben e atravessa o pátio.

– Namorado? – Michael pergunta.

– Sim. Ele estuda em Michigan. – Observo a reação de Ben, mas ele não expressa nenhuma. Apenas abraça Marissa e a conduz para o nosso prédio.

Quando chegamos no quarto, Marissa e Ben desaparecem lá dentro, deixando Michael e eu no corredor. Estou tentando decidir se o convido a entrar, quando ele diz:

– Eu me diverti muito hoje.

– Eu também – digo, desejando em silêncio que meu eu paralelo continue no caminho que o levará a esse preciso momento. Pela primeira vez em muito tempo, não preferiria estar em nenhum outro lugar.

Eu quero isso. Este momento. Esta realidade. Esta vida.

Os pensamentos me assustam, porque não há garantias de que tudo continuará sendo a mesma coisa amanhã. Raiva e gratidão competem dentro do meu cérebro. Odeio a ideia de que minha paralela possa apagar isso, mas também sei que ela é a razão de isso estar acontecendo. Concentro-me nas manchinhas cor de âmbar dos olhos verdes de Michael, iluminadas pelo calor da lâmpada amarela sobre nós.

– Feliz aniversário, Abby – Michael diz pouco antes de se inclinar para me beijar. Seus lábios são suaves, mas firmes ao se movimentarem sobre os meus. Ele segura gentilmente meu rosto. Meus olhos se fecham, silenciando todas as coisas, exceto a sensação da boca dele sobre a minha.

– Eu te ligo amanhã. – Ouço-o dizer. Apenas concordo, não confiando em minha capacidade de dizer algo coerente neste momento, com os lábios ainda quentes. Michael me beija mais uma vez, suavemente, e se vira para ir embora. Eu o vejo desaparecer na escadaria, depois entro.

Ben me olha da cama de almofadas que está organizando no chão. Marissa está esparramada no sofá, já dormindo.

– Então você gosta dele – Ben diz.

– Acabamos de nos conhecer.

– E daí? Ainda pode gostar dele. – Ben termina de arrumar a cama improvisada e deita sobre ela.

– Nem sei o sobrenome dele – afirmo.

– Carpenter – Ben responde, e fecha os olhos. – E ele gosta de você. – Sorrindo, vou para o quarto.

Enquanto me deito em uma cama desconhecida, uma onda de pavor toma conta de mim, substituindo o cansaço. *Pode ter sido esse. Pode ter sido esse meu último momento aqui.* A ideia faz meu estômago queimar. Não quero que as coisas mudem novamente. Quero ficar muito tempo neste caminho para ver até onde ele vai me levar. Quero tanto que consigo sentir em minha língua amortecida pelo saquê. Meu telefone se ilumina com uma mensagem de texto e eu o alcanço no escuro.

Michael: TENHA DOCES SONHOS, ANIVERSARIANTE.

Posso enxergar nitidamente na cabeça, mas ainda assim abro a foto, a única que tenho da noite de hoje. Michael está na pista de dança, cantando a plenos pulmões uma música do Salt-N-Pepa, e mesmo com os olhos apertados e a boca escancarada, fica ridiculamente lindo. Marissa e Ben estão ao fundo, pouco visíveis sob a luz turva, dançando e rindo com os braços em volta um do outro. A ponta do cotovelo de Caitlin está no canto inferior da imagem. Eu estava rindo quando tirei a foto. Tanto, que não conseguia manter o telefone parado e esqueci de usar o flash. Mas mesmo escura e um pouco borrada, ela capturou o momento que eu não queria perder.

– Deixe-me ficar aqui – sussurro no escuro. É a coisa mais próxima de uma oração que disse nos últimos tempos. Meu telefone se apaga e eu o coloco sob o travesseiro, querendo-o por perto. Se a foto estiver aqui pela manhã, saberei que a realidade não mudou da noite para o dia.

De onde estou deitada, posso ver um pouco do céu noturno pela janela. Está nublado, de modo que o céu fica com um tom esverdeado. Volto a pensar naquela noite, há um ano e um dia atrás, quando fiquei na varanda dos fundos da casa dos meus pais, olhando as estrelas, sentindo que elas estavam pairando na beirada de algo importante. Mas, por outro lado, não era eu que estava lá. E aquelas estrelas não eram desse mundo, e sim do mundo da outra.

Fecho os olhos, finalmente cedendo ao cansaço.

4 (Lá)

sexta-feira, 26 de setembro de 2008

(é sexta, graças a Deus)

— Normalmente, não recuso cerveja grátis — Tyler diz, mergulhando uma batatinha chips no ketchup e jogando direto na boca. — Torna essas decisões fáceis. — Ele dá um gole no achocolatado. Caitlin faz uma careta.

— É sobre Ilana que a gente está falando — ela frisou. — Nem vai ter cerveja lá.

Ouço a conversa deles apenas de longe. A aula de astronomia começa em nove minutos, e eu ainda não terminei o trabalho de leitura da noite passada.

— É uma festa. Claro que vai ter cerveja.

— A garota vive à base de Coca-Cola diet e balas de menta — Caitlin responde. — Ela carrega sachês de adoçante na bolsa.

— E daí?

— Vinho branco e vodca. Drinques de gelatina, se você tiver sorte.

— Você tá louca. Não tem a mínima chance de ela dar uma festa sem um barril de cerveja — Tyler retruca.

Caitlin apenas ri. *Se é o que você acha...*

Tyler olha para mim.

— O que você está fazendo?

– Trabalho de astronomia – respondo sem olhar para cima. Mais duas páginas para terminar.

– Deixando tudo para a última hora. Ótimo. Fico feliz em ver você adotando meus hábitos escolares, Barnes.

Eu o ignoro e continuo a leitura.

– Então, qual é a comemoração? – Caitlin pergunta. – Os pais dela não viajam toda hora?

– Ela conseguiu o papel principal na peça da escola – Tyler responde de boca cheia. – É sua festa da vitória.

Caitlin faz um movimento de engasgo, então volta para a salada.

– Então, que horas as senhoritas vão me buscar hoje à noite?

– Desculpe – Caitlin responde. – Vamos estar ocupadas.

– Ah, é? Fazendo o quê?

Olho de relance para Caitlin. Não temos planos.

– Cinema – dizemos em uníssono.

Tyler apenas balança a cabeça.

– Que chato.

– Você sabe que certamente a polícia vai ser chamada por causa dessa festa – eu digo, passando os olhos rapidamente nos últimos parágrafos.

– Cara, vocês estão estraga-prazeres demais hoje. Mais do que o normal. – Uma pausa, então ouço Tyler dizer. – Mas vocês estão bem gostosas, então talvez compense.

Uau. Olho para cima e vejo Tyler sorrindo para Caitlin de um jeito muito diferente. Esquece. É um sorriso bem típico dele, mas que ele reserva apenas para as garotas com quem quer algo a mais. Olho para Caitlin, esperando que ela pareça tão desconfortável como eu me sinto. Mas ela apenas faz uma expressão adoravelmente lisonjeada, ainda assim recatada, e sorri para ele.

O que está acontecendo agora?

Nesse instante, o sinal toca, e aquele momento termina. Tyler pega a mochila e vai embora, tão sem cerimônia que me pergunto se eu estava vendo demais naquela troca de olhares. Talvez não tenha sido nada. Talvez ele estivesse apenas fazendo um elogio amigável. Tyler não daria em cima de Caitlin descaradamente enquanto estivesse saindo com Ilana, e Caitlin tem uma regra muito rígida sobre flertar com caras comprometidos. (Dois verões atrás, ela passou seis semanas em um estágio em Huntsville, na Nasa, e se apaixonou por Craig, que ela pensou ser um estagiário. Descobriu depois de ter dormido com ele – foi a primeira vez dela – que o cara era um doutorando de vinte e seis anos *casado*. Depois disso ela mudou, de um jeito que nunca entenderei direito. Então, quando eu digo que ela tem uma regra muito rígida sobre flertar com caras comprometidos, quero dizer que ela não flerta. Ponto final.)

– Você vem?

Caitlin está em pé a poucos metros, obviamente se perguntando por que estou sentada na mesa do refeitório trinta segundos após o sinal. Meu livro ainda está aberto na mesa. Passo os olhos sobre o último parágrafo do capítulo, então enfio o livro na bolsa e a sigo.

Astronomia é diferente de qualquer aula que eu já tive. Temos ao menos trinta páginas de leitura toda noite – às vezes chega a quase cinquenta –, mas não tem questionário ou perguntas para completar no final de cada capítulo, o que nos força a lembrar de tudo. O doutor Mann parece simplesmente acreditar que nos lembraremos de tudo. E não é que ele repassa conosco o que devíamos ter lido. Suas aulas são mais parecidas com discussões filosóficas, nas quais ele pergunta mais do que responde. De verdade, é até divertido. Só queria que o professor tivesse uma memória melhor para lembrar nosso nome. Ele insiste em nos chamar pelo sobrenome, mas não consegue se lembrar de todos. Então, ele nos faz sentar em ordem alfabética e usa o diário de classe como cola, me colocando cinco fileiras e duas carteiras longe do Wagner, o Garoto Astronomia.

Por que o sobrenome de Josh não podia ser Barney ou Barr ou Bartlett?

Chego na sala poucos minutos antes do segundo sinal. A maioria das carteiras já está ocupada, os alunos lutando para acabar a leitura antes de a aula começar. A carteira de Josh, como de costume, está vazia. Ele sempre entra pouco antes do último sinal, trazendo apenas caderno e lápis. Sem mochila, sem livro. Apenas o caderno e o lápis. Eu acharia que ele é um relapso total se não fosse pelo fato de falar bastante em sala, sempre levantando a mão e participando, mas apenas quando ninguém mais o faz. É como se ele esperasse para ter certeza de que o resto de nós não vai responder, então ergue a mão antes que o doutor Mann se transforme no senhor Hyde (o homem é um fofo, mas *não* fica feliz quando faz uma pergunta e ninguém responde).

Esperto e lindo e atencioso. E totalmente desinteressado.

As coisas pareciam promissoras no dia em que nos conhecemos. Apontando para o lugar vazio ao lado dele, toda aquela conversa sobre destino e estrelas. Parecia o começo de alguma coisa. Mas eu devo ter entendido errado, porque Josh não fez nenhum esforço para falar comigo desde então, mesmo que eu me demore, casualmente, na minha carteira todos os dias depois da aula.

Sim, eu sou esse tipo de garota.

Mais provas? O fato de que agora estou totalmente virada na minha carteira, olhando fixa e descaradamente para a porta da sala, apenas esperando que ele entre. O que acontece menos de um minuto depois. Lápis atrás da orelha, caderno embaixo do braço, camiseta marrom, bem arrumadinha, por dentro dos shorts cáqui. Ele encontra o meu olhar e sorri. Rapidamente abaixo os olhos, envergonhada porque ele me pegou olhando para ele de novo. É a terceira vez esta semana.

Olha, é sério, isso já está ficando meio ridículo. É só ele olhar na minha direção e me dá frio na barriga e tudo que vem à minha cabeça é como eu quero tocá-lo de verdade. A parte de dentro do antebraço, a covinha sobre o lábio superior, o lugar onde o lóbulo da orelha encontra o pescoço. É quase doentio como não consigo parar de pensar no corpo desse garoto. Ele, enquanto isso, não parece pensar em mim, nem um pouco. Agora mesmo está folheando o caderno, procurando uma página em branco.

Toca o último sinal, e o doutor Mann aparece.

– Paralaxe – ele começa. – Senhorita Watts, pode defini-la para nós, por favor?

A loira sorridente atrás de Josh tenta encontrar uma definição. Ela folheia as páginas tão rápido que fico surpresa por ela não ter arrancado uma delas.

– Hum… paralaxe é, tipo, a diferença em como você vê algo – a garota gagueja, escondendo-se atrás dos cachos loiros. – Tipo, quando uma estrela parece estar em um lugar, mas então você olha de outro ângulo, e ela está, tipo, em outro lugar.

– Exato! – Professor e aluna parecem igualmente surpresos que ela tenha conseguido. Ele se vira para o resto da classe. – Como a senhorita Watts explicou, paralaxe é a diferença na posição aparente de um objeto visto de dois ângulos distintos. O nome "paralaxe" e o fato de usarmos termos como "arcsec" e "parsec" para determiná-la fazem o conceito parecer mais complicado do que é.

– Que diabos é arcsec? – alguém atrás de mim murmura.

– O quanto nossa perspectiva é distorcida? Essa é a pergunta mais profunda que devemos fazer – O doutor Mann declara. – Vamos começar com um exemplo. Por favor, escolham alguém a pelo menos duas fileiras de distância. Alguém que vocês possam ver claramente de onde estão sentados.

Eu me forço a não olhar para Josh. Em vez disso, me concentro na garota que o professor chamou antes.

– Agora, fechem um olho – o velhote instrui. – Com uma das mãos, com o dedão erguido, movimentem o braço até seu dedão bloquear a visão do rosto da pessoa escolhida. – A loira sorridente desaparece. – Agora, abra o olho fechado e feche o aberto. A pessoa escolhida parece ter se movido de trás do seu dedão. – *Voilà*. A loira sorridente aparece de novo.

Movo meu dedão até Josh entrar na mira. Ele está olhando diretamente para mim, um olho fechado, braço estendido, rosto obstruído pelo seu dedão erguido. Quando nossos olhos se encontram, faço um esforço considerável para não rir. Existem quarenta e duas pessoas na nossa sala, e ele me escolheu.

A loira sorridente fica esquecida. Fecho meu olho esquerdo e movo meu dedão para a frente alguns centímetros até o rosto de Josh desaparecer atrás dele. Fecho o direito, então lentamente abro o esquerdo. Lá está ele novamente, orelha esquerda raspando no meu dedão. Observo como ele se espelha em mim, alinhando o dedão com o meu. Ficamos assim por um momento, olhos direitos fechados, braços esticados, simplesmente encarando um ao outro. Àquela distância, consigo perceber a pinta embaixo do olho esquerdo. Avanço um pouco meu dedão na direção dela.

– É tudo uma questão de perspectiva – ouço o doutor Mann dizer. Mudo os olhos novamente, e o rosto de Josh desaparece. *Por que você acha que ele não está interessado?*, pergunta a voz dentro da minha cabeça. *Ele sorri para você todo dia.*

– Senhorita Barnes? – A voz do doutor Mann me puxa de volta para a realidade. *Saco!* Não tenho ideia do que ele acabou de perguntar.

– Hum, o senhor pode repetir a pergunta? – eu peço, já me preparando para a reação do velhote. Ouço várias risadinhas abafadas.

– Não fiz pergunta nenhuma ainda – nosso professor responde. – Ia simplesmente pedir que abaixasse o braço.

As risadinhas abafadas viram risadas.

Meu olho esquerdo abre de uma vez enquanto deixo o braço cair bem rápido. Com o rosto de Josh escondido atrás do meu dedão, não percebi que ele havia desviado o olhar. Ou que o resto da sala tinha começado a me encarar, a única pessoa na sala ainda olhando para trás.

Eu giro na cadeira.

– Desculpe, eu estava... – Sem um jeito coerente de terminar a frase, eu me encolho, baixando os olhos para a superfície de metal da minha carteira e fingindo preocupação com os dois peitões que alguém tinha riscado nela. Felizmente, o professor retoma a aula rapidamente, então, a atenção coletiva logo se dispersa. Eu, no entanto, permaneço envergonhada. *Então, você ficou olhando para ele por um tempo exagerado. E daí? Para ele, você estava olhando para o cara na frente dele.* Olho de relance para a fileira de Josh. O cara na frente dele tem acne cística e monocelha. E tenho certeza de que está usando delineador.

Quando o sinal toca ao final do período, enfio meu livro na bolsa e sigo direto para a porta, desesperada para não cruzar olhares com Josh.

– Abby!

Não estou com sorte.

Josh está a poucos passos atrás de mim quando me viro. Enquanto espero que ele me alcance, meu coração vai de batimentos contínuos para palpitação enlouquecida. Desconcertada pela proximidade dele e pelo meu nervosismo, esqueço que foi ele a me chamar e começo imediatamente a falar.

– Queria saber o que você vai fazer hoje à noite – eu falo. Algo perfeitamente normal para dizer quando você está começando a conversa. Um pouco estranho quando você não começou. Josh apenas responde.

– Ah, você sabe – ele diz. – O de sempre. Reprises de CSI uma atrás da outra. Talvez com Pringles.

– Esses são seus planos preferidos para o fim de semana?

Abrimos caminho enquanto a sala se esvazia.

– "Preferidos" implicam uma preferência entre várias escolhas – Josh relembra. – Sou o cara novo, lembra?

– Por que não aparece na festa da Ilana? – As palavras surgem sem que eu planeje. E daí que na verdade eu não vou à festa que eu acabei de convidá-lo? É o que acontece quando eu não tenho um plano. Eu mergulho de cabeça no desastre.

– Festa, é?

Não: "Claro, eu adoraria!" ou "Olha, parece legal!" Apenas: "Festa, é?" *Como alguém pode responder assim?* É uma pergunta? Uma tática esquiva até poder pensar em como me dispensar gentilmente? Eu recuo.

– É, um monte de gente vai – digo rapidamente. – É uma reuniãozinha.

– Legal – ele diz. – Parece divertido.

– Que ótimo! A gente te pega às oito. – Eu me viro para sair, esperando que ele me siga. Mas ele fica lá, parado. Olho para ele, sem querer ser grosseira, mas sem querer chegar atrasada para a aula de jornalismo. Nossa supervisora é bem tranquila, mas não com atrasos, especialmente quando a atrasada é a redatora-chefe.

– Acho que você precisa do meu endereço – ele diz.

– Ah! Claro. Seu endereço. – Eu rasgo um pedaço de papel do meu caderno e entrego para ele bem quando toca o segundo sinal.

– Então, quem vai? – ele pergunta. Ele, diferente de mim, parece não estar com pressa de ir para a próxima aula.

– Praticamente todo mundo do último ano – eu digo, querendo que seu lápis se mova mais rápido. – Bem, menos os eremitas.

– Eremitas?

– O pessoal que nunca sai. – Olho para o relógio na parede atrás dele. Quarenta segundos até o último sinal. Quarenta segundos para ir do Bloco A até o laboratório de jornalismo, no final do Bloco G. Se não for agora, vou chegar atrasada.

– Digo, conosco – Josh diz, finalmente me entregando o papel. –Você disse "a gente te pega". Quem é "a gente"?

–Ah, claro. Não acho que você conheça – digo de um jeito distraído, enquanto vamos para a porta. *Quando será aceitável sair em disparada?* – Então, vejo você mais tarde? – Já estou lá fora antes que ele possa responder.

Apesar de eu correr para chegar lá, ainda chego atrasada para o sexto período. Murmuro uma desculpa sobre ter ficado mais tempo na aula de astronomia (tecnicamente não era mentira), então me esgueiro até a carteira, onde passo o resto do período repassando mentalmente minha conversa com Josh, enquanto finjo revisar a formatação das páginas da próxima edição do *Oracle*.

Assim que a aula acaba, eu corro até o carro de Caitlin. Ela surge do prédio minutos depois, equilibrando uma pilha ridícula de livros.

– Você não tem treino de cross-country agora? – ela pergunta quando me vê.

– Queria falar com você primeiro. Sobre hoje à noite.

– Podemos sair enquanto falamos? – Ela joga os livros no porta-malas e aponta com a cabeça para a fila crescente de carros esperando para sair do estacionamento. – Não esqueça que uso o termo "sair" de forma geral.

–Tá bom.

Entramos no carro. Caitlin sai da sua vaga VIP e junta-se à fila de saída parada. Então, olha para mim.

– Então, hoje à noite. O que foi?

Tentei falar de um jeito casual.

– Convidei Josh para ir conosco à festa da Ilana.

– Quem é Josh?

– Josh Wagner. O Garoto Astronomia.

– Convidou o Garoto Astronomia para ir com a gente a uma festa na qual não vamos. Estratégia interessante. Posso levar o namorado que eu não tenho?

Lanço um olhar para ela.

–Vou fingir que não ouvi. Então, você dirige? Podemos levar Tyler também?

– Por que *eu* tenho que ir?

– Porque eu disse para ele que um monte de gente iria. – Caitlin dá apenas uma olhada para mim. – Ele hesitou quando eu convidei! Fiquei insegura com a hesitação.

– De todas as coisas que você podia ter convidado o cara para fazer, escolheu justo essa?

– Não sei de onde saiu esse convite! – eu lamento. – Abri a boca e... *blá*. Foi isso.

Finalmente chegamos à rua. O guarda no cruzamento nos para a fim de deixar o tráfego da rua passar.

– Levo você para o ginásio ou você desce aqui? – Caitlin pergunta.

– Desço aqui – eu digo, já abrindo a porta do passageiro. – Não temos que ficar muito tempo. Vamos, vemos o quanto está chato, e saímos. Tudo bem?

–Você percebeu como você é ridícula, não é?

–Vejo você quinze para as oito! – Mando um beijo para ela e fecho a porta.

Como esperado, o treino de cross-country é brutal. Nosso primeiro encontro é na próxima quinta-feira, então começamos as corridas em ritmo rápido ontem. Significa que, a menos que eu queira aparecer no chato discurso da treinadora P. "A tartaruga só vence nos contos de fadas", tenho que me esforçar de verdade.

São quase dez quilômetros, a vinte e sete graus, mas é bom desligar o cérebro um pouco para me concentrar em nada mais além da minha respiração e do som contínuo e tranquilizador dos meus tênis batendo no asfalto. Correr é a única coisa com a qual posso contar para calar meu incessante monólogo interno. Se não pudesse correr, provavelmente pensaria tanto até ter um colapso nervoso.

A quietude mental nunca dura. Quando chego na entrada da garagem depois do treino, meu cérebro fica atulhado de novo. Garoto Astronomia. Lição de astronomia. Prova de cálculo avançado na segunda-feira. Inscrição na Northwestern University. Redações para inscrição na Northwestern University. SAT, o exame classificatório. Garoto Astronomia. Garoto Astronomia. Garoto Astronomia.

Minha mãe está na cozinha, separando a correspondência.

– Chegou em casa cedo de novo – eu digo, largando a bolsa na mesa.

– Cheguei? – ela diz, meio distraída. – Estava até o pescoço com os orçamentos de piso para a ala danificada. Tive que sair de lá. – Ela olhou para mim. – Como foi o seu dia?

– Bom – respondo. – Tirando a parte na qual chamei descaradamente o cara novo da escola para sair.

As sobrancelhas da minha mãe levantaram.

– Cara novo e sortudo.

– Ai, não tenho tanta certeza de que ele acha o mesmo – eu digo. – Quando eu o chamei, ele não me respondeu direto.

– Mas, no fim das contas, ele disse sim?

– Só depois de eu ter feito parecer que não era um encontro.

– Nossa, que complicado – minha mãe diz. – Mas promissor! Então, onde vocês vão levá-lo?

– Ah, numa reuniãozinha que uma garota da escola vai fazer na casa dela. – Mantenho minha voz descontraída, mas nem tanto. Não quero parecer evasiva, mas, na verdade, estou sendo evasiva, porque que os pais da Ilana vão viajar e, óbvio, é impossível meus pais me deixarem ir a uma festa se souberem disso.

– Hoje à noite?

– É. Ei, esses são para mim? – pergunto, apontando para a pilha de envelopes grandes na mesa.

– São – ela responde, empurrando-os na minha direção.

Pacotes de inscrição de faculdade. Passo por eles rapidamente – Vanderbilt, Duke, Georgia University e Yale –, então jogo a pilha toda no lixo.

– Olha só, não faria mal se tivesse algumas opções – ela diz. Posso dizer que ela está pisando em ovos. – Não que eu ache que você não vá entrar na Northwestern, porque sei que vai. Mas por que se limitar? Por que não se dar algumas opções?

– Estou me dando minhas opções. Também me inscrevi na Indiana e na New York University. – Meu tom indiferente é retribuído com um olhar acusador. – Desculpe, eu só não quero ir para uma faculdade no sul, entende? Já conversamos sobre isso.

– Ótimo. Isso cabe para três desses quatro. – Minha mãe vai até a lata de lixo e puxa o envelope azul e branco da Yale. – Connecticut não é no sul. E Yale tem um dos jornais universitários mais antigos e lidos do país. – Nós duas sabemos que ela sabe disso porque Caitlin comentou no meu jantar de aniversário.

– Mas não tem curso de jornalismo – eu friso. – O que importaria, se estivéssemos falando de uma faculdade na qual eu conseguisse entrar, mas não é o caso. – Isso me faz ganhar outra olhada. – Mãe. É *Yale*. Yale, nove por cento de taxa de aprovação. Gente normal como eu não entra em lugares assim.

– Quem disse que você é normal? – Ela sorri, fazendo piada, mas essa conversa já está me irritando, porque é a mesma que temos desde que eu era criança. Minha mãe acha que eu me subestimo. Sei que ela me superestima. Apesar da convicção dela de que Eu Sou Alguém Especial, a história provou que sou simplesmente mediana. E estou bem assim; quero apenas que ela entenda isso. – Pense ao menos nessa possibilidade – minha mãe insiste, estendendo o envelope. – Você fará isso para sua mãe chatinha?

Pego o envelope.

– Só porque ela está sendo especialmente chatinha bem agora.

Minha mãe dá uma piscadinha.

– Ela tenta.

★ ★ ★

Às 19h45min, tendo já experimentado quase todas as peças do meu guarda-roupa em todas as combinações possíveis e imediatamente dispensado cada uma, estou caçando algo na gaveta da minha mãe. Meus jeans justos funcionam com essa camiseta larga e salto, mas o conjunto ainda me faz sentir um pouco zoada. Enquanto envolvo uma echarpe de linho brilhante no pescoço, a campainha toca. Pego um par de brincos da caixa de joias dela e corro escada abaixo.

Caitlin e minha mãe estão em pé no hall, conversando, quando apareço. Elas ficam quietas quando me veem.

– Que foi? – pergunto, desconfiada. Odeio quando elas falam de mim. O que acontece sempre.

– Nada – minha mãe diz com um sorriso animado. – Aproveite seu não encontro.

Como sempre, Caitlin está demais. Os jeans desbotados e o pulôver fino de capuz dão a impressão de que ela simplesmente botou a roupa, mas os detalhes – acessórios dourados, o relógio do avô, sandálias de plataforma metálica impressionantes – completam o look. Eu me pergunto se é um erro apresentá-la para Josh. Não que alguma coisa vá acontecer entre eles; é só porque sei como ela está e sei como eu estou.

– Está sendo ridícula – Caitlin diz, enquanto caminhamos até o carro dela. Por um segundo, acho que ela está lendo a minha mente. – Tem que se inscrever.

– Oi?

– Em Yale. Sua mãe me disse que eles enviaram o pacote de inscrição para você. Seria tão horrível assim se você e eu estivéssemos na mesma faculdade?

Reviro os olhos.

– Claro, é por isso que não quero me inscrever. Tenho medo que você e eu acabemos lá. – Caitlin destranca as portas do Jetta, e nós duas entramos.

– Então, o que há de errado? Por que não se inscrever?

– (A) Não vou entrar, então é gastar energia à toa. E papel.

– A inscrição é via internet.

– E (B), Yale não tem curso de jornalismo.

– Porque tem cursos mais teóricos, mais generalistas.

– Exatamente. E por mais que seja muito legal e por mais que eu possa conseguir um emprego no jornal que eu quiser se me formar lá, isso tudo não muda o fato de eu não querer passar quatro anos tendo aulas de História da Arte ou Ciência Política. Na real, quero aprender como ser uma jornalista. Numa sala de aula. De preferência na Northwestern.

Caitlin olha para mim enquanto liga o carro.

– Ou (C): você só está com medo de não conseguir entrar.

– Não, eu *sei* que não vou entrar. Por isso não preciso ter medo.

– Mas se você não se inscrever, nunca vai saber.

– Será que a gente pode mudar de assunto? – pergunto, irritada. Sei que ela está falando para o meu bem, mas já ouço o bastante dessas baboseiras da minha mãe. Caitlin recua.

– Tudo bem. Contanto que você prometa rever minha apresentação pessoal assim que eu terminar.

– Já não prometi isso, tipo, umas quarenta vezes?

– Ai, eu só estou nervosa com isso – ela diz. – Ouvi dizer que as redações contam muito, mais do que em outras escolas. – As palavras dela vinham cheias de preocupação. Nós duas sabemos que escrever não é o forte de Caitlin; ela enfrentava o problema desde que foi diagnosticada disléxica no quinto ano. Caitlin é ótima para se expressar, mas sua dislexia faz com que escreva muitas palavras erradas, coisas que o corretor ortográfico nem pega. – Nem sei o que fazer se eu não entrar. – A voz dela fica um pouco hesitante. Não é comum em Caitlin ser tão determinada em algo assim. Diferentemente de mim, ela não tem tudo superplanejado no que diz respeito ao futuro. Mas entrar em Yale para ela não significa apenas os estudos acadêmicos. O avô dela trabalhou como despachante marítimo no Porto de New Haven quando chegou da Ucrânia, nos anos 1960, e desde então era sagrado que um membro da família dele fosse para Yale. Ele começou a chamar Caitlin de "minha Yalezinha" desde o dia que ela nasceu (já tinha desistido da filha, que abandonou a escola quando conseguiu o primeiro trabalho como modelo). Caitlin idolatrava o avô, que morreu três dias depois do aniversário de dezesseis anos dela.

– Você vai entrar – eu garanto para ela. – E sua redação vai deixar todos eles malucos. Vamos fazer de tudo para dar certo. – A expressão dela vai de preocupada para aliviada.

Buscamos Tyler primeiro. Quando estacionamos na entrada da garagem dele, a porta da garagem sobe, e Tyler surge carregando uma mochila. Ele caminha rapidamente até o carro, segurando a bolsa perto do corpo, escondendo-a. Seu estoque de cerveja.

– Concluiu que eu estava certa – Caitlin diz, quando Tyler senta no banco traseiro.

– Errado. Concluí que valia a pena me precaver da possibilidade remota que você levantou – Tyler corrige, encaixando a mochila embaixo dos pés.

– Sei. – Caitlin começa a se afastar da frente da casa de Tyler, então para. Ela olha para mim. – Espere aí, aonde vamos agora? Você não me disse onde esse cara mora.

Entrego para ela o papel com o endereço de Josh, percebendo pela primeira vez sua letra bonitinha de menino. Caitlin digita o endereço no GPS.

– Como o cara novo conhece a Ilana? – Tyler pergunta, mexendo no iPod de Caitlin. – Tem alguma música normal aqui? "Elliott the Letter Ostrich"? Para sua informação, bandas *indie* deviam ser proibidas de dar nome a si mesmas.

– Se o que você considera "normal" são porcarias pop, não tem – Caitlin retruca. – E o cara novo não conhece Ilana. Abby só pensou que seria uma boa ideia convidá-lo para a festa. Você sabe, a gente estava tão ansiosa por essa festa.

– Olha, não entendo por que vocês duas são tão do contra – Tyler diz. – Ela é um pouco temperamental. A cabeça pesa mais que o corpo. Mas tem algumas qualidades que compensam.

– Tipo? – eu pergunto. Não estou apenas sendo chata. Tentei encontrar motivos para gostar dela. Ou ao menos para tolerá-la. E não encontrei.

– Ela é divertida – Tyler responde. É seu eufemismo para "dada".
– E tem talento.

Eu abafo o riso.

– *Talento*, né?

– É sério – Tyler diz. – Eu vi a audição dela para a peça que ela queria tanto. Foi realmente bem. – Ele parece estranhamente sincero.

– Por favor, não me diga que você tem sentimentos legítimos por ela – eu falo. – Caitlin, me ajude aqui. Diga que ele não tem permissão para gostar dela de verdade.

– Não me importo com quem ele gosta – Caitlin retruca, um pouco rápido demais. Os olhos dela estão grudados na pista. – Chegamos – ela anuncia.

Eu olho para cima, assustada.

– Já?

Caitlin aponta para uma casa de tijolinhos de dois andares no fim da rua. Tem um jipe batido com placa de Massachusetts estacionado na frente da casa.

– Parece que o Garoto Astronomia é vizinho do Ty – ela comenta. Olho pela minha janela. Estamos parados em uma das novas ruas sem saída perto da nova entrada dos fundos da subdivisão de Tyler. Houve uma festa aqui, no primeiro ano do ensino médio, algumas ruas para cima, antes de asfaltarem a Poplar Drive. A "Festa Poplar", que logo foi renomeada para "Festa Popular". Houve rumores de uma lista de convidados, mas ninguém apareceu.

– Espere, não estacione ainda. – Abaixo o espelho e vejo o meu reflexo. Estou exatamente como estava há quinze minutos. Os olhos um pouco arregalados, mas de resto estou bem.

Tyler está ocupado cantarolando a música tema de *Mister Rogers*.

– Então, qual é a história do cara novo? – ele pergunta entre um compasso e outro.

– Sei lá – eu falo. – Ele está na minha sala de astronomia. Acho que também está na equipe de remo.

— Nós temos uma equipe de remo?

— É nova, parece.

— Posso estacionar agora? — Caitlin pergunta. Estamos parados no meio da rua.

— Sim. Tudo pronto. — Caitlin começa a avançar. — Espere! — Ela pisa no freio. Eu viro para Tyler. — Não diga nada sobre Cate e eu não gostarmos de Ilana. Ou sobre como odiamos as festas dela.

Tyler olha para Caitlin.

— Ela sabe como isso é bizarro, certo?

— Sim — eu murmuro. — Agora, cale a boca. E me dá um chiclete.

Caitlin se aproxima da entrada da garagem e estaciona.

—Você vai até a porta? — ela me pergunta. — Ou quer que eu buzine?

—Você não pode buzinar — Tyler diz. — Os pais dele vão pensar que você é uma estranha que tem medo de pais.

Os pais dele. Nem pensei que podia ter de falar com os pais dele. Credo. Ainda bem que, dois segundos depois do meu monólogo interior sobre *pais me amam!*, a porta da frente se abre, e Josh surge. *Espere, eu deveria estar ofendida porque ele não quis que eu fosse até a porta?*

Tyler se curva para a frente para olhar melhor.

— Ele tem uma vibe de contador em férias, não é?

Eu lanço um olhar para ele.

— Seja legal.

— Eu sempre sou legal.

Ele abre a porta para Josh, então se afasta para dar espaço no banco traseiro.

— E aí, cara — ele diz quando Josh entra. — Eu sou o Tyler.

Fazemos as apresentações e então partimos para um silêncio moderadamente constrangedor. Masco nervosamente meu chiclete, ansiando para Tyler dizer alguma coisa. Ele conversa até com um hidrante.

— Então, Josh… — Tyler finalmente diz —, o que veio fazer em Atlanta?

— Meu padrasto recebeu uma proposta de trabalho na Emory University — Josh responde.

— Ele dá aula? — pergunto, virando no banco da frente.

— Astrofísica. — *A-há!* Isso explica sua habilidade em astronomia.

Caitlin mostra interesse.

— Será que eu o conheço? — ela diz. — Qual é o nome dele?

Josh ri apenas.

— Ah, ela está falando sério — eu comento. — Professores de física são para Caitlin o que as celebridades são para pessoas normais. Ela começou a salivar quando soube que o doutor Mann estava na Brookside.

— Bem, nesse caso, o nome do meu padrasto é Martin Wagner — Josh responde. — Ele é especialista em...

— Matéria escura — Caitlin diz, completando a frase. — Eu li o livro dele.

Josh parece impressionado. Lembro-me do comentário estúpido que fiz na sala de aula hoje e me encolho.

— Você chegou a terminar o livro? — Josh pergunta para ela.

Ela sorri.

— Duas vezes.

— Uau! Sem querer ofender o meu padrasto, mas você devia ganhar um prêmio por isso.

Caitlin ri.

— Bem, eu tinha motivos escondidos. Ele está no comitê de ex--alunos de Yale — ela explica. — Como é o único membro do comitê com formação em ciências exatas, pedi que fosse meu entrevistador. — Ela sorri. — Imaginei que, se tudo mais falhar, vou falar como eu acho o livro dele brilhante.

— Estratégia sólida. Uma garota bonita com uma queda por astrofísica? Ele vai implorar para o comitê de admissão deixar você entrar.

É uma verdade concreta — Caitlin é, de fato, uma garota bonita com queda por astrofísica —, então não deveria ser um problemão um cara de quem eu gosto frisar isso. Ainda assim, fico irritada.

Caitlin ri novamente.

— Assim espero. Então, onde ele deu aula antes daqui? Em algum lugar em Massachusetts, certo? Mas não em Harvard ou no MIT... Brandeis?

— Clark — Josh responde. — Em Worcester.

— Massachusetts? — Tyler pergunta. — Como é lá? — Antes que Josh possa responder, Tyler acrescenta: — É a minha tentativa de botar a conversa num território menos chato.

Josh ri.

– Muito bom. Massachusetts é ótimo. É o único lugar onde morei, então não tenho muito como comparar.

– O remo faz sucesso lá? Abby comentou que você está no time de remo.

–Você estava usando uma camiseta da Brookside Crew ontem – eu digo, rápido. – Por isso eu sabia. Digo, eu não sabia de verdade, apenas imaginei. Sabe, por conta da camiseta.

Por favor, faça a garota louca parar de falar. Caitlin e Tyler trocam olhares no espelho retrovisor.

– Então… remo – Tyler diz. – É bem bacana. Nós somos bons?

– Acho que são bem decentes – Josh responde. – Mas me pergunte de novo daqui a um tempo. Nossa primeira regata é no próximo fim de semana.

Tyler e Josh seguem para o golfe e conversam um pouco sobre os jogos da PGA até chegarmos na Ilana. A casa dela é praticamente idêntica à casa ao lado, exceto por ter uma batida profunda e ritmada emanando lá de dentro. Há carros em todos os lugares.

– Então, essa garota – Josh diz. – Ela é amiga de vocês?

Caitlin bufa.

– Mais amiga de um amigo – eu falo, ignorando Caitlin.

Entramos. A sala está cheia. Tyler vê o time de golfe na cozinha, segurando copos de plástico rosa e reunidos em volta do que parece um barril de cerveja. Tyler dá um olhar de "eu te disse" para Caitlin e segue para lá.

Não é um barril. Apenas parece um. Tipo isso. É um barril de alumínio cheio com um líquido vermelho.

– Splenda Punch – Josh diz, lendo no rótulo com letras imitando bolhas. A palavra "Splenda" está sublinhada com marcador de texto rosa brilhante. – Parece letal.

– E é – Efrain, o parceiro de golfe de Tyler de fala mais mansa, tem que aumentar a voz. Ele é bonitinho, com seu jeito de garoto latino de boy band, mas é meio apagado. Às vezes, no almoço, esqueço que ele está na mesa.

– Eu a vi fazendo isso – diz Efrain. – Álcool de cereais, refrigerante de cereja diet e mais ou menos cinquenta pacotes de Splenda. – Ele acenou com a cabeça na direção da sala. – Ela começou a beber apenas uma hora atrás. – Ilana está com os braços ao redor de uma garota que não reconheço, e as duas estão balançando com a batida da música. Ou tentando. Com a quantidade de álcool correndo no corpo delas, não estão exatamente sincronizadas (com a música ou uma com a outra). Dou risada quando vejo as duas.

– Nossa. Ela não vai se sentir nada bem pela manhã – Josh diz. Parece preocupado de verdade. Enquanto isso, sou a vaca dando risada. Sinto uma onda de remorso quando ouço "Ei, Abby, bonito *xale*", seguido de uma gargalhada aguda. Ilana aponta para mim e sussurra algo para a garota próxima a ela, e as duas racham de rir. *Sim, eu espero que ela se sinta daquele jeito pela manhã. E durante a semana toda.*

– Então, tenho seis cervejas – Tyler anuncia. – Efrain está bebendo o ponche de mulherzinha, Caitlin não vai beber porque está dirigindo e Abby nunca termina mais de uma. – Ele abre uma garrafa e me entrega. – Então, restam cinco para você e eu dividirmos – ele comenta com Josh.

– Ah, não se preocupe – Josh diz.

– Relaxe – Tyler fala para ele. – Cervejas servem para ser divididas. – Antes que Josh possa contestar, Tyler põe a garrafa na mão dele. Desajeitado, Josh segura a cerveja como se não tivesse certeza do que fazer com aquilo. Tyler bota o resto da cerveja na geladeira, então, vai para a pista de dança improvisada.

– Há quanto tempo eles estão namorando? – Josh me pergunta.

– Quem?

– Caitlin e Tyler – Josh responde. – Parecem ser um casal bacana.

– Ah! Eles não são um casal – eu digo a ele. – Nós três somos amigos desde sempre. Tyler tem alguma coisa com Ilana. – A palavra "infelizmente" fica pendurada, sem ser pronunciada, nos meus lábios.

Alguém aumenta a música e Ilana dá gritinhos de alegria. As portas dos armários de cozinha estremecem nas dobradiças.

– Quem é a Ilana? – Ele praticamente tem de gritar, a música está alta demais. Tão alta e tão horrorosa.

Eu aponto.

– Hum – Josh examina Ilana, que agora está dando tapinhas no traseiro da amiga no ritmo da música e rindo histericamente. – Eu não teria imaginado.

Novamente, fico tentada a acrescentar algo perspicaz e sarcasticamente maldoso, mas me contenho.

– Sim, foi uma surpresa para nós também. – É tudo que eu digo.

– E Caitlin? – ele pergunta, finalmente. – Tem namorado?

– Não. – Então, mesmo que não seja verdade, eu complemento. – Ela nem quer um. Está muito focada na escola para namorar.

– É, ela parece mesmo inteligente – Josh diz. *Por que eu sinto a necessidade repentina de anunciar as minhas notas na escola?* Olho para Caitlin. Ela está ao lado do barril, batendo papo com os garotos, mantendo distância para que Josh e eu possamos ficar sozinhos. Ela é minha maior aliada. Por que estou agindo como se ela fosse uma ameaça?

– Ela é a melhor – eu digo, e deixo como está.

Ficamos quietos por um minuto enquanto observamos a lata de sardinha que antes era a sala da casa de Ilana. As pessoas estavam espremidas no espaço grande demais, as vozes reverberavam no teto abobadado. Tyler está dançando agora, girando nossa anfitriã doidona. Olho de relance para Caitlin e a vejo observando-os de canto de olho. Ela não parece com uma garota que não se importa com quem Tyler sai. Parece uma garota que se importa, e muito.

Josh toca o meu braço. Dou um pulo, como se tivesse sido eletrocutada.

– Quer dar uma volta? – ele grita.

– Lá fora?

– Nããão. Pensei que uma voltinha na sala poderia ser um bom jeito de passar os próximos trinta minutos – Josh provoca, ainda gritando para ser ouvido. – Claro, lá fora. Onde eu vou poder te ouvir, em vez de apenas fingir que posso. – Ele deixa a cerveja no aparador e acena com a cabeça para a porta.

Meu coração acelerou de novo com o pensamento de estar sozinha com ele. Ponho minha garrafa pela metade ao lado da dele, que está cheia, e sigo-o até a porta da frente.

O ar lá fora esfriou bastante, e o céu está totalmente aberto.

– Para qual lado? – Josh pergunta quando chegamos à rua.

– Esquerda? – eu sugiro.

– Então, para a esquerda.

Caminhamos em silêncio por alguns minutos, mas não é um silêncio desconfortável. É mais como se o silêncio dissesse: este momento vai ser tão bom que eu não quero arruiná-lo falando. Da minha parte, ao menos. Olho para Josh. Ele jogou a cabeça para trás, olhando para o céu noturno. Seus cabelos estão úmidos, e há um pedacinho de sabonete preso na voltinha de cima da orelha. Fico surpresa, pois ele deve ter tomado banho há pouco. Estava nu há pouco. *Controle-se, Barnes.*

– Estamos cerca de três dias adiantados para a lua perfeita. – Ouço Josh dizer. Inclino a cabeça para trás. Há um risco fino de luz pendurado bem baixo no céu.

– Mas em três dias não *haverá* uma lua – eu enfatizo.

– Exatamente. Sem poluição luminosa. – Ele olha para mim e sorri. – Provavelmente, não é algo que se deva dizer num momento como esse, mas acho que a lua é superestimada demais. – *Um momento como aquele?* Mordo minha bochecha, domando o sorriso que ameaça tomar meu rosto todo.

– E as estrelas? – pergunto, assim que o sorriso fica sob controle.

– Extremamente subestimadas – ele conclui com um sorriso. Olha para cima de novo. – O céu é um livro de histórias – diz em seguida. – Cada constelação é, tipo, seu próprio conto de fadas.

– Você tem uma favorita? – Deixo o meu braço pairar longe do corpo até meu cotovelo encostar no antebraço dele. É desconfortável manter meu braço assim, mas eu o deixo de qualquer forma, pois gosto da sensação de tocá-lo.

– *Cygnus* – ele responde, apontando. – O Cisne.

Aperto os olhos, tentando identificá-la.

– Olha, pare um segundinho. – Josh dá a volta por trás de mim e pousa as mãos nos meus ombros, virando-me levemente. – Tudo bem, agora olhe para cima. Está vendo aquela estrela bem brilhante ali? – Eu concordo com a cabeça, tão perturbada por estar perto dele daquela maneira que não me deixo falar. – Aquele é o rabo do cisne – ele diz, apontando o braço que fica apenas centímetros da minha bochecha. A pele dele cheira a sabonete barato. Inalo profundamente, deixando minhas pálpebras tremularem fechadas por um segundo enquanto sinto seu cheiro. – Imagine como ele mergulha num ângulo de quarenta e cinco graus, com o bico para baixo, as asas abertas. – Ouço Josh dizer. Seu hálito é morno. – Lá está o pescoço, o bico... e ali as duas asas. – Forço meus olhos a se abrirem, e a figura que ele está descrevendo pula na minha frente.

– Uau – eu sussurro. – Ele é grande.

– É imenso. Vê aquela estrela lá, na ponta do bico? – Josh aponta. – Aquela é Albireo. Não dá para ver sem telescópio, mas na verdade ela é dupla.

– Dupla?

– Duas estrelas orbitando no mesmo centro de gravidade – ele explica. – Todas as estrelas duplas são muito legais, mas essa é especialmente legal por causa das cores. Albireo A é dourada e brilhante e Albireo B tem cor de safira.

– Acho que eu não sabia que as estrelas podiam ter cores diferentes. – Eu me viro para encará-lo.

– É só sair com um cara das estrelas e você vai aprender todo o tipo de coisa. – Estamos muito próximos agora, a poucos centímetros de distância. Sugo o meu chiclete, tentando extrair o pouco que resta do gosto de menta original. Josh, enquanto isso, tem um hálito delicioso de canela. Como uma pessoa pode ter um cheiro tão masculino e tão doce?

– Então, qual é a história do cisne? – eu pergunto. – Por que ele está mergulhando?

– Por causa do melhor amigo dele – Josh responde, os olhos ainda grudados no céu. – Faetonte era um mortal, como Cicno, mas seu pai, Apolo, era o deus do sol. De algum jeito, Faetonte convenceu o pai a deixá-lo dirigir a biga do sol. Faetonte, um adolescente comum, dirigiu como um doido, quase destruindo a Terra, então Zeus, nervoso do jeito que era, lançou um raio sobre ele, e Faetonte caiu do céu no rio Erídano. Cicno ficou arrasado. Por isso, decidido a dar ao amigo um enterro digno, mergulhou na água para resgatar o corpo de Faetonte.

Mas não conseguiu encontrá-lo. Então, Cicno continuou mergulhando, mergulhando, sem desistir. No fim, os deuses ficaram com dó de Cicno e o transformaram num cisne imortal.

– Que triste – eu falo. – E bonito.

Josh baixa os olhos para o meu rosto e sorri. Nenhum de nós diz mais nada. Enquanto estamos lá, pertinho, nenhum de nós se move, e passa pela minha cabeça que aquele seria o momento perfeito para o beijo. Ele só precisa se inclinar um pouquinho...

Um carro buzina. Olho para cima, preparada para ficar fula da vida com a interrupção, mas percebo que estamos no meio da rua. Rapidamente abrimos caminho para o carro passar.

– Então, como você começou a gostar de astronomia? – pergunto quando começamos a andar novamente. – Foi por causa do seu padrasto?

– Nããão, eu já gostava antes do Martin. Acho que começou com um episódio muito ruim de *Futurama*, quando eu tinha nove anos. E um velho livro de cosmologia que meu pai me deu quando fiz dez anos.

– Ele é cientista também?

Josh balança a cabeça.

– Era professor de inglês – ele diz. O "era" deixa o ar pesado.

– E você? – pergunto. – O que você quer ser?

– Não sei ainda – ele fala, pensativo. – Tenho tempo para pensar nisso. – *Mas que tal escolher uma faculdade, uma área de concentração e seguir em frente?* Não posso fazer essas perguntas, claro, então apenas concordo com a cabeça. – E você? – ele pergunta. – Você sabe o que quer ser?

– Jornalista – digo. – De jornal.

– Parece decidida – ele observa.

Ergo os ombros.

– Sou, sim. É a única coisa que sempre quis ser.

– Meu irmão mais velho é assim – Josh comenta. Ele volta a olhar para o céu. – Não tenho essa clareza de visão. Pelo menos, ainda não tenho.

Chegamos ao fim da rua de Ilana. Josh aponta para a casa em construção na rua sem saída.

– Quem você acha que serão os futuros vizinhos de Ilana? – ele pergunta, subindo no que será, no fim das contas, a entrada da garagem deles. – Um empresário velho e sua mulher troféu? Duas médicas lésbicas? Não, espere… um ex-jogador de futebol americano da NFL e seus três pit bulls.

Examino a casa, que no mais é apenas fundação e vigas naquele momento. Tyler e eu costumávamos fazer essa brincadeira quando éramos crianças, tentando adivinhar quem seriam os futuros vizinhos dele enquanto o bairro em que morava continuava a se expandir.

Olho de novo a casa.

– Fácil – eu digo. – Um rapper e a mãe dos filhos dele. Ele comprou a casa para convencê-la a ter o bebê. Infelizmente, não é dele, mas ele não sabe disso ainda. Vai descobrir no dia em que se mudarem.

– Coitado – Josh fala, continuando a brincadeira.

– Ah, não fique assim – eu digo para ele. – Depois que eles terminarem, ele vai escrever uma música sobre a experiência. E, daqui a alguns anos, vai ganhar um Grammy com a música.

Josh dá risada.

– Tem certeza de que quer ser jornalista? Talvez devesse escrever ficção.

Damos um passo para o lado quando uma SUV estaciona na entrada da garagem onde estamos. A motorista, Eleanor, é a editora de fotografia do *Oracle*. Ela abaixa a janela e acena. A música "What is and What Should Never Be", do Led Zeppelin, está estourando nos alto-falantes dela, uma música que só conheço porque meu pai canta no chuveiro.

– Ei! Qual casa é? – Eleanor pergunta.

Eu aponto.

– Siga o hip-hop horrível – eu digo para ela.

Eleanor abaixa a música para ouvir.

– Você não estava brincando – ela diz com uma careta. – Vejo vocês lá dentro?

– Claro! – respondo, ansiosa para ela ir embora.

Eleanor dá a volta e estaciona na rua a poucos metros de nós. A fila de carros estacionados tem quase quatro casas de comprimento agora, em ambas as direções. Ou Ilana é mais popular do que pensei ou hoje é uma sexta à noite especialmente sem nada o que fazer.

Agora, nosso clima já está quebrado. Josh e eu apenas ficamos lá, em pé, observando Eleanor caminhando na direção da festa, que está começando a vazar para o gramado na frente da casa de Ilana.

– Então, a gente tem que voltar? – Josh me pergunta. *Voltar para a casa entupida, para a música alta demais e para a quantidade desproporcional de pessoas chatas? Por que faríamos isso?*

– Claro – eu digo, esperando que ele sugerisse ficarmos. Ele não sugere. Apenas enfia as mãos nos bolsos e se vira para voltar à festa.

Dou dois passos e paro. *Não quero voltar.* A noite está bonita e a festa realmente um saco. Não quero ir para lá. Quero ficar aqui.

– Vamos entrar – digo, de repente. Josh me olha, confuso.

– Não é o que íamos fazer?

– Não. Eu digo *aqui*. – Aponto para a casa em construção. – Vamos ver com o que o papai rapper está gastando dinheiro. – Josh me olha de um jeito desconfiado. – Vamos, vai ser divertido.

– Você está de salto – ele comenta.

– Então, eu tiro – retruco, puxando os sapatos dos pés enquanto caminho. – Vamos!

Já estou na metade do caminho até a garagem. Josh ainda está na rua, hesitando. Não posso dizer se ele acha que sou bonitinha ou maluca. Continuo andando, determinada a não olhar para trás de novo.

Estou quase na tábua que leva até o que será o alpendre da frente. *Por favor, faça ele me seguir, por favor, faça ele me seguir, por favor, faça ele me...*

– Descalça em um canteiro de obras. Não posso acreditar que estou deixando isso acontecer. – Josh está em pé a apenas uns metros de distância, meus sapatos na mão. Meu sorriso está de volta, vingativo. Faço o meu melhor para controlá-lo.

– Por aqui, senhor – eu digo, pisando na tábua. Ela é mais vacilante do que parece. Josh põe a mão na minha cintura para me equilibrar. Meu corpo inteiro derrete. Eu me força a continuar.

A casa parece ainda maior lá de dentro. Perambulamos juntos, adivinhando que cômodo será o quê.

– Nossa casa em Worcester caberia aqui neste quarto – Josh diz enquanto caminhamos no que pensamos ser a sala de estar. – Sem brincadeira. A casa inteira.

– As escadas estão prontas – eu digo, apontando para a grande escadaria em espiral no centro do cômodo. – Precisamos subir. De fora parecia que tinha uma sacada nos quartos. Aposto que as estrelas ficam incríveis lá de cima.

– Só se você me deixar subir primeiro – Josh fala. – Se alguém de nós tiver que cair escada abaixo, quero que seja eu.

– Tudo bem… mas cuidado!

Ele aponta para o chão.

– Olha quem fala: a garota dos pés descalços.

Olho para os dedos do meus pés, que estão cobertos de serragem.

– Claro, os pés descalços pareceram uma ideia melhor lá fora, na entrada da garagem – eu admito.

– Nããão, parecia uma ideia bem ruinzinha lá fora também – Josh diz, começando a subir as escadas. – Mas você estava bonitinha demais para parar.

É inútil lutar. O sorrisinho me domina.

Ele sobe as escadas lentamente, testando cada degrau antes de botar o peso todo nele.

Estou dois degraus atrás dele, mandando mensagem de texto para Caitlin enquanto subo.

C/ JOSH. NAO VA EMBORA S/ NOS.

– Cuidado com os pregos. – Ouço Josh dizer. Deslizando o telefone no meu bolso, contorno uma tábua que está atravessada na escadaria. Há quatro pregos em um dos lados, todos com as pontas para cima.

– Praticamente um acidente prestes a acontecer – eu observo. – Alguém pode pisar nisso.

– Por isso a placa "Apenas pessoal autorizado" na cerca na frente da entrada da garagem – Josh responde. Ele chega no topo da escada e olha ao redor. – Acho que é o fim da linha, chefe.

Eu subo para ficar ao lado dele. Embora não pudéssemos dizer lá de baixo, apenas o térreo estava com assoalho: o restante do segundo andar ainda é de vigas e caibros. É o fim do nosso encontro romântico na sacada. Olho para ele, querendo ficar mais perto, mas ele já está descendo as escadas.

Enquanto eu o sigo, meu celular vibra com a resposta de Caitlin.

ONDE VCS ESTAO?

Estou olhando para o celular, respondendo à mensagem, quando os pregos furam a minha pele. A sensação me pega de surpresa. Puxo o ar de uma vez, esperando a dor. Um momento depois, ela vem. Aguda, rápida, intensa. Grito de agonia, puxo a perna para cima, mas os pregos – e a tábua – ainda estão grudados no meu pé esquerdo. Estico o braço procurando um corrimão para não perder o equilíbrio, então percebo que não existe um. De repente, estou caída no fim da escadaria, livre da tábua perfurante, que repica no chão ao meu lado.

– Abby! – Josh pula do meu lado.

– Pisei nos pregos. – A dor está irradiando, subindo pela minha perna, e tem serragem nos meus olhos. – Vou ficar bem, eu só…

Antes que eu possa terminar a frase, Josh me pega no colo e me carrega na direção da porta da frente.

– Sério, estou bem – consigo dizer. – Você pode me colocar no chão.

– Abby, você está sangrando no chão inteiro. Não vou te botar no chão. Vou levar você para o hospital.

Considero contrariá-lo, mas decido que não tenho força para isso. A dor é tudo em que consigo pensar agora. Está cegando todo o resto.

Eu me forço a olhar a ferida para em seguida me arrepender. Os pregos entraram bem fundo na parte logo abaixo dos dedos, deixando quatro furos irregulares embaixo da dobra do dedão. O sangue pinga da planta do pé, deixando um rastro atrás de nós. Olhando para ele, fico zonza.

Quando chegamos à casa de Ilana, Josh me deixa no meio-fio perto do carro de Caitlin e corre para buscá-la. Fecho os olhos e deito na grama. A música lá dentro está ainda mais alta, tão alta que o gramado vibra embaixo de mim. Meu pé lateja sincronizado com as batidas. Eu me concentro nisso para não focar na dor que está irradiando perna acima. Dói tanto que é difícil respirar.

– Não devia ter deixado que ela tirasse os sapatos – ouço Josh dizer.

– Aposto que ela não pediu permissão – Caitlin responde.

Abro os olhos. Josh e Caitlin estão em pé ao meu lado.

–Você não estava brincando sobre o sangue – Caitlin diz para Josh, inspecionando o meu pé.

–Vou ligar para os pais dela – Josh fala.

– Faça isso no carro – Caitlin diz, abrindo o porta-malas. – Vamos para o hospital. Alguém tem que limpar esse buracos e não vai ser eu. – Ela caminha para a traseira do carro e desaparece de vista.

– E o Tyler? – pergunto, enquanto tento me levantar, o que não é impossível, mesmo que seja muito desconfortável. Com uma das pernas inutilizada, tenho que deslocar todo o meu peso para a frente, então empurrar com a minha perna boa para ficar em pé. Não tenho coordenação, tampouco força na perna para fazer isso de forma graciosa. Felizmente, Josh me agarra antes que eu tropece.

– Tyler pode se virar – Caitlin retruca, ainda escondida atrás da porta do porta-malas. *Lá vem aquele tom irritadinho de novo.* Segundos depois, a porta bate, e Caitlin surge com uma pilha de livros, toda agitada. – Ponha o pé em cima desses aqui.

–Você vai me deixar sangrar em cima dos seus livros? – eu brinco para em seguida fazer uma careta pelo esforço de sorrir.

– Não vamos enlouquecer agora – Caitlin diz, tirando o suéter. Ela envolve o meu pé bem forte e usa as mangas para amarrá-lo. Só Caitlin para arruinar um suéter com capuz da Helmut Lang para salvar uma pilha de livros. – Me dá aquilo ali – ela instrui, apontando para o monte de sacolas plásticas de mercado enfiadas no bolsão atrás do banco do motorista. Ela envolve a maior sobre o meu pé, amarrando meio solta no calcanhar. – Pronto – ela diz. – Agora, levante.

Eu obedeço, apoiando meu pé em cima de um volume gasto de *Mecânica quântica avançada.*

– Me dá seu celular – Josh pede enquanto nos afastamos do meio- -fio. – Vou ligar para os seus pais. Vamos precisar das suas informações do plano de saúde quando chegarmos ao hospital.

– Eu ligo para eles – digo, sabendo que Josh vai falar a verdade sobre o que aconteceu e, em vez disso, quero dar uma versão mais adequada para os meus pais. Disco o número da minha casa quando passamos por um carro de polícia com as luzes ligadas, seguindo para a casa da Ilana. Seguidos por mais três. Josh e eu nos viramos em nossos assentos, observando o primeiro encostar na frente da garagem de Ilana e parar. O terceiro vira na frente da garagem da casa em construção e liga o refletor. Josh e eu olhamos um para o outro.

— Parece que a gente saiu bem na hora — ele diz.

A menos que a definição de uma candidata equilibrada da Northwestern University inclua uma ficha na polícia por invasão, então sim. Com certeza, saímos. Sinto uma onda momentânea de gratidão pelos quatro buracos no meu pé, mas a sensação rapidamente é substituída por um latejar entorpecente que havia tomado meu corpo todo.

— Então, tinha uma tábua no meio da rua? — meu pai pergunta quando eu conto para ele a versão censurada do que aconteceu. — Simplesmente caída lá? Com pregos nela?

— Sim, muito maluco — digo, mantendo a voz casual.

— Tem uma casa em construção ao lado, talvez tenha caído de um caminhão, sei lá. — Josh me observa enquanto eu retransmito essa história inventada, então desvio o olhar. *Ele vai pensar mal de mim por conta da mentira?* Não sei dizer.

É compreensível que meus pais estejam preocupados, principalmente porque nenhum de nós consegue se lembrar de quando tomei minha última vacina antitetânica. Eles concordam que preciso ir para o hospital e dizem que nos encontram lá.

— Deixe Josh em casa — eu digo para Caitlin. — É caminho. — Esse encontro já havia ficado esquisito demais. Não precisava terminar conosco passando horas na sala de espera de um pronto-socorro. Além do mais, fica realmente no caminho; literalmente vamos passar na casa dele. Ainda assim, espero que Josh proteste, insista em ir comigo, mas ele não faz isso.

— Então, devemos assumir que Tyler vai dormir na Ilana hoje à noite? — pergunto, mastigando um pretzel. Na verdade, quero dizer "com" e não "na", mas por algum motivo o eufemismo parece necessário.

Caitlin e eu estamos sentadas em uma cama no Emory University Hospital, esperando o médico voltar com os papéis da minha alta. A enfermeira me deu uma injeção da "coisa boa" (palavras dela, não minhas) antes de limpar a ferida – graças a Deus, porque eu juro que estavam usando uma esponja de aço –, então a dor havia diminuído para uma fisgada sutil, e meu humor tinha melhorado radicalmente. Meus pais saíram para buscar o médico, que tinha dito que voltaria em dez minutos uma hora atrás. Caitlin e eu estamos dividindo um pacote de salgadinhos da máquina de petiscos, enquanto ela pinta minhas unhas de vermelho-bombeiro (outro presente da enfermeira Nina).

– Quem sabe... – Caitlin diz num tom indiferente. Ela está concentrada no meu dedão.

– Você sente alguma coisa por ele? – A pergunta simplesmente surge e pega inclusive a mim de surpresa. Aparentemente, meu filtro de pensamentos foi desligado quando os analgésicos fizeram efeito.

– O quê? Não. Por que você achou isso? – Ela é firme, a ponto de se acreditar no que diz, mas a voz soa irritada. Ela ficou nervosa. Seu rosto está abaixado, os cabelos cobrindo os olhos, então, não consigo dizer se está piscando rapidamente, do jeito que faz quando está mentindo.

– Só senti que poderia – eu digo. – Se diz que não, não sente.

– Não sinto – ela fala.

– Mas se você sentisse...

Ela ergue o olhar para mim.

– Não sinto. – O olhar dela me diz que é aquilo mesmo.

– Tudo bem, claro que não – digo de forma convincente, mas não estou convencida. Minha sensação é poderosa demais, forte demais. Tem algo entre eles, mesmo que nenhum dos dois queira admitir. – Mas posso dizer apenas que eu acho que vocês dariam *de verdade* um casal lindo?

– Abby. Esquece isso.

Nesse momento, a porta abre e meus pais reaparecem com o médico, um argentino pequeno e atrevido com mãos gigantes.

– Acho que já vou – Caitlin diz, rosqueando a tampa do frasco de esmalte.

– Obrigada por ficar aqui. – Aperto a mão dela. A calma de Caitlin me manteve calma. Sempre mantém.

Assim que ela vai embora, o médico começa o longo discurso. Estou ouvindo apenas de longe. Minhas pálpebras começam a cair. Eu seria capaz de adormecer bem aqui enquanto ele fala. Quero que ele acabe a falação.

– ... imobilizado pelo menos por quatro semanas. Sem correr ou fazer nenhuma atividade extenuante pelo menos por oito...

– Oito semanas? – eu interrompo o homem no meio da frase. – Não posso correr por oito semanas? Mas eu estou com oito pontos apenas. E nem está doendo mais.

O médico dá uma risadinha, como se eu tivesse acabado de contar uma piada. Fuzilo o doutor com o olhar. As sobrancelhas dele se retorcem.

– Querida, não dói porque eles te deram uma injeção de morfina – minha mãe diz, suave. Credo. Às vezes, eu odeio aquela voz tranquilizadora. Meus olhos de adaga fecham sua boca.

– Quatro pregos entraram no seu pé – o médico diz, sua voz quase tão paternalista quanto o olhar que ele me lança. *Claro, obrigado, zé-mané, eu já sei disso.* – Você lascou dois ossos. Teve sorte de eles não terem quebrado.

– E o cross-country? – lanço a questão para o meu pai, a única pessoa na sala que não está irritada comigo no momento. – Oito semanas são a temporada inteira. – Minha voz soa tensa. Em pânico.

– Ab... – ele começa. Eu não deixo que termine.

– Sou a capitã da equipe. Sem chance de a treinadora P. me deixar manter o título se não estiver competindo.

– Que droga – meu pai diz, simplesmente. – Eu entendo. Todos nós entendemos. Mas não tem jeito. – E, com aquela amostra de banalidade, ele esvazia todo o meu balão de fúria.

– Então – o médico diz, sorrindo como se estivéssemos no circo. – Gaze rosa ou branca?

Fico quieta no caminho para casa. Chateada comigo mesma, chateada com Josh por não me fazer calçar os sapatos, chateada com o operário da construção que deixou pregos naquele degrau. Mais chateada ainda com o universo por permitir que um lapso momentâneo de juízo tivesse um efeito tão gigantesco. Sem correr com a equipe nessa temporada significa que agora tenho apenas uma matéria extracurricular para minhas candidaturas para faculdade: os créditos do *Oracle*. Sem o cross-country como contrapeso, vou parecer limitada e unidimensional, o que não são exatamente qualidades que os responsáveis pela admissão buscam. A pior parte é que não tenho um plano B. Vou ficar de muletas por três semanas, então qualquer outro esporte está descartado, e não posso entrar em algum clube aleatório após três semanas no semestre. Digo, tenho certeza que *posso*, mas vai parecer que estou fazendo isso apenas para as candidaturas de faculdade. O que é verdade, mas não deve parecer que as coisas são assim.

Meu pai tinha razão. É uma droga.

Ponto para os meus pais, que me deixam sozinha. Eles me conhecem bem o suficiente para saber que não estou com paciência para ouvir como poderia ter sido pior ou por que ter quatro buracos de prego no pé não é o fim do mundo. Sem dúvida, vão atacar com tudo amanhã, mas hoje à noite foram legais o bastante para se conter. Passo o tempo da viagem até em casa olhando com raiva o casulo de gazes rosas no meu pé e desejando poder voltar à minha vida.

Quando encostamos o carro na entrada da garagem, meu celular toca. JOSH — CELULAR.

—Você atendeu — ele diz quando atendo. — Imaginei que iria falar com a secretária eletrônica. Ainda está no hospital?

— Não. Acabei de chegar na minha garagem.

— Quais foram os danos?

— Oito pontos. Muletas por três semanas. Nada de cross-country pelo resto da temporada — digo mecanicamente, como se o diagnóstico pertencesse à outra pessoa.

— Ai, não. Sério? Está fora a temporada inteira?

A compaixão na voz dele me faz perder o rumo.

Piscando para impedir as lágrimas, tudo que consigo fazer é assentir com a cabeça.

– Abby?

Tusso. Li em algum lugar que tossir impede fisicamente o choro. *Uma vez é o bastante, ou você vai continuar fazendo isso?* Não quero arriscar, então dou mais algumas tossidas para garantir. Minha mãe olha para trás, sobrancelhas erguidas. Eu aceno para ela virar para frente.

– Tudo bem? – Josh pergunta.

– Tudo – digo, aliviada que a tosse tenha funcionado. – Deprimida. Mas bem. Eu vou superar. – Por mais falso que possa ser, soa bem. – Bom, acho que eu tenho que ir – falo para ele. – Meus pais estão sentados no carro, esperando para me ajudar a entrar em casa. Não estou com as muletas ainda.

– Tá. Bem... sinto muito mesmo por hoje à noite. Parece que, tipo, é minha culpa. Nunca devia ter deixado... eu já devia saber. – Ele parece chateado. Não consigo dizer se comigo ou com ele mesmo.

– Da próxima vez, a gente fica dentro de casa – eu digo.

Josh fica quieto na outra ponta da linha. Nenhuma sugestão de quando a "próxima vez" poderia ser. Nenhuma oferta de passar aqui em casa amanhã para me ver. Apenas dois segundos desagradáveis enquanto absorvo o fato de que qualquer interesse que o Garoto Astronomia tivesse por mim se evaporou junto com a minha carreira no cross-country.

– Tenho de ir. – Minha voz soa desanimada. Meus pais olham um para o outro, percebem minha mudança brusca de tom.

– Te vejo na segunda? – ele diz.

– Sim – respondo, entediada, e desligo o telefone.

– Tudo bem? – minha mãe pergunta.

– Se você está se referindo ao fato de eu ter gastado meus últimos três anos ralando igual uma doida para ser capitã apenas para ter meu título arrancado por um prego idiota...

– Tecnicamente, foram quatro pregos – meu pai frisa.

Eu o fuzilo com o olhar.

– Obrigada. Podemos entrar agora?

Meu pai suspira.

– Claro.

Ele sai do carro e abre a porta traseira.

– Sei que você está triste – minha mãe diz, compassiva. – Mas as coisas vão parecer melhores pela manhã. É sempre assim.

Sim. Só que não.

5 (Aqui)

domingo, 27 de setembro de 2009
(duas semanas e quatro dias depois)

A luz do dia bate em minhas pálpebras, mas eu resisto à vontade de abri-las. Ainda não. Só quando...

BIP. BIP. BIP. BIIIIP.

Como um relógio: o caminhão do lixo do campus se afastando até as latas do outro lado do muro do pátio. O som pelo qual espero todas as manhãs. Não abro os olhos se não o ouço.

É um ritual que não tem propósito. Só minha maneira de preservar a ilusão de que estou exatamente onde estava ontem à noite. Enquanto meus olhos estiverem fechados, posso pensar que a realidade não mudou de novo. E quando ouço o bip familiar do caminhão de lixo, sei, com certeza, que não mudou. Não pensei direito no que aconteceria se eu acordasse em algum lugar que não fosse este quarto. Por quanto tempo manteria meus olhos fechados, esperando por aquele som?

Vamos torcer para que eu nunca precise descobrir.

Abro os olhos e dou uma espiada ao redor. A fotografia que Marissa me deu no meu aniversário está na parede. A jaqueta que vesti ontem à noite está no encosto da cadeira. Há um montinho de migalhas no chão. Em outras palavras, meu quarto está exatamente como estava há cinco horas, quando entrei em coma alimentar depois de inalar três fatias grossas de pepperoni quando voltava do Toad, o lugar mais popular para dançar, beber e tomar decisões ruins. (Nenhuma decisão ruim para mim por enquanto – eu me forcei a escrever NÃO POSSO HOJE À NOITE! em resposta à mensagem de texto de Michael, que chegou às 23h57min pedindo que eu "passasse" na casa dele quando estivesse indo para a minha casa. Quando JÁ VOU se torna uma resposta aceitável para um convite de quem só quer sexo, de um cara com quem você ainda não começou realmente a sair? O fato de que esse cara poderia acordar no dia seguinte sem saber quem você é não garante umas mudanças nas regras dos encontros amorosos?)

Seguindo com o meu ritual matutino, pego o telefone que deixei embaixo do travesseiro e começo a ver minhas fotos recentes. Tirei dezenas desde que cheguei aqui, registrando toda experiência que poderia se apagar. Essas fotos são minha rede de proteção. Se elas continuarem como me lembro delas, sei que as coisas não mudaram drasticamente do dia para a noite. Passo por elas rapidamente hoje, pulando uma dos grupos de meninas de blusa azul que Caitlin deve ter tirado, ansiosa para ver aquela de que mais gosto: a foto que tirei de Michael no meu aniversário. Quando eu a vejo, relaxo, feliz por perceber que tudo está como esteve nas últimas duas semanas e meia. A princípio, pareceu meio tolo esperar que a realidade não mudasse de novo, mas a cada dia a possibilidade se torna mais simples de imaginar, e minha vida em Los Angeles se torna um pouco mais distante, como algo que aconteceu há muito tempo, ou em um sonho.

Naquela manhã, tenho dezenove dias de lembranças alternadas. Como Caitlin previu, parece que estou obtendo minhas lembranças do meu mundo paralelo conforme ela as vive, o que quer dizer que, no momento, tenho tudo até 26 de setembro de 2008. Estou tentando anotar minhas novas lembranças conforme elas ocorrem, mas a tarefa é mais difícil do que pode parecer. As coisas novas não estão frescas na minha mente quando acordo, por isso, preciso fazer muito esforço para me lembrar. E, mesmo assim, nem sempre sei o que veio do mundo paralelo. Às vezes, um detalhe se destaca, mas, na maior parte do tempo, as lembranças da paralela simplesmente se unem às minhas, dificultando a separação que tenho de fazer delas. Cozinhei naquela quarta-feira ou almocei fora? Usei botas naquela sexta ou minhas sapatilhas vermelhas? Isso importa? A única diferença notável entre minhas lembranças reais e as novas é como as novas são estéreis. Eu me lembro de coisas que minha paralela fez como se eu as tivesse feito, mas não sei como ela se sentiu no momento. É assim que posso dizer quais lembranças não me pertencem – não sinto nada quando as repasso em minha mente.

A jornalista que existe dentro de mim ainda duvida de que o entrelaçamento seja a explicação para tudo isso, mas Caitlin passou de certeza para certeza absoluta. Ela já leu todos os livros, matérias de revista e trabalhos acadêmicos a respeito do assunto e diz não ter mais nenhuma dúvida. É difícil discutir com ela, e nem sei se quero. É difícil entender o que ela está propondo, mas faz com que minha vida tenha sentido e, no momento, isso é motivo suficiente para aceitar essa ideia.

Se nosso mundo *está* entrelaçado, parece que sou a única pessoa que se lembra de como as coisas eram antes. Todos os dias, vasculho a internet à procura de provas de que existem outras pessoas como eu, mas ainda não encontrei nenhuma. Muitas pessoas já escreveram sobre a colisão – "o terremoto que não foi terremoto" – e teorias a respeito de seu significado existem aos montes, mas poucas parecem dispostas a aceitar a explicação do doutor Mann, e ninguém estabeleceu ligação entre o tremor do dia 8 de setembro de 2008 e a dor de cabeça global no dia 9 de setembro de 2009 (apesar de as pessoas terem muito o que dizer sobre cada um). Aparentemente, milhões de pessoas acordaram no dia do meu aniversário sentindo dor na base do crânio. Até mesmo os teoristas de conspiração têm dito que suas lembranças foram retiradas e substituídas por lembranças de seu eu paralelo. O doutor Mann tem as teorias dele – e depois de nossa visita, certamente ele tem suas suspeitas –, mas não há provas reais. Pelo menos, não por enquanto.

Caitlin quer contar a ele sobre mim, mas ainda não tenho certeza de que podemos confiar nele. Qual é a melhor maneira de reparar a reputação prejudicada dele do que ir a público com minha história?

Sou a favor do avanço científico, mas não vou me tornar um espécime de laboratório. Nem vou acabar em uma sala com colchões nas paredes em algum lugar.

A luz está entrando pela fresta das minhas cortinas, o que surpreende, porque deveria estar chovendo hoje. Puxo a parte mais próxima de mim para o lado. O céu está muito azul, pontuado por nuvens gordinhas e brancas como bolinhas de algodão. *Acho que o meteorologista estava enganado.*

Fecho as cortinas e me encolho embaixo dos lençóis. Devo encontrar Caitlin e Tyler para o brunch antes de ele voar de volta a Michigan (aquela conversa a respeito de realidades não permanentes convenceu Caitlin a permitir que ele viesse visitar), mas só depois das dez, o que me dá pelo menos mais uma hora de sono. O tipo de sono da terra das fantasias, delicioso e semiconsciente, no qual estou desperta o suficiente para controlar os sonhos, mas adormecida o bastante para me esquecer de que estou fazendo isso.

– Abby? – Espio por baixo de meus cobertores. Marissa está na porta, vestida com roupas de ioga e segurando um tapete. – Faltam quinze minutos. Não vai se atrasar?

Atrasar? Atrasar pra quê?

É nesse momento que percebo a falha não percebida anteriormente em meu ritual matutino. Só porque os acontecimentos que fotografei não foram sobrescritos, não quer dizer que minha realidade não mudou de outros modos não registrados. Finjo estar confusa e ainda sonada.

– Espere, que dia é hoje? – Cruzo os dedos para que o compromisso para o qual estou atrasada não seja uma coisa corriqueira.

Marissa olha para mim como se eu fosse maluca.

– É domingo. Você não tem que estar nos barcos às oito?

Barcos?

– Ah, sim... Obrigada por me lembrar! É melhor eu me levantar. – Abro um sorriso e afasto os cobertores.

– Certo, bem, acho que nos vemos depois, então – ela diz, ainda olhando para mim. – Tenho Bikram às oito, e então, provavelmente, vou para a biblioteca durante umas horinhas – ela faz uma careta. – Tenho de terminar dois capítulos de Ulisses até amanhã.

Concordo de modo distraído.

– Boa sorte. – Estou ansiosa para que ela saia e eu possa telefonar para Caitlin. Assim que a porta se fecha, eu parto na direção do telefone.

Minha ligação cai direto na caixa postal. Começo a falar antes do bipe.

– Por que seu telefone está desligado? Justamente quando sua melhor amiga está sofrendo com um fenômeno astrofísico esquisito – astrofísico é uma palavra que existe? –, você tem de deixar o telefone ligado. O tempo todo. Quem mais pode me dizer por que eu tenho de ir aos barcos às oito numa manhã de domingo? Eu nem sabia que Yale tinha um espaço para barcos. Ligue para mim assim que pegar essa mensagem.

Jogo o telefone na cama e me sento à frente do meu computador. De acordo com o site da Yale, a garagem de barcos Gilder Boathouse fica em Derby, a quase dezoito quilômetros do campus.

Penso em cancelar tudo, mas sei que não posso. Não se quiser manter a fachada de normalidade. E se for algo importante? E se tiver a ver com as aulas? E se eu estiver escrevendo uma história a respeito da equipe de vela para o *Yale Daily News* e tiver de entrevistar alguém? Normalmente, os alunos do primeiro ano passam um semestre "entendendo" o processo antes de se tornarem jornalistas capacitados para o *Yale Daily News*, mas como eu – certo, minha paralela – escrevi mais de metade das matérias publicadas no *Oracle* ano passado, posso pular essa parte e semana passada me tornei a mais nova jornalista do YDN, uma oportunidade que não vou estragar.

Oh! Será que minha paralela fez alguma coisa para me conseguir um espaço no grupo de esportes? Isso seria incrível. Preciso aprender a cobrir a área de esportes. Além disso, teria uma desculpa para ir aos jogos de lacrosse do Michael sem me sentir uma maluca perseguidora.

Motivada de novo, saio da cadeira e começo a me vestir. Como vou aos barcos, opto por roupas esportivas, e penso que se estiver mal vestida posso fingir que estou indo para a academia. Enquanto amarro os tênis de corrida, percebo, assustada, que aqueles não são meus tênis de corrida. Sim, são tênis de corrida, e sim, estavam em meu armário, mas não são meus. Os meus são velhos e gastos, praticamente estão se desfazendo de tanto serem usados. Estes tênis servem, mas são de outra marca, e parecem que não foram muito usados. Onde está meu par antigo? Olho para o relógio na tela de meu computador: 7h51min. Barcos agora, mistério dos tênis depois.

Lá fora, o sol está muito claro e faz com que eu me arrependa por não ter trazido óculos de sol. Semicerro os olhos para ver o mapa do campus, tentando localizar o ponto de ônibus mais próximo. Há um pequeno S azul na esquina da College e Elm, a dois quarteirões de onde estou.

Correndo pela calçada, procuro buscar minhas lembranças mais recentes. Se algo mudou hoje em nosso mundo, então quer dizer que a Abby do mundo paralelo deve ter feito algo em seu mundo ontem para causar isso. Como o ontem dela é um ano antes do meu no tempo, preciso me lembrar do que aconteceu no dia 26 de setembro de 2008.

Um ônibus escolar azul e branco dobra a High Street na Elm. Apresso o passo para pegá-lo e fico surpresa ao ver como me canso rápido com o esforço. Há algumas pessoas no ônibus, espalhadas nas primeiras fileiras. Vou até a parte de trás e me afundo no banco até que apenas meu torso esteja reto, ergo as pernas e pressiono os joelhos contra o assento de couro marrom à minha frente, como costumava fazer no ensino fundamental. Com o celular em cima da barriga para o caso de Caitlin ligar, fecho os olhos com força, tentando reunir as lembranças de que preciso. As lembrança que farão tudo isso ter sentido.

Pense, Abby. 26 de setembro de 2008. Teria sido uma sexta-feira. Assim fica mais fácil. Só tenho três lembranças de sexta-feira até agora, então, esta teria de ser...

Meu telefone toca. Graças a Deus. Eu me sento mais para a frente, longe da vista de todos.

— Por favor, não me diga que entrei para a equipe de vela — digo, atendendo.

– Você não entrou para a equipe de vela – ouço Caitlin dizer sorrindo.

– Então, por que devo estar nos barcos às oito da manhã de um domingo?

– Você realmente não faz ideia? – ela pergunta.

– Não faço ideia.

– Nossa! Então, a realidade mudou de novo! – ela exclama. – É...

– Onde está Tyler? – pergunto, irritada por ela não estar sussurrando. – E Muriel? – Muriel, a companheira de quarto de Caitlin, raramente sai do quarto.

– Tyler está dormindo em nosso futon, e Muriel está na Pensilvânia passando o fim de semana – ela responde. – Então, o que mais está diferente? E como você percebeu que deveria estar nos barcos?

– A Marissa me contou. Ela ficou com receio de eu me atrasar. – Olho pela janela e vejo uma placa para a Gilder Boathouse, a três quilômetros dali. – Estamos quase chegando aos barcos – digo a ela. – Por favor, me diga o que tem lá.

– Deveríamos tentar descobrir – Caitlin diz. – Qual é a sua maior memória alternativa? Isso deveria lhe dizer...

– Caitlin! Não tenho tempo para isso! – Não é um maldito experimento científico, Caitlin. É a minha vida.

– Certo. Você é timoneira na equipe.

Meu pé bate no chão e faz barulho.

– Uma o quê?

– Timoneira – ela repete. – A pessoa que se senta na frente do barco e o direciona.

Pressiono a testa contra o encosto do banco da frente, tentando entender aquilo.

– Desde quando?

– Desde quando a Yale recrutou você. – Caitlin diz de modo normal. – Bem, você já tinha sido aceita, então, talvez, "recrutar" não seja a palavra certa. Mas é isso. Um olheiro viu você em uma regata na primavera passada.

– Na *primavera* passada? Eu era timoneira na *Brookside*?

– Sim. Quando você não pôde mais correr, entrou em pânico por não ter nada relacionado a esportes nas suas opções de universidade – ela diz. – A equipe precisava de uma timoneira.

Quando não pude correr. Não consigo respirar.

– Os pregos. – Respiro quando as lembranças voltam com tudo. Então, minha paralela é esperta o suficiente para me colocar na Yale, mas burra para me ajudar a caminhar em uma construção descalça. Ótimo. – Bem, acho que isso explica os tênis – murmuro. Comprei meus tênis de corrida depois de nosso primeiro encontro ano passado, quando decidi que os meus eram muito pesados. Os que estou usando, de repente, parecem chumbo.

– É isso o que tem de diferente? – Caitlin pergunta. – Seu pé?

– Sim – digo distraída, repassando uma série de lembranças relacionadas à corrida em minha mente. Fiz uma em 18min36s, meu melhor tempo, no encontro estadual da primavera passada. E, agora, parece que nunca aconteceu. Parece muito injusto que ela pudesse ter apagado uma conquista tão suada. Será que outra pessoa de Brookside tomou o meu lugar?

– Ei, Abby! – alguém me chama. Uma garota que nunca vi antes está acenando para mim a alguns assentos de distância. Está usando calça de moletom e uma blusa, com os cachos ruivos presos dentro de um boné. Uma colega de equipe. Dou um sorriso e aceno, feliz por estar ao telefone.

– Então, você vai treinar? – Escuto Caitlin perguntar.

Volto para meu assento, longe da vista dos outros.

– Sim, ótima ideia – digo de modo sarcástico. – Quem se importa se eu não faço a menor ideia a respeito do que uma timoneira faz. Vou meter as caras.

– Mas talvez você saiba.

– Saiba o quê?

– Como ser timoneira.

– Não sei – respondo, confusa. – Não sabia nem o que era uma timoneira antes de você me contar.

– Vá treinar – ela diz. – Aja como se soubesse o que está fazendo e entre no barco.

– Por que eu faria isso?

– Porque acho que existe uma boa possibilidade de que, assim que entrar, você perceba que sabe o que tem de fazer. Mas como não se lembra de ter aprendido, a única maneira de saber com certeza é se colocar em uma circunstância na qual sua memória procedural seja forçada a agir.

– Minha o quê?

– Memória procedural. O tipo de memória que deixa você fazer algo sem pensar conscientemente no ato, como nadar ou dirigir um carro – ela explica. – É diferente da memória declarativa, que permite que você se lembre conscientemente de fatos e acontecimentos. Não se lembra das aulas de psicologia?

– Está mesmo me perguntando isso agora?

– A questão é que quando sua paralela chegar aonde você está agora, ela terá uma memória inconsciente e procedural de como direcionar um barco boa o suficiente para estar em uma equipe da primeira divisão e um conjunto de memórias conscientes e declarativas associadas com fazer essa ação. Sabemos que você não tem as memórias conscientes ainda, mas isso não quer dizer que não tenha as inconscientes.

– Você vai descer ou não? – uma voz rouca pergunta. Eu me sobressalto. O motorista do ônibus está virado, olhando para mim com expectativa. Sou a única ainda no ônibus, que agora está parado na frente de um complexo amplo de madeira. Eu confirmo de modo distraído e me levanto.

– Está ouvindo o que estou dizendo? – Caitlin pergunta.

– Sim. Lembranças procedurais e declarativas. Entendi. – Passo a bolsa pelo ombro e corro em direção ao motorista do ônibus, que está impaciente. – Desculpe – murmuro quando passo por ele.

Há crianças usando blusas de moletom e jaquetas reunidas na casa de barcos, interessadas e ocupadas. Um grupo de rapazes com roupas de elastano carrega um barco pintado com o azul da Yale acima da cabeça, enquanto dois homens de meia-idade usando viseiras brancas – seriam técnicos? – consultam pranchetas. As ondas batem na plataforma num ritmo constante enquanto as pessoas realizam diversas tarefas. As coisas estão em ordem aqui. Organizadas. Respiro e sinto a calma. Minha vida pode estar caótica, mas este treino está longe disso.

– Abby! – A menina do ônibus está de pé na porta da casa de barcos, que tem, de cada lado, uma fileira de remos de fibra de vidro. A entrada do prédio dá para uma estrutura ampla, cuja vista é para as águas azuis-prateadas do rio Housatonic.

– Quer que eu espere por você? – ela pergunta.

– Não, tudo bem! – respondo. – Entro em um minuto. – A menina assente e entra. – Então, o que devo fazer? – pergunto a Caitlin. – Entrar no barco e esperar que tudo volte à minha mente?

– Isso.

– E se não voltar? E se eu fizer um papelão?

– Finja estar sofrendo de amnésia.

– Engraçadinha. – O espaço está começando a ficar vazio. – Certo, se vou para o treino, preciso ir agora.

– Vá – Caitlin diz. – Pense nisso como uma pesquisa.

Apesar do risco real de fazer papel de idiota na frente da equipe toda, tenho de admitir que estou curiosa.

– Tudo bem. Eu vou.

– Oba!

– Deseje-me sorte – digo, sem esperar que terei sorte.

– Quem precisa de sorte? – Caitlin responde. – Você é uma aberração da natureza. Você é a definição de sorte!

Desligo o telefone e entro na casa de barcos.

O que acontece na água é mais do que surreal. Num minuto, estou sentada na popa de um barco de madeira, de frente para oito remadoras bem altas (sério, uma delas mede 1,85 metro e a mais baixa mede 1,73 metro), esperando que nosso técnico sério apite, torcendo para que eu consiga fingir quando chegar o momento.

Meio segundo depois, o piloto automático entra em ação e estou virando o barco e usando o equipamento de cabeça como uma profissional. Nos primeiros minutos, me esforço para agir depressa. Mas quando entro no ritmo na água, meus movimentos se tornam instintivos, e deixa de ser difícil. Chega a ser irritante de tão natural.

Irritante, mas ridiculamente bom. O timoneiro é, literalmente, o chefe do barco – é meu trabalho decidir para onde vamos e a rapidez com que chegaremos lá. Uma tarefa para a qual a planejadora que existe dentro de mim foi feita.

Enquanto nos aquecemos pela segunda vez, minha mente volta para a noite que me trouxe aqui. A festa de Ilana. A música péssima, a sala de estar lotada, o barril pequeno de suco artificialmente adoçado. De pé na rua na frente da casa em construção, querendo que o cara da minha aula de astronomia me beije. Correndo para dentro descalça para dar a ele uma outra chance. Como se um cara como aquele fosse capaz de dar o primeiro passo. Como minha paralela pode não ter visto isso? Até mesmo *eu* vi, embora agora só tenha algumas lembranças dele.

– Nossa. Você está fedendo – uma menina enorme sentada perto de mim resmunga entre as remadas. – Da próxima vez que decidir treinar embriagada, pelo menos tome um banho antes.

Olho para ela.

– Como é?

Ela me ignora. Irritada, puxo a pequena alavanca e o barco vai para a direita. Puxo a corda na outra direção, tentando corrigir o erro. O barco se movimenta com violência, e a menina que parece um talo de salsão (não tem quadril, tem a pele meio esverdeada, e uma cabeleira despenteada) solta alguns palavrões. A fera na frente dela me lança um olhar de morte.

– Barnes! – O técnico grita pelo megafone do píer. – Tem algum lugar onde você preferiria estar que não aqui? Aprume-se ou saia da água! – ele grita.

E lá vamos nós. A novidade dessa nova aventura oficialmente acabou.

Está frio. Está molhado. Minhas pernas e costas parecem ter sido enfiadas no compartimento de malas de um avião, e eu estou olhando para a pata de camelo de uma garota há mais de uma hora.

Instantaneamente, meu humor piora. Tudo bem se minha paralela quer passar o pouco tempo que tem agachada nesse espaço pequeno, gritando ordens para mulheres irritantemente altas. Eu, no entanto, consigo pensar em muitas maneiras em que preferia passar as minhas manhãs de domingo, e de nenhuma delas faz parte estar rouca e com os dedos congelados.

Se ela e eu somos tão parecidas, então como ela foi para um caminho que eu nunca teria tomado? Se *eu* estivesse a fim do carinha novo, não o teria convidado para ir a uma festa que não queria ir apenas para passar um tempo com ele. E se tivesse feito isso, certamente não teria sugerido que passeássemos pela construção descalços. Se ela tem de ser meu equivalente genético, não deveria ter, pelo menos, um pouco do meu bom-senso?

Certo, houve aquele incidente há alguns anos. Caitlin e eu fomos de férias para a Flórida com os pais dela, que ficaram no hotel enquanto fomos nos sentar na frente de uma fogueira na praia. Um garoto chamado Roy, com dentes grandes e um bigode cheio, estava entregando cachorro-quente. O "passeio noturno" foi ideia dele, mas andar descalça foi ideia minha. Não vi a garrafa quebrada na areia. O corte não foi muito fundo, mas Roy Caipira desapareceu quando os pais de Caitlin apareceram, e me deixou com um dedão sangrento e uma sensação enorme de alívio.

Certo. Posso ter me enganado na hora de avaliar rapazes e andar descalço. Então, talvez seja *possível* que eu tenha sido tão descuidada quanto minha paralela naquela noite. Mas se tivesse pisado naqueles pregos, oito pontos e uma injeção antitetânica não teriam mudado nada para mim. Eu me esforcei durante três anos, permaneci até mais tarde depois do treino todos os dias, fazendo tudo o que podia para provar a técnica que eu podia ser capitã. Como ela podia ter desistido tão facilmente do objetivo pelo qual havia batalhado tanto? Será que não sabia que não deveria fazer isso?

Certo. Talvez eu tenha tido meus próprios lapsos de julgamento em situações que envolvessem garotos e pés descalços. Então é *possível* que eu tivesse sido tão negligente quanto minha paralela foi naquela noite. Mas se eu tivesse pisado naqueles pregos, oito pontos e uma vacina antitétano não teriam mudado minha vida. Eu ralei por três anos, fiz hora-extra depois do treino todos os dias e tudo mais que pude para provar à treinadora P. que eu era capaz de ser capitã. Como ela pôde ter desistido tão facilmente de um objetivo pelo qual tinha batalhado tanto? Ela não percebeu como isso era errado?

Como você percebeu que não deveria tentar carreira na interpretação, sendo algo que você nem queria.

Não sei se essa voz é minha, ou de Caitlin ou de Deus. De qualquer modo, estou ignorando.

De volta à terra, o técnico fala sobre detalhes administrativos enquanto puxamos os barcos. Eu me ocupo, tentando não olhar para ninguém.

– A programação do treino da próxima semana – o técnico diz, segurando uma pilha de papel. – Peguem um antes de sair. Os dois treinos por dia começam amanhã, com uma folga na tarde de sexta. O ônibus para Providence parte às seis. – Ele prende os papéis em sua prancheta e a coloca sobre a grade de madeira.

– O que tem em Providence? – Sussurro para a Garota Salsão. Ela me lança um olhar esquisito.

– Nossa regata.

– Ah, ele estava falando de Providence, *Rhode Island* – digo casualmente. – Pensei que estivesse se referindo a outra Providence.

A Garota Salsão estreita os olhos.

– Está drogada?

– O quê? Não! – respondo, esquecendo-me de sussurrar. Todo mundo olha para mim. – Desculpem – murmuro, para ninguém em especial.

O técnico me lança um olhar e continua falando.

– Marcarei os horários dos barcos até a manhã de quinta. Se quiserem que eu pense em vocês para o barco A, é melhor serem nota A no treino desta semana. – Ele faz uma pausa para causar um efeito dramático, como se tivesse acabado de dizer algo excepcionalmente inteligente. – Certo, pessoal, é isso. Até amanhã de manhã, nem um minuto depois das cinco.

Ele está brincando? Cinco da manhã?

O grupo se dispersa. A maioria das garotas segue para o vestiário, enquanto algumas permanecem no píer, aproveitando o sol da manhã. Eu caminho em direção ao prédio, esperando sair dali.

– Ei, Ab, espere.

Eu me viro. É a garota do ônibus de novo. Não está mais de capacete, mas com os cachos soltos, e a blusa está enfiada na bolsa que leva sobre o ombro moreno.

– O brunch ainda está de pé? – ela pergunta.

– Oh. Eu... – Mencionar meu brunch com Caitlin e Tyler parece arriscado. Sem saber a proximidade que minha paralela e ela têm, não sei como seria dispensá-la por ter planos com outra pessoa. Será que ela ficaria ofendida? Ela se convidaria para nos acompanhar? Fecho os olhos e faço uma careta. – Desculpe, mas estou com muita dor de cabeça hoje. – Eu me retraio e aperto as têmporas. – É tão estranho, mas conforme falo, piora.

– Oh, não. Então vamos deixar o brunch para lá?

– Sim, talvez sim – respondo, a voz carregada de decepção. *Cuidado, Barnes. É só um brunch.*

Minha dor de cabeça falsa funciona. Escapo do brunch e evito o risco de manter uma conversa estranha na volta ao campus. Além do mais, consigo escutar as fofocas de Britta (a garota do ônibus) e Annika (a Garota Salsão) a respeito de quase todo mundo da equipe. Agora eu sei que a Ginger, outra timoneira, não tem as pernas, e que Bobbi, nossa capitã, está dormindo com o professor de história dela. Elas perguntam sobre Michael, o que me faz acreditar que eu devo ser muito próxima dessas garotas, mas, além disso, elas parecem desinteressadas em detalhes de minha vida, porque talvez as outras garotas da equipe rendam mais assunto.

Assim que saio do ônibus, sigo em direção ao quarto de Caitlin.

– Não posso viver desse jeito – digo quando ela abre a porta.

– Então, acho que isso quer dizer que eu estava errada. – Ela dá um passo para o lado para me deixar entrar.

– Oh, não, você estava certa. Eu arraso como timoneira. – Olho ao redor. – Onde está Tyler?

– No banho. E aí, como é? – ela pergunta animada. – Foi muito legal? – Não reajo, e seu entusiasmo desaparece. – Por que não parece contente?

– Porque esta não é a minha vida – digo simplesmente. – *Ela* pode querer passar as manhãs e as tardes congelando, sem fazer exercício de verdade, agachada em um espaço para crianças pequenas. Mas eu, Abby, escolho não passar meu tempo livre olhando para a pata de camelo de uma garota.

Caitlin torce o nariz.

– Pode me poupar desses detalhes, por favor.

– Independentemente do que pensar, foi pior na vida real. – Eu jogo minha bolsa no chão e me deito na cama dela, afundando-me na seda azul-marinho. Os lençóis foram um presente de minha mãe, que tem certeza de que o algodão causa rugas. – Nunca mais – juro. – A maluquice acaba hoje.

– O que isso quer dizer?

– Que vou recuperar minha vida. *Minha* vida.

– Abby, esta *é* a sua vida.

– Como pode dizer isso? Outra pessoa está decidindo o que acontece comigo!

– Mas essa "outra pessoa" está fazendo exatamente o que você teria feito na mesma situação.

– Você está agindo como se ela e eu fôssemos a mesma pessoa – digo, olhando para o teto.

– É isso o que faz dela sua paralela. Ela é você em circunstâncias diferentes.

– Não – balanço a cabeça de modo tão enfático que minhas faces raspam na seda. – Ela e eu podemos estar dividindo ondas cerebrais, mas ela não sou eu.

– Sei que você sente medo – Caitlin diz com delicadeza. – Mas, Abby, é assim que nossos paralelos são. Você não pode ficar separando "você" e "ela", e "nós" e "eles".

– Não é o que o doutor Mann disse.

Caitlin suspira.

– O doutor Mann precisa que você seja diferente da sua paralela para poder manter o livre-arbítrio.

– Você não acredita em livre-arbítrio? – Estou boquiaberta.

– O livre-arbítrio é uma ilusão, Abby. Nossas atitudes são determinadas por nossa constituição biológica. É isso o que tenho tentado explicar.

Eu me recuso a aceitar isso, mas sei que não devo discutir com Caitlin sobre ciência. *Se é que se pode chamar isso de ciência.* Abro um sorriso amarelo.

– Então, acho que isso quer dizer que minha paralela vai sair da equipe em setembro. Sabe, ela é como eu.

Caitlin suspira.

– Abby, eu entendo. Você se sente impotente e isso a incomoda. Mas sair da equipe não devolverá sua vida.

– Eu sei disso. Mas se eu fizer algo que ela nunca faria, como deixar um esporte que adora ou, pelo menos, finge adorar, então, pelo menos, ela não vai mais dominar a situação.

– É mesmo? Se você sair apenas para irritá-la, então, o que muda? As atitudes dela ainda estão ditando as suas. – A voz de Caitlin é séria, do jeito que ela fica quando tem certeza de que está certa.

Por mais irritada que eu esteja com o tom dela, suas palavras me fazem pensar. Se eu sair da equipe apenas para me impor, então, de certo modo, minha paralela vai comandar o show. Mas qual é a alternativa? Deixar minha vida ser uma cópia da dela? Inaceitável.

– Você pode estar certa – digo a ela. – Mas se eu permanecer nesse caminho, toda a minha experiência na faculdade será afetada por sua decisão de se tornar uma timoneira. Minha programação, meus horários, meus amigos, meu currículo. Tudo isso. – Balanço a cabeça, resignada. – Não. Esse caminho termina hoje.

Caitlin suspira.

– Tudo bem. Saia da equipe. Mas não espere que tudo mude só porque você muda.

Naquele instante, a porta para a sala de Caitlin se abre e Tyler aparece, usando apenas uma cueca e segurando um frasco rosa.

– Ah! Meus olhos estão ardendo! – grito, e logo desvio o olhar.

– Eu sei. Um corpo gostoso assim deveria vir com um aviso e óculos de proteção.

– Calça! Por favor! – berro.

– Não sabia que você era tão pudica, Barnes – Tyler diz, pegando uma calça jeans da mala aberta no chão.

– É *você* – digo, fazendo uma careta. – Eca.

Caitlin ri alto.

– Obrigado – Tyler diz de modo seco. Ele veste uma camisa. – Como foi o treino?

– Uma droga – respondo. – Vou sair da equipe.

– Sim, claro – Tyler responde. – Você nunca parou em nada na sua vida.

Olho para Caitlin enquanto respondo:

– Acho que não sou tão previsível quanto você pensou.

Depois do brunch, Caitlin leva Tyler ao aeroporto, e eu volto para o meu quarto. Quando estou passando pelo portão da High Street, um cartaz verde fluorescente grudado no quadro de fora chama a minha atenção, e eu paro.

Audições abertas para
METAMORFOSES, de Mary Zimmerman
2009/2010 Show dos Alunos do Primeiro Ano
Segunda, 12 de outubro de 2009, das 14h às 17h
301 Crown Street
Folha de inscrição na entrada
222 York Street

Na minha mente, estou lá de novo, no palco do auditório Brookside, me esforçando na apresentação. A senhora Ziffren está sorrindo. Ilana ri. As luzes do palco esquentam meu rosto. Estou pensando: *Por que estou aqui? Isto não sou eu.* Mas, de algum modo, meu nome aparece no topo da lista do elenco. Parecia algo tão pequeno – só uma peça tola de escola –, mas acabou sendo maior que isso. A porta de entrada para algo enorme. A oportunidade de descobrir um talento que nunca imaginei ter.

Minha paralela não vai poder viver nada disso. Ela não está fazendo a aula de Ziffren, por isso não será forçada a superar o medo de se apresentar para conseguir nota, surpreendendo a si mesma e a todos na sala. Isso quer dizer que ela não fará o curso rápido de interpretação da senhora Ziffren. O que quer dizer que ela não vai conseguir surpreender um diretor de Hollywood com sua apresentação "cinética" de Thomasina Coverly na noite de estreia. O que quer dizer que ela não terá a chance de passar quatro meses em um set de filmagens. O que quer dizer que independentemente do que acontecer no mundo paralelo, ela nunca terá as habilidades que tenho agora. Ela já havia perdido essa chance.

De repente, percebo.

Tenho algo que ela não tem.

Os pelos de meu braço ficam eriçados. O fato de eu ter mantido as lembranças antigas é mais do que uma aberração da ciência – é um dom. Diferentemente de todas as pessoas do mundo, não me esqueci de quem eu era antes da colisão. O que quer dizer que posso me tornar essa pessoa de novo. Uma pessoa que minha paralela nunca será.

Minha mente começa a correr, salta à frente, liga os pontos. A Abby paralela pode ficar com meu querido plano. Pode ficar com todas as aulas de redação, com minha assinatura do *New York Times*, com todas as noites e fins de semana que passei na redação da Brookside. Ela pode ter o *YDN*, o estágio de prestígio, o ótimo emprego, a vida que eu sempre pensei que teria. Ela pode ser a pessoa que eu ia ser.

Serei outra pessoa.

Essa ideia é emocionante.

Vejo tudo com muita clareza agora. Caitlin está certa: tentar desfazer o que minha paralela fez não vai me dar autonomia. Para provar minha independência, não basta fazer as coisas que minha paralela não faria; tenho de fazer as coisas que ela *não poderia* fazer, coisas que só eu posso. Como interpretar. Como participar do show dos alunos do primeiro ano.

Tiro o cartaz do quadro. Audições abertas. Só preciso me inscrever. Com minha experiência, eu deveria, pelo menos, tentar entrar para o elenco.

Um sorriso se abre em meu rosto. *Metamorfoses*. Exatamente.

Ainda sorrindo, coloco o cartaz na bolsa.

Meu telefone toca nesse minuto, e sinto um certo desânimo ao ver o nome de Michael no identificador de chamadas. Nós nos vimos seis vezes desde meu aniversário (quatro vezes na sala e duas nos fins de semana, uma delas planejada com antecedência) e trocamos mensagem de texto a cada dois dias, mas ainda não me acostumei com ele. Provavelmente porque não tenho certeza ao que deveria estar me acostumando, ou se nem deveria me acostumar com ele. Por mais que goste dele, minha paralela poderia arruinar nosso relacionamento (considerando que sentar juntos na aula de história, ficar lado a lado na festa da fraternidade e trocar beijos atrás de um caminhão de mudança perto do campo de futebol seja um relacionamento). Eu não deveria me prender. Minha cabeça sabe disso, mas parece que minha barriga e meus joelhos não.

— O que vai fazer hoje à noite? — Michael pergunta quando atendo.

— Nada — respondo, e então faço uma careta. *Ruim.*

— Errado. Você vai sair comigo.

— Aonde vamos? — pergunto casualmente, determinada a esconder todos os traços da alegria do *ai-meu-deus-ele-finalmente-vai-me-levar-para-sair.*

— É uma surpresa — ele diz misteriosamente. — Pode estar na minha casa às oito e meia?

— Claro — respondo, só um pouco irritada por ele não ter se oferecido para me buscar. Talvez essa data exija preparação. *Ele está fazendo o jantar!* Eu imagino nós dois dividindo um prato de espaguete à luz de velas, servido com pedacinhos de almôndegas.

— Ah, e coma antes de vir — ele diz.

Ou não.

— O que devo vestir? — pergunto a Marissa na fila do Thai Taste à noite. — E se formos a algum lugar mais arrumado?

— Ele teria falado — ela diz, virando o macarrão com a colher. — Como ele não disse nada a respeito das roupas, acho que pode imaginar que é casual.

— Casual ao ar livre ou casual em ambiente fechado?

— Hummm. — Ela morde um palito, pensando. — Como ele já fez o encontro ao ar livre, este provavelmente vai ser em ambiente fechado.

– Está falando do passeio da semana passada? Acho que isso não conta como encontro.

– Não, sua boba. O caiaque ontem. Espere, aquilo se chama caiaque? Não importa... um barco de dois tripulantes. Ou não conta porque foi sua ideia?

É por isso que ter um lapso de memória de mais de um ano é ruim. Estou sempre em dúvida. Quando estou com Caitlin, não é um grande problema; ela só dá os detalhes que não tenho. Mas como lidar com minha colega de classe, que no momento está olhando para mim como se eu fosse um paciente com Alzheimer?

– Oh, pensei que você tivesse dito algo sobre o último fim de semana – digo de um jeito bobo, fingindo que a pergunta dela a respeito do barco foi retórica. – Você estava dizendo algo sobre Ben?

Marissa me lança um olhar estranho.

– Estava?

– Você estava prestes a me contar sobre seu melhor encontro. – Enfio bastante macarrão na boca antes que as coisas piorem. Felizmente para mim, minha companheira de quarto é um pouco cabeça de vento e costuma perder a linha de raciocínio, por isso, não duvida de mim.

– Ah, certo. – Marissa pensa por um minuto e então sorri. – Verão depois do segundo ano, cerca de duas semanas depois do início do relacionamento. Ben planejou um jantar com piquenique no Central Park. Ele comprou vários tipos de frios e queijos e assou um pão francês.

– Ben *assou pão*?

Ela concorda, o rosto iluminado com a lembrança.

– Foi super-romântico. O sol brilhava quando ele me buscou de bicicleta e atravessamos o parque com a cesta de piquenique sobre o guidão, eu com um vestido branco de linho, e Ben com um terno cáqui. Parecia cena de filme, sabe?

– Parece perfeito – digo a ela, imaginando.

– Foi – ela concorda. – Durante dez minutos de piquenique. Porque depois começou a chover *muito*.

– Ai, não!

Ela assente, ainda sorrindo.

– Tanto o pão como meu vestido ficaram ensopados. Jogamos fora a comida, compramos moletons nos quais se lia "Eu amo Nova York" de um vendedor de rua e fomos comer pizza.

– Então, você acha que eu devo levar um guarda-chuva hoje – digo enquanto pego um biscoito da sorte.

– Estou dizendo que mesmo quando sabe o que esperar, você nunca sabe *de verdade* o que esperar – ela me diz, comendo uma vagem. – Então, vista-se de acordo.

Se aprendi algo em Los Angeles, é que com os acessórios certos é possível ir a qualquer lugar de jeans e camiseta de gola V. Para a noite de hoje, vesti uma blusa de lã grande que comprei no eBay e calcei botas de couro marrom que encontrei no Cinderella's Attic, em Guilford no fim de semana passado. Como a definição de "estilo" de minha paralela parece ter sido limitada a jeans Gap e blusa da J. Crew (o que, admito, descreve muito bem o conteúdo de meu armário pré-Hollywood), precisei fazer uma suplementação de roupas desde que cheguei aqui. Infelizmente, minha conta bancária é um pouco menor do que era quando eu estava em Los Angeles, então, estou me virando com o que posso encontrar de peças usadas.

– Você está linda – Michael diz quando abre a porta. – Botas legais.

– Obrigada – digo enquanto analiso a roupa dele. Calça de moletom e uma camiseta de corrida da Yale. E eu estava preocupada, pensando que estaria mal vestida. *Aquilo é uma mancha de gordura no peito dele?*

– Eu ia trocar de roupa – ele me diz e gira o copo de plástico que tem nas mãos. Está vazio. – Pode pegar um refil? – ele pergunta, já no meio da escada. – A cerveja está na geladeira.

– Hum, certo. Claro.

Eu viro o copo nas mãos. Não exatamente como pensei que seriam os primeiros trinta segundos desse encontro. Mas agora que estou aqui, nem parece um encontro.

Quando chego à cozinha, estou oficialmente irritada.

– "Pode pegar um refil?" – murmuro. – Sério?

Seguro a alça da geladeira e a abro. As garrafas na porta batem umas nas outras, e penso que não me importaria se elas se quebrassem.

E então, eu o vejo. Um buquê de peônias cor-de-rosa em uma caneca de cerveja em forma de trompete. Pego o post-it amarelo preso na frente da garrafa. *Para Abby.*

– O refil foi só uma desculpa.

– Ah! – Sobressaltada, dou um pulo ao ouvir a voz de Michael e derrubo a garrafa tamanho-família da Heinz da porta da geladeira. A tampa se abre quando o frasco bate no chão, espalhando ketchup pelo piso de linóleo. Olho para o ketchup, depois para Michael, que agora está usando uma calça cáqui e uma camisa de botões azul e amassada que, apesar de dar a impressão de ter sido tirada do meio da pilha de roupas para passar, é bem adequada. – Você me assustou – digo com timidez.

– Percebi – ele responde rindo ao se abaixar para pegar o frasco de ketchup. Pego um rolo de papel do balcão para limpar a sujeira. Certamente não é um procedimento comum aqui. O chão é nojento, e molhado por algo que não é ketchup. *Seria vômito?* Passo o papel no chão, tentando não vomitar, e então jogo os papéis na direção da lata enorme de lixo ao lado do fogão. Eles caem no chão fazendo barulho. Michael, enquanto isso, está ocupado trocando o frasco de Heinz por duas cervejas. – Uma bebida antes de irmos – ele explica, tirando as tampas, que joga dentro de um balde ao lado da geladeira.

– Obrigada – digo, de olho no monte de papel, tentando decidir se sou obrigada a pegá-los. Uma poça do que parece urina está molhando suas pontas.

– Mas precisamos beber depressa – Michael diz. – Vamos sair daqui a cinco minutos.

Não tenho tempo para me preocupar com papel, então. Excelente. Bebo a cerveja.

– Então, você gosta das flores? – ele pergunta entre um gole e outro. – Depois do que falamos ontem, eu quis surpreender você.

Ontem. O passeio de barco. A coisa mais romântica que Michael e eu já fizemos, e da qual eu não me lembro. Não sei o que poderia ter falado para motivar um buquê como surpresa, mas independentemente do que tenha sido, fico feliz por ter falado.

— Adorei — respondo. — Onde você conseguiu encontrar peônias em New Haven? Fui ao mercado perto do campus. A seleção de flores deles se limita a cravos e rosas, cada uma com uma boa dose de perfume.

— Na feira em Edgewood Park — ele diz, e então sorri. — De acordo com o cara de quem comprei, elas são afrodisíacas.

Sinto meu rosto em chamas. Com vergonha por estar com vergonha, fico ainda mais vermelha.

— Então, o que mais você fez hoje? — Pergunto, mudando de assunto antes que meu rosto pegue fogo.

— Não fiz muita coisa — ele responde. — Fui à academia. Assisti a um jogo de beisebol. E você?

— Eu saí da equipe — digo a ele, sentindo o gosto do macarrão tailandês do jantar e arrependida por não ter levado chiclete. Tomo vários goles de cerveja, esperando afastar o gosto de amendoim.

— Ah, muito engraçado.

— Estou falando sério. Enviei um e-mail ao técnico um pouco antes de vir pra cá. — Percebo que alguém que esteve na equipe durante semanas provavelmente não diria *"o técnico"*, mas Michael está ocupado demais com cara de tacho para perceber.

— Você saiu da equipe? Por e-mail?

A reação dele me surpreende.

— Bem... — respondo, percebendo o que fiz. — Qual é o problema?

— Aconteceu alguma coisa no treino hoje? Foi por isso que você saiu?

— Por que alguma coisa tem que ter acontecido? — pergunto, colocando-me na defensiva. — Uma pessoa não pode simplesmente decidir que não gosta mais de alguma coisa?

— Assim, de repente?

— Por que não?

— Não sei, talvez porque não é assim que as pessoas agem. Elas não abandonam partes de si mesmas. Você é timoneira — ele diz, como se estivesse me contando que o céu é azul. — Faz parte de quem você é. Uma parte de que gosto. Você é cheia de energia.

Subentende-se: Vou gostar menos de você se não for mais timoneira.

— Eu adoro que você goste disso em mim — começo e então engulo em seco, e percebo que usei "eu", "adoro" e "você" bem próximos uns dos outros na mesma frase. Felizmente, ele não esboça reação. Continuo. — Mas não faz parte de quem sou, de fato. Ainda que pareça. Só comecei na equipe porque machuquei meu pé e não podia mais correr — explico. — Como não queria ficar obcecada por não poder fazer o que eu *realmente* amava, disse a mim mesma que adorava a equipe, e, depois de um tempo, comecei a acreditar. — Estou inventando isso, claro, porque não fui eu de fato quem fez tudo isso. Mas enquanto falo, estou pensando: *Foi o que aconteceu com minha paralela?* Porque se for, então, eu entendo. Ainda que eu queira acreditar que nunca abriria mão tão depressa da corrida, posso imaginar como seria mais fácil para mim simplesmente me jogar em algo em vez de sofrer a decepção de não poder correr.

— Parece que alguma coisa aconteceu no treino hoje — Michael diz.

— Não aconteceu nada no treino hoje — eu insisto. — Só não quero mais fazer isso.

Michael toma um gole de cerveja, pensando.

— Então, acho que isso quer dizer que você pode dormir comigo hoje — ele diz, tranquilamente. — Não vai treinar amanhã cedo.

Fico gelada. Não depilei as pernas. Nem a virilha. Minha calcinha está com um furo no fundilho e não é sexy. Por essas e muitas outras razões, NÃO ESTOU PRONTA PARA FAZER SEXO. Assustada, levo a garrafa aos lábios e a inclino, com o rosto quente de novo. Esse é um daqueles momentos — e houve vários desde que Michael e eu nos conhecemos — nos quais me lembro de que estou totalmente destreinada. Não é que eu seja uma pudica no que diz respeito ao sexo oposto — eu namorei e já dei amassos e quase fui vista nua várias vezes. Mas eram caras comuns. Michael Carpenter é de um tipo totalmente diferente. É lindo. Inteligente. Atlético. E é bacana. Bem bacana, sem nem se esforçar. Eu, por outro lado, sou de um calibre inferior. Sou bonita, mas não linda, mais esforçada do que inteligente, em forma, mas não atlética, e apesar de ter momentos bacanas, esses momentos são cercados por horas de planejamento cuidadoso sobre como realizá-los.

Michael percebe o meu olhar e ri.

– Estou brincando – ele diz. – Pretendo levar você à porta de sua casa depois do nosso encontro, e vou beijá-la com ingenuidade e desejar boa noite. – Ele para, e então diz: – A menos, claro, que você *queira* dormir comigo...

– Amanhã tenho aula – digo e sorrio. Minha tentativa de parecer bacana e animada com a paquera, e não totalmente amedrontada com essa conversa.

– Então, é melhor deixarmos a noite em claro para outra ocasião. – Agindo de modo blasé, ele bebe o resto da cerveja e coloca a garrafa no balcão. – Está pronta?

– Mm-hmm – digo, do modo mais casual que consigo, enquanto as palavras "NOITE EM CLARO" ressoam em minha mente. Os olhos de Michael estão brilhando pelo sorriso contido.

– Então, você já sabe para onde vamos? – ele pergunta quando descemos o quarteirão. Seu cotovelo resvala no meu braço, enviando uma onda de arrepio até as pontas dos meus dedos. Se nossa conversa na cozinha foi apenas um plano para tirar minha roupa, pode ter funcionado. Minhas pernas não estão *tão* peludas, e a cerveja que bebi me deixou bem menos preocupada com o furo na calcinha. Não estou falando de ficar nua numa noite em claro, mas é possível que *algumas* peças de roupas sejam retiradas em algumas horas. – Vamos – Michael diz me cutucando de modo brincalhão, tirando tais ideias de minha mente. – Nem imagina?

– Hum. Cinema?

– Não.

Vejo as luzes da Yale Bookstore mais à frente.

– Hum... a uma leitura de poesia?

– Não. – Ele aponta para o prédio de tijolos aparentes na esquina. – Na igreja.

– Na igreja – repito. – Tipo... na missa? – Minha avó Rose está sempre perguntando se tenho ido à igreja aqui, e ela faz um tsk quando digo que não.

– Mais ou menos, mas não muito. – Ele segura minha mão. – Você vai ver. – Ele assobia baixinho enquanto caminhamos, com a mão quente e áspera na minha mão úmida. Trocamos uns amassos num armário e nos beijamos na varanda, mas é a primeira vez que ficamos de mãos dadas.

O assobio para quando entramos no prédio. O santuário em forma de cruz está escuro e cavernoso, com arcos góticos e teto muito altos, o tipo de sala que parece que está congelando. Mas esta não está. Dezenas de velas pontuam os dois lados do santuário, o que pode ter algo a ver com o calor e certamente são responsáveis pelo cheiro calmante. Inspiro profundamente, tentando perceber. Junípero? Mas também tem algo mais... algo mais familiar. Rosa? Uma inscrição na pedra da parede a leste chama minha atenção. As palavras brilham sob a luz da vela. PODEMOS IGNORAR, MAS NÃO PODEMOS ESCAPAR DA PRESENÇA DE DEUS. O MUNDO ESTÁ TOMADO POR ELA. — C. S. LEWIS.

—Vamos — Michael sussurra, e me puxa.

Outras pessoas estão espalhadas pelo bancos, mas não em número suficiente para me convencer de que estamos no lugar certo para o que quer que esteja prestes a acontecer. Olho para Michael, esperando vê-lo confuso ou incerto, mas ele está sorrindo. Ele aponta para uma fileira vazia.

Nós nos sentamos, escorregando até o meio do banco, onde é muito mais escuro do que nas pontas. Não sei se isso se deve ao tamanho enorme das colunas de pedra ou ao tamanho da sala, mas, apesar de as velas estarem visíveis onde estamos, o brilho delas é distante. O rosto de Michael está quase totalmente tomado pela escuridão.

— Chama-se *Completas* — ele me diz, com a voz tão baixa que é difícil escutar. — É um momento de reflexão e meditação no fim do dia. Este acontece todos os domingos, às nove.

— Oh — sussurro, porque não tenho certeza a respeito do que dizer. Ou fazer, que seja. Olho ao nosso redor, esperando ver o que as outras pessoas estão fazendo, mas a pessoa mais próxima está a pelo menos vinte metros.

Todo mundo está muito *silencioso*. Não há ninguém rezando. Não há movimento. *Temos que ficar aqui, no escuro?*

E então, na escuridão, ouço um tenor solitário, cantando em latim, a voz vindo de uma das alcovas próximas da parte da frente. A voz rapidamente se une a muitas outras, todas cantando em bela harmonia. Ouço, tentando saber de qual lado esse som está vindo, mas não consigo. A acústica é perfeita demais para se perceber a origem, e o coro está totalmente fora de visão.

As palavras da inscrição surgem, como se carregadas pela música. No momento, a palavra "denso" parece mais apropriada do que "cheio". O clima está denso, é algo divino. E, nesse momento, qualquer sentimento de medo ou confusão a respeito de minhas circunstâncias foram substituídos por uma valorização enorme do aqui e agora. Faço uma oração rápida e sem palavras, agradecida por um pensamento breve que me deu mais clareza do que qualquer outro. Grata por esse momento que eu poderia ter perdido com facilidade.

Quando a canção termina alguns minutos depois, a sala fica totalmente silenciosa. E então, mais uma canção começa. No meio da terceira canção, Michael se inclina e encosta os lábios em minha orelha.

— Você gosta? — ele pergunta, a voz quase inaudível. Sua respiração em meu pescoço faz com que um arrepio percorra a minha espinha. Eu me viro e me aproximo de sua orelha.

— Sim — digo. — E apesar de querer dizer mais, dizer que isso é mágico e importante, que estou muito emocionada com essa música, que me sinto lisonjeada por ele dividi-la comigo, não faço isso, porque não quero interromper o silêncio, mas principalmente porque sei que palavras não bastarão. Então, encosto os lábios no rosto dele em um beijo sem som — um obrigado silencioso —, e fico sentada no banco de madeira, deixando a música e a escuridão me envolverem. Ele encontra a minha mão e a aperta. Nenhum de nós a solta.

Outubro

6 (Lá)

sábado, 11 de outubro de 2008

(noite de estreia da exposição de minha mãe)

– Há alguns gritos que você precisa conhecer antes de ir para a água – ela me diz, puxando seus cachos loiros para prendê-los em um rabo de cavalo. Estamos sentadas lado a lado numa mesa de piquenique perto da beira da água, observando os remadores darem voltas na casa de barcos. – É claro que você não deve começar sem que todos estejam prontos, por isso, seu primeiro grito será sempre "iniciar remos". O proeiro vai dizer: "Proa!", e então, os outros remadores gritarão os números de seus assentos. Quando você escutar "movimento", confira para ver se isso está claro, e então parta.

– Iniciar remos – repito. *Tem importância o fato de eu não saber quem é o proeiro?*

Fico sabendo que a loira sorridente da astronomia (cujo nome é Megan, agora sei) é timoneira da equipe da Brookside. Eu nem sabia o que era um timoneiro há dois dias, quando Josh me disse que a equipe estava à procura de um e sugeriu que meu pé coxo e eu seríamos perfeitos para a função. Eles precisavam de um timoneiro, e eu precisava de um esporte para minha matrícula na Northwestern. Sem opções, decidi tentar. O técnico ficou tão feliz que nem fez teste comigo. E aqui estou eu, a mais nova membra da equipe da Brookside.

Estou me esforçando para continuar sendo positiva – em relação a isso e em relação a todo o resto. O esforço é necessário, porque sem ele, eu sucumbiria à tristeza e sentiria pena de mim mesma, e não é assim que costumo reagir a contratempos, mas parece ser minha reação neste caso. Nos primeiros dias, choraminguei como o burrinho amigo do ursinho Pooh, com uma nuvem pesada sobre a cabeça, até Caitlin me chacoalhar para eu sair dessa situação (literalmente, ela me chacoalhou pelos ombros, praticamente me derrubou).

– Sei que é muita coisa para memorizar – Megan está dizendo. – Mas você está indo muito bem para seu primeiro dia. – Ela sorri de modo a me incentivar. – Antes de sair, darei a você uma lista com todos os gritos e uma imagem que mostra como usá-los.

– Isso seria ótimo – digo com um sorriso agradecido. – Obrigada.

– Eu é que devo agradecer a você! – ela diz. – Como só tínhamos um timoneiro para a equipe dos homens – eu –, o técnico teve de dividir o treino para que eu pudesse guiar os dois barcos. Eu não tinha vida. – Ela se apoia nos cotovelos, arqueando as costas para deixar o sol iluminar seu rosto.

Como uma menina tão pequena pode ter seios tão grandes?

– Há quanto tempo você está na equipe? – pergunto. – Eu nem sabia que havia essa equipe até conhecer o Josh.

– Ele é ótimo, não é? – Megan diz, sorrindo para Josh quando ele passa por nós. Ele sorri de volta, e então acena para mim. – Vocês são um casal?

– Ah... não – digo rapidamente, balançando a cabeça. – Só amigos. – Na realidade, não tenho certeza de que podemos dizer que somos amigos. Não nos vimos fora da escola desde a noite em que machuquei meu pé. E também não ficamos juntos na escola. O "oi" educado que trocávamos na sala durante o quinto período é o máximo da nossa interação social. A sugestão dele para eu entrar na equipe foi a conversa mais longa que tivemos desde a festa da Ilana, e foram só duas frases. Não é patético que falar com ele tenha sido o destaque de minha semana? Felizmente, tenho feito um bom trabalho no que diz respeito a guardar sentimentos. Tenho sido educada, mas indiferente. Não tenho mais encarado ele na astronomia. Não o convidei mais para sair. Se haverá um próximo passo, terá de ser dado por ele.

Até agora, ele não deu nenhum.

Caitlin acha que eu gosto do fato de Josh ser tão enigmático. Que a incerteza mantém o interesse. Mantém, mas não é por isso que o acho tão interessante. Gosto dele porque, quando ele está por perto, eu me sinto muito, muito desperta, como se tivesse acabado de beber um energético de dose dupla. Não é uma onda de adrenalina exatamente (o cara usa meia com mocassim), mas é que quando ele está por perto – mesmo que esteja do outro lado da sala, sem prestar atenção em mim –, paro de pensar em todas as coisas com as quais costumo ser obcecada, ou seja, as coisas que importam: minhas notas, minhas inscrições na faculdade, meu futuro, meu plano. Quando Josh está aqui, onde quer que o "aqui" seja, o único momento que importa é o presente. O resto simplesmente acontece.

– Então, vocês não são um casal? – escuto Megan perguntar.

– Não somos um casal – respondo, resistindo à vontade de completar com um "ainda".

Os olhos de Megan brilham.

– Então, será que pode falar com ele sobre mim? Seja discreta, claro. Se ele não gostar de mim, não quero que saiba que eu gosto dele... – Megan sorri, envergonhada. Ela é bonita, do tipo "não tenho culpa de ser adorável". Ugh!

– Ah, claro, sem problema – respondo. O que deveria dizer? *Não, desculpe, não posso falar com ele sobre você porque ainda espero que ele se apaixone por mim?*

– Obrigada! – Ela se levanta da mesa de piquenique e se vira para mim. – Vamos para a água – ela sugere e me entrega minhas muletas. – Posso explicar o resto dos gritos no caminho.

Chegamos à beira da água, Megan sobe em um barco preso em blocos de madeira a poucos metros do píer.

– Aqui é nossa concha de treino – ela diz. – Entre! – Assim que diz isso, ela dá uma risadinha. – Acho que você não tem entrado muito, não é? Precisa de ajuda?

– Não – digo irritada, deixando minhas muletas no chão ao lado do barco. – Posso colocar peso nisso, mas não por muito tempo. – Passo a perna por cima da beirada e me sento diante de Megan, com os joelhos em seu nariz.

– Você está sentada no assento do remador – ela me diz. – Então, dependendo do barco onde estiver, será Josh ou Brad. – Megan fala sobre as várias posições do barco, mas não presto atenção. Estou ocupada demais pensando no fato de que preciso me lembrar do que gritar, quando gritar *e* como virar o barco com meu rosto nas coxas de Josh.

– Para virar a bombordo, puxe a corda à direita em sua direção, assim. Para virar a estibordo, puxe a corda à esquerda. Mas lembre-se de que serão necessários alguns movimentos para que suas ações tenham efeito… A pior coisa que pode fazer é…

– A posição de remador é boa? – pergunto, interrompendo. – É onde o melhor remador fica ou o pior, ou não é assim que funciona?

– Ah, certamente é a melhor – Megan responde. – Do ponto de vista técnico, pelo menos.

– Então, Josh… ele é muito bom?

– Extremamente bom – ela diz. – O time dele conseguiu o ouro no ano passado nos World Rowing Junior Championships, na França. – Megan olha para os remadores, agora unidos para uma reunião de equipe. Sigo o olhar dela. Josh está ouvindo com atenção o que o técnico está falando. – Fico tentando imaginar em que mais ele é bom – ela sussurra, e então começa a rir sem controle.

Ah, não, ela não disse isso!

– Como você e o Josh se conheceram? – pergunto, mudando a conversa para assuntos menos nauseantes.

– Aqui – ela responde. – Eu tinha que mostrar a casa de barcos a ele antes do treino, mas não passamos do vestiário. Não que algo *assim* tenha acontecido. Não ainda, pelo menos. – Mais risos. O som está me irritando de verdade. – Só começamos a conversar e, quando nos demos conta, era hora do treino. Nós combinamos totalmente. – Ela olha além de mim, para onde os remadores estão reunidos e olha descaradamente para o traseiro de Josh.

– Megan! – O técnico Schwartz chama. – Preciso de vocês aqui! – Ele faz um sinal para que ela se una ao grupo.

– Ele está chamando você também – Megan me diz, saindo do barco. – Ele só esqueceu seu nome. Esquece o nome de todo mundo, não leve para o lado pessoal. – Ela pega minhas muletas e as entrega para mim.

– Ele ladra e não morde, por isso, se você fizer besteira e ele gritar com você, não se perturbe.

– Vou para a água? – Pensei que ficaria observando hoje, na segurança do solo seco. – Não é meio cedo ainda?

– Não se preocupe, você vai se dar muito bem – ela me diz. – Tenho certeza de que o técnico vai colocar você no M8A, o que quer dizer que você não vai fazer muita coisa. Com a casa calma como está, não terá que virar. Josh dá os gritos.

– Megan! – O técnico grita. – Agora!

Acompanho Megan até onde a equipe está, tentando não parecer uma tola no processo. Quando ela me apresenta como timoneira da equipe, todo mundo festeja e bate palmas. Quando conto quantos deles já conheço, me assusto ao descobrir que é menos da metade. *Como posso não conhecer essas pessoas?* A Brookside não é *tão* grande. Mas ando com eles desde o primeiro ano e não fiz esforço nenhum para conhecer ninguém além de Caitlin, Tyler e o time de golfe, e algumas meninas do *Oracle*. Esse pessoal parece bacana. E bem sério em relação ao esporte. Enquanto o técnico Schwartz repassa seu plano para o treino, eles prestam atenção em todas as palavras.

Megan tinha razão a respeito do M8A, que logo fico sabendo se referir à equipe dos oito homens A, o barco mais rápido. Eles nem precisam de timoneiro, o que é ótimo, já que a minha presença no barco é basicamente a mesma coisa de não ter ninguém. Ela também tinha razão a respeito de Josh. Ele é incrivelmente bom.

Mas ele não me deixa ficar sossegada.

– A única maneira de aprender os gritos é fazendo-os – ele me diz quando me ajuda a entrar no barco. – Então, direi o que deve gritar, mas você precisa gritar. O mais alto que puder.

– Pensei que usaria um pequeno microfone – digo, apontando para o fone de ouvido de Megan.

– Vai usar – ele responde e sorri. – Em algum momento. O equipamento ajuda muito, mas os melhores timoneiros não precisam de equipamento.

– Mas e os timoneiros que não fazem ideia do que estão fazendo?

– Ah, eles não sabem usá-lo, de qualquer modo.

– Então, Wags, vamos para a água hoje ou não? – É Phillip Avery, o proeiro que, se a linguagem corporal de Josh for um bom indício, é a pessoa de quem Josh menos gosta na equipe. Phillip também foi meu par no baile do primeiro ano, e eu acabei deixando-o na pista e voltei a pé para casa depois que ele tentou enfiar a mão dentro do meu vestido enquanto tocava "Fix you", do Coldplay. Nunca mais nos falamos.

– Como hoje é o primeiro dia da Abby – Josh diz de modo normal –, pensei que, por ser o *capitão*, eu poderia explicar para ela o que ela fará. Tudo bem, *Phil*? – Phillip detesta ser chamado de Phil.

Olho para o píer, controlando um sorriso. O Garoto Astronomia é durão no remo.

Phillip murmura algo impossível de entender.

Josh continua, sem se importar com os remadores impacientes atrás dele. Olho para o barco B, cinquenta metros rio abaixo. A voz de Megan ecoa no ar.

– Vamos, pessoal! Comecem!

– Gostaria de começar – Phillip diz baixinho.

– Todos gostaríamos – diz o cara ao lado dele. – Ela é muito gostosa.

Josh olha para além de mim, para onde Megan está. Ele ainda está pensando na técnica de controle, mas mantém os olhos nela. E em seus seios grandes e perfeitamente empinados.

– Acho que estou pronta – digo de repente, interrompendo-o no meio da frase. – Agora.

Ele volta a olhar para mim.

– É mesmo?

– Claro – dou de ombros, fingindo estar confiante. – Não pode ser tão difícil.

Acontece que mesmo tendo alguém para dizer o que você deve fazer e quando deve fazer, comandar ainda é difícil. Bem difícil. Muito.

Quando o treino termina, duas horas depois, estou exausta. Meu traseiro dói, minha garganta dói, e meu cérebro está quase em pane. Preciso de toda a força que me resta para chegar ao carro. Tanta coisa para lembrar! Cross-country não é nada perto disso. Só é preciso correr. Timonear é muito mais difícil, e nem é atividade física. Mas, ao mesmo tempo, é estranhamente bom. Estar na água. Estar no controle. Estar a quinze centímetros de Josh.

– Abby! – Eu me sobressalto quando escuto meu nome. Me viro e vejo Josh correndo na minha direção, com os cabelos molhados depois do banho. – Fiquei com receio de você já ter ido – ele diz, aproximando-se de mim. – Que bom que ainda não foi. Me deixe segurar isso. – Ele pega a chave que está pendurada no meu dedo mínimo.

Sorrio e derrubo a chave em sua mão aberta. *Megan quem?* Sinto uma onda de culpa por concordar em falar com ele por ela. Mas ela não me deu muita opção.

– Você foi ótima! – ele diz de modo entusiasmado.

– Sei, sei.

– Estou falando sério. Você só precisa ficar mais à vontade com as ordens – ele me diz. – Seus instintos foram ótimos.

– Não sei se acredito em você, mas obrigada. Foi divertido. Mais divertido do que pensei que seria – admito.

Chegamos ao meu carro, Josh destranca a porta e abre a porta do lado do passageiro para mim.

– Grandes planos para hoje à noite? – ele pergunta, colocando minhas muletas no assento de trás.

– Ah, só um evento no museu – digo. – Com meus pais – acrescento, só para deixar claro.

– Legal – Josh diz, e me devolve as chaves. Eu fico ali, sorrindo, esperando que ele sugira que nos encontremos outra hora. É por isso que você pergunta a uma pessoa quais são os planos dela para a noite de sábado, certo? Porque quer chamá-la para sair.

— Divirta-se hoje à noite. — É tudo o que Josh diz. Ele acena rapidamente e então segue em direção ao seu jipe. Derrotada, eu me sento no banco do motorista.

Ele deve gostar da Megan; essa é a única explicação. Certo, não é a *única* explicação, mas é a única que quero aceitar. Prefiro acreditar que ele se apaixonou pela garota gostosa da equipe a pensar que não gosta de mim.

Só existe uma maneira de descobrir.

Pego meu celular do porta-luvas e rapidamente digito o número, esperando que ele entre no jipe para clicar em enviar. Ele atende no segundo toque.

— Ei — ele diz, olhando na minha direção.

— Oi. Eu queria saber o que você acha da Megan.

— Megan Watts?

— Megan, a timoneira.

— Megan, a timoneira, é Megan Watts — Josh diz. — O que quer dizer, o que eu acho dela? Acho que ela é uma boa timoneira. — Eu me inclino para a frente para ver o rosto dele, mas a luz bate no para-brisa.

— Queria saber se você está interessado nela. Como namorada.

— Por quê?

— Porque acho que vocês formariam um belo casal — minto, brincando com o zíper de minha mochila.

Josh fica em silêncio do outro lado da linha. Quando olho para a frente, ele está saindo com o jipe. Espero que ele diga algo, mas ele não diz.

Que estranho.

— Só não queria que você se sentisse mal com isso — digo rapidamente. — Se você gosta dela. Porque me sinto bem com isso. Se você se sentir.

— Ótimo — Josh diz, a voz inexpressiva, impedindo minha análise. — Obrigado. — Sinto um aperto no peito.

— Certo, bem... — Como terminar uma conversa assim de modo gracioso? *Espero que dê certo!* Obviamente não, mas, de certo modo, as palavras igualmente ridículas "Boa sorte!" surgem nos meus lábios. E então, antes que possa piorar, desligo.

– Sou uma maluca. – Digo ao telefone na minha mão. E agora? Volto a telefonar? Enviar uma mensagem de texto dizendo que a ligação caiu?

Caitlin telefona antes que eu possa fazer qualquer coisa.

– Ei – digo, respondendo. – Acho que coloquei Megan Watts no caminho de Josh.

– Quem é Megan Watts?

– A outra timoneira. Cabelos longos encaracolados, seios grandes. Os caras da equipe acham que ela é gostosa.

– Por que você tentaria jogar o Josh para cima de outra garota? – ela pergunta. – Espere. Deixe-me adivinhar. Foi um plano maluco para ver se ele gosta de você, e não deu certo.

Suspiro.

– Mais ou menos isso.

– Como eu sei? Olha, quero ajudar você a analisar todos os detalhes disso, mas só tenho um minuto, porque preciso ir ao laboratório.

– Não tem problema – digo a ela. – Nós já tiramos nossa conclusão. Sou uma fracassada.

– Uma fracassada que *deve* ler minhas redações da Yale neste fim de semana – Caitlin diz. – Enviei os últimos rascunhos para você há uma hora. Minha inscrição deve ser feita até 1º de novembro, e preciso de tempo para revisá-la antes de enviar. Me conhecendo, muito tempo.

– Claro – digo, ainda pensando em Josh. – Ele perguntou *por que* quando perguntei se ele gosta de Megan. Isso quer dizer que ele gosta dela, certo? Caso contrário, ele diria apenas não.

– Você cria essas regras enquanto conversa? Ou elas vêm do mesmo manual de relacionamento que recomenda perguntar ao cara de quem você gosta se ele gosta de uma loira gostosa?

– Ela pediu que eu falasse com Josh por ela.

– Ahhh. Então *esse* foi seu motivo. Pura filantropia. – Consigo vê-la rolando os olhos. – Olha, preciso ir. Podemos ficar obcecadas com o Garoto Astronomia mais tarde. Mas leia meus textos, está bem?

– Claro que vou ler seus textos – respondo. – Mas não, não falaremos depois. Ou nunca mais. Superei, oficialmente, o Garoto Astronomia. – Quando digo isso, tenho certeza, mas apago o telefone dele só para garantir.

– Sua mãe sabe fazer uma festa – meu pai comenta, olhando ao redor na sala cheia. Estamos no Grand Lobby do High Museum, que foi transformado em um salão francês do século 19. Minha mãe está recebendo as pessoas com seu lindo vestido azul-royal de seda. O vestido pertence à mãe de Caitlin, um resquício de sua participação de dez semanas na frente do *Madame Bovary: O Musical!*, seis meses antes de Caitlin nascer. Graças aos sete quilos que a senhora Moss engordou no primeiro trimestre, o vestido é tamanho 44. Com a ajuda de uma cinta e sapatos de salto de doze centímetros, serviu na minha mãe perfeitamente.

– Ninguém acreditaria que ela tem quase cinquenta anos – digo, observando-a.

– Só não deixe ela escutar você falar que ela tem "quase cinquenta" – meu pai responde, mexendo o uísque. – Ela está convencida de que quarenta e oito ainda é metade dos quarenta.

– Nada mal, Barnes. – A voz de Tyler se sobressai entre as dos adultos. Ele se aproxima de nós, vestindo um paletó que parece ser dos anos 1970. – Você também não está feia, Ab.

Mostro a língua para Tyler quando ele aperta a mão do meu pai.

– O que aconteceu com as muletas? – Tyler pergunta para mim. – Você não tem mais uma semana?

– Sim. Mas muletas e um vestido longo é a mesma coisa que Abby caindo de cara no chão na frente de centenas de pessoas. Por isso, eu as deixei no carro.

– Nossa, isso seria divertido – Tyler diz. – Não que a festa já não esteja superdivertida, senhor B.

– É claro que está – meu pai responde entre goles. – Estamos cercados por velhotes entediantes com ternos feios. Como não poderia estar divertida? – Ele vira o copo, terminando de beber.

– Não seja tão duro consigo mesmo – Tyler diz. – Seu terno é bonito.

Meu pai ri, mas como tem um cubo de gelo na boca, parece que está rosnando. O barulho faz com que algumas pessoas se virem para olhar. Meu pai nem percebe. Rindo, ele pega mais uma bebida.

– Onde está a Ilana hoje? – pergunto quando ele sai, tentando não fazer uma cara feia ao pronunciar o nome dela.

– Está no ensaio da peça – Tyler responde. – Ela está toda animada porque um diretor importante vem ver a estreia hoje.

– Nossa! Cate e eu podemos ver?

– Ela tem agido de um jeito bem esquisito – Tyler diz.

– Novidade. Ela *é* esquisita.

– Estou falando de Caitlin – ele diz.

– Oh. – E penso. *Ela tem agido de modo esquisito?* Não notei nada, mas com meu pé, as provas e os sentimentos que Josh não nutre por mim, tenho andado meio preocupada. – Esquisita, como?

– Sei lá. Nervosa.

Nervosa. Não é uma palavra que eu usaria para descrever minha melhor amiga. Ela é o oposto de agitada. Mas quando estou prestes a dizer a Tyler que não sei do que ele está falando, me lembro de sua reação exagerada quando perguntei se ela gostava dele. Irritada, de um jeito anormal. Claramente abalada.

Ela tem agido de modo esquisito porque gosta dele. De repente, sei que estou certa. Não sei como eu sei, só sei. Caitlin gosta de Tyler, e Tyler também gosta dela.

– Você não notou? – Tyler pergunta.

Hesito. Se Tyler e Caitlin têm sentimentos secretos um pelo outro, então, até um deles de fato fazer algo a respeito, os dois ficarão tristes. Certo, talvez não tristes, mas menos felizes do que poderiam ser. E se o ano passar, nós nos formarmos e eles perderem a chance? Isso seria pior do que qualquer erro meu bancando o Cupido. Além disso, Caitlin precisa disso. Ela não namorou ninguém desde Craig, e eu sei que é porque ela tem medo de se machucar de novo. Ty não a machucaria.

Escolho as palavras com cuidado.

– É a coisa com a Ilana – digo, mantendo a voz baixa. – É difícil para ela. – Falo como se não tivesse importância, mas Tyler e eu sabemos que tem. Só existe um motivo pelo qual o relacionamento de Tyler com Ilana seria "difícil" para Caitlin.

Tyler mantém o rosto inexpressivo.

– Ela disse isso a você?

– Ela não precisa me dizer – digo. – Sou a melhor amiga dela. – Percebo que Caitlin pode ter problemas com essa afirmação neste momento.

– Então, ela nunca disse de modo explícito? – ele pergunta.

– Disse – eu minto. – Mas eu não podia contar a você. – *O que estou fazendo?* Abro a boca para voltar atrás, mas Tyler me interrompe.

– Estou apaixonado por ela – ele diz com uma voz que não parece dele. Talvez esteja usando palavras que nunca o escutei usar antes. Pelo menos, não com seriedade. – Eu não sabia que tinha chances. Você está me dizendo que tenho?

Certo, não estava esperando isso. Sei lá, pensei que ele tinha sentimentos por ela, e *eu* poderia usar a palavra "amor", mas conheço o Tyler desde o jardim de infância, e só o vi usando a palavra *amor* quando se referia a tacos de golfe. Mas agora ele está dizendo de outro modo, com sinceridade. Enquanto fico ali, olhando em seus olhos abertos e honestos, fico assustada com a profundidade da emoção que vejo. Ele realmente está apaixonado por ela. E acabei de dar a entender que ela se sente do mesmo modo.

Minha mente não para. *Caitlin vai me matar.*

– Depende de como você vai abordá-la – tento consertar. O garoto está sorrindo, o que é bom, porque seu olhar tira qualquer dúvida de que fiz a coisa certa. Não que eu tenha feito muito; minhas palavras não eram nada além de um sopro na direção em que ele já seguia. Pelo menos, é o que digo a mim mesma sem parar agora, tentando diminuir o tamanho da culpa.

– Você acha que ela vai estar na festa hoje à noite? – Tyler pergunta alguns segundos depois.

– Que festa?

– A festa privada naquele bairro perto da Providence Road. O time de futebol vai se reunir.

– Ah, não. Ela vai trabalhar no laboratório do pai hoje à noite. – *Graças a Deus*. Caitlin é assustadoramente intuitiva. Ela vê o sorriso bobo de Tyler e sabe que tem alguma coisa errada. Ele precisa se recuperar de sua euforia antes do próximo encontro. E decidir o que fazer a respeito de Ilana.

Do outro lado da sala, alguém está acenando. Não tenho certeza se o gesto é direcionado para mim – vejo a mão de um homem balançando no ar. Seja lá quem for o dono da mão, está bloqueado por duas mulheres vestidas com tafetá de seda. A mulher se remexe e doutor Mann aparece, garboso em um terno cinza. Seu sorriso se abre quando nos vemos.

– Senhora Barnes! – ele grita em meio às pessoas.

– Quem é aquele? – Tyler pergunta, claramente se divertindo ao ver o cara de cabelos desgrenhados vindo na nossa direção.

– Doutor Mann – respondo. – Meu professor de astronomia.

– *Aquele* cara ganhou um prêmio Nobel?

– Shh. – Olho para meu professor, que está equilibrando um prato de salgadinhos sobre uma lata de refrigerante. Sua outra mão está estendida para apertar a minha.

– Não te deram um copo? – pergunto, assentindo para a lata enquanto balanço a cabeça. O velho ri.

– Eles me ofereceram um, mas recusei. É mais difícil derrubar com uma lata. – O doutor Mann sorri e toma um gole com cuidado.

Tyler olha para mim. De novo: *Esse cara ganhou um prêmio Nobel?*

Eu o ignoro.

– Doutor Mann, este é meu amigo Tyler Rigg. Ele também estuda na Brookside.

– É um prazer, senhor Rigg – o doutor Mann diz, apertando a mão de Tyler. – Talvez o senhor seja meu aluno no próximo semestre.

– Não contaria com isso – Tyler diz de modo agradável.

– E então, o que o traz ao museu? – pergunto ao doutor Mann.

– Minha filha trabalha aqui – ele me diz e aponta para uma mulher que aparenta ter trinta e poucos anos, usando um vestido preto. Ela tem um ar de Audrey Hepburn e os olhos azuis do pai.

– Então, você também foi arrastado para cá – Tyler diz. Ele detém um homem que está servindo costeleta de carneiro e petiscos em um guardanapo.

– Acho que fui eu quem a arrastou para cá – o doutor Mann diz. – Greta acabou de chegar de Munique esta tarde e estava planejando ficar em casa, mas eu insisti para virmos. Sou um grande admirador do *petit jeune chimiste qui accumule des petits points.*

O francês dele é perfeito.

– Hum... Algo a respeito de um químico e pontinhos? – digo, tentando entender.

– O jovem químico que liga pontos – ele traduz. E então, explica: – É assim que Gauguin descrevia Seurat. Ele não entendia a arte do pontilhismo, creio eu. Só via a ciência.

– E o senhor vê os dois? – pergunto.

– No meu ponto de vista, a ciência *é* a arte – o velho responde. Ele olha para além de nós, para *Uma tarde de domingo na ilha La Grande Jatte,* a obra mais famosa do pintor e obra-prima da exibição, emprestada do Art Institute of Chicago. – Com seus *petits points,* Seurat convidava o espectador a participar de uma experiência transcendental em vez de impor o que queria. – Ele aponta sua lata de refrigerante para a pintura. – A ordem inerente que vocês percebem nessa imagem não foi construída nesta tela; na verdade, está *sendo* construída enquanto falamos, em nossa mente.

Essa, claro, não é a primeira coisa que já ouvi sobre o pontilhismo. Quando se é a filha única de um curador e pintor aposentado, você aprende mais teoria da arte na mesa do jantar do que aprenderia em um semestre de aulas sobre o assunto. Mas, pela primeira vez, a teoria ecoa de modo mais amplo. De perto, só vemos pedaços, espalhados, empilhados uns sobre os outros. Uma desordem total. Mas se afaste um passo e uma imagem toma forma. Quando se entende o caos, o caos desaparece. Ou talvez, o que antes parecia caos nunca o foi.

Em um oceano de cinzas, ilhas de ordem.

É uma frase da *Arcádia,* uma peça que lemos na aula de inglês do ano passado. (Não teria me lembrado se não fosse o fato de eu ter engasgado quando li em voz alta na aula. "Em uma ilha de cinzas, oceanos de ordem", eu havia dito, e alguém fez uma piada a respeito de "oceanos de ordem" ser um ótimo nome para uma banda). A frase original é uma referência aos padrões que emergem do caos, um forte tema na peça. A frase capta a obra de Seurat perfeitamente. Sozinhos, os pontos são apenas pequenos círculos de cor. Mas no ambiente certo, eles se tornam muito mais.

Antes que eu possa ir longe demais com essa ideia, Tyler interrompe.

— Isso é um macaco?

— Deveria ser uma sátira — digo vagamente. — A palavra para macaco fêmea em francês, *singesse*, era um termo de gíria para prostituta. — Meu comentário ganha um olhar impressionado do doutor Mann. — É uma equação — digo, ainda pensando na *Arcádia*. — Os pontos são as variáveis. A imagem coerente que vemos de longe é a solução.

— *Et l'artiste est le mathématicien* — o doutor Mann diz.

— O artista é o matemático — eu traduzo, curtindo a ideia. Mas quanto controle esse artista tem em relação à solução? Imagino minha vida como uma pintura e penso a mesma coisa.

Meu pé esquerdo começa a latejar, por isso, passo todo o peso para o direito.

— Papa! — Greta está chamando seu pai, fazendo um gesto para que ele vá encontrar a pessoa com quem ela está falando. O doutor Mann faz uma pequena reverência antes de partir.

— Então, quanto teremos de esperar até sairmos daqui? — Tyler pergunta, claramente sem interesse em discutir minhas ideias filosóficas a respeito da vida e da matemática, além da pintura com pontilhismo. — Estou entediado.

— Estamos aqui há apenas uma hora.

— Uma hora no museu é tipo cinco horas no tempo normal — ele responde. — O que acha de ficarmos até as nove e darmos o fora?

— Ótimo. Isso termina às dez, por acaso.

— Você deveria chamar a Caitlin — ele diz. — Diga a ela para parar no lugar reservado depois do laboratório.

Estou pensando se devo criticar a ideia ou fingir que falo com ela quando escuto meu telefone tocar dentro da bolsa. Tyler o entrega a mim. Ele está olhando para a tela quando leio a mensagem de texto.

Caitlin: nos vemos na festa?

Olho para a mensagem e então, para Tyler.

Merda.

Quando chegamos lá, a "festa" passou a ser uma reunião íntima.

Todo mundo está perto da fogueira que alguém fez com uma lata de lixo de metal. Alguns jogadores de futebol estão assando marshmallows em um graveto. Andy Morgan, nosso astro, assovia quando nos vê.

—Você estão ótimos! — Andy chama. Tyler me vira, e eu faço uma breve reverência com meu vestido, tomando o cuidado de não apoiar peso demais no pé machucado. Do outro lado do espaço, Ilana está me lançando um olhar mortal. Está afastada da fogueira com um grupo de meninas frescas, bebendo um refrigerante diet e aparentando irritação com o mundo. Tyler caminha em direção a ela.

— Quer um s'more? — Andy pergunta, pressionando um marshmallow derretido entre duas bolachas quadradas, e estende na minha direção. — Há chocolate aqui em algum lugar.

Depois de um monte de petiscos salgados, um marshmallow derretido é uma tentação.

— Claro — digo a ele. — Obrigada. — Mordisco o canto da bolacha, esperando o recheio esfriar. — Há quanto tempo vocês estão aqui?

— Há cerca de uma hora — Andy responde. — O suficiente para Ilana se irritar por Tyler ainda não ter aparecido. — Sinto uma onda de simpatia por Ilana. Ela e Tyler estão mais para o lado, longe do restante dos amigos dela, no meio do que parece uma discussão intensa. Eu tento não olhar. — Veja, ali está a Caitlin — Andy diz, enfiando outro marshmallow na boca. — Ela é tão gostosa.

Olho para a frente e vejo Caitlin estacionando seu Jeta na rua. Meus olhos voltam para Tyler. Ilana mantém o braço dele bem seguro.

Não parece que ele vai ficar sozinho com a Caitlin hoje. Sinto que estou começando a relaxar. Não me preocupa a possibilidade de Tyler me entregar, já que disse que era um segredo, mas ele costuma falar demais quando bebe, o que, graças à sua paquera com a garçonete do museu, está sendo o caso desta noite.

– Você está linda! – Caitlin me diz quando se aproxima. – Como foi o evento?

– Muito bom – digo a ela. – Você devia ter visto a minha mãe...

– *Está brincando*? – A voz de Ilana, ainda mais aguda do que o normal, bate em meu tímpano, e me faz parar no meio da frase. Todos se viram na direção dela. Ela está olhando para Tyler, com o rosto contorcido pelo susto. Tyler murmura algo indecifrável.

– Falar baixo? – Ilana grita. – Você termina comigo em uma *festa*, na frente dos meus *amigos* e ainda tem a audácia de me dizer para falar baixo? Quem você pensa que é?

Olho para Caitlin. Os olhos dela estão grudados na cena que se desdobra do outro lado da rua. Eu me preparo, esperando Ilana vir correndo na minha direção.

Não foi assim que pensei que as coisas seriam.

Sim, achei que Tyler provavelmente terminaria com a Ilana em algum momento. Mas não pensei que faria isso *hoje*. Nem na frente de todo mundo.

– Se ele só precisou disso para se descontrolar, então o relacionamento deles estava ruim mesmo – digo.

– Se ele só precisou disso? – Caitlin pergunta.

– O que quer que tenha feito ele terminar com ela. Não que eu saiba o que foi – digo rapidamente. – Porque não sei. – Caitlin olha para mim com uma cara engraçada.

– E... ela já vai. – Andy aponta um graveto na direção de Ilana, que está indo embora. Ela abre a porta do carro e entra. Olho para Tyler. Ele está olhando para Caitlin.

Isso é ruim. Muito ruim.

– Ei, estou bem cansada – digo a Caitlin, fingindo um bocejo. – Pode me levar para casa?

— Justamente agora? Acabei de chegar. Além disso, você não veio dirigindo? Vi seu carro quando cheguei.

— Não estou me sentindo muito bem. — De soslaio, vejo Tyler caminhando em nossa direção. — Acho que eu não deveria dirigir.

— Posso levar você — Andy oferece, esquentando mais um marshmallow no graveto. — Eu disse ao meu pai que voltaria cedo hoje.

— Oh... tudo bem. Vou esperar por Cate. — Caitlin olha para mim. Ela sabe que está acontecendo alguma coisa. Finjo não perceber.

— Você está bem? — Caitlin pergunta quando Tyler se aproxima. Ela coloca a mão no braço dele. Há marcas de unha no lado interno do pulso dele.

— Estou ótimo — ele responde e sorri. — Apesar de achar que ela furou meu tímpano — ele diz, apertando a orelha.

— Aquela menina tem um belo par de pulmões — Andy comenta enquanto observa os marshmallows queimando. — Quer uma cerveja?

— Não, acho que por hoje chega — Tyler diz a ele. — Tomei cerca de um quarto de uma garrafa de uísque no museu. É melhor eu parar enquanto estou de pé.

— Levo você — digo antes de Andy oferecer. De jeito nenhum ficarei para conversar com Caitlin. Ela e eu não trocamos amenidades. E não falamos mentiras. Então, a menos que eu esteja preparada para admitir que estou enlouquecendo a respeito do fato de eu ter dito ao nosso melhor amigo que ela gosta dele depois de ela me dizer que não, está na hora de dar a noite por encerrada.

— Há um minuto, você estava se sentindo mal para dirigir — Caitlin diz.

— Melhorei — digo.

— Nos últimos sessenta segundos?

— Ty, você está pronto? — pergunto, fingindo não ouvir. Ele está ocupado enfiando marshmallows em um graveto.

— Um segundo — ele diz. — Estou fazendo um petisco.

Caitlin me puxa para o lado.

— O que está acontecendo com você? — ela pergunta, falando baixo. — Está agindo de um jeito bizarro.

– Nada! – digo animada. Um pouco animada demais. Caitlin olha para mim com suspeita.

– Não acredito em você. Isso tem a ver com meus textos? Você os leu e detestou?

– Se eu os detestasse, diria a você – respondo. – Ainda não os li. Mas vou ler amanhã. – Prometo.

– Então, por que está agindo desse modo estranho?

– Não estou agindo de modo estranho – insisto, tomando o cuidado de evitar o olhar de Caitlin. – Só estou cansada.

– Certo, vamos lá – Tyler diz, com a boca cheia de pedaços de chocolate. Tem um marshmallow preso em cada mindinho. – Traga as bolachas.

– Certo, tchau! – digo, para ninguém em especial. E então, sigo até meu carro.

Assim que nos afastamos da festa, eu me sento, relaxando.

– Por que está sendo estranha? – Tyler pergunta. Pelo menos, acho que foi o que ele disse. Com os dois marshmallows que enfiou na boca, é difícil ter certeza.

– Não pode contar à Caitlin o que contei a você.

– Não posso?

– Estou falando sério, Tyler. Ela enlouqueceria se soubesse. Prometa que não vai contar a ela.

– Não vou contar a ela – ele diz. – Mas se você estivesse tão preocupada com a reação dela, por que me contaria?

– Porque eu queria que você fizesse alguma coisa – digo. – *Sutilmente.* – E eu sabia que você não tomaria uma atitude a menos que soubesse que tinha uma chance.

Tyler não responde na hora.

– Não... – ele diz depois de um minuto, com as palavras meio arrastadas. – Eu teria feito algo de qualquer modo. – Ele olha para mim, e então pela janela do passageiro. – Sabe, não me entenda mal; sem dúvida é mais fácil saber que ela se sente da mesma maneira. Mas eu não deixaria o ano passar sem dizer a ela como me sentia.

Olho para ele, seu perfil iluminado pela luz da lua. Parece mais velho, de certo modo.

– Então, você nem sequer precisava de mim – brinco.

É quando escuto as sirenes aproximando-se do outro lado. Pelo menos, é o que acredito que seja até dobrarmos a esquina e vermos as luzes vermelhas. O trânsito parou dos dois lados.

– É o carro da Ilana – escuto Tyler dizer. Ele está olhando para a Mercedes branca no canto. Há um caminhão vermelho e vazio do outro lado da rua. Bombeiros e paramédicos cercam o que sobra da Mercedes.

– Onde está Ilana? – ouço a mim mesma sussurrar.

Tyler só aponta quando o paramédico levanta um corpo pelo para--brisa do carro de Ilana.

7 (Aqui)

segunda-feira, 12 de outubro de 2009

(meu teste para o Show de Calouros da Yale)

Grito quando eles passam a maca por mim, mas nenhum som sai. Corro atrás deles, que fecham a porta na minha cara. Olho para o carro e vejo Ilana deitada no asfalto, seu corpinho encolhido como uma boneca de pano. "Espere!", eu grito quando a ambulância se afasta. Tento correr atrás dela, mas meus pés estão congelados.

– Abby. – A voz é urgente. – Abby, acorde.

Fecho os olhos. *Você está sonhando*, digo a mim mesma.

– Você está sonhando. – Outra voz diz.

– Não. – Ouço meu murmúrio. E então, acordo.

Pisco os olhos, e meu quarto aparece. Marissa está ajoelhada ao meu lado, com as mãos em meus ombros. Os olhos estão arregalados de preocupação.

– Você estava gritando – ela diz.

Eu só concordo mexendo a cabeça. Minha garganta está arranhando.

– Com o que você estava sonhando? – ela pergunta.

Mexo a cabeça, desta vez para negar, incapaz de tirar a imagem do corpo encolhido de Ilana da mente.

– Meu telefone – sussurro, rouca. – Pode me dar meu telefone? – Aponto para a minha mesa, onde o deixei ligado.

– Claro. – Marissa olha para mim com preocupação, e então fica de pé. Tira o telefone do carregador e o entrega a mim. – Estarei na sala. – Fecha a porta delicadamente ao sair.

Pela primeira vez, quero menos informações, não mais. Não quero saber que Ilana sofreu um acidente de carro horroroso na noite em que Tyler rompeu com ela. Nem que minha paralela é o motivo pelo qual ele tomou essa atitude. Mas eu já sei dessas coisas. As lembranças estão costuradas em minha mente, claras e fortes. O que não sei é se a tentativa de minha paralela de bancar o Cupido custou a vida de Ilana.

Com dedos trêmulos, faço o telefonema. Cai diretamente na caixa postal.

É segunda-feira. Caitlin está em aula até 12h45min. São 10h15min ainda.

Olhando para a tela, acesso as fotos. Todas estão ali. Eu deveria me sentir aliviada. Mas me sinto pior ao vê-las. E se a Ilana estiver morta? E se eu estiver aqui sorrindo para as fotos enquanto ela...

Por favor, Deus, não permita que ela esteja morta.

Penso em telefonar para o Michael, mas não tenho forças para fingir que meu sonho foi só um sonho, pois sei que não foi. E apesar de não contar a ele, ele vai tentar me animar assim que perceber que estou alterada, e não mereço me sentir melhor. Não até saber o que houve com Ilana. Saio da cama e vou para a mesa com a intenção de procurar o acidente na internet, mas meus dedos apenas sobrevoam o teclado. Não consigo. Não consigo ver as fotos do acidente. Não posso ler as notícias sensacionalistas de alguns jornais. As imagens em minha mente já são terríveis o suficiente.

Minha visão embaça quando vejo Tyler vomitando na grama quando a ambulância de Ilana parte. O olhar do policial enquanto nos conta o que aconteceu. Ilana estava fazendo a curva quando um caminhão atravessou a pista, a quase o dobro da velocidade permitida, e a atingiu de frente. O motorista estava algemado dentro de uma viatura da polícia quando chegamos, desmaiado contra o vidro, apenas com a mão quebrada.

Outra lembrança surge. Parece uma lembrança minha, mas sei que não é. De pé no Grand Lobby do High Museum, mentindo para Tyler.

Por que ela fez isso? Por que minha paralela faria algo assim? E daí se ela tinha boas intenções? Será que não percebeu o que estava em jogo? "Não banque o Cupido" vem logo abaixo de "Não minta" no código das melhores amigas. Com letra maiúscula, principalmente se sua melhor amiga for Caitlin Alexandra Moss. As coisas são claras com ela. Ou são ou não são. Preto no branco. E para alguém que acredita que a religião é uma muleta para tolos e solitários, o código moral dela é absurdamente rígido.

Ar fresco. Preciso de ar fresco.

Visto as roupas de corrida rapidamente, e então pego meu telefone e as chaves. Marissa está à minha espera na sala, com uma caneca de algo quente. Ela não bebe café nem leite nem nada que vendam no Durfee's, por isso, montou um cantinho barista perto da janela, onde prepara suas criações descafeinadas com a máquina de café espresso que os pais deram a ela de presente de formatura. Ela prepara uma bebida muito boa de baunilha com leite de soja. Mas seu cappuccino de chá verde com leite de ervas, por outro lado, tem gosto de grama.

— Camomila com soja e stevia — ela diz, me entregando a caneca. — Imaginei que você precisasse de algo calmante.

— Obrigada. — Tento sorrir.

— Você está bem? — ela pergunta com delicadeza. — Aquele sonho parece ter sido ruim. Quer falar sobre ele?

Eu me recuso, balançando a cabeça.

— Acho que vou correr — digo, pousando a caneca na mesa.

— Mas pensei que... faltei à aula porque pensei que pudéssemos ensaiar. Seu teste é hoje, não?

Merda. Tenho que estar na escola de interpretação às duas da tarde. Concordo distraidamente, preocupada demais com a gravidade do acidente para me sentir aliviada por ainda *ter* o teste — uma parte de mim tinha certeza de que ele seria apagado com a próxima mudança de realidade, e por isso eu vinha postergando sair do YDN. Mas parece que minha decisão de participar do Show de Calouros está na lista crescente de fatos recentes que ainda não foram apagados. Caitlin diz que a lista faz sentido; como eu mantive as lembranças, há certas coisas que tenho feito desde a colisão que minha paralela não consegue fazer com a mesma facilidade. "Há um desligamento casual", Caitlin disse quando pedi que explicasse. "Sua paralela não pode desfazer o fato de que você guardou suas lembranças, então ela não pode desfazer as coisas que aconteceram porque você desfez." Ainda não entendo bem essa regra, mas não vou discutir.

— Na verdade, acho que estou bem — digo a Marissa. — Já repassei isso tantas vezes, acho que fazer de novo vai me deixar em pânico.

— É você quem sabe — ela diz. Mas vejo que esboça uma leve irritação no rosto que nunca se perturba.

Dou mais um passo em direção à porta, e então paro. De todos as colegas de quarto com quem poderia acabar, recebi a garota que é gentil, engraçada e generosa, disposta a matar aula para ensaiar comigo. Ela, por sua vez, recebeu a garota esquecida que inventa desculpas para seu comportamento cada vez mais esquisito.

— Sinto muito por sair assim — digo, virando-me. — Acho que estou meio abalada por aquele sonho.

A irritação desaparece.

— Entendo, Ab. Faça o que precisa ser feito. Apenas lembre: foi só um sonho. — Ela sorri de modo reconfortante, os olhos castanhos arregalados e calorosos.

Ah, Marissa. Como queria que você estivesse certa.

Controlando as lágrimas, subo a Hillhouse Avenue em direção ao Laboratório Sterling, onde acontece a aula de química de Caitlin. Pontuada por mansões do século 19 e à sombra de um enorme carvalho, Hillhouse é uma das ruas mais bonitas do campus. Mas mal noto tudo isso. Só consigo ver Ilana.

Por favor, permita que ela esteja bem.

Quando chego a Sachem Street, desço a Prospect e faço a volta, com mais rapidez dessa vez. Quando chego a Sachem, estou ofegante e suando, e ainda pensando no acidente. Então, faço a volta pela terceira vez, e uma quarta. Depois da quinta, meus pulmões estão ardendo e meu coração parece prestes a pular do peito, mas meu cérebro continua fixo em Ilana.

Suada e cansada, estaciono em um banco e espero. Procuro me concentrar em minha respiração, em contar cada vez que inspiro, mas o exercício é inútil. Minha mente está inquieta, repassando aqueles momentos horríveis, sem parar, com detalhes mínimos.

Meu telefone toca, e me traz de volta ao momento. Não me mexo há mais de uma hora.

— Ei! — a voz de Caitlin está animada. Feliz. E me enche de esperança. — Não é o seu teste...

— Ilana. — A linha fica muda. — O que... o que aconteceu com ela? — As palavras parecem areia em minha garganta, mas eu as forço a sair. Tenho de saber. — Depois do acidente. Ela está...

Caitlin não diz nada.

— Ela está morta — sussurro. — Ai, meu Deus, ela a matou.

— Espere, espere. Quem a matou?

— Minha paralela — eu digo. — Foi culpa dela. E agora Ilana está morta.

— Abby, a Ilana não está morta. Ela ficou em coma durante algumas semanas, mas não morreu.

Meu sangue flui com alívio. Então, meu cérebro registra o que Caitlin acabou de dizer.

— Mas ela estava em coma? Ela...

— Houve danos ao cérebro — Caitlin diz com cuidado. — Mas vamos falar sobre isso pessoalmente. Onde você está?

— Na esquina da Hillhouse com a Sachem — respondo, com lágrimas descendo por meu rosto. *Danos ao cérebro.*

— Já estou indo — Caitlin diz.

Ainda seguro o telefone na orelha quando Caitlin chega, sem fôlego por ter corrido.

– Danos ao cérebro – repito.

– Poderia ter sido bem pior – ela diz, sentando-se ao meu lado. – Problemas de movimento ou fala, perda de memória, mudanças de personalidade. Mas ela não sofreu nada disso.

– O que ela sofreu?

– A memória recente dela está prejudicada – Caitlin diz. – Ela consegue se lembrar de coisas que aconteceram antes do acidente, mas tem dificuldade para se lembrar de coisas que aconteceram depois.

Fico quieta enquanto processo essa informação.

– Não é debilitante – Caitlin continua, tentando parecer animada. – Sabe, foi difícil fazer as provas, então, terminar os estudos foi um desafio. E ela teve que desistir de interpretar. – Controlo as lágrimas sem conseguir imaginar Ilana fazendo outra coisa. Por mais que fosse desagradável na vida real, era cativante no palco. – Mas pelo que soube, ela está indo muito bem – Caitlin diz. – Está morando com uma tia na Flórida. Tyler mantém contato com ela, eu acho.

O "eu acho" chama minha atenção. Caitlin deveria saber se Tyler ainda fala com Ilana.

– Não compreendo por que você pensou que sua paralela a havia matado – Caitlin está dizendo. – Por que você...

– Quando foi a última vez que falou com ele?

– Com quem, com Tyler? – Caitlin olha para mim com estranheza. – Não sei, um pouco antes de voltarmos às aulas? – Consigo sentir, literalmente, a cor esvair-se de meu rosto, descendo por meu pescoço.

– Ah, não. Não, não, não.

– Abby, o que foi?

– Vocês deveriam estar juntos – digo. – Vocês deveriam...

– Uau. *O quê*? Tipo, um casal? – Caitlin pisca, surpresa. – Desde quando?

– Agosto. – Olho para as costas das mãos. – Na festa de Max Levine. Ty subiu em uma cadeira e disse a todo mundo que era apaixonado por você desde o novo ano.

– É sério? Ele usou a palavra "apaixonado"? – Caitlin está olhando para mim, assustada.

– E você também – digo delicadamente, e o pesar me sufoca. – Não naquele momento. Mas há duas semanas, quando ele veio visitar.

– Ele veio me visitar *aqui*? Estávamos tão sérios assim? – Ela balança a cabeça sem acreditar. – Minha nossa.

Eu só concordo, triste demais para contar o que ela disse quando ele foi embora. Que ela conseguia se ver com ele pelo resto da vida. Ou o que ele me disse na noite em que chegou. Que era uma versão melhor de si mesmo quando ela estava por perto.

– Uau! – Caitlin exclama de novo.

– Ela é o motivo pelo qual vocês não estão juntos – digo de mau humor. – É culpa da minha paralela. Ela pensou que estava ajudando, mas estragou tudo.

– Como? – Caitlin não parece irritada. Só curiosa.

– Ela disse ao Tyler que você gostava dele. Na noite do baile da minha mãe, quer dizer, da mãe *dela*, na High. Foi por isso que ele terminou com a Ilana. – As palavras vieram de uma vez. – Se ele não tivesse feito isso, Ilana não teria saído daquela festa como saiu, irritada e triste, e o acidente... – Minha voz falha.

– Abby, Ilana levou uma pancada na cabeça de um cara embriagado que estava a cento e vinte num trecho de oitenta quilômetros por hora. O acidente não foi culpa de ninguém, só dele. – Desvio o olhar, sabendo que não é tão simples. Caitlin segura minha mão. – Escute, sua paralela não causou aquele acidente.

– Mas por que ela teve que mentir para ele? – A raiva cresce dentro de mim. – Que se danem os motivos dela. Você disse a ela que não gostava de Tyler. Mas ela teve que acreditar naquilo...

Os olhos de Caitlin se iluminam:

– O quê?

– Ela tinha certeza de que você e Tyler tinham que ficar juntos. *Certeza.* Parece maluquice, mas é quase como se...

– Ela soubesse. – Caitlin e eu nos entreolhamos.

– Mas isso é impossível, certo? – *Eu ainda acredito no impossível?*

Caitlin fica de pé e começa a andar de um lado para outro, com os saltos da bota batendo na calçada.

– Por que não poderia ser dos dois jeitos? Por que ela não poderia estar recebendo as suas lembranças como você está recebendo as dela? Não todas elas, claro... mas fragmentos. – A animação na voz dela só aumenta. Ela caminha mais depressa. – Faz sentido que ela não reconhecesse essa informação como lembrança... como poderia, já que tem que ver com algo que ainda não aconteceu em seu mundo? Então, o cérebro dela está guardando como algo mais. Premonição. Intuição.

– Mas essa premonição estava errada – eu digo. – Você e Tyler *não* ficam juntos. Não no mundo dela.

– A premonição não estava errada – Caitlin diz. – Você disse bem: Ty e eu teríamos ficado juntos se sua paralela não tivesse tentado orquestrar as coisas.

Eu imagino a foto no celular de Caitlin, tirada dois dias antes de ela ir para Yale. Ela e Tyler estão em uma montanha-russa no Six Flags, sorrindo como idiotas. Idiotas apaixonados. Agora aquela foto já se foi, assim como o momento em que foi tirada. *Quem diria que o destino fosse tão frágil?*

– Talvez não seja tarde demais – sugiro. – Você e Tyler podiam tentar. Ele poderia visitar e você poderia...

Caitlin só ri.

– Acho que esse barco partiu há um ano.

– Mas vocês têm que ficar juntos – digo. As palavras parecem tolas, até para mim. Espero que Caitlin ria de novo, mas ela só me olha de modo pensativo.

– Eu disse que o amava? – ela pergunta.

Confirmo mexendo a cabeça. Ela fica quieta por alguns segundos.

– Já pensei nisso – ela admite, com o rosto corado. – Como seria. – Seu rosto fica mais corado, e ela desvia o olhar.

– Ligue para ele! – digo, entregando meu telefone.

Ela acena para afastar o aparelho.

– Não seja tola – ela diz. – O que está feito, está feito. Além disso, não teria durado mesmo. – Ela pega o telefone para ver a hora. – É melhor eu ir. Não quero perder o trem.

– Trem para onde?

– New London. Vou me encontrar com o doutor Mann para convencê-lo de que ele precisa de um assistente de pesquisa. – Ela aponta para o relógio de seu telefone. – Seu teste não é às 14h? Já são 13h54min.

– Ah! – Eu me levanto do banco, quase torcendo o tornozelo na calçada desnivelada.

– Boa sorte! – Caitlin grita para me incentivar enquanto desço correndo a Science Hill.

– Nome, por favor? – Um homem baixo segurando uma prancheta está na porta olhando as pessoas entrarem.

– Abby Barnes – respondo, ofegante por ter corrido.

Ele risca meu nome.

– Sente-se lá dentro. Eles chamarão seu nome quando estiverem prontos para receber você.

Uma avaliação da galeria do teatro deixa minhas palmas suadas e minha garganta desconfortavelmente seca. Deve haver centenas de pessoas aqui, e pelo menos dois terços delas são meninas, e todas *parecem* atrizes. Cachecóis compridos, chapéus *vintage*, botas modernas. Eu, enquanto isso, estou usando short de corrida e uma blusa de moletom com manchas de água sanitária na manga. Nada de roupa perfeita para o teste. Como *Metamorfoses* é uma série de onze vinhetas da mitologia grega, meu plano era canalizar Afrodite ao estilo grego. Mas o vestido branco que encontrei no brechó ontem ainda está pendurado atrás da porta de meu quarto, e estou de calcinha preta. Uma menina de sandálias estilo gladiador e uma blusa de camponesa sorri quando passo. Sinto ansiedade.

Respire, Abby. Respire.

Os atores ficam nervosos antes de seus testes. É perfeitamente natural e não é algo com que se preocupar. O nervosismo faz parte do processo. Bret me disse, certa vez, que ele ainda vomita sempre que tem teste (e ele não fez um teste de verdade desde seu primeiro grande filme). O fato de estar ansiosa não quer dizer que vou vomitar.

Vou vomitar, claro.

Já aconteceu. Na peça do sexto ano. Meu papel era pequeno: duas falas. E na noite da apresentação, me esqueci das duas. Se a senhora Ziffren não tivesse feito o teste para *Arcádia*, uma parte obrigatória de nossas aulas no outono passado, eu nunca teria pisado no palco de novo. Todo mundo ficou chocado quando ela me deu o papel principal. Todos esperávamos que seria Ilana...

Sinto o estômago revirar. *Oh, Ilana.*

— Estou sentada aqui tentando imaginar se as bolas dele são dessa cor. — Diz uma voz ao meu lado. A dona dela está sentada, com as pernas cruzadas, no assento ao meu lado, com a última edição da *US Weekly* no colo. Os cabelos pretos estão cortados bem curtos, e ela usa uma meia arrastão preta e coturnos com um vestido floral que parece pertencer à avó de alguém.

Olho para a revista no colo dela e vejo Bret sorrindo para mim. Apesar de haver muitas revistas com o rosto dele na capa, não vejo uma foto dele há mais de um mês. Cometi o erro de digitar o nome dele no Google um dia depois de meu aniversário, e passei as quatro horas seguintes lendo fofocas de celebridades e comendo Nutella. Apesar de ter os sentimentos divididos a respeito da experiência enquanto a vivia, foi difícil ver fotos de meus amigos — principalmente de Kirby, que era uma desconhecida, como eu, antes de participar do elenco de EA e agora está *em todos os cantos* — e não sentir uma pontada de arrependimento por não ter mais a vida de antes.

— Olhe, não tem como esse bronzeado ser real, o que quer dizer que alguém deve ter feito bronzeamento a jato nele — a garota ao meu lado continua falando. Ela levanta a revista para me dar uma visão melhor. — Consegue imaginar essa conversa? "Senhor, por favor, levante sua mala para eu poder melhorar, quimicamente, o tom do seu saco". — Ela ri. — Sou Fiona, a propósito — ela diz, estendendo a mão. Tem uma tatuagem de folha no lado interno do pulso.

— Abby — respondo.

— Para quais outras peças você está ensaiando? — Fiona pergunta, fechando a revista e enfiando-a na bolsa. Muda de assunto assim, dos testículos ao teatro.

— Só estou sabendo desta — admito, sentindo-me uma fraude.

– Então, você precisa disto – ela diz, pegando um folheto azul da bolsa. – É uma lista de todas as apresentações deste semestre. E se realmente está levando a interpretação a sério, deve entrar para o Dramat.

– É um clube de interpretação, certo? – Eu poderia colar um cartaz na testa no qual se lê EU SOU UMA IMPOSTORA.

– Abby Barnes? – um homem me chama.

– Sou eu – digo e fico de pé. *Não fique nervosa, não fique nervosa, não fique nervosa.*

– Arrase! – Fiona sussurra, cerrando os punhos.

Com as pernas tremendo, subo os degraus até o palco, e me aproximo de um rapaz com peitoral avantajado e óculos de aro de metal. Ele abre um sorriso confiante voltado diretamente para a terceira fila, onde o diretor (um cara indiano que veste uma camiseta do "Time Jolie" rosa) e a produtora (uma loira grande com prendedor de cabelo lilás) estão sentados segurando xícaras de café e iPhones.

– Pode começar quando quiser! – meu companheiro de palco grita.

O diretor sorri com serenidade.

– Não somos surdos, e os personagens também não – ele diz. – Fale baixo.

– Ótimo! – Ainda gritando.

O diretor e a produtora trocam um olhar. Fiona faz sinal de positivo com as duas mãos.

– Quando estiverem prontos – o produtor diz. – E mais uma vez, não precisam gritar.

Infelizmente, o grito é seu jeito normal de falar ou uma afetação que ele não deixa de lado. De qualquer modo, ele o mantém enquanto dura o teste.

Faço o melhor para não irritá-lo. Ele está fazendo o papel de Erisictão, que é bem adequado, devido ao tamanho. Amaldiçoado por deuses com uma fome insaciável depois de derrubar uma árvore sagrada, Erisictão come a si mesmo.

– Postaremos a lista do elenco na porta do teatro às sete – A Prendedor Lilás nos diz com um sorriso suave no meio da nossa primeira cena. – Obrigada pelo teste.

– Obrigado! – Gritão grita.

Não tem como não ser vítima desse desastre.

Fiona e eu voltamos ao Old Campus juntas.

–Você estava ótima – digo a ela, com sinceridade. Ela se apresentou depois de mim e arrasou como Demetra, a deusa da colheita. Ficamos até as cinco para ver o resto dos testes, e nenhuma das outras meninas conseguiu se sair tão bem.

– E você também! – Fiona diz.

– Ah, até parece.

– Estou falando sério – ela diz. – Você manteve a calma, mesmo quando gotículas de saliva respingaram em seu rosto.

– Fiona! – Um homem chama. Um cara enorme com uma camisa grande como um lençol está acenando do outro lado do pátio. O braço dele é do tamanho da minha coxa.

– Fique aí! – Fiona grita. – Meu namorado. E sim, a questão do tamanho é um problema na cama. Certa vez, tentei montar nele e desloquei o tendão. Ei, quer comer conosco? Vamos comer hambúrguer no Doodle.

Pensar em conversar com Fiona e o namorado dela enquanto penso sem parar no meu teste é ainda menos interessante do que pensar em comer um hambúrguer oleoso agora, e essas duas coisas são muito mais interessantes do que a imagem que fiz dela montando nele, agora marcada em minha mente.

– Eu adoraria – minto. – Mas prometi a minha colega de quarto que jantaria com ela.

– Beleza – Fiona diz. – Outra hora, então. Olhe. – Ela enfia a mão na bolsa e puxa um cartão com as frases de seu teste escritas na parte de trás. – Meu e-mail – ela diz, anotando-o na parte de trás. – Para o caso de eu não vê-la mais tarde.

–Vamos combinar de sair! – digo animadamente, imaginando nós duas juntas em um filme bacana com referências literárias obscuras.

Quando volto ao meu quarto, tem um recado de Marissa na mesa de canto.

Jantar no refeitório c/ as meninas do outro lado. Venha nos encontrar!

Largo a bolsa no chão e me jogo no sofá, cansada demais para comer. O que eu *deveria* fazer é ler meu texto de filosofia. Tenho um exame na quinta-feira e nem abri meus livros. É muito fácil procrastinar quando não se sabe se estará presente para fazer o teste para o qual está se preparando.

Viro as páginas da primeira parte, uma compilação de textos sobre livre-arbítrio, predestinação e intuição, e analiso as perguntas no fim. *O que Calvino quis dizer quando disse que Deus "ordena livremente o que acontece"?* Nossa. Filosofia de Teologia parecia uma boa matéria quando eu estava escolhendo as aulas, mas agora o assunto se tornou meio desconfortável. *Será que Deus sabia que Ilana se envolveria naquele acidente? Foi predestinado?*

Será que tudo isso – a colisão, a confusão, o fato de eu ter preservado as lembranças – aconteceu por um propósito específico ou será só maluquice cósmica?

Quero acreditar que existe um motivo por trás disso tudo, mas é difícil pensar em um. Se Deus precisasse de ajuda com alguma coisa, acho que ele não apostaria suas fichas na garota que mal consegue se lembrar de rezar (a menos, claro, quando está estudando para uma prova superdifícil. *Por favor, Deus, eu não posso reprovar*).

Sentindo que meus olhos já não se fixam, deixo de lado a leitura sobre teologia e assisto a episódios de *The Hill*. Um episódio e meio depois, Marissa entra pela porta, trazendo um copo de plástico cheio de frozen iogurte, coberto com cereal e pedaços de bolacha.

– Pensei que talvez você precisasse de um petisco – ela diz, e me entrega o copo.

– Obrigada – respondo, percebendo que estou morrendo de fome.

– Como foi o teste? – ela pergunta quando enfio uma colherada grande de iogurte na boca. Então, tira os sapatos e se senta no sofá ao meu lado.

– É... – digo, com a boca cheia. – Não sei. Hum, que gostoso. Quer um pouco?

Ela balança a cabeça.

– Não, obrigada.

– Gordura?

– Os três – ela responde, fazendo careta. – Xarope de milho rico em frutose, gorduras trans e aspartame.

– Hum, bom. – Enfio mais uma colherada na boca.

– Ei, posso pergutar uma coisa?

– Claro – respondo, mastigando uma bolacha.

– A Caitlin gosta do Ben?

Paro no meio da mastigação. Meu pensamento volta para a noite do jantar de aniversário. Na versão de que me lembro, Caitlin estava com Tyler, mas ela e Ben estavam muito à vontade na mesa. Marissa não parecia agir como se tivesse percebido. Mas as coisas mudaram agora. Por causa do que aconteceu no mundo paralelo ontem, Caitlin estava solteira no meu aniversário. Será que a paquera entre ela e Ben estava muito mais intensa? Marissa ainda está esperando que eu responda à pergunta. Não respondo e ela desanima.

– Ela gosta, não é? Ela gosta dele e você está com medo de me dizer. Eu sabia.

– O quê? Não! Caitlin *não* gosta do Ben – garanto a ela. Depois de estragar o casamento de Craig naquele verão, Caitlin adotou uma política de tolerância zero para caras comprometidos. Por isso, sentiu necessidade de esperar quatro dias depois de Tyler terminar com Ilana para sair com ele. Os limites dos relacionamentos significam algo diferente para ela do que antes. Apaixonar-se por alguém que não disse que tinha esposa (pelo menos, não até essa esposa telefonar para Caitlin, exigindo saber por que o marido tinha o número de telefone dela na agenda) estragou algo dentro dela, e não havia nada que eu pudesse fazer para consertar. Ela não me deixou tentar. Depois de chorar por causa dos detalhes sórdidos um dia depois do acontecido, triste e arrependida, Caitlin me fez prometer nunca mais tocar no assunto, e eu não toquei.

Marissa parece aliviada.

– Imaginei que não, mas achei que não custava nada perguntar.

– Você não precisa se preocupar com nada disso – digo com firmeza. – Caitlin nunca gostaria do namorado de uma amiga. Nunca.

Marissa sorri.

– Por falar em namorados de amiga... como está o Michael?

– O que o Ben lhe disse? – exijo saber.

– Nada! – ela insiste. Ergo as sobrancelhas, sem aceitar. – Certo, tudo bem. Ele disse que Michael disse a ele que vocês tinham algo oficial agora. Fiquei surpresa por você não ter me contado. Só isso.

– É porque é novidade para mim! – As coisas com o Michael estão indo bem, mas não pensei que chegaríamos à parte de dar nome à coisa. – "Algo oficial"? O que isso quer dizer?

– Tenho certeza de que quer dizer que ele é seu namorado – Marissa responde.

– Mas só tivemos dois encontros de verdade – eu digo, e então me retraio. *O passeio de barco*. – Eu quis dizer três.

– E daí?

Meu telefone toca.

–Viu? – Marissa aponta para meu telefone. E a tela está acesa com o nome de Michael. – Ele está ligando para saber como foi o teste. Uma atitude de namorado. Aceite. Vocês são um casal. – Meu coração acelera um pouco ao pensar naquilo. Como seria permitir que eu me apegasse, parar de me preocupar com uma nova realidade que o afaste? Talvez eu esteja pensando demais. Em todos os relacionamentos, existe o risco de acabar antes do que queremos. É a natureza do amor.

Amor. Meu coração se acelera de novo.

– E então? Como foi? – Michael pergunta quando atendo.

– É...

–Você sabe que isso não é uma resposta decente, não é?

– Não sei bem se *tenho* uma resposta – digo a ele. – O cara com quem fiz o teste gritava e cuspia durante toda a cena. Não estou muito otimista.

–Tenho certeza de que você arrebentou. A que horas eles vão postar a lista do elenco? – ele pergunta.

– Só às sete – digo.

– Já passaram cinco minutos.

– Uau! – Saio correndo do sofá. – Telefono para você! – Sem esperar uma resposta, jogo o telefone na mesa e saio pela porta.

– Boa sorte! – Marissa diz.

Apesar de não esperar ver meu nome na lista do elenco, ainda assim fico irritada quando não o vejo. Nem mesmo um papel secundário. O burburinho da conversa das pessoas reunidas no teatro se intensifica, as vozes se tornam indecifráveis. As palavras na lista do elenco ficam embaçadas, como se eu as estivesse vendo através de um vidro sujo. Olho para a calçada e uma gota de água aparece ali, quase invisível no brilho amarelo fraco da lâmpada acima da entrada do palco. Observo o ponto molhado, resistindo aos corpos que me empurram, tentando imaginar de onde ele veio. Alguém murmura: "Ela está chorando", e só percebo quando toco meu rosto.

Acalme-se, Abby. É só uma peça idiota.

Mas não é, não para mim. Esse seria meu momento de definir minha identidade. Meu momento de libertação. Ser chamada para uma determinada peça – cujo nome quer dizer "transformação" – deveria ser o começo da *minha* metamorfose, deixando de ser a ridícula Abby que aceita as coisas como são e me transformando na Abby que define seu próprio futuro.

Não deveria ser assim.

Pensei exatamente a mesma coisa três meses atrás, na noite em que descobri que o estúdio havia prolongado a produção pela terceira vez, eliminando qualquer chance de eu começar a faculdade no tempo certo. Estava sentada em um banquinho na parte de trás do estúdio, observando dois homens mudarem a fachada do prédio do outro lado da rua, que deixou de ser um banco e passou a ser uma padaria. Tinha saído do set e fui parar ali, em uma rua que havia visto em centenas de filmes, mas nunca na vida real. Claro, nos filmes, nunca vemos que a estrada simplesmente termina. Não leva a lugar nenhum nem se liga a nada. Eu me lembro de ter pensado nisso enquanto observava os homens do outro lado da rua subirem em um cupcake gigante perto da porta falsa do prédio. *As pessoas acham que essa estrada leva a algum lugar. Elas não percebem que é uma rua sem saída.* Eu não havia percebido que estava chorando até meu telefone tocar. Quando o apertei contra o ouvido, as teclas estavam molhadas.

Assim que escutei a voz do meu pai, comecei a chorar.

– Não é o caminho – ficava dizendo, com as palavras misturadas às lágrimas e o líquido que saía de meu nariz. – Não deveria ser assim. – Eu me lembro de ter sentido que tudo pelo que havia batalhado tinha sido levado. Meu pai via as coisas de modo diferente.

– Caminhos pisados são chatos – ele disse. – Aproveite o desvio.

Mas como diferenciar um desvio de uma rua sem saída?

As pessoas ao redor do teatro estão indo embora. Toco meu rosto molhado pelas lágrimas, contente por estar escuro, e olho ao redor à procura de Fiona, desejando parabenizá-la por ter conseguido o papel (ela conseguiu o de protagonista). Mas ela deve ter vindo e voltado.

Enquanto passo pelas pessoas que ainda estão reunidas na calçada, tentando não parecer triste, ouço um homem me chamando.

– Abby! – O diretor está sentado na escadaria do teatro, longe das pessoas, fumando um cigarro. Ele acena para que eu me aproxime.

– Oi – ele diz quando chego. – Ótimo teste hoje.

Sem saber se ele está sendo sincero, respondo com um "Obrigada" vago.

– Tive motivos para não chamar você – ele disse, suas palavras pontuadas por baforadas de fumaça. – Quero que você faça um teste para a Apresentação Principal da Primavera, e os ensaios começam em algumas semanas.

– Oh – tento processar a informação. Não sei bem o que é a "Apresentação Principal da Primavera", mas as palavras "apresentação" e "principal" me levam a acreditar que se trata de algo grande. – Você será o diretor?

Ele nega com a cabeça.

– Estarei ocupado com esta. Mas você seria perfeita para o papel da Thomasina.

– Thomasina Coverly?

Ele sorri.

– Você conhece a peça.

Eu me sinto abalada demais com a coincidência para responder de modo coerente.

– Então eu estava certo a respeito de você ser perfeita para o papel – ele diz. – Os testes acontecerão uma semana antes do Dia de Ação de Graças. Vou dizer ao diretor para dar uma olhada em você. – Ele larga o cigarro no chão e pisa nele. – Tudo de bom – ele diz, e então dobra a esquina, desaparecendo nas sombras.

– Obrigada – respondo, apesar de ele não estar ali para ouvir. Então, olho para o céu e digo de novo.

Arcádia. De todas as peças que ele poderia ter sugerido, pegou aquela que mudou a minha vida. Uma história sobre a ligação entre o passado e o presente, a ordem e o caos, o destino e o livre-arbítrio.

Você seria perfeita para o papel de Thomasina.

Uma jovem que acreditava que nada era por acaso, que acreditava que tudo – incluindo o futuro – poderia ser reduzido a uma equação.

Não parece mais tão maluco.

8 (Lá)

quinta-feira, 30 de outubro de 2008

(um dia antes do Dia das Bruxas)

– Ai, vamos, depressa! – Grito para o carro que breca à minha frente. É claro que no dia em que preciso estar bem cedo na escola, cai uma chuva torrencial. Saí de casa há seis minutos e ainda não passei pelo primeiro cruzamento. Os semáforos devem estar desligados. Os raios cortam o céu em zigue-zague. Eu me preparo para o trovão, mas, mesmo assim, me assusto quando ele ocorre, alguns segundos depois.

O relógio no painel muda de 7h16min para 7h17min. *Droga.* A aula de revisão do doutor Mann começou há dois minutos. Com nosso exame daqui a cinco horas, essa é a minha última chance de aprender os dois conceitos que ainda não entendo antes de escrever sobre eles. Acelero, aproximando-me da traseira do Toyota preto a minha frente, incentivando o motorista a andar mais depressa.

– Vamos, vamos, vamos...

O Toyota para de repente e eu piso no freio para evitar uma batida. Minha bolsa bate no painel, derrubando o conteúdo no chão do lado do passageiro. O carro atrás de mim começa a buzinar.

E... parados. De novo.

– Será que o dia de hoje poderia ser pior do que está? – murmuro, e então me sinto culpada por essa reação. Sim, o dia poderia estar bem pior. Ilana poderia ainda estar em coma. Eu poderia estar naquela cama de hospital cercada por máquinas, com o rosto inchado e machucado. E estou reclamando do trânsito?

Os primeiros três dias depois do acidente foram os piores. Os médicos não tinham certeza se Ilana acordaria, e eles alertaram para o fato de que, mesmo que ela acordasse, havia uma boa chance de passar o resto da vida em estado vegetativo (uma frase que cometi o erro de digitar no Google). Mas apesar do que os médicos disseram, imaginar Ilana diferente não era fácil. Fiquei esperando que ela entrasse na sala de espera e fizesse algum comentário irônico sobre minha roupa. *Ela estava bem na festa*, fiquei pensando. *Ela estava bem, estava bem*. Estava bem até virar aquela curva na Providence Road no momento exato em que um caminhão em alta velocidade cruzou a pista.

Quando ela apertou a mão de uma enfermeira no quarto dia, muitas pessoas se reuniram na sala de espera e comemoraram. Ouvi a mãe dela dizendo à senhora Ziffren que não sabia que Ilana tinha tantos amigos. Fui ao banheiro e vomitei. Não éramos amigas. As quatro garotas num canto, usando pulseiras de borracha com as palavras "Ilana acordou" são as amigas dela. Os outros são espectadores de um desastre que não conseguimos compreender.

Graças a Deus ela acordou. Há exatamente uma semana, no dia doze. Ela não pôde receber visitas durante alguns dias depois daquilo, mas ontem, pessoas que não eram parentes puderam entrar, entre quatro e seis da tarde. Fui a primeira. Ilana deu uma olhada nas flores que eu havia levado e disse que eram "do gueto". Fiquei feliz.

Mas, então, ela começou a me perguntar há quanto tempo eu estava ali. A cada dez minutos, como se não tivesse perguntado ainda. O médico me disse que isso era normal para alguém com dano hemorrágico no lóbulo temporal. Fiquei olhando para ele. Nada naquilo era normal.

O Toyota a minha frente começa a andar de novo, e eu finalmente passo pelo primeiro semáforo, que, como suspeitei, está desligado. Depois disso, o ritmo se intensifica.

Assim como a tempestade. Quando chego ao estacionamento ao lado, a chuva está caindo forte. Quando diminuo a velocidade para entrar, mais um raio corta o céu, desta vez, seguido de um trovão. O céu fica da cor de um hematoma.

Desligo a seta e avanço de novo. Não vou caminhar do anexo até lá dentro. Viro à esquerda no estacionamento dos funcionários e vou até a primeira fila. Bem perto da porta lateral há uma vaga com uma placa de RESERVADO – DIFICULDADE DE LOCOMOÇÃO, onde estacionei por alguns dias depois de machucar o pé. Achava que quem estacionasse ali poderia ser guinchado, mas agora sei que não é uma vaga oficial. As vagas oficiais ficam no estacionamento de visitantes do outro lado do prédio. A do estacionamento de funcionários não é azul e não tem uma cadeira de rodas pintada no asfalto, o que é bom, porque ninguém que estaciona ali tem, de fato, dificuldade de locomoção. Qualquer atleta com alguma lesão pode estacionar ali. Mas privilégios de estacionamento não são dados por ordem de chegada – os meus foram revogados quando Gregg Nash se feriu no jogo da semana passada. Astro do futebol vence ex-corredora de cross-country. O fato de a vaga comum de Gregg ficar a quatro espaços da vaga para pessoas com dificuldade de locomoção não parece ter sido levado em consideração.

– Obrigada, Gregg – digo quando estaciono na vaga que costuma ser dele. O estacionamento tem cerca de um quarto de sua capacidade tomada, já que as aulas só começam em quarenta e cinco minutos. Caitlin está aqui, claro (ela chega cedo todos os dias para cuidar de suas tarefas no laboratório), e o jipe de Josh está no espaço de sempre. Não sei se deveria animar ou assustar o fato de ele ter chegado cedo para a revisão. Se ele precisa de ajuda com o material, eu sou uma causa perdida.

Quando o semestre começou, pensei que nós dois poderíamos estudar juntos para essa prova, rindo enquanto trocássemos resumos da matéria. Mas, para isso, teríamos que estar namorando, ou, no mínimo, teríamos de ser amigos. Josh e eu não somos nem uma coisa, nem outra. Ainda somos cordiais, mas tenho certeza de que ele está namorando Megan agora, e parece que isso quer dizer que nosso contato permitido se limita a sorrisos educados e um aceno de vez em quando.

Não que eu tenha tido tempo para conversas compridas. As últimas duas semanas foram uma série de dias idênticos: de casa para a escola, para o treino, para a sala de espera do Piedmont Hospital, para casa de novo. Dormir. Repetir. Ainda me pego pensando no Josh – sempre que o vejo, sempre que vejo meu livro de astronomia ou as estrelas do meu teto –, mas não sou mais obcecada por ele.

Certo, sou um pouco menos.

O raio aparece, seguido de mais um trovão. Vejo uma garota da minha sala enfrentando dificuldades com o guarda-chuva ao atravessar o jardim da frente em direção à entrada principal, espirrando lama a cada passo. Se vou estudar essa aula, melhor que eu vá agora.

Com a mochila na cabeça, corro em direção à porta lateral. Felizmente, está destrancada. Demoro um momento para me recompor e então continuo descendo o corredor até a nossa sala de aula, tirando a capa de chuva e balançando os cabelos úmidos. O corredor ainda está meio escuro, e a maioria das salas ao longo dele está totalmente escura, com as portas fechadas. Só a nossa sala e o laboratório de química parecem ocupados. A porta da sala do doutor Mann está aberta, e a luz se estende para fora juntamente com o som claro da voz do nosso professor.

Não sei bem por que faço isso. Talvez porque a luz esteja acesa. Talvez seja porque a porta esteja entreaberta. Mas ao passar pelo laboratório de química, olho pela janela vertical e os vejo. Caitlin está falando. Josh está sorrindo. Sozinhos em uma sala meio iluminada.

Prendo a respiração, apesar de saber, intuitivamente, que não é bem o que parece. Não há nada acontecendo entre eles. Nada escandaloso, pelo menos. Eles estão inclinados sobre uma folha de papel, discutindo seu conteúdo com atenção. Minha mente, calmamente, analisa os possíveis motivos para essa reunião logo cedo. Eles estão fazendo a lição de casa. (*Para a aula? Eles não estão em nenhuma aula juntos.*) Caitlin está ajudando Josh a estudar para o nosso exame. (*Por que ela não se ofereceu para me ajudar?*) Eles são parceiros em algum projeto de ciência extracurricular. (*Como o quê? E por que nenhum deles disse nada?*)

Nenhuma dessas explicações faz sentido. E nenhuma delas faz eu me sentir melhor a respeito do fato de que se eu não tivesse entrado por aquela porta lateral, nunca teria descoberto o que Caitlin obviamente não quer que eu saiba: ela está saindo com Josh.

Ainda que seja totalmente inofensivo, por que ela não me contou?

E por que Josh está sorrindo para ela como sorria para Albireo, a estrela dupla azul e dourada de tirar o fôlego na ponta do bico de Cygnus? (De modo irritante, meu cérebro agora começa a disparar os fatos que aprendi acerca da Albireo nas semanas que Josh me mostrou a tal estrela, como um idiota louco por anfetaminas: *380 anos-luz da Terra. Era considerado um sistema binário gravitacionalmente relacionado com um período orbital de setenta e cinco mil anos. Adorado pelos astrônomos por sua grande beleza, que pode ser vista facilmente com um telescópio comum.*)

Mais. Longe. Da. Porta.

Uma parte de mim quer que eles me vejam, porque, assim, serão forçados a explicar o que estão fazendo. Mas eles me devem uma explicação? Josh deixou claro que não está interessado em mim, e mesmo que fosse o tipo dela (coisa que não é), Caitlin nunca iria atrás de um cara de quem gosto.

E mal conversamos desde o acidente. Conversamos no almoço, claro, mas não depois da escola. Tenho colocado a culpa nos treinos, nos exames e no meu novo plano de linha telefônica fictício com menos minutos, mas a verdade é que tenho me escondido dela. Se a Caitlin soubesse quanto tempo tenho passado no hospital, ela desejaria saber o motivo. Principalmente porque eu sei como ela reagiria se descobrisse o que fiz, mas também porque não suporto dizer as palavras em voz alta. O refrão em minha mente é suficientemente excruciante; dizê-lo me deixaria muito nervosa. *Se eu não tivesse, a Ilana não estaria. Se eu não tivesse, a Ilana não estaria.*

Eu me afasto da porta e desço em disparada o corredor até o G103, onde uma dezena de crianças da aula está reunida, ouvindo o doutor Mann descrever as fases de evolução estelar. A maioria parece tão assustada com o nosso teste quanto eu. Megan está sentada perto da janela que dá vista para o estacionamento, com a mochila amarela no assento vago ao lado dela. Está reservando o lugar para alguém. Fica olhando para o jipe de Josh, sem dúvida, tentando adivinhar onde está o dono.

É claro que ela não sabe que ele está com Caitlin. *Então, eles estão escondendo isso de nós duas.*

Eu me sento em um lugar vazio e pego meu caderno, decidida a me concentrar apenas na astronomia durante os próximos vinte minutos.

– Temos tempo para mais uma pergunta. – Escuto o doutor Mann dizer.

Eu olho para a frente. *Já?* Absorvi cerca de dez por cento do que foi dito desde que cheguei e escrevi três perguntas no caderno. O restante da página está coberto com rabiscos de estrelas e linhas que as conectam.

Levanto a mão.

– A lei de Hubble – digo, antes que ele possa chamar outra pessoa. O doutor Mann olha para mim e assente para que eu continue. – Compreendo que o universo está se afastando de nós – continuo –, e que estamos nos afastando do resto do universo no mesmo ritmo... certo? – Apesar de ter dito que compreendo isso, a verdade é que só estou meio certa do que acabei de dizer. Mas o doutor Mann assente. – Mas como isso é possível? Tudo não pode estar se afastando de tudo, certo?

– Ah, excelente pergunta – o doutor Mann começa. – Para a qual vim preparado. – Ele procura no bolso, moedas batendo umas nas outras, e tira uma bexiga vermelha. – Imagine que este é seu universo – diz ele, mostrando a bexiga. Está coberto com marcas pretas de caneta. – E que cada um desses pontos é uma reunião de galáxias dentro do nosso universo. – Ouço Megan rir. Há um pedaço de doce preso à manga da camisa do homem. – A lei de Hubble diz que a distância entre esses grupos cresce cada vez mais e, de modo mais significativo, nosso universo está se expandindo. – Ele leva a bexiga aos lábios e começa a enchê-la. Conforme a bexiga se enche de ar, os pontos se distanciam mais e mais uns dos outros. O pedaço de doce fica pendurado em um fio.

– O senhor disse *nosso* universo. – A voz de Josh me pega de surpresa. Eu me viro e o vejo de pé na porta, segurando o caderno, com uma folha de papel dobrada em cima.

O doutor Mann para de assoprar e sorri.

– Ah, alguém está observando. – O sorriso do homem é enigmático. – A senhora Barnes perguntou sobre a lei de Hubble, que se refere ao comportamento de galáxias dentro do nosso universo.

– Espere. Existe mais de um universo? – pergunto, confusa de novo.

– Claro – o professor assegura, como se fosse a coisa mais óbvia do mundo. – Vocês não assistiram a *Star Trek*? – Todos riem na sala. O doutor Mann amarra a boca da bexiga e a lança para mim. Ela cai no meio da minha mesa. – Mas vamos nos concentrar nisto hoje – ele diz, um pouco antes de o sinal tocar. – O nosso universo já tem muitos problemas. – Ele diz algo mais depois disso, mas o som estridente do sinal encobre suas palavras.

Alcanço Tyler no corredor D. Exceto por um ataque de histeria na noite do acidente, ele tem sido constante e pragmático, como sempre é, desde que Ilana se acidentou. Abalado, mas não totalmente arrasado com o que aconteceu com ela. E por que se sentiria assim? Ele não organizou a série de eventos que colocou Ilana na rota do caminhão. Foi o que eu disse a ele que causou o problema.

– Você está péssima – Tyler diz quando me vê. – Quando foi a última vez que lavou os cabelos?

– Fique quieto. Estou estudando. – Tyler não sabe quanto tempo tenho passado no hospital nem que tenho dormido pouco desde o acidente. – Ei, a Caitlin disse alguma coisa a você sobre Josh?

– O seu Josh?

– Ele não é mais o meu Josh – digo. *Por que ele é da Caitlin?* É só uma pequena dúvida, mas está ali, presa em meu cérebro. *Ela gosta dele? Ele gosta dela?*

– O que aconteceu? – Tyler pergunta.

Dou de ombros.

– Ele não estava interessado.

Ele revira os olhos.

– Você é idiota? Espere, não precisa responder. É claro que é. Barnes, o cara ficava todo bobo sempre que olhava para você.

– Não ficava.

– Sim, por que eu inventaria isso?

– Se ele estivesse tão interessado, por que não faria nada a esse respeito? – pergunto, desafiando.

Tyler para de andar e olha para mim.

– Por que as meninas são tão ridículas?

– O que há de tão ridículo em querer que um cara dê o primeiro passo? E não uma tolice de "talvez você goste de mim, talvez não". O que aconteceu com os grandes gestos românticos?

Tyler pensa nisso.

– Qual é a grandiosidade sobre a qual estamos falando aqui?

– É tarde demais – digo a ele. – Ele está com a Megan agora. – *Não era o que parecia hoje cedo.* O âmago se torna um centro de inveja e medo.

– A Megan gostosa?

Olho para ele.

– Eu quis dizer, a "Megan que parece um troll"?

– Bela tentativa – dou um soquinho em seu braço. – Até mais tarde. Gorin detesta quando me atraso. – Aperto o passo para chegar à aula. – Oh – começo, parando de novo. – Não diga à Caitlin que perguntei do Josh.

– Vou acrescentar isso a minha lista – ele diz.

Estou tão preocupada com o mistério Caitlin/Josh que me esqueço do exame e só me lembro dele quando toca o sinal do almoço. Minha ideia de entrar com o lanche na biblioteca para estudar em cima da hora é frustrada por um grupo de alunos com a mesma ideia. Todas aquelas pessoas de olhos arregalados virando as páginas sem parar ameaçam me tirar do meu objetivo, por isso, decido estudar no café. Caitlin e Tyler estão na mesa de sempre, com alguns caras da equipe de golfe. Eu me sento ao lado da Caitlin e abro meu livro. O QUE VOCÊ E O JOSH ESTAVAM FAZENDO HOJE CEDO?, meu cérebro grita.

– Vi seu carro aqui mais cedo – digo casualmente, mantendo os olhos na página. Ao meu lado, Caitlin se remexe.

– Pode afastar o livro, por favor? – ela pergunta. – Está cutucando meu braço.

– Desculpe. Credo. – Tiro o livro e tento de novo. – Então, você estava...

– Pensei que você tivesse ido estudar na biblioteca – Caitlin diz sem olhar para mim.

– Tentei. Mas todo mundo da minha sala está lá. O estresse deles está me estressando.

– O seu estresse está *me* estressando – Tyler diz, sem olhar para a frente. – Estou no meio de uma batalha mundial muito importante aqui. – Ele e Efrain estão sentados lado a lado, brincando de adivinhação pelo celular.

– Beleza – digo e fecho o livro. – Vou voltar para a biblioteca.

– E... BAM! Unhas. Cinco letras *e* uma palavra tripla. – Tyler balança o telefone no rosto de Caitlin. – Diga que não sou um gênio.

– Você não é um gênio – Caitlin repete. Algo do outro lado da sala chama minha atenção. Uma líder de torcida fazendo sinais estranhos com as mãos. Ela está olhando bem para a nossa mesa. Percebo que o Tyler viu também.

– É mesmo? – A voz de Tyler está mais séria do que antes. Mais dramática. Vejo quando ele olha na minha direção, hesitando por um momento antes de continuar. – Vamos fazer um censo – ele diz, então, e fica de pé. Quando se levanta, sua voz fica ainda mais alta. – Olhe só, pessoal! – ele grita quando sobe na cadeira. – Só tenho alguns segundos até um funcionário da escola me obrigar a descer daqui. – As pessoas riem e fazem silêncio em seguida. Tyler sai da cadeira e sobe na mesa de toalha xadrez azul e branca, pisando em metade de uma bolacha de chocolate com o calcanhar. *O que ele está fazendo?*

– Levantem as mãos se já brincaram de adivinhação comigo – Tyler diz às pessoas. Pelo menos trinta pessoas levantam as mãos. – Fiquem de mãos levantadas se me derrotaram! – As pessoas abaixam as mãos. – Acho que isso mostra que sou um gênio em adivinhar palavras, não? – Algumas pessoas gritam e aplaudem. – Bem, a minha amiga Caitlin não concorda – Tyler grita. Vaias começam a ser ouvidas. Caitlin se recosta na cadeira, sorrindo tranquilamente, esperando pelo golpe final. Pelas paredes, escuto uma comoção vinda do lado de fora.

Meus olhos observam o rosto de Tyler. *Aonde ele quer chegar com isso?* A senhora Kirkland, nossa diretora, corre em direção à mesa. Puxo minha cadeira para a frente e abro espaço para ela, dando a entender que quero que ela se apresse.

– Vocês querem saber como vou provar que ela está errada? Com uma palavra de *dezesseis letras.* – Tyler chama a atenção de todos, que esperam a piada. Ele olha para uma mesa de líderes de torcida vestindo azul e laranja para a torcida de hoje. – Eu quero um E! – ele diz.

– E! – elas gritam, claramente preparadas para isso.

– U!

– U! – Vem o eco. Pompons se materializam. Duas meninas estão de pé perto das cadeiras, fazendo U com os braços.

– A!

– A! – Braços são levantados. Mais pessoas estão de pé nas cadeiras. A senhora Kirkland grita para que elas desçam, mas todos a ignoram.

No M, a voz de Tyler falha um pouco.

Ele não...

Ele pede as doze letras seguintes, sem esperar pelo eco.

– O V O C Ê C A I T L I N!

Sim. Ele fez isso.

Caitlin arregala os olhos. Seu sorriso desaparece.

Isso é um desastre.

– Qual é a frase? – Tyler grita. As pessoas começam a gritar e berrar, batendo as mãos na mesa. Tyler levanta as mãos acima da cabeça, pronto para o grand finale.

– EU! AMO! VOCÊ! C...

Antes que ele possa terminar, seguro a perna dele e enfio as unhas na panturrilha.

– Ai – ele grita. – Por que fez isso?

– O que você está fazendo? – grito, ciente de que todo mundo no café está olhando para nós.

– O que foi? – Tyler pergunta. – Você disse que ela queria um grande gesto. – Ele para de olhar para mim e olha para Caitlin. Vê, imediatamente, que isso não saiu como ele esperava.

– O que ele quis dizer com isso? – Os olhos de Caitlin estão voltados para mim, enquanto os meus estão grudados em Tyler, pedindo a ele que me ajude. Não sei bem como ele poderia consertar as coisas a essa altura, mas um esforço seria bacana. – Abby – Caitlin repete, a voz gélida. – O que Tyler quis dizer?

O café está totalmente silencioso. A senhora Kirkland está ali, claramente sem saber o que fazer.

– Posso conversar com você no corredor? – pergunto discretamente.

– Não. Responda à pergunta. Por que o Tyler disse: "Você disse que ela queria um grande gesto"?

– Eu estava falando sobre o Josh – digo a ela, com a voz baixa. – O que ele teria feito se estivesse interessado em mim. O Tyler deve ter entendido mal. – Lanço um olhar do tipo "como você pôde ser tão idiota?" para Tyler, que ainda está de pé em cima da mesa.

– Foi só o que você disse? – Caitlin pergunta. Sob as luzes fluorescentes, a parte debaixo dos olhos dela está esverdeada, como estava no brunch da Jovens Líderes no dia seguinte à formatura do ano passado, depois de ficarmos acordadas a noite toda assistindo a reprises de *Sex and the City* e tomando sorvete, enquanto os garotos com quem saímos estavam desmaiados em cadeiras de jardim ao lado da piscina do vizinho. Como naquela manhã, ela está usando corretivo, que deve ter pegado da mãe, porque ela não tem um. Há um ponto cor da pele grudado no canto de seu olho esquerdo. – Abby.

Por um segundo, penso em dizer sim. *Sim, foi só o que eu disse. Omitindo o resto, o pior. Fingindo ignorância e inocência. Não, Caitlin. Não faço ideia por que Tyler diria que ama você na frente de duzentas pessoas. Fiquei tão surpresa quanto você. Sei que Tyler me defenderia, porque esse é o tipo de amigo que ele é. Que tipo de amiga eu sou?*

– Eu disse a ele que você gostava dele – digo baixinho.

Caitlin não reage, como se o que eu disse não tivesse sido computado.

– O quê? – ela pergunta de modo normal.

– Disse a ele que você nutria sentimentos por ele, mas não queria que ele soubesse. – Fecho os olhos ao dizer isso, preparando-me para a reação dela. É inexistente. Quando abro os olhos, Caitlin está se afastando. – Caitlin! – ela me ignora. – Caitlin! – eu grito, sem me importar com quem possa me escutar, o que é bom, já que todo mundo consegue me escutar. – Posso explicar...

Caitlin gira.

– Explicar o quê? – ela grita. Seus olhos parecem pedras de gelo. – Você é muito maluca, egoísta. Como é ser assim o tempo todo, Abby?

– Então, ela não gosta de mim? – Tyler pergunta, parecendo tão confuso quanto eu.

Caitlin me considera egoísta?

– Isso não tinha nada a ver comigo – protesto. – Só pensei... – Ela não me deixa terminar.

– Meu Deus, Abby, você é tão previsível – Caitlin diz. – *Meu Deus!* – Ela fala mais alto e me imita. – *Você acha que o Garoto Astronomia gosta de mim? Ai, meu Deus, não consigo mais praticar cross-country! Ai, meu Deus, e o meu precioso plano?!* – Atrás de mim, alguém ri. – Que Deus permita que nenhum detalhe idiota não saia exatamente como você planejou. Como você se recuperaria? – As palavras dela estão cheias de sarcasmo e desdém. – Você quer saber por que o Josh não estava interessado em você? – Caitlin pergunta de modo frio, a voz autoritária, como se soubesse de algo que não sei. – Não é um mistério tão grande, Abby. Você só é egoísta demais para perceber. – Ela me encara com um olhar de aço. – Você dá mais trabalho do que vale a pena.

Algo estala dentro de mim.

– Ohhh. Então, estamos falando a respeito de quem é *mais fácil?* – Rebato. – Acho que você venceu, então.

– Como é que é?

Falo mais alto e me dirijo às pessoas.

– Como é que esse seu cérebro incrível não captou o fato de que ele era casado? – digo de modo desafiador. As líderes de torcida se entreolham com sobrancelhas arqueadas, tentando entender o que eu disse, mas é claro que Caitlin e eu somos as únicas pessoas que sabem sobre Craig. Aquilo de que ela mais se envergonha. Seu maior arrependimento. – Acho que você não ligou muito para esse detalhezinho bobo.

Caitlin fica boquiaberta.

Parece que a sala se expande naquele momento, como a bexiga do doutor Mann. Meu estômago se revira.

O que eu acabei de fazer?

— Você é uma vaca — Caitlin diz, com a voz rouca. — Uma vaca egoísta. — Ela não gira como eu giraria. Simplesmente se vira e sai do café. Tyler desce da mesa e a segue para fora. As pessoas olham, observam quando eles saem, e então voltam a atenção a mim. E me ocorre que eu deveria fazer alguma coisa — piscar, sentar, sair da sala —, mas o esforço dessas atitudes é grande demais. Não consigo me mexer.

O sinal toca e as pessoas se dispersam. Efrain aparece à minha frente, segurando minha perna.

— Venha — ele diz, me tirando do meu estupor. — Vou acompanhar você até a sala. — Concordo sem forças e o sigo.

Efrain me leva a minha sala e me deixa na porta.

— Boa sorte na prova — ele diz, entregando minha bolsa. Controlo o riso. *Tenho que fazer uma prova de astronomia agora?* O coitado do Efrain fica ali, sem saber o que fazer. Há pedaços de gel seco em sua orelha.

O sinal de aviso toca.

— Ei, pessoal. — Josh está se aproximando, com o lápis preso atrás da orelha, como sempre. Quando vê meu olhar, para de sorrir. — O que está acontecendo?

— Caitlin e ela tiveram uma discussão na cafeteria agora — Efrain explica, falando baixo. — Preciso ir — ele diz. — Não posso me atrasar para a aula de biologia. — Ele entrega minha bolsa a Josh, me dá um tapinha esquisito no ombro e desce o corredor.

— Provavelmente deveríamos entrar — Josh diz. A voz dele parece distante, como se estivesse falando por trás de uma parede de vidro. Olho vagamente para dentro da sala de aula. Todo mundo está estudando, relendo as anotações como malucos. Todo mundo, menos a Megan. Os olhos dela estão grudados em nós. Quando ela percebe que eu a olho, rapidamente desvia o olhar. *Você quer saber por que o Josh não estava interessado?* As palavras de Caitlin passam por minha mente. *Você dá mais trabalho do que vale a pena.* Sinto a garganta apertar.

– Abby?

– Sim, tudo bem. – Eu me forço a colocar um pé na frente do outro, caminhando em direção a minha mesa, quando, na verdade, quero sair correndo e gritando da sala. Da minha vida. De mim mesma.

Chego ao meu lugar. E me sento. Todo movimento é mecânico. Cada gesto é forçado.

Digo a mim mesma que preciso me concentrar. Digo a mim mesma para parar de pensar na briga e começar a pensar no teste. Um teste que vale quarenta por cento da nota. Uma nota que poderia destruir meus pontos para a faculdade.

Essa prova. Minha nota. O peso da importância das duas coisas me sobrecarrega, me oprime, e só não é maior do que o rosnado em meu cérebro. Estática está gritando em meus ouvidos, apagando todo o resto.

Não consigo respirar.

Não consigo pensar.

O rosnado se intensifica.

– Astrônomos! – O doutor Mann anuncia quando entra pela porta carregando uma pilha de provas azuis. – Chegou a hora de vermos o que aprendemos! – Sorrindo como se estivesse entregando doces, ele começa a distribuir os cadernos de provas.

Não vou conseguir. Fecho os olhos, forçando-me a respirar devagar e profundamente. Para dentro. Para fora. Para dentro. Para fora. *Respire, Abby.* Tento me ver fazendo a prova com calma, respondendo às perguntas de múltipla escolha e preenchendo os espaços. Tento me lembrar das coisas que sei. Mas só vejo o rosto de Caitlin. A dor. A raiva. O desgosto. Só escuto a estática.

Alguns anos atrás, dois dias antes do Natal, um avião caiu na costa de Charleston, matando cinquenta pessoas a bordo. Por saber que Caitlin e seus pais estavam indo a Charleston, eu entrei em pânico. Ela não atendeu o telefone, então, pensei o pior. Minha melhor amiga estava morta. Passei as três horas seguintes em posição fetal no chão do meu quarto, sem conseguir imaginar minha vida sem ela. Sou próxima dos meus pais, mas a Caitlin é a irmã que não tive. Confio mais nela do que em mim. Não tinha perdido apenas minha melhor amiga; tinha perdido uma parte de mim mesma. Ou foi o que pensei. Às cinco horas, Caitlin finalmente me ligou. Eles tinham pegado um voo mais cedo, e Caitlin havia levado sua avó para sair à tarde, sem o telefone. Ainda me lembro de como me senti ao escutar a voz dela. O alívio, a gratidão, a alegria. A sensação de completude que senti naquele momento, a sensação profunda de paz. Também me lembro de como me senti antes de ela telefonar, quando pensei que a tivesse perdido para sempre. É como me sinto agora.

– Certo, classe. – A voz do doutor Mann parece distante. – Podem começar.

Olho para o caderno de prova, mas as palavras poderiam estar em qualquer idioma. A voz de Caitlin ecoa em minha mente. *Você é uma vaca egoísta.* Venci a discussão falando sobre Craig dentro de uma sala repleta de pessoas, mas de onde saiu a parte do egoísta? *Você é egoísta demais.* É o que ela pensa mesmo?

Meus colegas de classe escrevem sem parar enquanto o relógio da parede marca os minutos com um tique-taque audível. Pisco várias vezes, mas tudo se transformou em um borrão. A página. Meus pensamentos.

O sinal toca.

Não escrevi nenhuma palavra.

Lá se vai o meu futuro. Esse pensamento não me afeta. Como um robô, escrevo meu nome na prova e a passo para a frente, onde o doutor Mann está de pé para receber as provas. Por não querer estar aqui quando ele notar que a minha está em branco, saio antes que ele me dispense, e sigo para o estacionamento. Não posso ir ao jornal agora. Tenho de sair daqui. Se eu for depressa, ninguém vai perceber. Provavelmente, vou ser advertida por fugir da escola, mas cuido disso semana que vem. Vou dizer que fiquei doente ou coisa assim. Desde que ninguém me veja sair...

– Abby! – Minha mão está do outro lado da porta quando ele me chama. É o Josh, claro, com cara de bonzinho e preocupado. Solto a maçaneta quando ele se aproxima. Não vou conseguir escapar depressa.

– Como foi? – ele pergunta.

– Deixei em branco – digo. E então, inexplicavelmente, dou risada. É um som sem graça e amargo.

– Você quer conversar sobre o que aconteceu no almoço? – ele pergunta. Seus olhos castanhos observam os meus, como se as respostas para outras perguntas não expressas estivessem escondidas ali. Não respondo, e ele não me pressiona. O sinal de aviso toca.

– Dou muito trabalho? – A pergunta sai com dificuldade e, assim que falo, me arrependo. – Não importa – digo rapidamente, desviando o olhar, tentando engolir as lágrimas que surgiram do meu peito. Josh segura a minha mão.

– O que vale a pena dá trabalho, Abby – ele diz suavemente. O ruído em minha mente se acalma quando meus olhos encontram os dele. Minha respiração seguinte sai mais fácil.

– Quer sair depois do treino hoje? – pergunto. – Talvez pudéssemos ir ao cinema, coisa assim?

– Ah, eu... hum... – Josh desvia o olhar e o lança em direção ao corredor onde Megan está tentando se ocupar com o armário. Será que fica tão óbvio quando eu faço a mesma coisa? *Lembrete: ao fingir preocupação com o material, não colocar o livro na mochila e tirá-lo em seguida.* – Tenho que sair com a Megan – ele diz como se pedisse desculpas.

– Claro – tento parecer animada.

– Talvez nós três possamos fazer alguma coisa.

– Não, tudo bem – praticamente empurro-o para que saia da minha frente. – Provavelmente, vou ter que trabalhar a noite toda mesmo. A edição de novembro do *Oracle* sai semana que vem, então as coisas estão malucas. Vejo você no treino! – Balanço os dedos para Megan quando passo por ela (minha tentativa de um aceno do tipo "não acabei de chamar seu namorado para sair") e então corro para o corredor principal.

Quando chego lá, meu pé esquerdo está latejando. Os pontos cicatrizaram sem infeccionar, mas eu ainda não devo apoiar o peso do corpo nele. Começo a andar devagar. Chego ao corredor principal e não vou conseguir sair do prédio antes que o sinal toque.

Com o prazo de quarta-feira se aproximando, o pessoal do editorial está trabalhando muito para acertar as coisas finais, e eu me sinto culpada por quase estragar tudo. A sexta aula passa rápido enquanto analiso perguntas e revejo layouts, tentando não pensar no fato de que, em um período de noventa minutos, eu (a) perdi meus dois melhores amigos, (b) reprovei no exame de astronomia, e (c) chamei para sair um cara que namora. Veja a rapidez com que uma pessoa pode implodir.

Deixo o laboratório do jornal alguns minutos antes do sinal com a desculpa de que preciso passar no escritório da senhora DeWitt antes que o dia termine. Em vez disso, vou direto para o meu carro. O Jetta da Caitlin não está mais lá.

Folhas espalhadas e calçada molhada são os únicos sinais da tempestade de hoje. Agora, o céu está pontuado com nuvens fofas e perfeitamente brancas. Semicerro os olhos quando o sol entra pelo para-brisa, irritada com a claridade persistente.

Quando chego à casa de barcos, começo a checar os parafusos dos mastros e passo óleo nos mecanismos dos assentos, enquanto para o restante da equipe começa o treino. Quando vamos para a água, descubro uma enorme vantagem que o barco tem em relação ao cross-country: o fator de distração. Quando estamos correndo, só conseguimos pensar. Quando estamos no barco, não há *tempo* para pensar. Como sou a responsável, não tenho escolha além de dar atenção total aos caras quando viro o barco B rio abaixo e de volta, feliz porque Megan e Josh estão a cinquenta metros, no A. Quando me dou conta, o sol está se pondo, e o técnico está apitando para que voltemos ao píer. *Graças a Deus o dia de hoje está quase no fim.*

Ao entrar na garagem, vejo minha mãe pela abertura do portão da garagem, descascando cenouras perto da pia. A última coisa que quero fazer é recontar a briga. Ou a prova. Ou ouvir minha mãe dizer que tudo vai ficar bem. "Olhe pelo lado bom" é a resposta-padrão dela diante de uma adversidade e, no momento, quero manter o meu negativismo.

– Ei! Como foi a prova? – ela pergunta assim que abro a porta dos fundos.

– Terrível.

Ela desanima.

– Tão ruim assim?

– Pior. – Eu caminho até a escada dos fundos antes que ela me pergunte se quero conversar. – Vou ficar no meu quarto.

– O resultado do seu SAT chegou – ela me diz, parecendo hesitante. – O envelope está na mesa.

Eu me viro e olho. Um envelope branco e simples se destaca em cima da mesa de cerejeira da cozinha. Volto, pego o envelope e o viro nas mãos.

– Pensei que não chegaria antes de segunda-feira – digo.

– Eu sei.

Nós duas olhamos para o envelope, para o pequeno retângulo branco com meu nome impresso.

– Não quero abrir agora. Tudo bem?

Minha mãe assente.

– Só queria que você soubesse que ele está aqui, querida.

Levo o envelope para o andar de cima. Que bom final para o que pode ser o pior dia de minha vida. É meio loucura que o futuro de uma pessoa possa depender tanto de um número. Mas sem uma boa pontuação no SAT, as boas escolas não querem nem saber de você. A menos, claro, que você justifique seu rendimento ruim, mas, para isso, normalmente é preciso fingir algum tipo de dificuldade de aprendizado. Por um segundo, sinto inveja da Caitlin.

Ainda com o envelope nas mãos, tiro os sapatos e me enfio embaixo das cobertas. Coloco o envelope ao meu lado e olho para o teto cheio de estrelas. Meu plano era recriar o Cygnus, mas o que consegui parece mais uma cruz deformada. Puxo o joelho esquerdo em direção ao peito, procurando a cicatriz no pé. Muita coisa mudou desde aquela noite. Não pratico mais cross-country, Josh e eu mal conversamos e, cerca de quatro horas atrás, perdi minha melhor amiga.

Muita coisa pode acontecer em cinco semanas.

Você é uma vaca egoísta.

Muita coisa pode acontecer em cinco minutos.

Suspiro e rolo de lado, encolhendo o corpo ao redor do envelope. O conteúdo desse envelope de aparência inofensiva determinará meu futuro. Para uma garota cujas pontuações são boas, isso assusta. Se minha pontuação não estiver dentro da média, estarei ferrada. O pânico começa a tomar conta de mim. Toma conta do meu estômago e se espalha pelo meu peito. Quero entrar na Northwestern desde o Dia das Profissões, no sétimo ano, quando a mãe de Brandon Grant, uma jornalista do *Atlanta Journal-Constitution*, foi falar com nossa sala. Ava Wynn-Grant. Ela estava tão elegante com o terninho azul-marinho e o blazer sob medida, e era tão articulada. Eu quis, literalmente, ser ela. Ela era uma jornalista, por isso, quis ser jornalista. Ela estudou na Northwestern, por isso, quis estudar na Northwestern. E todas as decisões relacionadas aos estudos que tomei desde então tiveram a ver com esses dois objetivos.

Tento imaginar qual teria sido meu caminho se Ava Wynn-Grant fosse advogada ou atriz.

Com o coração aos pulos, deslizo o dedo sob a aba branca do envelope e o abro um pouco. Quando vejo como me saí – não no mesmo nível de uma Caitlin, mas melhor do que esperava –, meus olhos ficam marejados. A única pessoa com quem quero dividir essa notícia não está falando comigo. Enfio o envelope embaixo do travesseiro e deito em cima dele, fechando os olhos com força. O ruído continua ali, a estática aguda dessa tarde. Eu me entrego a ela, deixando-a tomar conta de tudo.

Ouço uma batida leve na porta. Quando abro os olhos, meu pai está na porta, segurando duas taças de sorvete. O resto de luz do dia se foi.

– Por que não está trabalhando? – pergunto, esfregando os olhos.

– Já são sete e meia – ele responde, indicando o relógio no criado-mudo. – Eu trouxe um docinho – ele acrescenta, oferecendo uma das taças. – Creme com cookies.

Abro um sorriso e me sento mais para o canto para abrir espaço para ele na cama.

– A mamãe autorizou isso?

– Sua mãe está ocupada fazendo um prato com frango muito complicado que provavelmente só vai ficar pronto sábado que vem. Pensei que precisávamos comer alguma coisa para aguentar. – Ele se senta ao meu lado e me entrega uma taça. Comemos em silêncio por alguns minutos, virando a colher antes de cada bocada para que o sorvete caia bem na nossa língua.

– Soube que você teve um dia difícil – ele diz, pegando um bocado grande do creme com a colher. – Quer falar sobre isso?

– Caitlin e eu brigamos.

Ele parece surpreso.

– Vocês não costumam brigar.

– Eu sei.

– O que houve? – ele pergunta.

– Contei ao Tyler que a Caitlin gosta dele. As coisas meio que saíram do controle depois disso.

– Imagino que ela não tenha gostado do fato de você ter contado.

– Pior – digo com tristeza. – Não é verdade. E eu sabia disso, mas, ao mesmo tempo, tinha a sensação de que talvez ela gostasse dele, ainda que não soubesse. – Balanço a cabeça, surpresa com meu descuido. – Sou uma idiota.

– Talvez não seja o seu melhor momento – meu pai diz –, mas não me parece imperdoável.

– Caitlin ficou bem brava – digo a ele. – Disse umas coisas bem feias para mim. – Meus olhos voltam a se encher de lágrimas.

– Bem, se eu conheço a Caitlin, tem algo acontecendo além disso. – Ele para, e então diz com delicadeza: – E se eu conheço *você*, querida filha, não foi assim que a briga terminou. Então, o que você disse que gostaria de não ter dito?

– Sou tão previsível assim?

– Previsível? Nem um pouco. Talvez tenha uma leve tendência a acessos emocionais. – Ele sorri. – De vez em quando.

Olho para meu edredom de listras. Tem uma mancha preta de caneta perto do meu dedão.

– Fui muito má – sussurro. – Ela nunca vai me perdoar. – Uma lágrima começa a escorrer no meu rosto.

– Você não vai saber se não pedir desculpas – ele diz.

Sinto vontade de dizer que ele não conhece a Caitlin tão bem quanto eu, mas em vez disso, só concordo. A lágrima pinga do meu queixo no edredom, formando um círculo molhado perfeito.

– Bem, é melhor eu ver como sua mãe está – meu pai diz e fica de pé. – Cuidar para que ela não estrague mais nenhum eletrodoméstico. – Dou risada em meio às lágrimas. Duas semanas atrás, ela estragou o liquidificador tentando bater um pato.

– Desço já, já – digo. Ele concorda, e então se inclina para beijar a minha testa.

– Vocês duas resolverão isso – ele sussurra. – Pode ser que demore um pouco, mas vai acontecer. – Concordo, piscando para as lágrimas deixarem meus cílios. Meu pai se ergue e caminha em direção à porta.

Meu telefone celular está ao meu lado na cama. Não espero que ela me atenda, mas telefono para Caitlin mesmo assim. Cai direto na caixa postal. Tento telefonar para o Tyler em seguida. Para minha surpresa, ele atende no segundo toque.

– Eu entendo – ele diz depois que me desculpo profundamente. – Você é você.

– O que isso quer dizer? – Eu me preparo para me sentir ofendida.

– Você pensou que podia controlar isso como acha que pode controlar tudo – ele responde. – Pensou que formaríamos um bonito casal e que poderia fazer acontecer. Mas não se pode planejar um relacionamento como se planeja a carreira, Barnes. Não é assim que funciona. – Percebo que ele sorri. – Mas valeu a tentativa.

– Eu não deveria ter mentido – digo. – Se tivesse me calado, você não teria terminado com a Ilana, e...

– Opa, espere aí. Eu vinha planejando terminar com a Ilana a semana toda. Por que você acha que estava tão mal no evento de sua mãe?

Uma leve camada de culpa se desfaz.

– Então, você não me odeia?

– Não odeio você. Posso estar planejando uma bela humilhação em público, mas não odeio você.

Eu sorrio naquele momento, aliviada por não ter perdido os dois.

– Você falou com a Caitlin? – pergunto.

– Só um minuto – ele diz. – Ela tinha uma reunião com DeWitt depois do almoço.

– Pra quê?

– Sei lá. Ela não quis saber de papo. – A tentativa dele de parecer casual em relação a isso torna tudo pior. Atrás de suas palavras, a voz está carregada de decepção.

– Sinto muito mesmo por ter estragado as coisas para vocês – digo pela quinquagésima vez. Lá embaixo, o telefone de nossa casa toca.

– Nem tudo está perdido – Tyler diz. – Elmo me disse que se a Caitlin não me quisesse, ela ficaria comigo.

"Elmo" é Eleanor Morgan, a irmã mais nova de Andy Morgan, uma ruiva animada que deve até dormir em seu uniforme de líder de torcida.

Antes que eu possa dizer que Andy acabaria com ele se ele *tentasse* ficar com Eleanor, ouço uma batida na porta do meu quarto. Meu pai voltou.

– Telefone para você. É seu professor de astronomia.

– Sério? – Meu pai confirma. Ele coloca o telefone sem fio na minha cômoda e sai. – Ligo pra você depois – eu digo a Tyler.

– Diga ao doutor Refrigerante que eu mandei um oi.

Desligamos, e eu pego o sem fio. Não sei o que vou dizer ao doutor Mann quando ele perguntar por que minha prova estava em branco. A verdade, acredito.

– Alô?

– Senhora Barnes! É Gustav Mann aqui. – Sorrio. Como se, com aquele sotaque, ele pudesse ser outra pessoa.

– Oi, doutor Mann. Como vai?

– Um pouco preocupado, minha cara. O que aconteceu hoje à tarde?

– Briguei com minha melhor amiga antes da prova – digo, ciente de que isso é muito infantil. Mas se ele considera infantil, não deixa transparecer. – Estava preparada para a nossa prova, mas não consegui... – Minha voz fica embargada.

– Ah, pensei que pudesse ser algo assim. Sinto muito.

– Estou disposta a fazer trabalhos extras – digo a ele. – O máximo que puder. Sei que provavelmente não será o bastante para compensar o zero, mas gostaria de fazer mesmo assim.

–Vamos ver como você vai se sair no exame primeiro – ele diz.

–Vai me deixar refazer?

– Claro. Amanhã cedo, se estiver disposta. Mas haverá uma penalidade, sinto muito. A política da escola é clara em relação a isso. Seu exame contará nota nove, e não dez.

Uma dedução de um ponto. *Só isso?* Com isso, existe uma boa possibilidade de eu ainda conseguir um B. Um B respeitável, que me valha a entrada na Northwestern.

– Só peço que não estude mais – o senhor me diz. – O que você sabia hoje é o que deve saber amanhã.

– Sim, claro – digo a ele. A essa altura do campeonato, eu comeria uma barata se ele pedisse. – Tem a minha palavra.

– Excelente – ele responde. – Até amanhã às sete, então.

– Doutor Mann?

– Sim, minha cara?

– Por que está me dando uma segunda chance?

Inexplicavelmente, ele ri.

– Aprendi, senhora Barnes, que uma pessoa raramente acerta de primeira. Existem segundas chances em todos os lugares, quando sabemos procurar. Olhe mais a fundo, lembra? – Ele para por um momento. Imagino que esteja sorrindo do outro lado da linha. – Até amanhã cedo.

Antes que eu pudesse agradecer, ele desliga.

Animada com esse momento inesperado de sorte, sigo para a cozinha, onde meu pai está comendo petiscos na despensa enquanto minha mãe rala cebola. Conto sobre o teste novo, mas decido não falar sobre a pontuação do SAT. Envolvida em seus afazeres, minha mãe não pergunta nada.

Quando terminamos de jantar, a campainha toca.

– Está esperando alguém? – minha mãe pergunta, olhando para minha calça de moletom com mancha de café e a camiseta velha. Nego com um movimento de cabeça, olhando para meu pai. Deve ser a Caitlin.

– Vou ver quem é – digo.

Chego à porta e paro. *Devo pedir desculpas primeiro? E se ela não se desculpar?* Ainda estou tentando decidir uma estratégia quando a campainha toca de novo. Não quero que ela espere, por isso abro a porta.

– Oi.

Hesito, surpresa.

– Josh! Oi. – Dou um passo para trás, repentinamente ciente do fato de que estou usando uma calça de moletom que não é lavada há uma semana. – O que está fazendo aqui? – Ele fica meio desanimado. – Quis dizer... pensei que você tivesse um encontro com a Megan.

– Não foi um encontro. Estamos só saindo.

– Oh – digo, saindo e fechando a porta, para garantir um pouco de privacidade.

– E então... como você está? Parecia bem assustada hoje à tarde. – Ele franze a testa de preocupação. – Você e Caitlin resolveram as coisas?

– Ainda não. Mas vamos, com certeza. – Meu plano era convencê--lo com um sorriso de vitória, mas agora parece esforço demais. Então, começo a chorar. – Não... não vamos... – digo entre soluços. – Ela... me odeia.

Josh se aproxima e me abraça. A princípio, a sensação é estranha, como se o abraço não se encaixasse, mas então ele passa o braço esquerdo alguns centímetros mais para cima e eu inclino a cabeça para a direita e, de repente, dá certo.

– Brigas são ruins – ele diz apenas isso, bem perto de meu ouvido.

– Ela é minha melhor amiga – é só o que consigo pensar.

– Eu sei.

– Não sei o que fazer – digo com o rosto pressionado em sua camiseta. – Estou tão triste, e brava, sabe? Como se não tivesse certeza de que quero fazer as pazes.

– Você não precisa decidir tudo hoje – ele diz com delicadeza.

Eu me afasto, fungando, e olho para ele fingindo desconfiança.

– Por que você parece um adolescente sendo que não é?

– Que bom que enganei você – ele diz e sorri. – Ei, você quer ir a algum lugar?

– Agora?

– Agora.

– Preciso me trocar primeiro...

– Não, não precisa. Calça de moletom é perfeita para onde vamos. Diga a seus pais que você voltará em uma hora, e pegue uma blusa. – Ele olha para meus pés descalços e sorri. – E não se esqueça dos sapatos.

– Mas...

Ele não me deixa terminar.

– Quer ir ou não?

– Sim! Volto já. – Ao passar pela porta e subir a escada da frente, percebo que o deixei na varanda. – Entre, se quiser – digo olhando para trás. – Meus pais estão na cozinha! – Lembro que ele não conhece meus pais, o que seria meio estranho para eles se ele decidir entrar. Quando entro em meu quarto, escuto a porta se fechar. *Será que ele entrou ou não?*

Pego meus tênis e meu capuz, passo um pouco de água fria no rosto molhado de lágrimas e volto para a escada e, nesse momento, escuto meu pai gritar:

– Então, você é o Garoto Astronomia! – Desço a escada antes que mais danos sejam causados.

– Josh e eu vamos sair – digo quando chego lá embaixo. – Voltamos mais tarde. – Antes que minha mãe possa comentar as minhas roupas, pego a mão de Josh e o levo para a porta.

– Aonde vamos? – pergunto quando Josh abre a porta do passageiro de seu jipe. O interior do veículo cheira a grama recém-cortada e sabonete. Tem uma toalha de praia no banco de trás.

– Visitar o Cisne – é o que ele diz.

Alguns minutos depois, paramos ao lado do lago na vizinhança dele.

– A luz do poste de iluminação queimou – ele diz e aponta. Pressiono o rosto contra a janela, espiando na escuridão. Minha respiração embaça o vidro frio. – Vamos – ele abre a porta. – A lua está quase perfeita.

Eu o sigo pelo caminho de terra até um balanço de madeira à beira da água. O chão ainda está molhado da chuva de ontem. Apesar de já ter passado por esse lago muitas vezes, a caminho da casa de Tyler, nunca vi esse balanço.

– Acho que o Cisne vai entender – Josh diz quando nos sentamos. – Ele sabe como é ser separado do melhor amigo. – O assento de madeira está frio sob minha calça, mas não molhado. Alguém deve tê-lo secado depois da chuva. Jogamos a cabeça para trás e olhamos para cima. Dezenas de pinheiros formam uma ferradura ao redor da água, bloqueando a luz das casas próximas, e a mais próxima delas fica a pelo menos cem metros. A lua, baixa no céu, é só uma fatia. Com pouca poluição, o céu está repleto de estrelas.

– Ele conseguiu reavê-lo? – pergunto, tirando os sapatos lamacentos e puxando os pés descalços para baixo do meu corpo. – Sei que ele saiu à procura de Phaethon, mas eles conseguiram se reunir?

– Claro.

Olho para ele. Está olhando com atenção para o céu.

– Você está mentindo descaradamente, não está?

– Claro – ele diz sem pestanejar. Nós dois rimos, e relaxamos.

Mesmo depois do dia que tive, me sinto estranhamente calma agora. O mundo parece maior e o universo, infinitamente mais vasto, como se houvesse espaço para tudo o que aconteceu hoje. Espaço suficiente. Respiro, deixando o ar da noite encher meus pulmões, sentindo minha caixa torácica se expandir. Quando solto o ar, o único som que ouço é o de minha respiração. A estática se foi.

– Não paro de pensar em algo que você disse hoje – Josh diz. – Tem me perturbado desde que falou. – Ele está olhando para mim com a mesma intensidade que havia direcionado ao céu antes. – Você me perguntou se dá muito trabalho. Por que perguntaria isso?

– Foi algo que a Caitlin disse – explico a ele. – Hoje, durante a nossa briga. Ela disse que é o motivo pelo qual você não tem interesse por mim. – Olho para baixo, para a grama ainda molhada, quase invisível na escuridão. – Dou mais trabalho do que valho a pena.

– Quem disse que não tenho interesse?

Quase engulo meu chiclete.

– Pelo que me lembro – ele diz –, você me informou que eu deveria namorar outra garota, e eu pensei, com razão, que *você* não tivesse interesse por mim.

—Você nunca me chamou para sair – digo de modo defensivo. – E teve um zilhão de oportunidades.

– Um zilhão, hein? Como na noite em que você me disse que já tinha planos com seus amigos? Ou na noite em que disse que ia à exposição de sua mãe? Você é bem ocupada, Abby Barnes.

– Sim, mas você poderia ter sugerido outra noite. Qualquer uma. Mas não sugeriu.

– Eu não sabia que estava sendo testado – ele provoca.

—Você não estava sendo *testado* – respondo, sentindo o calor subir por meu pescoço. – Mas se estivesse interessado, por que diria "obrigado" quando falei sobre a Megan? – pergunto. Enquanto pergunto, percebo que não me importo com a resposta. Só quero que ele me beije.

– Como um cara deve reagir quando a garota por quem ele é maluco diz que ele deveria namorar outra garota? – Josh para de falar, sem nem ao menos parar para analisar minha reação. *Quem é essa pessoa, e o que ele fez com o cara compenetrado, de roupa de elastano e sapatilha para usar no barco?* – Espere, não responda – ele diz. – Acho que já sei. Devo dizer: *Não seja tola, Abby, quero namorar você. Está livre amanhã à noite?*

—Você não *tem* que dizer nada. Poderia ter sido sincero.

– Posso ser sincero – ele responde. – *Não seja tola, Abby, quero namorar você. Está livre amanhã à noite?*

Demoro alguns segundos para perceber que ele está esperando a minha resposta.

O Garoto Astronomia acabou de me chamar para sair. Ainda estou olhando para ele quando diz:

– Saiba que o silêncio será considerado um sim.

E desse modo, o dia que foi de ruim a pior se redimiu com um momento perfeito.

– A noite do Dia das Bruxas pode ser meio esquisita para um primeiro encontro – Josh diz –, mas acho que combina com uma garota que me fez cometer uma invasão da última vez que saímos.

– E a Megan? – pergunto, quando o que quero dizer é *me beije, me beije, me beije.*

Josh balança a cabeça, desaprovando a minha pergunta de um jeito brincalhão.

– Olhe, e eu achando que *eu* não tinha noção, porque nunca tive uma namorada. Mas acontece que você tem menos noção do que eu. – Ele se vira para me olhar e, dessa vez, eu olho para ele. – *Gosto* de você, Abby. Desde o começo. Desde o dia em que me disse que estava na sala do doutor Mann. – O rosto dele, tão perto do meu, embaça um pouco. – Em alguns momentos, duvidei de sua sanidade – ele diz rindo, passando a mão pelo meu pé esquerdo descalço, a palma da mão cobrindo a pele macia da cicatriz. – Mas, estranhamente, esses momentos só me fizeram desejá-la mais. – Olho para a mão dele, imaginando como seria se ele tocasse meu tornozelo. Minha coxa.

– Então, talvez, *você* seja o louco – digo.

– Louco por você – ele diz com uma confiança estranha que faz meu rosto corar. Seu rosto fica sério. – Nunca duvidei. Só queria conhecer você primeiro, para saber exatamente onde estava me enfiando se conseguisse fazer isso. – Envolvendo meu queixo com a mão, ele me beija. O beijo é suave, mas não incerto. Fecho os olhos, sentindo o hálito de canela, sentindo a suavidade dos lábios dele. As mãos descem do meu rosto ao ombro e, então, ao braço esquerdo, provocando fortes arrepios. Meu corpo todo ressoa de prazer. Quando o polegar dele chega ao meu cotovelo, ele segura meu braço e me puxa com delicadeza contra seu corpo. – Então, isso é um sim? – Escuto quando ele sussurra de novo, antes de voltar a me beijar.

Paro tempo suficiente para sorrir.

– Sim.

9 (Aqui)

sábado, 31 de outubro de 2009

(Dia das Bruxas)

— BUUU!

Meus olhos se abrem com o som. Estou deitada na colcha verde-
-escuro de uma cama que não é minha, olhando para uma parede azul-
-marinho. No ar, cheiro de jalapeño e queijo processados. Em algum
ponto próximo, uma garota grita e dá risada.

O fato de eu estar me preparando para esse momento não o torna menos assustador. O pânico toma conta de meu corpo, passa por
minhas veias. Estou em outro lugar, em algum lugar novo, em algum
lugar onde nunca estive antes. Yale sumiu, Marissa sumiu, Michael sumiu. Coloco a mão na parede, como se quisesse me firmar. *Eu posso
lidar com isso.*

— Bom dia, dorminhoca.

Solto o ar que eu não sabia que estava segurando, e o pânico desaparece quando percebo. A realidade não mudou de novo. Nunca vi o
quarto de Michael à luz do dia antes.

— Oi — digo, rolando na cama. O rosto de Michael está, agora, a
poucos centímetros do meu. Tomo o cuidado de não expirar muito
profundamente, sem querer arruinar o momento com o hálito matinal.

– Estou esperando que você acorde – ele me diz. – Você é tão bonitinha quando dorme.

Estou aterrorizada. *Estava roncando? Babando? Fazendo sons estranhos?* Isso é exatamente o motivo pelo qual nunca dormi na casa de um garoto (bem, isso e o fato de que tinha que voltar para casa às onze da noite e também tinha pais com uma política bem expansiva de "não dormir perto de garotos"). Existem muitas maneiras de se envergonhar dormindo.

– Há quanto tempo você está acordado? – pergunto, conferindo se não babei no travesseiro.

– Ah, muito tempo – ele me provoca quando encosta o nariz no meu. – Dez segundos, pelo menos. – Está claro que ele não está preocupado com meu hálito. Michael me olha de cima a baixo e ri.

– O que foi? – pergunto.

– Você ainda está usando os sapatos – ele diz, apontando. Estou, mesmo, usando meus sapatos. E todas as outras peças com as quais vim, incluindo a jaqueta e o cachecol. Penso que minha bolsa também está em algum lugar. – Você sentiu medo de eu achar que você queria algo a mais? – ele pergunta. Olho para o peito dele e, instantaneamente, fico surpresa. *Que forte.*

– Não era isso – digo rapidamente. – É só que... – Cada desculpa na qual consigo pensar é mais assustadora do que o motivo real. – Certo, certo. Não queria que você pensasse que só porque eu estava dormindo, significava que você e eu... – O calor sobe pelo meu pescoço. *Posso até dizer a palavra sem corar.*

– Bem, no futuro, se quiser tirar a roupa para dormir, não verei como sinal de que você quer sexo.

Eu me retraio sob o olhar dele e, de repente, me sinto desconfortável com toda a história de sexo. *Se não consegue falar sobre sexo, provavelmente não está pronto para o sexo.*

Meu telefone toca dentro da bolsa, sob a camisa de Michael, aos pés da cama. Eu o procuro, contente com a distração.

– Ben e eu encontramos as melhores fantasias! – Marissa grita antes mesmo de eu dizer olá. – Power Rangers! – ao fundo, Ben canta uma versão desafinada da canção-tema. – Ela tem verde, rosa, vermelho, azul e amarelo – Marissa diz. – Quais vocês querem?

– Ela?

– Estamos na casa de uma mulher em Hamden – Marissa diz. – Ben a encontrou na internet. – Quando ele soube que ainda não tínhamos fantasias, Ben disse que seria o organizador das fantasias nas atividades da noite, que são uma festa na casa do Michael, algumas horas na Inferno (a infame festa de Dia das Bruxas que foi proibida por cinco anos, mas que agora voltou, no pátio da Pierson College), e então na sinfonia de meia-noite no Woolsey Hall.

– Qual Power Ranger você quer ser? – perguntei a Michael.

– Verde! – ele grita, afastando as cobertas e ficando de pé. – Go, go, Power Rangers! Com os cabelos bagunçados, ele parece uma criança. Com tanquinho digno de modelo. – Vou pegar um pouco de água – ele me diz, e então sai da sala de calça jeans e pés descalços.

Ouço o bipe de uma ligação.

– E você? – Marissa quer saber. – Qual cor? – O bipe de novo. Afasto o telefone da orelha para conferir o número. É um código de área de Los Angeles, mas não reconheço o número. *Quem poderia estar ligando?* São seis da manhã na Costa Oeste, e nenhuma das pessoas que conheço na Califórnia lembram de me conhecer.

– Abby? – ouço Marissa me chamar. – Caiu a ligação?

– Não, não, estou aqui. Desculpe, estava recebendo outro telefonema. Você perguntou alguma coisa?

– Só a cor que você queria.

– Oh! Amarelo, então?

– Oba! Certo, vamos comprar. Até à noite!

Assim que desligamos, penso que Caitlin provavelmente ainda não tem uma fantasia. Ela está passando tanto tempo no laboratório do doutor Mann (e no trem *indo* ao laboratório), que duvido que ela saiba que é Dia das Bruxas. Envio uma mensagem de texto a Marissa para pedir que pegue as cinco roupas, só para garantir. Quando estou colocando o telefone na bolsa de novo, ele vibra indicando uma nova mensagem de voz.

– O que você vai fazer hoje?

Michael reapareceu, segurando dois copos de água e mascando um chiclete de canela. Seu rosto está úmido, como se tivesse acabado de lavá-lo. Eu, enquanto isso, sinto a saliva seca no rosto. Pego um chiclete de minha bolsa, disposta a afastar os efeitos da bebedeira de ontem à noite. Minha língua parece ter sido envolvida em algodão.

– Biblioteca – digo. – Tenho que escrever um artigo do *YDN* e ler duzentas páginas antes da minha prova de Filosofia da Teologia na segunda-feira.

– Vamos estudar juntos – ele sugere, e me dá um dos copos. – Adorei aquela aula.

– Você assistiu à aula do Hare? – pergunto entre goles.

Ele assente.

– No primeiro ano. Depois de doze anos em uma escola cristã, pensei que seria fácil.

– Você também frequentou uma escola cristã? – Eu havia imaginado uma escola de preparação de prestígio da Costa Leste, algum lugar com um lema em latim e seu próprio brasão.

– Sim. Do fundamental ao penúltimo ano do médio. – Michael se vira e começa a mexer em um monte de roupas que estão sobre a cadeira da mesa.

– Mas não no último ano?

– Não. Fiz o último ano na escola pública. – Ele pega uma camiseta do Red Sox, cheira e a veste. – Limpa – ele sorri. – Quer café da manhã?

Há muita coisa que eu quero saber sobre esse cara em cuja cama dormi. Apesar do tempo que passamos juntos nas últimas sete semanas, ainda consigo contar as coisas que sei sobre ele em uma das mãos: ele é de Massachusetts. O nome do meio é Evan. Os pais são divorciados, e ele nunca falou de nenhum irmão. E agora, a informação mais recente: doze anos de escola religiosa. Não que ele seja evasivo a respeito de assuntos pessoais – mas não fala muito. E eu, sem querer xeretar, não pergunto.

– E então? – Michael pergunta ao me levar em direção à porta. Por saber o que era servido ali, recusei o convite para o café da manhã. – Quer estudar amanhã?

– Claro – digo a ele. – Seria ótimo.

Na verdade, esse tipo de pensamento me assusta. Talvez, se eu passasse o dia de hoje estudando, mas agisse como se não tivesse estudado, soubesse o suficiente para parecer que sei, mas não embaraçosamente despreparada. Quando me viro para sair, ele me puxa para me beijar. Contente por estar com o chiclete na boca, retribuo, sentindo o gosto da canela da guloseima em seus lábios. Fecho os olhos e inspiro, sentindo o cheiro dele, de doce e sabonete. Há algo muito familiar nessa combinação. Inspiro de novo, mais profundamente desta vez. E, de repente, não é o Michael que estou beijando, mas, sim, Josh.

Jogo a cabeça para trás, pega de surpresa pela lembrança. Michael me lança um olhar preocupado.

– Está tudo bem? – pergunta.

– Sim, tudo bem. É melhor eu ir, só isso. Até mais! – Dou um beijinho no rosto dele e desço os degraus correndo.

Para uma manhã de sábado, tem pouca gente no Starbucks, o que já é incentivo suficiente para eu parar nele. Preciso de toda a minha força de vontade para não pensar no Josh e naquele beijo enquanto estou esperando para pedir. A lembrança não para de voltar, e me assusta com sua perfeição, parecendo um filme. O cobertor de estrelas, a brisa suave da noite. *Não seja tola, Abby. Quero namorar você. Está livre amanhã à noite?*

Um impaciente morador de rua, com roupas velhas do exército, está perto de mim na fila, remexendo moedas na mão.

– É a sua vez! – ele grita, a centímetros de meu ouvido. Eu me aproximo do balcão e rapidamente peço meu latte.

– São cinco e oitenta e cinco. – O caixa parece entediado.

Enquanto procuro minha carteira na bolsa, o cara atrás de mim bate o pé alto e impacientemente, ainda remexendo suas moedas. Assustada, começo a pegar as coisas e a colocá-las no balcão. Rímel... chaves... celular... e um pacote de band-aids para viagem... um pacote de canetas marca-texto... o YDN de ontem. *Onde está a minha carteira?* O barulho das moedas aumenta. Quando estava em Los Angeles, comprei uma bolsa com cinco compartimentos – meu prêmio de consolação por ter que trancar a faculdade. Agora, voltei a usar minha bolsa preta e velha, uma bolsa que parecia ter vontade própria. Qualquer coisa de que eu preciso sempre desaparece no fundo dela. Como minha carteira neste momento. Quando a encontro, meu pedido já está pronto e o cara atrás de mim está prestes a perder a paciência.

– Vou pagar o dele também – suspiro ao caixa, entregando a ele uma nota a mais de cinco dólares. Sentindo que burlei o código da sociedade por me demorar muito na fila, mantenho a cabeça baixa e pego meu café, saindo pela porta.

Marissa e Ben ainda não apareceram quando volto ao nosso quarto, o que é bom, porque quero chegar à biblioteca até as dez, e não tem como conversar só por cinco minutos com Ben Blaustien. Ele lê, assiste e ouve tanto que sempre leu/viu/ouviu algo superfascinante na CNN ou NPR que ele acha que você também vai achar fascinante e vai querer conhecer e discutir por muito tempo. Ótimo se você estiver preso em um elevador ou numa fila à espera de pizza. Não tão bom se estiver com pressa porque precisa estudar com o cara que você tem certeza que é seu namorado, apesar de nenhum de vocês ter assumido nada ainda.

Deixo a bolsa na cama e tiro as botas. Quando estou desabotoando a calça, olho para a parede atrás de minha mesa, no ponto onde deixei o presente de aniversário que Marissa me deu. A fotografia de Caitlin e eu no piquenique dos calouros.

Mas... não está mais ali.

Há um retrato emoldurado ali, mas sou eu sozinha, sentada com as pernas cruzadas sob um carvalho na Cross Campus. É uma foto bacana, obviamente um bom trabalho da Marissa. Mas não é a foto que ela me deu.

Gotas de suor se acumulam no meu lábio superior. *Onde está a outra foto?*

A memória de minha briga com Caitlin volta.

– Ai, Deus – digo. *Não tem foto de nós duas porque a Caitlin e eu não somos mais amigas.*

Não. Não pode ser. Essa briga foi em outubro. Sim, foi péssima, mas não tem como eu e a Caitlin termos permanecido bravas uma com a outra durante um ano todo.

Louca por respostas, jogo o conteúdo da bolsa na cama, mas meu telefone não está ali. *Droga*. Devo tê-lo deixado na casa do Michael.

Com as mãos trêmulas, pego meu laptop. Se Caitlin e eu deixamos de ser amigas em outubro passado, então, a minha foto do protetor de tela de Caitlin, Ty e eu na formatura não existe mais. Minha tela se acende. A foto da formatura desapareceu.

Clico no ícone da câmera e rapidamente procuro no resto das fotos do ano passado.

Depois de outubro, Caitlin não está em nenhuma delas. Nenhuma.

Preciso conversar com ela. Agora.

Corro de Vanderbilt a Silliman só de meias, trombo com quatro pessoas diferentes e quase derrubo um ciclista. Quando chego à porta da Caitlin, bato. A colega de quarto dela, Muriel, abre a porta, ainda sonolenta.

– Abby?

– Você sabe quem eu sou.

– É claro que eu sei quem você é – Muriel responde, olhando para mim como se eu tivesse três cabeças. – Mas a Caitlin não está aqui. Ela está no laboratório.

– Laboratório de quem? Do doutor Mann?

Muriel assente, esfregando os olhos.

Sorrindo como uma maluca, eu a abraço.

– Obrigada! – Pelo canto do olho, vejo as chaves do Civic de Muriel penduradas em um gancho ao lado da porta. O próximo trem só parte em uma hora.

– Posso pegar seu carro emprestado?

Muriel dá de ombros.

– Claro. Está no estacionamento na Sachem.

– Obrigada! – Eu volto a abraçá-la.

– Espere, você não está chapada, está? – Muriel me olha com desconfiança.

– Não! – Pego as chaves do gancho antes que ela possa mudar de ideia. – Devolvo hoje à tarde! – Digo ao descer a escada.

★ ★ ★

Faço um tempo excelente. Como é sábado, ignoro as placas de APENAS PESSOAS AUTORIZADAS no estacionamento do Olin Observatory e estaciono ao lado do outro único veículo que está ali, um carro Smart amarelo com placa de Connecticut e um adesivo no vidro no qual se lê ESPERE O INESPERADO. Pelo menos, sei que estou no lugar certo.

De acordo com a lista perto da porta de entrada, o escritório do doutor Mann fica no sexto andar. Quando chego lá em cima, não é difícil encontrar. A porta dele é a única coberta com manchetes de jornal a respeito do terremoto do ano passado. Ao lado da porta de metal, está escrito LABORATÓRIO. A maçaneta vira facilmente na minha mão.

Empurro-a e entro. Na parede oposta, um relógio digital enorme anuncia as horas, segundo a segundo. Ao lado, há um calendário magnético enorme com um X vermelho móvel com a data de hoje. O doutor Mann está de pé na frente de um quadro de giz que vai do chão ao teto, ocupando toda a parede da esquerda, analisando uma série de equações, com as mangas da camisa enroladas até o cotovelo. Caitlin não está em lugar nenhum.

Silenciosamente, eu me viro para sair, esperando conseguir escapar sem ser notada. Mas a porta se fecha antes que eu consiga segurá-la.

— Bom dia, senhora Barnes! — ele diz.

— Olá — respondo e repentinamente me sinto muito estranha. — Sinto muito por perturbá-lo.

— Que bobagem! Não é perturbação nenhuma. Entre!

Consigo sorrir e dou mais um passo.

— A Caitlin está?

— Ela está na biblioteca, tentando encontrar um velho manuscrito para mim — ele responde. — *Vom Erhabenem*, de Friedrich Schiller. Você conhece?

— Hum, acho que não. — Olho de novo para a porta, desejando que pudesse sair.

O doutor Mann faz sinal para que eu me sente e, então, se volta para a longa série de variáveis, símbolos e números no quadro, batendo no nariz, pensativo, enquanto analisa seu trabalho.

– O que é isso? – pergunto.

– Chamo isso de força do destino.

Espero que ele fale mais, mas ele continua calado.

– Força do destino – repito.

O doutor Mann assente.

– Estou tentando calcular a força, o puxão, se assim for melhor, do futuro predestinado de uma pessoa.

– Então, o senhor acredita em destino.

O doutor Mann faz uma pausa e responde:

– Acredito que cada um de nós tenha sido criado para um propósito específico determinado pelo Criador, e que, por causa disso, há certas coisas em nossa vida que somos destinados a fazer, por ordem dele. O resto, na minha opinião, é bobagem: fica dependente das influências definidoras de escolha e circunstância. E sorte! Não se esqueça da sorte. – Ele toca a letra L na equação com a ponta do dedo, deixando uma marca na base. – O truque – ele continua – é como determinar qual é qual. – Ele sorri. – Mas acredito que não exista equação para isso.

Olhando para o quadro, minha visão embaça. Para cada vida, uma equação. *Quem está fazendo a minha?*

Olho para o doutor Mann.

– Destino, sorte e todas essas coisas à parte... – As sobrancelhas dele sobem quando ignoro as variáveis. Uma pessoa pode *evitar* seu destino? Ou recusá-lo?

– É isso que estou tentando entender – ele me diz, voltando-se para a equação. – A força do destino de uma pessoa em termos matemáticos. E, mais importante do que isso, se esse valor varia de pessoa para pessoa.

– Então, se minha paralela e eu estamos dividindo uma realidade, a nossa equação é a mesma? – O doutor Mann lança para mim um olhar curioso. – Teoricamente, digo – acrescento rapidamente, fingindo estar tranquila com um aceno. – Se ficássemos presos em um mundo paralelo, sabe? Como as teorias sugerem.

– Você perguntou exatamente a coisa certa – ele diz, os olhos brilhando. – Qual acha que é a resposta?

Hesito.

– Não sei – admito. – Gosto de pensar que tenho meu destino, mas acho que se minha vida não fosse mais minha...

– Sua vida *sempre* será sua – ele afirma. – Você é um ser unicamente criado com uma alma transcendente. Um novo conjunto de lembranças ou um senso alterado da realidade não podem mudar o que é verdadeiro fundamentalmente. – Ele está me observando com atenção agora, calculando minha reação. – Seu caminho vai mudar. Seu destino, nunca.

– Mas e se eu estiver no caminho errado?

– Não existe caminho errado. Não no que diz respeito ao destino. Só há desvios. – Ele me observa por mais um momento, e então continua: – Você disse algo curioso quando voltou para me ver em setembro. Tenho pensado no que pode significar desde então.

Tento manter a expressão bem neutra.

– É mesmo?

– Acho que você disse: "Por que ninguém mais além de mim..." – Ele para, me olhando sem piscar. – Você parou abruptamente, como se tivesse dito coisa demais.

Preciso de toda a minha força para não desviar o olhar. A palma de minhas mãos estão molhadas.

– Alguns momentos depois, a senhora Moss perguntou a respeito de anomalias. – O doutor Mann inclina a cabeça, como um passarinho. – Foi uma pergunta muito específica, se me lembro bem, a respeito da possibilidade de alguém manter o que sabia sobre as coisas antes da colisão. – Ele para como se esperasse minha reação.

– Oh! – É só o que digo.

Ele sorri de modo simpático, como se estivéssemos falando de má digestão ou de um dente que precisa de cuidados.

– Esse "alguém" é você?

Penso que sentirei pânico, mas, na verdade, sinto alívio. Mas não consigo responder.

Ele não insiste.

– Quando você estiver pronta – diz com gentileza. – Ficaria feliz em ajudá-la, se puder. – Então, ele olha para além de mim e sorri, como faria um pai muito orgulhoso. – Mas eu diria que você está em boas mãos.

– Abby? – Eu me viro e vejo Caitlin à porta, segurando uma pilha de páginas fotocopiadas. Ela vê meus pés com meia e a mancha do delineador ao redor dos meus olhos. – Está tudo bem?

– Está tudo ótimo! – digo com alegria. – Parei para dizer oi. – Caitlin não acredita e, claramente, nem o doutor Mann. Mas ele apenas assente educadamente e pega sua blusa.

– Seria bom tomar um chá – diz, caminhando em direção à porta. – Vocês aceitam?

– Não, obrigada – dizemos em uníssono.

Assim que a porta se fecha, Caitlin caminha até onde eu estou.

– O que você está fazendo aqui de verdade?

– O doutor Mann acabou de perguntar se guardo minhas lembranças reais – sussurro, apesar de estarmos sozinhas na sala. – Eu não disse não. – O rosto de Caitlin se ilumina.

– Então, vamos contar a ele? – ela pergunta animada.

– Não sei. Talvez. Mas não vim por isso.

– Abby, se ele sabe, por que não...

– Eu me lembro da briga.

Caitlin se cala.

– Oh. – Ela mexe na pulseira da avó. – Foi horrível – ela diz delicadamente.

– Não fomos nós – eu digo a ela, como se fosse fazer alguma diferença agora. – Foram elas.

– Aquelas vacas. – É uma piada, mas a voz dela está triste.

– Como terminou? – pergunto. – Por favor, adiante para o final feliz. Como fizemos as pazes?

– Não fizemos – ela diz. – Não oficialmente, pelo menos. Você telefonou para mim no seu aniversário e agiu como se nunca tivesse acontecido. Foi a primeira vez que nos falamos desde o dia da briga. A menos que consideremos o encontro que seus pais combinaram no dia da mudança, que foi tão estranho e péssimo que minha mãe começou a chorar dois minutos depois.

Mas de 30 de outubro a 9 de setembro são quase onze meses. O máximo de tempo que Caitlin e eu ficamos sem nos falar foram três dias. O final de semana do Memorial Day de 2003, quando ela não reservou um assento para mim no ônibus para o aquário na excursão do sexto ano (descobri depois que a senhora Dobson disse que ela não podia guardar assentos).

— Paramos de ser amigas por causa de um *cara*? — pergunto. — Por causa do *Tyler*?

Caitlin hesita por um segundo, e então diz:

— A briga não foi pelo que você disse ao Tyler. Não mesmo. Fiquei chateada com isso, e envergonhada com o que ele fez no refeitório, e horrorizada com o que você disse a respeito do Craig... — A voz dela falha um pouco ao dizer o nome dele.

— Ai, Caitlin, meu Deus. Não acredito... sinto muito.

— Tudo bem — ela diz. — Eu disse coisas terríveis também. Já estava muito brava com você.

— Brava comigo por quê?

Ela desvia o olhar, mas vejo seu olhar ferido.

— Você prometeu que editaria minha redação para a Yale.

A redação. A única coisa que Caitlin me pediu para fazer por ela no ano passado. A única coisa. Quantas vezes prometi revisar? Meia dúzia, no mínimo. Eu me lembro de ter ficado irritada por ela achar que tinha que ficar pedindo sem parar, apesar de eu ter dito que faria. Como se eu precisasse ser lembrada de como isso era importante para ela. Sabia como ela se sentia em relação a sua dislexia. O quanto dependia da minha ajuda. E *nem cheguei a ler.* A pior parte é que não tinha nem sequer me dado conta de que havia esquecido.

Sinto as axilas formigarem de vergonha. Posso culpar minha paralela por mentir a Tyler e por dizer o que disse a respeito de Craig, mas essa promessa não cumprida é culpa de nós duas, porque eu também me esqueci. Com as aulas, o ensaio da peça, o treino de cross-country e minhas inscrições para a faculdade, não sobrou muito espaço no meu cérebro. Eu me lembro de ter me sentido sobrecarregada pela maior parte do semestre, só tentando manter sob controle todas as coisas. Quantas outras promessas não cumpri? Quem mais eu decepcionei?

Sou uma idiota. Uma idiota egoísta.

Agora, tudo faz sentido.

— Cate, sinto muitíssimo — digo a ela, com os olhos marejados.

— Eu também — ela diz e me abraça quando as lágrimas escorrem. — Devia ter dito por que estava chateada... ou lembrado você de novo. Sabia que você se esqueceria. Mas estava tão ocupada com suas coisas, e eu imaginei que as redações não importariam tanto se minha pontuação no exame fosse alta. Não foi, e eu enlouqueci.

Eu me afastei e olhei para ela.

— Do que está falando?

— Eu me dei mal — ela diz. — Duzentos pontos a menos do que meu simulado.

— Ai, Caitlin. Por que não me contou?

— Estava com vergonha — ela responde. — Não contei a ninguém. — Sinto um aperto no peito ao pensar nela passando por isso sozinha. Deve ter se sentido muito desapontada. Ansiosa e com medo. — Não consegui e foi mais fácil culpar você por isso. Eu ainda estava bem brava. Disse a mim mesma que se minha redação estivesse melhor, a pontuação não teria importado muito.

— Espere, *o quê*? Você não entrou na Yale logo de cara?

Caitlin balança a cabeça, negando.

— Não. Fiquei na lista de espera até fevereiro. Você não lembra?

— Não! Na minha versão, você recebeu uma carta de admissão antes do Dia de Ação de Graças.

Caitlin parece confusa por um momento. E então, percebe algo.

— Martin Wagner — ela diz. — Aposto que ele foi o motivo pelo qual entrei.

O nome é familiar, mas não consigo determinar.

— Quem é Martin Wagner?

– O padrasto do Josh – ela responde. – Ele tinha que fazer minha entrevista na Yale. Josh estava ajudando a preparar. Depois da nossa briga, pedi um entrevistador diferente. A mulher com quem acabei fazendo era um pesadelo.

– Então, você estava fazendo isso – digo. – Minha paralela viu você e Josh no laboratório de química naquela manhã. – Ao falar o nome dele, outra memória volta. Sentada com ele no balanço de madeira, sentindo os dedos dele na parte interna do meu braço enquanto nos beijamos. – Espere... éramos um casal? – Antes mesmo de Caitlin responder, sei que a resposta é sim. Não tem como o beijo não ter sido o começo de algo. Os músculos ao redor do meu peito se contraem. – Por quanto tempo?

– Não sei – ela responde e esboça um sorrisinho. – Você e eu não trocávamos detalhes dos relacionamentos. Só sei que terminou antes da formatura.

Formatura. Na versão real das coisas, eu estava em Los Angeles e não pude ir. Na época, disse a mim mesma que não era nada demais, mas me arrependi por não ter ido.

– Eu fui com outra pessoa?

Ela assente.

– Você foi com o Tyler como amigos.

– Depois de ele chamar você e você dizer não.

Caitlin parece surpresa.

– Você se lembra disso?

– Não, só conheço o Ty. E você. – Olho para o chão, tentando não chorar. Não era assim que as coisas deveriam ser. Tyler deveria ter ido ao baile com Caitlin, não comigo.

– Ei – Caitlin diz delicadamente, tocando meu ombro. – Tudo bem. Estamos bem. No fim, tudo ficou como deveria.

Olho para ela, os olhos que conheço mais do que os meus, e balanço a cabeça, confirmando.

– Estamos bem – repito.

– Estamos bem. – A voz dela não deixa dúvidas, como se ela nunca tivesse sentido tanta certeza em relação a algo antes. Um sentimento profundo e inegável de gratidão toma conta de mim. O perdão dela é mais do que eu mereço, mas eu o aceito totalmente. Seguro sua mão e sinto a garganta seca de repente.

— Não poderia fazer isso sem você — sussurro.

Ela aperta a minha mão.

— Poderia, sim. Mas não vai precisar. — Ela solta a minha mão e abre a pulseira, uma corrente delicada de ouro com um fecho antigo. — Tome — ela diz, colocando-a em meu pulso. — Enquanto você acordar com ela, vai saber que estamos bem.

Eu sorrio, passando os dedos pelos pequenos cachos dourados.

— Por que você atendeu? — pergunto. — No dia do meu aniversário. Se você achou que ainda estávamos brigadas, por que atendeu o meu telefonema?

— Não sei — ela disse, pensativa. — Eu não pretendia. Mas fazia tanto tempo, e era seu aniversário... acho que pensei que você estava se esforçando, então eu podia, pelo menos, ouvir o que tinha a dizer. — Ela dá de ombros. — Quando atendi, você agiu como se fosse totalmente normal o fato de estar me ligando. Eu sabia que alguma coisa estava acontecendo, e trouxe você aqui para falar com Gustav.

— Você não me contou sobre a briga?

Ela balança a cabeça, negando.

— Não quis falar — ela admite. — Como você não se lembrava, e ninguém aqui sabia nada a respeito, podia fingir que não tinha acontecido.

Ouço um barulho quando o doutor Mann entra pela porta do laboratório com uma xícara de chá e um bolinho pela metade. A outra metade está espalhada em migalhas na frente da camisa dele. O doutor Mann nos vê olhando para ele e sorri. Mais um pedaço de bolinho cai em sua gravata. Controlo minha risada.

— Eu deveria voltar ao trabalho — Caitlin diz, descendo do seu banquinho. — Gustav vai viajar para Munique na terça, e quer terminar a inscrição antes de partir.

— Bem, então, deixarei você e *Gustav* à vontade. — Ela mostra a língua para mim, e sou tomada por uma onda de alívio por saber que, apesar de tudo, Caitlin e eu estamos bem. Eu a abraço. — Amo você — sussurro, e a abraço com força.

– Amo você também – ela sussurra.

– Almas gêmeas – ouvimos a voz do doutor Mann. – A mais linda das relações humanas. – Ele está olhando com atenção para seu quadro, mastigando o resto do bolinho. – É o que anda faltando. – Ele bate as migalhas da camiseta e se aproxima do quadro. Com a manga da blusa e um pedaço de giz, ele faz diversas correções em sua equação.

Quando termina, devolve o giz à borda da lousa e dá um passo para trás. Seus olhos me fazem lembrar de uma máquina de escrever antiga – direita, para baixo, esquerda, direita, para baixo, esquerda – enquanto analisa a série complexa de números, símbolos e sinais. – Você questionou se podia perder seu destino – ele disse, com um movimento de cabeça para o quadro. – Não, se primeiro encontrar suas almas gêmeas.

– Almas gêmeas, no plural? – pergunto. – Quantas almas gêmeas cada pessoa tem?

O homem sorri para sua equação, como se a resposta estivesse à nossa frente.

– Exatamente de quantas ela precisar.

Caitlin segura a minha mão.

– Menos uma para encontrar – ela sussurra.

– Ei, Abby, para quem é a quinta fantasia? – Marissa pergunta. Ela está curvada sobre o laptop, observando a sequência de abertura dos Power Rangers no YouTube enquanto Ben assiste à World Series na TV.

– Caitlin – respondo, largando o livro de biologia que não estou lendo. – Mas eu me esqueci de perguntar se ela precisa disso. – Procuro o celular dentro da bolsa e então me lembro de que não estou com ele. – Ei, posso pegar seu telefone emprestado? – pergunto a Ben. – Deixei o meu na casa do Michael.

– Claro – ele o joga para mim.

Michael atende ao segundo toque.

– Por que Nick Swisher é tão tolo?

– Huh?

– Abby?

– Quem é Nick Swisher?

– Um idiota! – Ben grita do sofá.

– Ele joga pelos Yankees – Michael explica. – Por que está telefonando do celular do Ben?

– Não consigo encontrar o meu. Eu o deixei aí?

– Acho que não, mas vou olhar. Onde o teria deixado?

– Na sua cama – respondo, esquecendo que há pessoas na minha frente. Ben ri. Corando, entro no corredor e fecho a porta.

– Não – Michael diz. – Não estou vendo. Tem certeza de que o deixou aqui?

– Acho que sim... percebi que não estava com ele quando voltei, e não fui a lugar nenhum antes... – O Starbucks. Devo tê-lo deixado no balcão quando comprei meu café. – Droga!

– Ah, não. Onde você o deixou?

– Starbucks. Eu parei para comprar café.

– Telefone para lá – ele diz. – Talvez alguém o tenha pegado.

Telefono, mas ninguém atende. Quando estou desligando, me lembro de que não ouvi a mensagem de voz que recebi daquele número. Rapidamente, ligo para a minha caixa de mensagens.

"Por favor, digite sua senha", escuto a voz da gravação.

3-7-7-3.

"Desculpe, você digitou a senha incorreta."

Tento de novo, mais devagar dessa vez, cuidando para acertar.

"Desculpe, você digitou a senha incorreta. Por favor, desligue e tente de novo."

Fico olhando para as teclas, confusa. 3-7-7-3. Os últimos quatro números do telefone da casa de Caitlin. Tem sido a senha de meu correio de voz desde que comprei meu primeiro celular. Será que quem pegou meu telefone mudou a senha? Não precisam da senha original para isso?

A briga. Minha paralela deve ter mudado a senha.

Tento os quatro últimos números do telefone dos meus pais e os de Tyler, mas nenhum dos dois funciona. Irritada comigo e com minha paralela, e com o ladrão que pegou meu telefone, digito o número de Caitlin. Assim que aperto ligar, o nome dela aparece na tela. Fico olhando para ele sem entender. Este é o telefone do Ben. *Por que o namorado da minha colega de quarto tem o telefone de Caitlin?*

O telefone ainda está na minha mão quando a ligação cai na caixa postal.

– Oi, é a Abby – digo depois do bipe. – Por que o Ben tem o seu número no telefone dele? Estou ligando para saber se você precisa de uma fantasia para hoje e se quer ir na Inferno conosco. Me avise. Eu começo a desligar. – Ah... perdi meu telefone. Ligue no fixo.

– Você o encontrou? – ouço uma voz masculina. Ben está de pé à porta.

– Não. – Entrego a ele o telefone e, então, passo por ele e entro na sala. – Telefonei para a Caitlin – digo a Marissa, mais alto do que preciso.

– Ela vai com a gente? – Ben pergunta casualmente.

– Caiu na caixa postal. – Quero perguntar a ele por que tem o número de Caitlin salvo em seu telefone, mas não enquanto Marissa estiver perto.

Nosso telefone fixo toca, e Marissa o atende.

– Oi, Caitlin! – ela diz um momento depois. Escuta o que Caitlin diz, e então assente. – Tudo bem, encontraremos vocês lá, então. – Olho para o Ben, mas ele está mexendo no celular. – Sim – ouço Marissa dizer um pouco antes e desligar. – Vou falar para ela.

– Ela não precisa de fantasia?

– Não – ela responde. – E ela pediu que eu dissesse que ela provavelmente não vai na Inferno. Disse que fala com você depois no show.

– Disse por quê?

Marissa balança a cabeça, negando.

– Mas parecia estressada. Talvez seja por causa do trabalho.

– Sim, talvez. – Olho de novo para Ben, mas ele ainda está ocupado com o telefone. – Acho que vou até o Starbucks para ver se eles estão com meu telefone.

Indo para lá, penso nos motivos pelos quais Ben pode ter o número de Caitlin. Marissa passou a ele. Marissa telefonou para Caitlin do telefone dele e ele gravou.

Ben e Caitlin têm um lance.

Afasto o pensamento de minha mente. Caitlin não faria isso com Marissa. Não depois do Craig. Não haveria como ela fazer isso.

Meu telefone, claro, não está no Starbucks. Irritada, frustrada e, repentinamente, muito cansada, tomo um latte com caramelo extra e pego o caminho mais longo para voltar ao meu quarto. Ben passa por mim quando estou me aproximando da escada de entrada.

– Vou comprar vodca – é o que ele diz. Não diminui a velocidade.

Marissa está na sala, fazendo uma parada de mão.

– Ben está agindo de um jeito esquisito – ela diz.

O medo revira meu estômago.

– Como assim, esquisito?

– Não sei. Só esquisito. Inquieto. – Ela flexiona as pernas, e as abaixa até seus joelhos estarem encostados em seus tríceps. – Ele disse alguma coisa a você?

– Para mim? Não.

Com um movimento rápido, ela volta a ficar de pé.

– Provavelmente estou exagerando – ela diz. – As pessoas agem de modo esquisito às vezes. Nem sempre quer dizer alguma coisa. Certo?

– Nem sempre – concordo.

Só às vezes.

– *Uau.*

Acompanho o olhar de Michael pela sala até o Woolsey Hall, esperando ver mais uma fantasia. Mas vejo Caitlin usando óculos de plástico de laboratório, um avental branco justo e sapatos Loubotin magenta, com salto de doze centímetros... e nada mais. Os cabelos loiros e compridos estão presos em um rabo de cavalo baixo, e no rosto nada de maquiagem, a não ser as cinco camadas de rímel que cobrem seus cílios. Está linda. De repente, me sinto feia com meu uniforme amarelo.

– Já volto – digo, e deixo Michael sozinho na fileira comprida. – Não perca nossos assentos.

–Vou fazer o melhor que puder – Michael responde, escorregando para o centro dos três assentos que escolhemos. Marissa levou Ben ao Ioga Amaldiçoada no cemitério da Grove Street, então, somos só nós dois tentando segurar três assentos. – Mas vá depressa. Não sei até quando vou afastar os urubus que estão de olho nas cadeiras.

Passo pelas pessoas com fantasias até onde Caitlin está de pé.

– Policiais, enfermeiras sensuais... por que não cientistas?

– Foi o que pensei – ela responde, fazendo uma leve reverência.

– Por que não veio à festa com a gente? – Pergunto quando voltamos entre a multidão em direção aos nossos assentos.

– Ah, eu tinha um trabalho para fazer – ela diz, de modo tranquilo.

– Às dez da noite de um sábado?

– É.

Caitlin não usa respostas assim.

– Por que não acredito em você?

Ela suspira e olha nos meus olhos.

– Ben.

Paro de andar. Um cara gordo, fantasiado de Buzz Lightyear, do filme Toy Story, aparece atrás de mim, e quase me derruba.

– Desculpe! – ele diz. Caitlin me empurra para fora do caminho quando ele passa.

– Não está acontecendo nada – ela me diz com a voz baixa.

– Ele tem o seu número no telefone dele.

– Ele pediu quando me acompanhou até em casa depois do jantar no seu aniversário. Fez de modo tão casual que não pensei nada.

– Ele acompanhou você até sua casa depois do meu jantar de aniversário?

Caitlin concorda.

– Michael foi com você e a Marissa de volta ao Old Campus, e Ben me levou. Eu disse que não precisava, pois eu era a menos bêbada de todos, mas ele insistiu. Ficamos conversando e, quando vi, já eram três e meia.

– São memórias alternativas – digo a ela, falando baixo. – Na versão real, Tyler ligou para você logo depois de o Ben oferecer para acompanhá-la, e você saiu. Nós quatro voltamos para o meu quarto juntos.

– Por que o Tyler me ligou às duas da madrugada? – Caitlin pergunta.

– Era coisa sua. Vocês conversavam toda noite antes de dormir.

– Toda noite? Ele também levava uma mecha de meus cabelos no pescoço? – Caitlin emite um som irônico. – Por que os relacionamentos fazem com que pessoas bacanas se tornem idiotas? E nem posso rir dele por isso.

Não respondo.

– Abby! – Michael faz sinal para que corramos. Um cara com uma máscara de borracha do Bill Clinton aparece na ponta de nossa fileira, à procura de assentos vazios.

– Estou indo! – digo, e então me viro para a Caitlin. – O que mais?

– Não tem mais nada. Alguns telefonemas e e-mails. Só isso.

– Ele é o namorado da Marissa, Caitlin.

– Eu sei disso, Abby.

– Você gosta dele?

– Ele tem namorada.

– Você não respondeu à pergunta.

– Respondi, sim – ela diz com firmeza. E então: – Vamos nos sentar, já vai começar.

– Ele gosta de você?

Percebo que ela hesita.

– Pobre Marissa – digo. Ela vai sofrer nessa história, e não fez nada de errado. Só é mais uma casualidade na reação em cadeia a que minha paralela deu início quando tentou bancar o Cupido.

Caitlin parece magoada.

– Não queria que isso acontecesse, Abby.

– Eu sei – digo e aperto a mão dela enquanto nos aproximamos de Michael. – Não é sua culpa.

É minha.

A apresentação anual do Dia das Bruxas da Orquestra Sinfônica de Yale é mais do que uma apresentação de orquestra. Os músicos tocam a trilha sonora de um filme mudo feito por alunos, com diversas sequências de ação e um final pirotécnico louco (de jeito nenhum a segurança concorda com isso). Com três mil universitários enfiados em um auditório que acomoda duzentos e cinquenta, é uma situação caótica. Quando as luzes são acesas depois, estou rouca e surda com todos os gritos.

– Vamos ir até o Toad's ficar lá até fechar ou pedimos uma pizza? – Michael pergunta quando estamos a caminho da porta depois do show. Colocar milhares de pessoas no prédio foi muito mais fácil do que tirá-las.

– Pizza – respondo. – Estou cansada demais para dançar.

– Ah, pizza é bom – Caitlin concorda. – Não como desde a hora do almoço.

– Yorkside ou Wall Street? – Michael pergunta, pegando o telefone.

– Yorkside – dizemos juntas.

– Legal. Vou enviar uma mensagem de texto ao Ben.

Caitlin e eu trocamos um olhar. Ela finge bocejar.

– Na verdade, pensando bem, acho que o cansaço venceu a fome. Vou para casa.

– Tem certeza? – Michael pergunta, escorregando a mão na minha quando descemos os degraus do Woolsey. Muitas pessoas fantasiadas se espalham pela calçada e pelo cruzamento da College com a Grove enquanto seguranças uniformizados do campus tentam, em vão, passar pelas pessoas, que se movem em direção à York Street para ir ao Toad's. – Todas as ruas levam ao Toad's! – Escuto alguém gritar.

– Sim, com certeza – Caitlin abre um sorriso. – Divirtam-se.

– Tomamos brunch amanhã? – pergunto.

– Claro. – Então, ela aperta a minha mão e desce pela calçada.

O telefone de Michael apita indicando a chegada de uma mensagem.

– Parece que seremos só nós dois – ele diz. – Os pombinhos estão se recolhendo por hoje.

Yorkside está lotado quando chegamos, por isso nos separamos. Michael vai ao balcão para pedir nossa pizza, e eu pego um assento perto dos fundos.

– Espero que goste de pepperoni – ele diz ao se aproximar da mesa, equilibrando duas fatias e uma lata de cerveja. Está segurando os copos entre os dentes.

– Quem não gosta de pepperoni? – Levanto uma fatia do prato e dou uma mordida. A mozarela quente gruda no céu da boca.

– E aí, o que você achou da apresentação? – ele pergunta, mordendo sua fatia.

– Achei demais. E você?

Ele assente enquanto mastiga.

– Amei. É uma daquelas coisas incríveis da Yale, sabe? – Ele dá mais uma mordida, e um pouco de molho de pizza suja seu lábio superior. Eu costumava tirar sarro dessas coisas – ele diz. – Grupos cantando a capella, festas temáticas, cantorias em jogos de futebol. Mas, então, cheguei aqui e percebi como é bacana tudo isso. – E ri: – Bem tolo, mas bacana.

– Eu nem sabia que essas coisas existiam antes de chegar aqui – digo enquanto tento não olhar para o molho na boca dele.

– Então, o que ganhou você?

– Me ganhou?

– Na Yale – ele diz. – O que convenceu você a se inscrever?

– Oh... – hesito. Os motivos pelos quais eu *não* queria me inscrever vêm à mente, motivos que mais parecem desculpas agora. – O currículo, eu acho.

– *Quando estiver em dúvida, dê o mais sem graça e mais genérico motivo.* – E você?

– Lacrosse. E o fato de ficar a mais de duzentos e um quilômetros de casa.

– Número da sorte?

Ele ri.

– Eu tinha um mínimo de distância exigido. Queria ficar a pelo menos duzentos quilômetros de casa. Pra minha sorte, é bem mais do que isso agora.

– Como assim?

– Minha mãe se mudou no verão depois do meu primeiro ano. Para Atlanta, na verdade.

Hesito.

– Sua mãe mora em *Atlanta*? Onde?

– Lilac Lane – ele diz, demorando-se nas vogais. A tentativa que ele faz para imitar o sotaque mais parece o jeito de falar do Crocodilo Dundee chapado.

– Em qual bairro? E por que não me contou antes?

– Não sei de nada além do nome da rua – ele diz. – E não comentei porque não costumo comentar. – Seu tom de voz não abre espaço para mais perguntas, mas pela primeira vez não me deixo deter por isso.

– Mas você sabe que sou de lá, certo? – Quando digo isso, penso que ele pode *não* saber disso. O que mais acho que ele sabe que, na verdade, ele não sabe? *Ai, meu Deus, ele nem sabe meu sobrenome.* Procuro pensar, tentando me lembrar de alguma vez em que ele o disse, e não consigo pensar em nenhuma. *Assustador.*

– Sim, tolinha, claro que sei que você é de lá. Estava pensando em dizer isso, só não disse. – Essa explicação é de fazer rir, mas decido me conter.

– Quanto tempo você passa lá? – pergunto.

– Ano passado, só voltei para casa no Dia de Ação de Graças.

– E este ano?

– A mesma coisa. Cheguei na quarta às nove da noite, e fui embora na sexta às nove da manhã. Os mesmos voos do ano passado.

– Viagem curta.

– Só trinta e seis horas – ele diz e pega a última fatia. Não fala mais nada.

Pego uma fatia de pepperoni, sem saber o que dizer em seguida.

Ficamos sentados em silêncio por alguns minutos enquanto Michael come seu segundo pedaço de pizza e eu brinco com o resto do meu. *Devo mudar de assunto? Esperar ele dizer alguma coisa?* Depois de algumas mordidas, ele sorri.

– Sabe o que tornaria essas trinta e seis horas melhores este ano? – ele me pergunta. Seu tom de voz está mais leve agora, os olhos mais brilhantes. – Jantar peru na casa da Barnes. – Ele dá mais uma mordida, observando minha reação. Estou tão feliz porque ele acabou de usar meu sobrenome, que demoro um pouco para perceber que ele se convidou para o Dia de Ação de Graças.

– Tem molho de tomate em seu lábio – digo timidamente. Ele passa a língua. – Ainda tem – digo a ele. Ele sorri e pega um guardanapo.

– Você vai me deixar sem resposta, não é?

Eu me inclino para a frente, e meu polegar chega ao lábio superior antes do guardanapo dele.

— Sim — digo.

— Não tem pena do cara triste e solitário que não suporta passar o Dia de Ação de Graças longe da namorada?

— Não. — Minha voz sai séria. Sem pausa. Provavelmente porque, em determinado momento entre o uso da palavra "namorada" e este instante, parei de respirar. Foi a primeira vez que ele disse isso. De repente, de modo intenso, quero ser exatamente isso. A namorada dele, até onde o destino permitir.

Abby paralela, por favor, não estrague isto.

— Que pena — Michael diz, inclinando-se sobre a mesa até seu rosto ficar a centímetros do meu. Pisco várias vezes enquanto sinto o cheiro apimentado e doce de menta, pepperoni e loção pós-barba. *Quem poderia imaginar que o cheiro de embutidos poderia excitar uma pessoa?* Meus lábios formigam de ansiedade. Tenho pensado, o dia todo, naquele beijo que minha paralela ganhou do Josh, sem conseguir esquecer. É disso que preciso: um beijo ainda melhor para substituí-lo. Deixo meus olhos se fecharem, sentindo os lábios dele nos meus, desejando que estivéssemos no quarto dele, e não neste restaurante lotado.

— Abby? — alguém me chama. Abro os olhos. Uma Ranger cor-de-rosa está ao lado da nossa mesa, segurando uma abóbora de plástico.

— Marissa? Você está bem?

— O Ben terminou comigo.

— O quê? — Olho para Michael. As sobrancelhas dele estão arqueadas, surpresas, mas a expressão me parece falsa. A expressão que alguém faria numa festa surpresa que não é surpresa coisa nenhuma. *Ele sabia.* Olho para Marissa. — Quando?

— Um pouco antes de eu vomitar nesta abóbora — ela diz com tristeza, segurando o pote de plástico laranja que está mesmo cheio de vômito. Michael se retrai. Pego a abóbora e a coloco no chão, embaixo da mesa.

— Sente — digo a ela, escorregando para o lado para abrir espaço. — Quanto você bebeu?

— Demais. — Ela encosta a testa na mesa.

Olho para Michael.

– Hum... vou pegar um pouco de água – ele diz e se levanta.

– O que aconteceu? – pergunto assim que Michael sai.

– Não sei. – Ela olha para mim com os olhos vermelhos. – Ele começou a agir de um modo estranho. Fiquei perguntando o que estava acontecendo, e ele ficou dizendo que estava cansado, só isso. Mas não parecia cansado, sabe? Eu disse isso, e ele retorceu o rosto, e disse que queria esperar até o dia seguinte para me contar, mas sentia que estava mentindo por não me dizer nada. E então, a voz dele ficou embargada, e eu me liguei. – Os olhos dela ficaram marejados de novo. – Ele disse que não queria me machucar, mas não se sentia mais da mesma maneira. E foi quando eu vomitei.

– Onde vocês estavam?

– Voltando do cemitério.

– Você fez ioga assim?

Ela assente com tristeza.

– Não sei de onde peguei a abóbora. Alguém deve tê-la dado a mim. – Ela a toca com o pé. – Tem doce ali dentro.

Olho para baixo e me arrependo no mesmo instante.

Não vomite, não vomite, não vomite.

Michael volta com um copo de água e uma cesta de pães, que ele coloca na mesa na frente de Marissa. Ela olha para o copo distraidamente.

– Devo... – Michael olha para Marissa e depois para seu assento, como se não tivesse certeza a respeito do que fazer.

– Acho que estamos bem – digo a ele. Duvido que Marissa queira que o melhor amigo de seu ex-namorado a veja chorando por causa do rompimento. Além disso, apesar de achar que não posso ficar irritada com Michael por não criticar Ben, parece que ele está no time do Ben, sendo que, no momento, eu me tornei capitã do time da Marissa. Nenhum de nós está neutro. – Ligo para você amanhã?

Michael parece aliviado.

– Aguente firme – ele diz para Marissa e toca o ombro dela. – Avise se quiser que eu dê um soco na cara dele.

Os olhos de Marissa voltam a ficar marejados.

– Eu adoro a cara dele – ela diz com tristeza. Lanço a Michael um olhar de "é melhor você ir agora", e ele entende a mensagem.

– Você precisa comer alguma coisa – digo a Marissa quando ficamos sozinhas. – Um pouco de pão, pelo menos. – Corto um pedaço e entrego a ela. – Acho que é integral – minto. Mas ela pega o resto de minha pizza.

– Tem pepperoni.

– Não consigo esquecer – ela me diz, enquanto mastiga, sem se preocupar ou sem perceber que está quebrando cerca de dez de suas regras em relação à comida no momento. – Parece que aconteceu alguma coisa hoje... mas nada aconteceu. Ele ficou comigo o tempo todo. Não consigo entender. – Ela enfia o resto da fatia na boca e pega o que Michael deixou.

Eu, claro, sei exatamente o que aconteceu. Ben percebeu que seu segredo não era mais secreto. Sentiu que precisava escolher entre Marissa e Caitlin, e escolheu Caitlin. Ele não percebe que acabou de perder as duas.

Mas a questão é que ele não deveria ter pensado que Caitlin era uma opção. Ela deveria ser carta fora do baralho na noite em que eles se conheceram, pois era comprometida. Mas isso não aconteceu porque minha paralela tentou bancar o Cupido, destruindo a relação de Caitlin com Tyler e também a de Marissa com Ben.

Claro, minha paralela não sabia que suas palavras eram poderosas, não sabia que as consequências de sua mentira seriam grandes demais.

Nunca sabemos dessas coisas.

Tudo é uma causa.

Não é uma ideia nova, mas, ainda assim, fico petrificada diante da verdade que ela traz.

Tudo o que fazemos tem importância.

Seguro a mão de Marissa.

– Sinto muito – digo a ela, sabendo que essas palavras não bastam, mas sentindo vontade, e necessidade, de dizê-las mesmo assim.

Novembro

10 (Aqui)
quinta-feira, 26 de novembro de 2009
(Dia de Ação de Graças)

—Você está perdendo o desfile.

Observo por baixo dos cobertores e vejo meu pai de pé na porta, ainda com o roupão de banho, segurando uma caneca de café. Seus cabelos ralos estão despenteados porque ele acabou de acordar.

—Você também — retruco.

— Porque não tenho ninguém com quem assistir. Sua mãe está ocupada imitando Martha Stewart na cozinha.

Apesar de sermos só nós três este ano (meus avós estão passando o mês de novembro em uma excursão pela América do Sul), minha mãe planejou uma refeição para este dia com receitas extremamente complicadas que encontrou na internet.

—Vamos nos encontrar na sala em cinco minutos?

— Evite a escada dos fundos — ele alerta. - Se ela vir você, vai colocá-la para trabalhar. E então, não poderei ser seu salvador.

Dou risada.

— Escada da frente, entendi. — Ele assente e então desce o corredor. Escuto quando ele desce os degraus. Alguns momentos depois, liga a televisão.

Fico mais alguns minutos na cama. A *minha* cama. Com tudo que tem acontecido, fico aliviada por estar em casa, no meu quarto, onde até mesmo os cheiros são familiares. À exceção da flâmula da Yale pendurada acima de minha porta e das fotos de formatura presas no meu quadro de avisos, tudo está do jeito que deixei quando me mudei para Los Angeles em maio do ano passado. É incrível como a vida pode mudar drasticamente enquanto a decoração do seu quarto permanece exatamente igual.

Faz vinte e seis dias desde minha última mudança de realidade, o que é bom, porque ela me deixou acabada. Não tenho dormido bem e, quando estou acordada, me sinto distraída e nervosa. Repassar as coisas horrorosas que Caitlin e eu dissemos uma à outra na cafeteria naquele dia não é tão horrível quanto reviver a noite do acidente de Ilana (o que eu ainda faço, pelo menos uma vez por dia), mas as lembranças da briga e o que veio depois ainda me assombram de um jeito diferente. Eu acreditava que acordar em outro lugar era meu maior risco. Agora, sei que há muito mais coisas em jogo. Estamos a uma decisão ou duas de destruir os relacionamentos mais importantes para nós e para as pessoas que amamos. E na maior parte do tempo, nem sabemos.

Agora eu sei. Agora eu vejo.

Mas essa nova consciência não é a única coisa que tem me perturbado. Existe também o fator Josh. Contra a minha vontade, meu cérebro guardou aquele beijo na véspera do Dia das Bruxas, ano passado, no arquivo de Melhor Beijo de Todos, apesar de minha tentativa de substituí-lo pelo beijo de Michael (que, vale lembrar, é quem beija melhor). Mas não é só o beijo que não vai embora. São todas as lembranças de Josh que tenho desde então. Nós dois de mãos dadas no corredor, comendo Skittles no cinema, eu olhando para ele do outro lado da sala na aula de Astronomia. Não há nada de especialmente importante nesses momentos, mas isso não impediu minha mente de destacá-los. Enquanto isso, minhas lembranças reais, as novas, os momentos com Michael que eu *quero* guardar, foram relegados ao status de "Oh, isso aconteceu".

Michael. Ao pensar nele, meu coração acelera um pouco e sinto uma dorzinha no estômago. A alegria competindo com o medo. Quanto mais sérios ficamos, mais eu temo nosso fim inevitável. Felizmente, não parece que esse fim foi hoje. Não repassei minha lista matinal ainda, mas com a flâmula azul sobre a porta e a pulseira de Caitlin no pulso, me sinto bem em relação às possibilidades. Pego meu telefone no criado-mudo para ter certeza.

A única desvantagem em perder meu telefone no Dia das Bruxas foi descobrir que eu poderia fazer um upgrade, ou seja, pegar um mais novo pela metade do preço normal. Como aproveitar a oferta significaria refazer o contrato, decidi pegar um novo número também. É bobo, mas ter meu código de área 203 faz com que eu me sinta enraizada a New Haven, como se eu, de certo modo, estivesse dizendo que existo aqui. Como se realmente pertencesse.

A verdade, claro, é que não é nada disso. Meu lugar é Los Angeles, ou talvez Northwestern, e, por mais que eu perceba minha realidade, sei que ela não vai durar. Não pode, agora que Caitlin e minha paralela não estão conversando. O prazo para a inscrição na Yale é daqui a uma semana, e sem Caitlin para convencê-la, minha paralela não vai se inscrever. Para dizer a verdade, por mais grata que eu esteja por ter conseguido mais algumas semanas com Michael, não consigo entender por que ainda estou na Yale. Pelo que sei, minha briga com Caitlin apagou qualquer chance que minha paralela tinha de acabar aqui. Talvez ela decida se inscrever por vontade própria? É melhor correr, porque ela só tem uma semana até o prazo final e, no momento, está determinada a não se inscrever.

Toco no ícone da câmera e procuro as últimas fotos de minha pasta. Graças a Deus fiz o backup de meu telefone três dias antes de perdê--lo. À exceção de algumas da semana antes do Dia das Bruxas, ainda tenho todas as fotos que tirei desde a colisão. Minha vida na Yale, em fotos. Pulo para aquela que Caitlin tirou de Michael olhando para o traseiro de outra garota (eu apagaria, mas é a única que tenho de 22 de novembro), e paro em uma foto dele comigo no jogo entre Yale e Harvard sábado passado. Estamos abraçados perto da traseira do Beta, segurando copos de isopor de cidra quente, com o nariz vermelho por causa do frio. A foto seguinte é da noite anterior, cinco segundos depois de Michael me dizer, pela primeira vez (e única, até agora), que me amava. Estávamos na cozinha dele, fazendo pipoca de micro-ondas às três da manhã, quando, de repente, ele disse: "Você sabe que amo você, Abby Barnes". Assim, como se estivesse afirmando o óbvio. Sim, foi esquisito quando perguntei a ele se podia tirar uma foto dele logo depois, mas a estranheza valeu pela prova.

Continuo procurando até chegar à foto de 13 de novembro, na manhã em que eles divulgaram a lista do elenco de *Arcádia* com meu nome no topo. Isso me faz sorrir todas as vezes. Os ensaios só começam na primeira semana do próximo semestre, mas o Dramat realizou testes cedo para tirá-los logo do caminho antes das provas (que, infelizmente, começam em duas semanas a partir de segunda).

De todas, a foto na traseira do Beta é minha preferida. Meu cabelo está solto e ondulado ao redor dos meus ombros, e meus olhos parecem quase prateados ao sol do meio-dia. Os olhos verdes de Michael estão virados para mim, e seus lábios estão abertos em uma risada. Nenhum de nós está lindo, mas tem um toque de "oi, somos um casal feliz" na imagem.

Caitlin me perguntou ontem se estou apaixonada. Ela sabe que Michael falou que me amava na sexta-feira passada e também sabe que eu não falei a mesma coisa. Quis dizer, mas o micro-ondas apitou e um dos colegas de quarto dele entrou e todos começamos a comer pipoca. Não exatamente um cenário apropriado para um "eu também te amo". Caitlin também sabe dessa parte. Então, a pergunta dela me pegou de surpresa, e eu parei para pensar. Estou apaixonada por ele? Como alguém pode distinguir entre amor e grande carinho? Essa distinção toda tem importância? Aqui está o que eu sei: gosto de estar com ele. Gosto de como ele faz eu me sentir. Gosto de acordar com ele, totalmente vestida, e nenhum de nós se incomodar com isso, sob o lençol xadrez dele. Essas coisas são amor? Acho que sim, mas não tenho certeza. E foi exatamente o que disse a Caitlin. Ela respondeu com um comentário misterioso do tipo "confie em sua intuição" e não disse mais nada depois.

Ding! Mais uma mensagem de texto aparece em minha tela.

Michael: FELIZ DIA DE AÇÃO! SAUDADE.

Sorrio ao responder: IDEM. NÃO SE ESQUEÇA DE MANDAR SEU ENDEREÇO.

A mensagem que mando em seguida é para Tyler. Ele tem agido de um modo estranho nas últimas semanas, e isso me faz pensar que pode estar irritado comigo por algum motivo. Ele e eu conversamos por mais de uma hora depois do Dia das Bruxas, mas, desde então, não tenho conseguido falar com ele ao telefone, e quando ele responde às minhas mensagens, é sempre uma resposta de uma ou duas palavras. Não que o Tyler seja de escrever muito, mas normalmente ele manda piadinhas ou algum comentário sarcástico.

VC TÁ EM CASA? PODEMOS NOS VER AMANHÃ? – escrevo.

– Abby! – minha mãe está chamando da cozinha. – Preciso de sua ajuda aqui!

– Estou indo! – grito. Jogo o telefone na cama e desço para a cozinha, onde minha mãe está totalmente ocupada com o peru. Meu pai está segurando a ave enquanto ela o recheia.

– Ela me enganou – ele diz. – Usou a técnica antiga do "vem cá um minutinho".

– Esse peru precisa assar por seis horas. Já são 8h12min. – Minha mãe está enfiando, depressa, salsão e cebola na cavidade oca. – Abby, tem uma bola de barbante em algum lugar na despensa. Pode procurá-la, por favor? E tem um saco de limão na geladeira. Também preciso dele.

– Claro.

– Que horas vem o namorado? – meu pai pergunta.

– Não sei bem ainda. Ele não tem carro, por isso, vou buscá-lo. – Saio da despensa com o barbante. – De que tamanho precisa?

– Não sei, leia a receita – minha mãe responde, secando na manga uma lágrima causada pela cebola. – Está no balcão, ali.

– As coisas com esse cara são sérias?

– Pai.

– O que foi? Você nunca convidou nenhum rapaz para o Dia de Ação de Graças. Parece ser algo importante.

– Bom, mas não é – insisto, apesar de parecer que é. – Ele não é muito próximo da família e não tem amigos aqui porque os pais se mudaram depois que ele entrou não faculdade. Por isso, eu o convidei para comer com a gente. Só isso.

— Por que ele não é próximo da família?

— Não sei. Mas não vamos perguntar isso a ele durante o jantar, está bem?

— Talvez você devesse me dar uma lista de assuntos permitidos antes de ele chegar.

Mostro a língua para ele.

— Você não tem que assistir a um desfile?

— Você conversou com o Josh? — Minha mãe pergunta quando entrego o barbante a ela. A pergunta me faz congelar.

— Hum, não — digo, repentinamente muito interessada no saco de milho sobre o balcão. — Deveria telefonar para ele — digo, porque é o que as pessoas dizem.

— Deveria — minha mãe diz. — Claro que não sei o que rolou entre vocês, mas ele sempre foi muito bacana. Se puder salvar a amizade, seria bom.

— E da próxima vez que você cortar laços com um ex-namorado — meu pai disse —, nos conte, está bem? Eu soube pelo Josh que você tinha parado de falar com ele. Por e-mail, ainda.

Levanto a cabeça.

— O quê?

— Quando enviei a vocês dois aquele texto sobre Lewis Carroll ter escrito *Alice no País das Maravilhas* em um barco — ele diz. — Há algumas semanas. Perguntei se ele nos visitaria enquanto você estivesse aqui, e ele respondeu que você havia parado de atender aos telefonemas dele.

Meu coração começa a bater depressa. Há algumas *semanas*? Minha realidade não mudou desde o Dia das Bruxas, então, se meu pai enviou um e-mail, eu deveria me lembrar de tê-lo recebido. — Acho que não recebi nenhum e-mail seu a respeito de *Alice no País das Maravilhas* — digo.

— Hum — ele parece confuso. — Que estranho.

— Pode me repassar o e-mail de Josh?

— Claro — ele responde.

– Pronto! – minha mãe avisa, afastando-se do peru. – Coloque isto no forno – ela diz, e volta à pia para lavar as mãos. Abro a porta do forno para meu pai, e ele coloca a ave dentro.

– Pode fazer isso agora? – pergunto assim que a tampa do forno se fecha.

– Que horas são? – Minha mãe grita da pia.

– Oito e dezenove – dizemos em uníssono.

– Se eu posso fazer o que agora?

– Repassar o e-mail do Josh. Preciso muito vê-lo.

– Claro – meu pai diz. – Deixe-me só pegar meu BlackBerry. – Ele entra na sala.

– O que *aconteceu* entre vocês dois? – Minha mãe pergunta enquanto analisa sua lista de afazeres. – Foi a distância?

Eu me sinto nauseada. Se minha mãe está perguntando sobre a distância, quer dizer que Josh e eu provavelmente ainda estávamos juntos quando fui estudar na Yale. Nunca imaginei que Caitlin pudesse estar errada: que Josh e eu pudéssemos ter durado além da formatura e até depois da graduação. Certo, talvez eu tenha pensado, mas disse a mim mesma que não era possível. Poucos relacionamentos de escola duram. A palavra "amor" está pesando, mas vou afastá-la.

– Hum, é... a distância. – Pena eu nem saber de que tipo de distância estamos falando. Quebro a cabeça, tentando me lembrar de onde Josh disse que gostaria de estudar. Na Costa Oeste, em algum lugar. Para continuar os treinos.

– Ele sabe sobre Michael? – Minha mãe pergunta ao entrar na despensa.

Mais uma onda de náusea. Pensar que pode ter ocorrido uma confusão faz meu peito doer. *É considerado traição quando você não sabe que você está namorando o cara que está traindo?*

– Ainda não – digo.

– Bem, ele vai acabar sabendo – ela diz de dentro da despensa. – Aposto que ele preferiria que viesse de você.

Meu pai reaparece com seu BlackBerry.

– Para que e-mail devo enviar? – ele pergunta.

– Para o do Hotmail – digo a ele, surpresa por ele estar perguntando. Ele sabe que só uso o endereço da Yale para coisas relacionadas à escola.

– Pronto – ele diz, e coloca o BlackBerry em cima do balcão. – Agora, vamos falar sobre o Michael. O que ele está estudando? Posso perguntar isso a ele?

– Claro – digo, distraída com o e-mail que agora está esperando em minha caixa de mensagens. – Preciso tomar banho. Tenho que buscá-lo em uma hora e ainda não sei onde ele mora.

Subo os degraus de dois em dois e entro no meu quarto. O e-mail de meu pai é a única mensagem não lida em minha caixa de mensagens. O assunto é *Alice in Coxswainland*. Clico nela.

A segunda resposta de Josh é a primeira que vejo, enviada de josh. wagner@usc.edu. University of Southern California. Sim, a distância certamente teria sido um problema.

Olá, Sr. Barnes,

A Abby parou de me atender e de responder às minhas mensagens há algumas semanas. Então, acho que não verei vocês no Dia de Ação de Graças. Espero que o senhor e a sra. Barnes estejam bem.

Até mais,

Josh

Muito tenso. Nada de amenidades nem eufemismos. Apenas: sua filha é uma vaca. Continuo lendo. A mensagem que vem antes dessa é de meu pai.

Josh, fico feliz por você ter gostado! Imaginei que gostaria. Veremos você no Dia de Ação de Graças?

Anna já está explorando a internet à procura de receitas.

Espero que você esteja bem.

Tudo de bom,

RB

P.S.: Diga à minha filha que é grosseiro não responder a e-mails engraçadinhos do próprio pai.

Continuo rolando a página. No fim, está a mensagem original do meu pai, endereçada a Josh e a mim para o e-mail abigailhannahbarnes@gmail. com, um endereço que nunca vi antes.

Meu coração está batendo forte enquanto digito abigailhannahbarnes na caixa de nome de usuário do Gmail. Prendendo a respiração, digito p-a-í-s-d-a-s-m-a-r-a-v-i-l-h-a-s como senha e clico no enter. Dois segundos depois, estou olhando para minhas sessenta e oito mensagens não lidas. Pelo menos metade delas é de Josh. Analiso a mais recente, enviada no dia 31 de outubro de 2009 às 19h08min PST.

Respiro fundo e clico duas vezes.

ABBY,

DEIXEI UMA MENSAGEM EM VÍDEO PRA VOCÊ. PRECISO MUITO FALAR COM VOCÊ. TENHO UM PLANO! LIGUE QUANDO PUDER. MEU CELULAR NÃO ESTÁ FUNCIONANDO, ENTÃO TELEFONE NO FIXO: 310-555-1840.

J

Sinto meu peito oprimido. *Aqueles telefonemas no Dia das Bruxas eram dele.* Ele é o número de Los Angeles que eu não conseguia identificar, a mensagem de voz que não consegui ouvir. Apesar de eu só ter ouvido a voz dele em minha mente, imagino como poderia estar em minha caixa de mensagens naquela manhã, pedindo para que eu telefonasse e esperando que eu o faria. Mas, claro, não telefonei. Nem naquele dia nem depois. Sinto um forte arrependimento. Se eu não tivesse perdido o telefone naquela manhã, teria ouvido a mensagem. Não sei como teria lidado com ela, mas certamente não o teria ignorado. Mas ignorei. Não por um ou dois dias, mas por quase um mês.

Com o peito cada vez mais apertado, clico em uma mensagem mais recente, de 10 de novembro de 2009. Dez dias depois.

ABBY,

NÃO QUE ISSO IMPORTE, MAS O TÉCNICO DA UCONN ME OFERECEU UMA VAGA NO TIME. EU IA ME TRANSFERIR. É O QUE EU QUERIA LHE DIZER. ERA O MEU GRANDE PLANO. DEIXARIA UMA ESCOLA E UMA EQUIPE QUE AMO PARA ESTAR MAIS PERTO DE UMA GAROTA QUE AMO AINDA MAIS. MAS ACHO QUE FOI MELHOR EU NÃO TER FEITO ISSO, JÁ QUE ELA NÃO ESTÁ NEM AÍ PARA MIM.

J

Olho para a minha tela como se estivesse observando um desastre automobilístico, sem conseguir desviar o olhar.

Ele me odeia agora.

Essa consciência me afeta mais do que eu esperava. Nunca nem vi o Josh – não pessoalmente. Ele existe apenas em fragmentos, como uma simples lembrança, sem a emoção da experiência. Mas neste momento, me lembro mais dele do que pensei que me lembrasse. As imagens surgem em minha mente, novas mas familiares. Lembranças alternadas que tenho me esforçado para ignorar. Josh levando minha bolsa para mim. Josh cantando com o rádio no jipe. Josh passando as mãos pelos cabelos. O sundae de caramelo que dividimos no primeiro encontro, e o beijo longo na porta de casa quando ele me deixou aqui, os lábios dele ainda doces por causa do sorvete. O ursinho azul gigante que ele ganhou para mim na Feira da Geórgia. A foto que fizemos com o telefone dele no alto da roda-gigante. O modo com que ele estava sob a luz da lua no caminho para casa.

De repente, eu gostaria de poder trocar de lugar com a minha paralela. Não permanentemente. Apenas... por um dia. Uma hora, que fosse. Só o tempo suficiente para saber como é segurar a mão de Josh, beijá--lo, sentir sua respiração no meu pescoço. Fecho os olhos e volto para lá, naquele banquinho perto do lago no bairro dele, os lábios dele nos meus, com gosto de canela e sabonete, torcendo para que a hora pare e eu não precise ir para casa. Eu me entrego a essa lembrança, absorvendo cada detalhe. Não me permiti fazer isso nem uma vez, com medo de onde poderia me levar. O que eu poderia sentir. Mas foi um erro, porque existe verdade nessas lembranças. Claras e cruas. É claro que Josh e eu ainda estávamos juntos quando partimos para a faculdade. Não é a parte que surpreende. A parte mais surpreendente é que terminamos. Com essas lembranças, parece impossível que pudéssemos fazer isso.

Eu desço, passo pelas mensagens não lidas e vou para as marcadas como lidas, clicando em uma de 29 de agosto de 2009. No dia em que fui para a Yale. Havia uma mensagem bonitinha de Josh, na qual ele escrevia que já sentia minha falta, e uma resposta que escrevi. Olho para a minha tela, surpresa com o fato de que, por causa de um acidente cósmico maluco, estou lendo uma troca de e-mails que minha paralela terá com seu namorado daqui a nove meses.

Clico na mensagem seguinte e na mensagem depois dessa, precisando ler cada uma. As primeiras estão cheias de *eu te amo* e *sinto sua falta* e papos sobre visitas e feriados. Mas não demora muito para o tom mudar, para que a ansiedade, a dúvida e o medo apareçam. Minha paralela começa a escrever coisas como *Talvez tenha sido loucura pensar que poderíamos fazer isso*, e Josh começa a escrever coisas do tipo *Não vamos tomar decisões agora, está bem?* Mas deveríamos saber que as coisas não são assim. A Abby que ele ama não é o tipo de garota que espera para ver. A Abby que ele ama não sabe lidar com a incerteza, por isso ela foge, como eu costumava fazer.

Linha do assunto: Hoje à noite. Enviada no dia 25 de setembro de 2009.

ABBY,

SINTO MUITO POR TER REAGIDO COMO REAGI HOJE À NOITE. GOSTARIA QUE TIVÉSSEMOS TIDO ESSA CONVERSA PESSOALMENTE. SEI QUE A DISTÂNCIA É GRANDE. MAS SABÍAMOS QUE SERIA, E NEM SEMPRE ESTAREMOS TÃO DISTANTES. POR FAVOR, NÃO FAÇA ISSO. VALE A PENA LUTAR PELO QUE TEMOS. VAMOS DAR UM JEITO, JUNTOS. EU TE AMO.

JOSH

Permaneço sentada, sem me mexer. Sem me abalar. Ver as palavras de modo claro, sabendo como vai terminar e quando e por que – essa consciência deveria me confortar. Mas, em vez disso, tenho uma sensação ruim, um frio na barriga. *Ela ficou com medo, por isso desistiu.* De todos os motivos para um relacionamento terminar, esse deve ser o pior.

Volto para um e-mail mais recente, meu preferido de todos, e leio de novo, e me permito imaginar, apenas por um momento, que foi escrito para mim.

ABIGAIL HANNAH BARNES,

VOCÊ MUDOU A MINHA VIDA. HÁ UM ANO, QUANDO ENTROU NELA.

"VOCÊ ESTÁ AQUI PELO DESTINO OU POR ESCOLHA?", VOCÊ ME PERGUNTOU. AGORA EU SEI.

EU AMO VOCÊ! FELIZ VÉSPERA DE ANIVERSÁRIO.

JOSH

Fico pensando nessas palavras, na verdade simples delas. E então, percebo: minha paralela ainda estará com Josh no aniversário de dezoito anos. De acordo com os e-mails que acabei de ler, eles só terão "aquela conversa" daqui a duas semanas. Mas se isso é verdade, então meu relacionamento com Michael não deve ter começado como me lembro. Mas é claro que começou. Tenho uma imagem dele gritando as letras de "Whatta Man" na pista da Alchemy para provar.

Como isso pode ser possível?

– Fácil – Caitlin diz depois que explico a situação para ela. – É só causa e efeito.

– Nova regra: quando estivermos falando sobre envolvimento cósmico, você não pode usar a expressão "é só". Nunca "é só".

– Você quer que eu explique ou não?

– Sim. Explique.

– Se uma árvore cai na floresta e ninguém escuta, ela fez barulho?

– Estou falando sério, Caitlin.

– Eu também! Você perguntou por que o relacionamento da sua paralela com Josh não afetou seu relacionamento com Michael. Estou dando a resposta: porque ninguém sabia sobre ele. Pense bem: a única pessoa no jantar de seu aniversário que conhecia você no ensino médio era eu, e eu não fazia ideia de que você e Josh ainda estavam juntos. Parei de saber de sua vida quando paramos de conversar.

– Ai. Parece tão nojento – resmungo. – Eu beijei o Michael naquela noite, e ainda estava com o Josh.

– Abby, você não estava com o Josh *de verdade*. Ele só lembra como se estivesse.

Eu sei disso, mas ainda assim é estranho.

– Abby! – Minha mãe chama da cozinha. – A que horas você vai sair para pegar o Michael?

Ai. Eu deveria estar na casa dele dentro de meia hora, e ainda não tomei banho.

– Preciso ir – digo a Caitlin. – Ligo mais tarde.

– Divirta-se – Caitlin diz cantarolando. – Torcendo para que seu pai faça algo vergonhoso.

— Vou desligar na sua cara — digo, e é o que faço.

Cinco minutos antes do que devo estar na casa de Michael, saio da nossa garagem, com uma das mãos no volante e a outra segurando as pérolas de minha avó, que estou usando para me dar sorte apesar de elas não combinarem com minha roupa. Depois das revelações de hoje cedo, pérolas para dar sorte parecem adequadas.

No primeiro farol, entro na rua que o Michael enviou para o meu GPS, esperando um trajeto de pelo menos quinze minutos. *Tempo estimado do percurso de quatro minutos?* Paro e olho para o mapa na minha tela. Lilac Lane é uma rua curta no que parece uma grande subdivisão. Observo o nome das ruas perto dela. Daisy Court. Rose Terrace. Gardenia Place. Aparentemente, o construtor tinha fetiche por flores.

Um nome chama a minha atenção: Poplar Drive, duas ruas para cima. Houve uma festa ali no terceiro ano, antes de a rua ser pavimentada. Deixamos nosso carro na casa de Tyler e fomos andando. Agora, os nomes das flores fazem sentido: Poplar Drive fica na Garden Grove, um pequeno conjunto de casas mais novas no bairro amplo de Tyler. *Os pais de Michael moram no bairro de Tyler?* Isso quer dizer que se eles tivessem se mudado para cá há quatro anos em vez de dois, Michael e eu teríamos feito o ensino médio juntos. Será que teríamos sido namorados? Meus pais teriam *permitido* que eu o namorasse? Eles me deixaram ir ao baile com Casey Decker no primeiro ano, mas ele só era do terceiro ano porque havia pulado a primeira série, e ele só me convidou ao baile porque as meninas de seu ano o chamavam de Casey Chato. Acho que meu pai não teria gostado tanto de Casey se ele se parecesse com Michael.

Fico tentando imaginar o que meu pai pensou do Josh quando eles se conheceram. Não o que ele disse à minha paralela, mas como realmente se sentiu. A julgar pelo tom da troca de e-mails, meu pai era um grande fã do Garoto Astronomia. Será que ele gostou dele instantaneamente ou foi algo gradual? Meu pai vai gostar menos do Michael porque ele vai compará-lo ao Josh?

Eu gostaria menos do Michael se pudesse compará-lo ao Josh? Compará-los, não apenas na aparência, pelo que me lembro, mas como eles são como pessoas. Michael é esperto, charmoso e confiante. Josh é... uma versão diferente disso. Menos... encantador. Mais... o quê? A palavra *certo* não sai de minha mente. *Certo, certo, certo.*

Paro diante de um prédio modesto de dois andares, em estilo colonial, numa rua sem saída. Os números 4.424 estão pintados na calçada. *Espere, é isso mesmo?* Pensei ao virar na Lilac, mas essa deve ser a Poplar. Já estive nesta rua antes. Entrando ali, volto para o começo da rua para ler a placa de novo. É Lilac, isso mesmo. Confusa, volto para o 4.424 e estaciono. Enquanto caminho na calçada até a porta, observo todos os detalhes. As cortinas azuis-acinzentadas, o canteiro de flores, o comedouro de passarinhos no gramado da frente. Já vi essa casa antes. Minha mente está prestes a localizá-la quando Michael abre a porta da frente.

– Desculpe, estou atrasada – digo. – Era mais longe do que pensei.

– Estou brincando, mas ele não sabe disso. Ele finge estar desapontado.

– Droga. Pensei que viveríamos perto o bastante para que eu fosse a sua casa à meia-noite e pudesse jogar pedras na sua janela. – Ele enfia a cabeça dentro da casa de novo. – Vou sair! – Ele diz para quem está lá dentro. Sem esperar resposta, ele fecha a porta.

Eu entro na varanda.

– Deveria me ofender por você não ter me convidado para entrar? – É brincadeira. Mais ou menos.

– Claro que não. Quero que você conheça a minha mãe, mas a tensão está um pouco alta demais agora. Acabei de dizer a eles que não virei para casa para passar o Natal este ano, de novo.

– Você não passa o Natal com seu pai? – Michael me lança um olhar estranho. Eu me explico. – Quando você disse que passava o Dia de Ação de Graças com sua mãe, pensei que...

– Meu pai morreu há quatro anos.

– Oh, não sabia – digo, desejando desesperadamente rebobinar os últimos dez segundos.

– Pensei que a Marissa tivesse dito a você – ele diz. – Se soubesse, eu contaria. – *Como se você tivesse me contado muito de você.* Procuro não me irritar. Meu namorado acabou de me contar que seu pai morreu. Devo ser solidária. Não devo ficar irritada por ele nunca ter contado.

Mas somos um casal e casais contam tudo uns aos outros. Michael quase não me conta nada. Mas, mais uma vez, meu cérebro está cosmicamente ligado a uma garota que vive em um mundo paralelo, e eu não contei nada a esse respeito.

– Ei – ele diz delicadamente. – Não estava tentando esconder, nem nada assim. Só que, para mim, é difícil falar sobre isso. – Eu mexo a cabeça, concordando, e me sinto péssima por ter ficado irritada. Ele se inclina e me dá um beijo suave. Espero um selinho, mas o beijo se torna mais sério. Quando sinto a língua dele na minha, eu me afasto.

– Hum, sua mãe não está aí dentro?

Ele ri.

– Ela foi ao mercado comprar mais ovos. E meu padrasto está no escritório. No sótão sem janelas.

– E seus vizinhos? – pergunto, olhando ao redor.

– Não os conheço – ele responde e me puxa para mais um beijo, silenciando meu protesto.

Alguns segundos depois, escuto um carro estacionar atrás de onde estou. Afasto a cabeça para interromper o beijo. *Não é como eu gostaria de conhecer a mãe dele.*

– Não se preocupe – Michael diz, olhando para a frente. – É só o meu irmão. – A porta do carro bate, e ouço alguns passos na calçada.

–Você tem um *irmão*?

Michael assente de modo casual.

– Não somos muito próximos.

Eu ajeito os cabelos e me viro.

E me assusto.

– Que bom que você pôde vir. – Michael diz atrás de mim, a voz tomada pelo sarcasmo.

Caramba. Caramba. Caramba.

Josh está de pé na calçada, segurando uma mala. Tyler está ao volante da minivan de sua mãe. De repente, percebo por que Tyler vinha agindo de um modo esquisito. Tinha a ver com o Josh.

–Você é o irmão do Michael – digo, boquiaberta. *Josh é irmão do Michael.*

Josh só olha para mim.

– Você conhece o meu irmão? – Michael pergunta.

Eu afirmo com a cabeça.

– Estudamos juntos – digo.

O rosto de Josh está retorcido de raiva.

– Isso mesmo! – ele diz, de modo sarcástico e furioso. – Estudamos juntos! Depois, você foi para a Yale e se transformou em uma vaca sem coração. Só não tenho certeza de uma parte: quando você começou a transar com meu irmão? Foi antes ou depois de decidir me dar um pé? – Por um segundo, penso que ele pode cuspir em mim, mas ele só entra na van de novo. Tyler já está saindo da garagem quando Josh bate a porta.

– Nossa! O que foi isso? – Michael está assustado.

– Nós éramos namorados – digo, sem forças, sabendo que ele vai querer mais detalhes do que isso e pensando se vou conseguir fornecer informações.

– Você namorou o *meu* irmão? Recentemente?

– Não! Terminamos em setembro. Por que não me contou que tinha um irmão?

– Não me pareceu importante. Espere, setembro *passado*?

– Não pareceu importante??? – Olho para ele sem acreditar. – Ele é seu *irmão*.

– Eu disse que não somos muito próximos – Michael diz com calma. – Você tinha um *namorado* quando nos conhecemos?

Merda.

Por um segundo, penso em contar a verdade. A colisão, a confusão, tudo. As palavras começam a se formar em minha boca.

– É a história mais maluca – começo a dizer. Mas Michael me interrompe.

– Olhe, não quero que meu irmão fique entre nós. Ele não vale a pena. – Michael desce um degrau e ficamos frente a frente. – O que quer que tenha acontecido entre vocês acabou, certo? Cem por cento de certeza?

– Cem por cento de certeza – digo com firmeza.

– Ótimo – ele diz, e toca meu rosto. – Vamos comer.

★ ★ ★

A refeição ocorre surpreendentemente bem levando em conta o peso enorme na sala de jantar. Dois segundos depois de nos sentarmos, Michael começou a falar da história de Josh, sem me poupar de detalhes (nem mesmo do beijo na varanda). Meus pais sorriem educadamente, mas consigo perceber que estão horrorizados em pensar que a filha deles pode ter trocado o namorado pelo irmão mais velho, mais bonito (e, pelo menos para eles, menos confiável).

— Eu não sabia que eles eram irmãos — tentei me explicar.

— Como é possível? — minha mãe pergunta. — Você não sabia que Josh tinha um irmão chamado Michael na Yale?

O problema, claro, é que eu não *sei* se sabia disso. Felizmente, ninguém mais na mesa sabe.

— Há muitos Michaels na Yale — respondo de modo defensivo. — E o Michael não me disse que tinha um irmão, por isso não liguei uma coisa à outra. — Olho para Michael. Ele tocou no assunto. Pode lidar com isso.

— Josh e eu não nos damos muito bem — Michael conta a ela com calma, servindo-se de suflê de batata-doce. — Antes de hoje cedo, não havíamos nos falado desde o Dia de Ação de Graças passado. Puxa, está delicioso, senhora Barnes.

— Obrigada — ela agradece e, então, se vira para mim. — O nome Michael Wagner não fez com que você se lembrasse de nada? — ela pergunta sem rodeios.

— O sobrenome dele não é Wagner — rebato. — É Carpenter.

— Oh, então vocês são *meio-irmãos* — minha mãe diz, como se isso melhorasse tudo.

— Não, somos filhos dos mesmos pais — Michael diz. — Meu padrasto adotou Josh quando se casou com minha mãe há dois anos. Eu recusei a proposta, respeitosamente. — De certo modo, duvido que tenha sido de modo respeitoso. Michael não consegue nem mesmo dizer a palavra "padrasto" sem ironia. *Como dois rapazes podem ter opiniões tão diferentes a respeito do mesmo homem?* Mesmo com minhas lembranças limitadas, sei que Josh adora o Martin. Michael, por algum motivo não revelado, odeia.

— Como sua mãe e Martin se conheceram? — pergunto em uma tentativa de mudar de assunto e conseguir algumas dicas a respeito da raiva de Michael pelo homem que se casou com a mãe dele.

— Ele e meu pai eram melhores amigos — Michael responde.

— Caramba — meu pai diz baixinho. Lanço um olhar a ele.

Minha mãe levanta o prato e sorri.

— Alguém quer batata ao molho balsâmico?

11 (Lá)
quarta-feira, 26 de novembro de 2008
(um dia antes do Dia de Ação de Graças)

Você já nos contou a seu respeito na Inscrição, na Pergunta e na Redação. Por favor, conte-nos algo que você acredita que não conseguiremos saber em sua inscrição.

Olho para o cursor que pisca. Eu deveria estar animada por ver que o pedido é muito vago. Mas e se tudo a seu respeito já estiver "em sua inscrição"? E se não houver mais nada a ser dito?

– Viu? É por isso que não sirvo para a Yale – resmungo. *Por que estou fazendo isso?* Por que estou preenchendo a inscrição se não vou me candidatar?

Começo a digitar. *O apelo da melhor*, de *Abigail Barnes*.

"Há pessoas que nunca quiseram ir a outros lugares", digito, lendo as palavras em voz alta enquanto prossigo. "Assim que souberam o que era faculdade, quiseram logo as melhores instituições. Surpresas com a exclusividade, inspiradas pela excelência, encantadaa com sua promessa de um futuro melhor e mais brilhante. Nunca fui uma dessas pessoas, isto é, até o pacote da inscrição para a Yale chegar à minha casa. Foi nesse momento que senti: o apelo da melhor."

Mando ver mais quatrocentas palavras, e então releio o que escrevi. Certamente *não* é o que o comitê de admissões quer, mas tudo bem, já que não estou me candidatando. Não tinha certeza antes, mas tenho agora. Minhas próprias palavras me convenceram. Admito, quando vi que minha pontuação no SAT estava dentro da média, por um momento – um milésimo de segundo –, eu pensei em fazer. É difícil não se sentir atraído por toda a história e prestígio. Mas não é um motivo para me candidatar.

E o medo não é um motivo para não se candidatar.

Afasto esse pensamento da mente. Sim, o fato de eu ter poucas chances aumentou minha certeza. Por que não? Senso forte de capacidade. É assim. Sei no que sou boa, e me apego a essas coisas. Qual é o problema de ter consciência de meu potencial? Não vou me conformar em ser medíocre. Mas conheço meus limites.

Seus limites ou o limiar de sua zona de conforto?

– Já chega – digo. Estou pronta para parar de pensar nisso. Prometi a minha mãe que eu não tomaria uma decisão apressada, e não tomei. Pensei bem e cheguei a uma conclusão razoável e racional. Yale não é pra mim. Para confirmar, tiro a pasta de "Inscrições para a Yale" do meu desktop e arrasto para a lixeira, onde deve ficar.

Nem sei por que me dei ao trabalho de preencher. Há uma boa chance de eu receber notícias da Northwestern hoje, e, se receber, vai ser isso. Cartas de Decisão de Ação foram enviadas no dia 20 de novembro, e um monte de pessoas no blog de inscrições já recebeu o e-mail de aprovação. O meu pode chegar a qualquer momento. Só de pensar nisso, fico ansiosa. Pela sexta vez hoje, entro no meu e-mail.

Não tem mensagem nova.

Fico tentando imaginar se a Caitlin recebeu notícias da Yale. Apesar de não termos nos falado desde a nossa briga, estou torcendo para ela entrar logo. Graças ao vovô Oscar, é o único lugar para onde ela quer ir. Sem qualquer cerimônia, pego o telefone e teclo o número dela. Cai diretamente na caixa postal.

– Oi, aqui é a Caitlin. Deixe seu recado e eu retorno a ligação.

Desligo rapidamente.

Em vinte e oito dias, telefonei vinte e oito vezes para ela. Alguns dias, o telefone toca algumas vezes primeiro. Em uma ocasião, a linha ficou muda. Na maior parte do tempo, a ligação cai direto na caixa postal. Temo um confronto ao vivo, evito encontrá-la na escola e parei de ir ao lugar onde tomo frozen yogurt, que nós duas adoramos, mas telefonei para ela todos os dias desde nossa briga. Não sei bem o que diria se ela atendesse, mas continuo ligando mesmo assim. Tenho medo do que pode significar se eu parar. Na minha mente, sei que existe uma boa chance de nossa amizade não ter mais condições de ser reparada, mas, no fundo, ainda acredito que exista um cenário em que passamos por isso e voltamos a ser Caitlin e Abby. A pior parte é saber o que fazer nesse meio-tempo.

Hora de me mexer. O primeiro piquenique da equipe começa ao meio-dia, e eu ainda estou toda suada e esgotada por causa do treino de hoje. Desde que meu pé sarou, o técnico Schwartz tem me feito correr com a equipe antes do treino e fazer flexões e agachamentos com ele depois, por isso acabo tão cansada como todo mundo. Como meu condicionamento é bom, pensei em pedir ao técnico P. para me deixar correr na competição de cross-country estadual esse fim de semana, mas decidi que não poderia abandonar meus companheiros de equipe na Head of the Hooch. É a maior regata do outono. O técnico quer que cheguemos à casa de barcos dez minutos antes de o piquenique começar para nos passar o cronograma. Quase uma dúzia de recrutados da faculdade estará lá, por isso todo mundo está ansioso – principalmente Josh. É a primeira vez (e única) nessa temporada que recrutas da Costa Oeste remarão, por isso, se ele quer uma bolsa de estudos para uma boa universidade, sábado é o momento decisivo. Não que ele precise se preocupar com alguma coisa. Nosso astro não teve folga a temporada toda.

E desde que começamos a namorar, nem eu. Os últimos vinte e seis dias foram diferentes de tudo o que já vivi. Fartura e fome. Fogo e gelo. Meus dias se dividem em duas categorias: momentos com Josh e momentos sem ele. Quando estou com ele, minha mente se desliga. Não penso. Não planejo. Não me preocupo. Não há espaço para planos, pensamentos ou preocupações. Cada espaço e brecha são tomados pela felicidade, tão grande que parece que minha alma pode explodir. Os minutos voam até nosso tempo juntos acabar.

Acontece quando estou com ele. Quando não estou, o tempo se arrasta. Os segundos demoram. Eu observo o relógio, contando as horas para vê-lo de novo, e penso, planejo e me preocupo. Com ele, conosco, com o futuro. Repasso nosso último beijo e tento planejar o seguinte. Tento imaginar se ele está sentindo o que sinto, convencida, ao mesmo tempo, de que ele não pode sentir e não deve. Fico pensando em como será deixá-lo, apesar de saber que a formatura só acontecerá daqui a seis meses.

– Você está apaixonada – minha mãe disse quando voltei para casa na noite de sábado, segurando um urso de pelúcia azul enorme.

Josh havia me levado à feira, onde dividimos algodão-doce e chacoalhamos na montanha-russa, e ele conseguiu ganhar o maior bicho de pelúcia dali. Depois, fomos ao nosso balanço no bairro de Josh, e não nos importamos com o fato de a lua estar brilhando demais, impedindo que víssemos as estrelas. Eu ainda conseguia sentir o gosto do chiclete dele em meus lábios. Big Red. Do tipo que ele sempre masca.

– O que foi? – perguntei, apesar de ter ouvido muito bem.

– Você está apaixonada – ela repetiu, com um sorriso gentil. – Fico feliz.

Corei e desviei o olhar, não estava pronta para reconhecer, mas não neguei.

Estou apaixonada.

– Abby! – Ouço minha mãe me chamar do andar de baixo, me trazendo de volta ao presente. – O piquenique não será ao meio-dia?

A festa está prestes a começar quando chego à casa de barcos, às 11h45min. Desde o fim do treino, o clube de Brookside transformou a casa de barcos em uma festa de faixas e balões azuis e laranjas. O Peppery Pig montou uma barraquinha embaixo de uma tenda enorme no formato de um capacete de espartano, dando ao ar outonal aquele cheiro de carne assada na brasa. Respiro profundamente, aproveitando.

Meus colegas de equipe estão reunidos ao redor da mesa de piquenique mais próxima ao rio, comendo petiscos, quando o técnico aparece por ali, segurando a prancheta de sempre. Josh, como de costume, é o último a chegar. Ele nunca se atrasa, mas não aparece antes do horário combinado. Nas aulas, no treino e nos nossos encontros. Sempre na hora certa.

Às 11h49min, o jipe dele entra no estacionamento. Sorrio quando ele desce o monte. Com a camisa polo para fora da calça, mocassins no lugar dos tênis. A influência de Tyler tem sido clara nele. Também parou de repartir os cabelos, e agora estão úmidos e despenteados, como se ele tivesse saído do chuveiro e passado a mão por eles.

Quando ele se aproxima, minha mente se aquieta e tudo se torna mais claro. O azul do céu, o verde dos pinheiros, o amarelo na porta da casa de barcos. Meus companheiros de equipe estão conversando, rindo, animados pela adrenalina e pelo café, mas se tornaram um som de fundo. O Efeito Josh.

— Certo, pessoal — o técnico fala mais alto do que o burburinho das conversas. — Temos apenas alguns minutos até todos chegarem. — A equipe se cala. — Estamos misturando as coisas esta semana. Megan, vou passar você para o B dos homens. — Megan fica boquiaberta, literalmente. Ela orientou o 8 A durante a temporada toda, e os boatos dão conta de que ela recebeu uma oferta do College of Charleston, referente ao seu desempenho no sábado. Quando o técnico do COC vir que ela foi tirada do barco A, vai pensar que ela fez algo para merecer isso. — Não se trata de um castigo — o técnico está dizendo. — Ainda quero você no A das mulheres. Mas quero que a Abby tenha uma chance com os homens.

Ele acabou de dizer Abby?

Como Josh está sorrindo, acredito que a resposta seja sim. Levanto a mão.

— Não precisa fazer isso. A Megan merece estar no barco A. Deveria ser ela, não eu. — Lanço um olhar na direção de Megan, mas ela não retribui. Enquanto isso, Josh está me lançando um olhar de reprovação.

— Não *preciso* fazer nada — o técnico rebate. — Mas até onde sei, *eu* sou o técnico desta equipe. O que quer dizer que eu mando. Não você. Não a Megan. — Concordo, sem jeito. — O resto das posições continua como na semana passada.

Ele continua falando, mas paro de ouvir.

Vou timonear o 8 A? No Head of the Hooch? Não é uma boa ideia. Sim, tenho melhorado nisso, mas não sou digna do A. Nem do B. Todo sábado, fico surpresa quando meu barco cruza a linha de chegada sem bater na barranca do rio.

— Estou preparando estatísticas para cada um de vocês entregar às pessoas no sábado — o técnico diz por último, trocando a folha de cima de sua prancheta por outra, em branco. — Então, escrevam o e-mail antes de irem embora. E não quero ver coisas como "garotadoremo" ou "srforte" nem nada parecido. Como falei na semana passada, os recrutadores estão à procura de remadores maduros, não de adolescentes sem noção. Estão dispensados agora.

— "Deveria ser ela, não eu"? — Josh pergunta. — O que foi aquilo?

— Não quero ir para uma faculdade importante — rebato. — Quero fazer jornalismo.

— A Columbia não tem esse curso?

— Não de graduação. Olhe, sei que é o sonho da maioria das pessoas entrar na Yale, na Harvard, ou sei lá onde. Mas não é o que quero.

Josh levanta as mãos.

— Não vou discutir. Se não é o que você quer, não é o que você quer. Pensei que não estivesse se candidatando a essas universidades porque acreditava não ser capaz de entrar, e eu queria que soubesse que o remo poderia ser uma porta de entrada. *Se* fosse isso o que você quisesse. Se não é, não é.

— Não é — digo com firmeza.

— Certo. E a usc? Curso de jornalismo *e* uma ótima equipe.

—Você sabe desistir? — *Ele acabou de sugerir que eu me candidate à usc?* Por mais incríveis que as coisas sejam entre nós, não conversamos sobre isso. Não falamos em nos candidatar para as mesmas universidades, porque nós dois sabemos que isso faria com que tivéssemos que abrir mão de nossa primeira opção. Olho para ele, esperando que essa conversa se torne *aquela* conversa, mas ele só me dá um beijo no nariz. — Lá vem o Tyler.

Quando me viro para cumprimentá-lo, Tyler não retribui meu sorriso. Parece bem mal-humorado.

– A Caitlin vem? – pergunto, apesar de já saber a resposta. A Caitlin não foi a nenhuma festa da escola desde a nossa briga. Passa todas as noites e a maioria dos fins de semana no laboratório de astrofísica da Tech. Pelo menos, é o que ela disse ao Ty sempre que ele tentou fazer planos com ela. Ele e Caitlin continuam amigos, mas é diferente agora que ela sabe como ele se sente em relação a ela. O que era simples ficou complicado. Não é à toa que a Caitlin fica no laboratório, um lugar onde a ordem se impõe ao caos e não o contrário. É o modo que ela encontrou de escapar. Um porto seguro para fugir dos olhos questionadores e telefonemas incessantes de Tyler.

– Ainda não falei com ela – ele responde, olhando para Josh. – Vamos comer alguma coisa enquanto a comida está quente.

– Tenho algo a perguntar – Josh diz enquanto me acompanha ao meu carro, sob os olhares atentos de dois seguranças do parque que estão patrulhando o estacionamento. Eles apareceram há cerca de uma hora, quando o sol desapareceu atrás dos pinheiros que ladeiam a beira do rio. O piquenique durou muito mais do que todo mundo pensou que duraria. Ainda estaria acontecendo se os seguranças não tivessem nos tirado de lá. Josh e eu somos os últimos a sair. Permanecemos ali com a desculpa de que vamos limpar as coisas, mas o que queríamos mesmo era assistir ao pôr do sol através dos pinheiros. Um pouco antes de o sol descer no horizonte, ele me beijou. Pressionada contra o corpo dele, sentia seu coração bater forte, assim como o meu.

– Uh-oh. Deveria ficar nervosa?

– Só se disser que sim. – Ele sorri de modo misterioso. – Venha amanhã – ele diz. – Para o Dia de Ação de Graças. Minha mãe vai preparar comida para um batalhão, principalmente porque está ansiosa com a chegada do meu irmão, e cozinhar a mantém ocupada.

– Seu irmão está aqui? – Josh falou do irmão apenas algumas vezes, e nunca pelo nome. Não pensei que ele fosse o tipo de cara que voltasse para casa nos feriados.

– Vai estar – Josh responde. – Chega hoje à noite e vai embora na sexta-feira de manhã.

– Viagem rápida – digo, e então fico pensando se deveria ter dito isso.

– É. Ele nunca fica mais do que um dia. O que é bom pra todo mundo, pode acreditar. As coisas ficam tensas quando ele está por perto.

– Parece divertido – digo, brincando.

– Nem um pouco – Josh responde, ainda sorrindo, mas com a voz menos brincalhona do que a minha. – E é onde você entra. Espero que diminua um pouco a tensão – ele admite. – Você aceita? Costumamos comer às duas.

– Adoraria – digo a ele, repentinamente alegre porque meus avós decidiram, de última hora, passar o Dia de Ação de Graças nas ilhas Cayman. Quando minha avó prepara a refeição, começamos a comer pontualmente à uma, e ela quer todo mundo durante horas à mesa, deliciando-se com cada prato. Com a minha mãe no controle, vamos comer no fim da tarde. Certamente já terei voltado da casa do Josh.

– Ótimo – ele diz. – Até amanhã, então.

– Até amanhã – respondo e encosto meus lábios nos dele. Ele dá um passo à frente e apoia as mãos levemente no meu quadril quando me beija. Já nos beijamos vinte e três vezes, mas ainda fico meio zonza quando acontece. Os dois beijos na montanha-russa no fim de semana passado (beijos dezenove e vinte) quase me fizeram desmaiar.

– Ei, vocês dois! A festa terminou! – Um segurança exagerado está em seu carro, esperando para fechar o portão do estacionamento.

– Desculpe! – dizemos, disfarçando nosso sorriso. Josh me beija de novo, e ganha uma buzinada do nosso amigo.

– Se ela fosse sua namorada, *o senhor* ia querer ir? – Josh grita ao segurança enquanto corre até o carro. Ele se vira e me sopra outro beijo.

E então, de repente, é como se tudo começasse a ficar lento. Até mesmo o vento que está soprando nos cabelos de Josh. Detalhes que não vi há um segundo ficam claros para mim. A velha árvore de tronco retorcido na ponta do caminho que leva ao rio. A lata de refrigerante que alguém deixou no estacionamento que foi amassada pelo pneu de um carro. O pequeno pássaro marrom que está pousado em cima da placa de entrada. E, no meio de tudo, Josh. A mão na boca, com a palma estendida, o beijo recém-soprado. Um sorriso começando a se abrir. A camiseta cinza-escura da USC com um ponto desbotado na gola.

O momento parece um *déjà vu*, mas mais preciso. O *déjà vu* não é detalhado. Este momento tem detalhes. Até a pintinha de Josh se destaca.

E então, tão rapidamente quanto perdeu a velocidade, tudo volta ao normal, e Josh está de costas para mim enquanto corre em direção ao jipe.

Fico surpresa ao ver o Buick LeSabre marrom de meus avós na entrada de casa quando chego. Eles deveriam estar embarcando em uma excursão da terceira idade neste momento.

Há muito mais comoção na cozinha quando abro a porta dos fundos. Minha avó está segurando uma seringa cheia de um líquido marrom-escuro perto de um peru cru enorme. Há sacolas de compras em todos os balcões.

— Vovó, acho que ele já morreu — digo quando entro.

— Ela puxou o sarcasmo de você — minha avó diz, olhando diretamente para meu pai.

— Antes o sarcasmo do que a careca — meu pai responde, e me dá um beijo na testa.

— Ainda estou esperando — meu avô diz, a mesma coisa que ele diz no começo de toda visita. Eu me aproximo e beijo seu rosto. — Assim está melhor — ele diz, envolvendo-me em um abraço. — Como está a minha garota?

— Bem, vovô — respondo, encostando o nariz em sua pele grossa. Sinto o cheiro de tabaco e de colônia Lagerfeld. O cheiro dele é sempre esse. Sorrio. — O que vocês estão fazendo aqui? — pergunto, encostando o rosto no ombro dele. — Pensei que iam viajar.

— Íamos — minha avó responde, semicerrando os olhos para olhar para o peru.

– Impossibilitados por um furacão – meu avô diz. – Por isso, estamos aqui.

– Surpresa! – Minha mãe diz alegre entre goladas de vinho. A minha avó lança um olhar para ela, e então acerta a ave com toda a força que seu corpinho consegue reunir.

– Então, isso quer dizer que vamos comer à uma amanhã? – pergunto.

– Claro – minha avó diz enquanto recheia o peru. – Sempre comemos à uma. – Minha mãe e eu nos entreolhamos e dizemos as palavras ditas por minha avó com o sotaque carregado do Tennessee: – É uma tradição.

– O voo deles de Nashville para Miami foi cancelado devido a um furacão – digo ao telefone –, por isso vieram pra cá. – Telefonei para Josh assim que pude sair da cozinha.

– Isso é uma boa notícia, não? Você estava chateada porque não os veria.

– Sim, mas significa que não posso ir a sua casa. Nós nos sentamos para comer à uma da tarde, e, sem brincadeira, só nos levantamos às cinco. É a refeição mais longa do ano. No fim, minha garganta e minhas orelhas estão cansadas.

– Você tem sorte – ele diz. – Nós corremos com a nossa, em meio ao silêncio.

– A que horas seu irmão chega?

– O avião dele chega às nove – Josh responde. – Minha mãe está no aeroporto para pegá-lo.

– Está animado com o fato de ele estar vindo? – Pergunto. Não quero ser intrometida, mas não consigo evitar. Sei muito pouco sobre o relacionamento de Josh com o irmão, e por que sua presença deixa todo mundo nervoso.

– Animado? Não. Mas isso significa muito para a minha mãe, por isso fico contente que ele venha. Mas ele trata o Martin como um lixo.

– Por quê? – Josh idolatra o padrasto. Por que seu irmão agiria de modo tão diferente? Josh não responde na hora, por isso tento voltar atrás. – Desculpe, estou sendo intrometida.

– Não seja tola – ele diz. –Você é minha namorada. Pode ser intrometida. – Ele hesita antes de continuar. – É complicado, mas a verdade é que Michael acha que minha mãe e Martin tinham um caso antes de meu pai morrer. Minha mãe diz que não, e eu acredito nela. Michael afirma ter perdoado a minha mãe, mas ainda detesta o Martin. Ele se recusou a vir ao casamento deles.

– Nossa. – Eu esperava uma história sobre desrespeito à hora de voltar para casa ou um carro batido, não algo tão pesado. – Coitado do Martin.

– Sim. O pior é que ele amava muito o meu pai. Eles eram muito amigos – ele explica. – Amigos de faculdade. Martin nunca teria feito isso com meu pai. Mas ele nem sequer pode se defender, porque não sabe o que Michael acha.

– Michael nunca falou com ele sobre isso?

– Minha mãe não deixa. Quando Michael comentou com minha mãe sua teoria a respeito do caso, ela disse que se ele comentasse alguma coisa com Martin, ela pararia de pagar a mensalidade dele na Yale. Também fez com que prometesse voltar para casa para o Dia de Ação de Graças, todos os anos. – Ele para, e então diz: – Nossa, parece bem pior quando dito em voz alta.

– De onde saiu essa teoria? – pergunto. – Se sua mãe e Martin não estavam tendo um caso, por que Michael acha que tiveram?

– De acordo com minha mãe, ele entendeu errado algo que ouviu. Ela sempre foi muito vaga em relação a isso. – A linha dele faz um bipe, indicando outro telefonema. – Ah, é ela na outra linha. Posso te ligar depois?

– Claro – digo, e desligamos.

– O que está fazendo aí, no escuro? – É meu avô na porta, com um cigarro apagado entre os lábios.

– Olhando para as estrelas – digo a ele, e aponto para o teto. Ele franze o cenho e olha para as estrelas e para mim de novo.

– Você sabe que há estrelas de verdade lá fora. Um universo todo repleto delas.

– Fiquei sabendo, sim. – Sorrio no escuro.

– Vamos – ele me diz, acenando com o braço. – Venha andar com um velhote.

O "andar" do meu avô é ir ao fim da rua e voltar – onze vezes –, enquanto fuma um charuto. Na nossa terceira volta, ele dá um tapinha no meu braço, que está entrelaçado ao dele, e diz:

– Acho que está na hora de eu lhe contar o que aconteceu na noite em que você nasceu.

– Na noite em que nasci?

Ele sopra a fumaça e assente.

– Seu pai telefonou perto das oito naquela noite para me contar que sua mãe estava em trabalho de parto. Recebemos ordens para não corrermos até aqui antes de sua chegada oficial, por isso, não pudemos fazer nada além de esperar. Foi difícil para nós, primeira neta, coisa e tal. E como seus pais tinham esperado dez anos para terem você, imaginávamos que seria nossa única neta.

Sinto uma onda de tristeza. Apesar de minha mãe ter cinco irmãos, meu pai e eu somos filhos únicos. Pelo que minha mãe me disse, minha avó sofreu de infertilidade quando não havia tratamentos para isso. Ela perdeu seis bebês antes de ter meu pai. E minha mãe só quis um. Devia ser muito solitário ter oitenta anos e contar os membros da família com os dedos de uma mão só.

– Então, esperamos – meu avô continua, parando para dar algumas baforadas. – Sua avó estava muito nervosa, andando de um lado para outro na cozinha, fazendo barulho, por isso fui para fora. A lua não estava no céu naquela noite, e as estrelas estavam bem brilhantes – muito mais brilhantes do que hoje. – *Uma lua perfeita*, penso, com vontade de dizer a Josh. Meu avô para de andar e joga a cabeça para trás. – E eu fiquei ali, assim, observando o céu e rezando para que o Senhor trouxesse você em segurança. E então... zum! – Ele balança a mão para dar ênfase. – Uma estrela cruzou o céu.

Sorrio, imaginando. Meu avô se vira para olhar para mim.

– E isso teria sido algo especial, uma estrela cadente sempre é. Mas apareceu mais uma. E outra. – Ele olha para o céu. – Elas não paravam de passar. Nove, no total.

– Está inventando isso.

– Com certeza não estou – ele diz, jurando com a mão sobre o peito. – E depois da nona, elas pararam. Alguns minutos depois, escutei o telefone tocar, e logo depois disso, Rose saiu para me dizer que você havia nascido. Era 9 de setembro, 9h9min.

Sinto meu braço arrepiar. *São muitos noves.*

– Passei os últimos dezessete anos tentando entender o sentido disso – ele diz. – "Só uma coincidência", a maioria das pessoas diria. E talvez tenha sido. Mas vou lhe dizer uma coisa, não pareceu uma coincidência.

– O que meu pai disse? – pergunto.

– Não contei a ele – meu avô responde. – Nem a ninguém.

– Por que não?

– Porque eu queria contar isso a você, quando tivesse idade para ouvir. Por mais que eu ame o meu filho, ele não sabe guardar segredo – ele diz, apertando meu braço. Eu abafo uma risada. Não posso negar o que ele está dizendo. – Sempre quis lhe contar isso no seu aniversário de dezoito anos, mas acho que você estará na faculdade nessa data. Pensei que seria melhor lhe contar agora.

– Então, se não foi coincidência – digo quando começamos a andar de novo –, o que foi?

– Um sinal talvez. De que sua vida seria especial. – Ele morde o charuto de modo pensativo. – Foi o que sempre pensei.

– Especial, como?

– Depende – ele me diz, com o rosto sério.

– Depende do quê?

– Do que você decidir fazer com essa informação.

12 (Aqui)

sexta-feira, 27 de novembro de 2009
(um dia depois do Dia de Ação de Graças)

— Você me deve uma — Tyler diz assim que abre a porta da frente.

— Aqui — eu respondo, entregando a ele um recipiente de plástico com os restos de ontem. Olho para além dele, dentro da casa. — Onde ele está?

— No porão. — Ele abre a tampa azul e espia ali dentro, analisando o conteúdo. — Não estou vendo as batatas-doces.

— Estão no fundo, embaixo da mandioquinha. Como ele está?

Tyler pega um feijão-verde de dentro do recipiente e enfia na boca.

— Muito bravo — responde, mastigando. — Então, boa sorte com isso.

Tyler dá um passo para trás para me deixar entrar. A mãe dele, uma pianista com gosto por cores fortes e tecidos caros, pintou cada parede da saleta de um tom diferente de magenta. Estantes aleatoriamente espalhadas expõem diversos tesouros que ela adquiriu ao longo dos anos, mas apenas alguns são adequados para ficar na parede. Uma máscara pintada à mão com um nariz que parece um bico olha para mim de modo ameaçador.

— Então, é por isso que você estava dando um gelo nele? — Tyler pergunta. — Por que estava transando com o irmão dele?

– Não estou *transando* com ele – digo de modo direto. – Eu não sabia que eles eram irmãos.

– Por que você simplesmente não terminou com ele, como uma pessoa normal? – Tyler pergunta.

– É complicado.

– De quem é a culpa?

– Pensei que você fosse ficar fora disso. – Tiro meu casaco e o penduro no corrimão da escada. Há manchas de suor em minha camiseta. *Por que estou tão nervosa?* Essa ideia parecia boa quando eu a orquestrei durante a corrida de dez quilômetros hoje cedo pelo bairro. Pedi a Tyler para convidar Josh para ir a sua casa e fingir que apareci sem ele saber. Parecia um plano brilhante. Agora, estou pensando que a endorfina pode ter feito com que eu me empolgasse, levando em conta que o cara a quem estou prestes a emboscar desligou na minha cara quando liguei para ele, ontem à noite.

Pelo menos, as coisas com Michael estão bem, se posso considerar a ida ao aeroporto uma prova disso. Ele teria que ficar em Boston com seus amigos até domingo à noite, mas me disse que voltará mais cedo de trem para podermos jantar quando eu voltar a New Haven.

– Devo ficar aqui? – Tyler pergunta com a boca cheia. Ele está usando o indicador para empurrar brócolis boca adentro.

– Não. Queremos que ele pense que passei aqui do nada, lembra? Se você ficar aqui, vai parecer que foi planejado.

– Sei lá. De qualquer modo, cometi uma baita violação do código dos homens. Atraí-lo para cá, de modo que a ex-namorada sem coração possa oprimi-lo? – Tyler balança a cabeça. – Estou com vergonha de mim mesmo. – Ele volta a pôr a mão nos brócolis. – Mas faço qualquer coisa pela comida de sua mãe.

– E se ele não conversar comigo? – pergunto.

– Eu ficaria mais preocupado com o que você vai dizer se ele quiser conversar – Tyler diz. – Você deu um gelo no cara e apareceu na frente da casa dele com a língua do irmão dele na sua garganta.

– Não foi intencional – insisto.

– Se você está dizendo... Como está a Caitlin?

– Ela está bem – respondo. – Você deveria telefonar para ela.

– É, talvez – ele diz. Mas sei que ele não vai telefonar. É difícil saber como se sentir nessa relação, principalmente porque nenhum deles parece insatisfeito com o modo com que as coisas terminaram. Tyler já tem outra namorada na Michigan, por quem é maluco, e Caitlin não para de falar do cara que conheceu semana passada no Starry, o clube de astronomia da Yale, que provavelmente é só um substituto do Ben, mas é bem-vindo. Talvez Caitlin tenha razão. Talvez seja melhor assim, talvez Caitlin e Tyler não devessem ficar juntos afinal. Não tenho certeza de que acredito – a namorada de Tyler se refere às partes íntimas dela como "xereca", e o Garoto Astronomia da Caitlin veste várias camisetas com a gola levantada (todas pastel e todas polo, ao mesmo tempo) –, mas eu me estresso menos quando finjo que acredito.

– A Ilana está na cidade – Tyler diz. – Veio visitar os pais no feriado. Eu a encontrei ontem no posto de gasolina.

– Como ela está?

– Acho que bem. Melhor. – Eu me sinto um pouco mais animada. – Ela pediu que eu agradecesse você pelo diário que mandou. Disse que tem escrito nele todos os dias.

Com todo o drama do Dia das Bruxas, acabei esquecendo que havia enviado o diário. Eu o encontrei em uma livraria perto do campus, enfiado na seção de religiosos, entre Kempis e Kierkegaard. Era cor-de-rosa, a cor preferida de Ilana, com a palavra LEMBRE-SE na capa. Eu o enviei com uma caneta roxa e um bilhete dizendo a ela que, independentemente do que os médicos diziam, ela não deveria desanimar. Sempre há anomalias.

– Você acha que ela se importaria se eu passasse para vê-la enquanto ela estiver aqui? – pergunto a ele.

– Acho que ela vai adorar – Tyler responde. – Mas é sério? Você e Ilana?

– Temos mais em comum do que você pensa – digo e sorrio.

Sigo Tyler escada abaixo. Josh está resmungando com raiva para a tela da TV, distraído com uma partida de Street Fighter. Ele não me vê a princípio, o que me dá trinta segundos ininterruptos para observá-lo. A franja em cima dos olhos. Cabelos despenteados. Barba por fazer.

Ele está péssimo. Mas mesmo sem tomar banho, sem fazer a barba e sem descansar, ele é bonito. Mais bonito agora, assim, do que antes, em minha mente. Sinto meu coração acelerar só de olhar para ele. *Se ligue, Abby.*

Tyler olha para mim, esperando que eu diga algo.

– Oi, Josh.

Ele olha para a frente ao ouvir a minha voz.

– O que está fazendo aqui?

– Eu, hum...

– Ela trouxe comida do Dia de Ação de Graças para mim – Tyler interrompe, mostrando o recipiente de plástico.

– Sim! Comida. – Balanço a cabeça para enfatizar.

Josh joga o controle no sofá e fica de pé.

– É melhor eu ir – ele diz, sem olhar para mim. – Disse ao Martin que ia ajudá-lo com uma coisa lá em casa.

Com certeza é mentira.

– Podemos conversar? – As palavras saem apressadas, seguidas por uma explicação desnecessária. – Sei que você desligou na minha cara ontem, o que acho que significa que não quer conversar, mas eu quero, e muito. Você não precisa falar, claro. Não me deve nada. Mas detestei o modo como as coisas ficaram ontem, e pensei que talvez se pudéssemos conversar... – Eu hesito, com os olhos implorando, fixos no olhar dele.

– Você quer *conversar*. – Ele diz isso como se fosse uma piada, as palavras carregadas de ironia.

– Sim. Por favor.

Ele olha para mim, sem piscar. Fico corada com aquele olhar pesado.

– Certo – ele diz, por fim, e dá de ombros como quem não se importa. – Vamos conversar.

– Devo subir? – Tyler pergunta enquanto continua comendo.

Olho para Josh.

– Está a fim de andar um pouco? – Ele não responde, mas pega a blusa que está jogada no braço do sofá. Há um remo nela e as palavras EQUIPE USC bordadas em dourado na lapela.

– Divirtam-se, crianças – Tyler diz, jogando-se no sofá. – Talvez eu esteja em coma alimentar quando voltarem. Não me acordem.

Josh me segue escada acima e saímos pela porta da frente. Não tenho um percurso em mente, então saio pela rua, que ainda está molhada por causa da chuva de ontem à noite.

Josh me acompanha. Quando me viro para ele, ele está olhando para a frente, inexpressivo. Não dá para saber o que se passa em sua mente. *Ele é sempre assim?* Gostaria de conhecê-lo bem o suficiente para saber. Só tenho lembranças de alguns meses que nem sequer são minhas.

Estamos no meio do quarteirão quando percebo que deixei minha blusa dentro da casa. Eu não estava com frio antes, mas agora estou congelando. Josh percebe que estou tremendo e tira a blusa.

– Tome – ele diz, entregando-a para mim. É a primeira palavra que ele diz desde que saímos do porão. Balanço a cabeça para recusar.

– Fique com ela – eu insisto. – Não quero que sinta frio. – Ele me ignora, jogando a blusa sobre meus ombros. – Eu sou a malvada aqui. E pessoas malvadas não merecem ficar aquecidas.

– Isso é verdade. – Há um leve toque de humor em sua voz. Eu me aproveito disso. É arriscado, mas é só o que tenho.

– Sei lá, fico pensando que a garota que aparece na sua casa no Dia de Ação de Graças para ficar com seu *irmão* não merece vestir sua blusa.

Ele fica sério. *Certo, então não estamos no estágio de "podemos rir disso".*

– Então, ele é o motivo pelo qual você desapareceu? – ele pergunta. – Por que não me disse a verdade, simplesmente?

– Sinto muito. Sinto muito, muito. – Ele não responde. – Não espero que me perdoe, mas seria ótimo se pudesse.

Ele só olha para mim.

– É isso? Um pedido de desculpas?

Confirmo mexendo a cabeça, quase arrasada por saber que ele merece muito mais. Esse cara bacana e gentil se tornou a vítima. Está sofrendo e nem sabe o motivo. Está dizendo a si mesmo que sua ex-

-namorada simplesmente se apaixonou por outra pessoa, mas essa não é uma resposta satisfatória porque ele não acreditava que sua ex-namorada fosse assim.

– Não queria que isso tivesse acontecido – digo com delicadeza, mas sei que é algo ridículo de se dizer.

– Qual parte? – ele pergunta sem se alterar. – A parte em que se comportou como se eu não existisse? Ou a parte em que descobri o motivo?

– Eu não sabia – sussurro, magoada com o tom que ele usa.

Josh para de andar.

– O que você "não sabia", Abby? Que Michael e eu somos irmãos? – A voz dele deixa clara a irritação agora. – Talvez não. Mas você certamente sabia como estava me tratando. Sem falar que eu estava disposto a me *transferir* para ficar mais perto de você. E você nem se deu ao trabalho de atender o maldito telefone.

Balanço a cabeça lentamente, mas não deixo de olhar nos olhos dele.

– Não. – Quase não dá para ouvir minha voz. – Eu também não sabia disso.

A confusão toma o rosto dele.

– Certo, agora estou perdido.

Eu não deveria ter dito nada. Deveria ter permitido que ele me odiasse. Agora, ele está esperando uma explicação, e eu não consigo dar. Ele vai pensar que sou maluca se tentar.

Desvio o olhar. Um senhor com camisa de flanela xadrez e calça social está ouvindo um jogo de futebol na varanda, fumando um cigarro. *O avô de alguém.* De repente, sinto saudade do meu. Não o vejo desde o Natal do ano passado, três dias depois de eu descobrir que havia conseguido o filme. Ele ficou muito orgulhoso. "Vai ser uma estrela", ele me disse, sem qualquer dúvida na voz. Ri quando ele disse isso, mas não tinha sido uma piada para ele.

– Abby. – A voz de Josh rompe o silêncio.

– Você não acreditaria em mim se eu contasse – respondo, com a voz contida. Observo o senhor apagar o cigarro e acender outro.

– Tente.

Conte a ele.

Viro a cabeça e olho nos olhos de Josh. Algo em seus olhos me faz pensar que ele pode entender. Mas e se não entender? E se pensar que sou louca, ou, pior ainda, que estou inventando?

– Conte a verdade – ele pede delicadamente. – É só o que quero.

Inspiro profundamente e solto o ar devagar. A verdade.

– Algo aconteceu no meu aniversário de dezoito anos. – Começo assim, porque parece o ponto certo por onde começar. – Algo que ainda não compreendo totalmente. Está ligado ao terremoto do ano passado.

– A mudança de seu destino – Josh diz. Seus olhos hesitam um pouco, lembrando-se das palavras que ele acha que eu disse. – O dia em que nos conhecemos.

– Sim, mas... – Inspiro fundo de novo. – Não fui eu quem você conheceu naquele dia.

– Não foi você – Josh repete. Ele olha para mim por um momento, e então balança a cabeça, irritando-se de novo. – O quê? Vai me dizer que não estava em seu estado normal naquele dia? Que a garota por quem me apaixonei não é bem quem você é? Isso é besteira, Abby. – Ele levanta a voz, mas a mantém estável. – Não me diga que não conheço você. Eu conheço você, e você me conhece.

– Não é isso o que estou dizendo – respondo, e sinto minha voz hesitar. – Estou dizendo que a garota a quem você se lembra de ter conhecido não era eu.

Josh para de caminhar.

– Como assim?

Eu me obrigo a continuar falando.

– Você se lembra do doutor Mann, da astronomia?

– Claro que me lembro dele, Abby.

– Certo. Bem, ele tem uma teoria a respeito de... mundos paralelos.

– Entrelaçamento cósmico – ele diz. – Eu sei.

Olho para ele.

– Você conhece a teoria?

– Claro. O básico, pelo menos. Li o livro do doutor Mann quando comecei a frequentar as aulas dele. Não sei se acredito, mas...

– Pode acreditar. – Sem pensar, seguro a mão dele. – Aconteceu. No meu aniversário.

– *O que* aconteceu?

– Nosso mundo colidiu com um mundo paralelo. Entrelaçou-se. As lembranças de todos foram apagadas, e nosso eu paralelo começou a reescrever nosso passado, mas ninguém sabe disso. Ninguém além de mim, pelo menos. – Eu penso no que disse, sobre como isso parece maluquice, e me pergunto se cometi um erro. Eu me retraio um pouco, sem querer deixar nada de fora. – O mundo paralelo está um ano atrás do nosso – explico. – Bem, um ano e um dia, na verdade. O terremoto... não foi um terremoto, mas uma colisão. E não aconteceu *aqui* no dia 8 de setembro de 2008; aconteceu lá. No mundo paralelo. Nós só nos lembramos dele como se tivesse acontecido aqui. Chama-se...

– Realidade compartilhada. – Josh está olhando para mim surpreso, mas não incrédulo. Sinto a esperança dentro do peito. Ele não me considera maluca.

– Sim! Mas o lance é que não saiu como deveria para mim. Eu mantive todas as minhas lembranças reais e não recebi as novas. Minhas lembranças do mundo paralelo param no ponto em que as lembranças da minha paralela param, por isso tenho um intervalo de um ano no qual tudo da versão dele é um grande vazio. É por isso que eu não sabia que você e eu estávamos juntos. É por isso que eu...

– Pare.

Eu não o ouço logo de cara.

– O quê?

– Eu disse pare. – Ele olha para a própria mão, que eu ainda estou segurando. Começo a soltar, mas ele a agarra de novo. – Só para eu ver se entendi, sua explicação para seu comportamento no último mês é que houve uma colisão cósmica maluca? Que alterou o modo como interagimos no tempo e no espaço? E que você sabe como aconteceu? Abby...

– Eu sei. Sei que parece maluquice. Mas pense bem, Josh. – Seguro a mão dele, desejando, desesperadamente, fazer com que ele entenda, dar a ele a paz que merece. – Pense na Abby – digo delicadamente. – A Abby que você conhece. A Abby que você ama, e que também ama você. A Abby que parou de responder suas mensagens do nada. A Abby que não respondeu a nenhum e-mail ou mensagem de texto. Ela faria algo assim? – Sinto o coração apertar ao pensar em como deve ter sido para ele aquele silêncio inexplicável. Nenhuma explicação. Nenhum adeus.

Sutil, quase imperceptivelmente, ele balança a cabeça.

– Ela nunca teria feito isso, Josh. Se eu soubesse o que estava acontecendo, *eu* nunca teria feito isso. Mas aconteceu, e nenhum de nós teve qualquer controle sobre isso, e você é a vítima inocente, e sinto muito, muito mesmo. – Minha voz falha enquanto puxo o ar, apertando a mão dele com tanta força que meus dedos começaram a doer.

Ele olha para a mão que estou estendendo.

–Você está dizendo que tudo de que me lembro a respeito de nosso relacionamento é ficção?

– Não ficção – respondo. – Mas não... o que aconteceu conosco. Nós dois sabemos que não há distinção.

Ele solta a minha mão.

– Não – ele balança a cabeça com firmeza. – *Não*.

A esperança dentro de mim diminui, como uma onda na maré baixa.

– Parece impossível. Deveria ser impossível. Mas é a verdade, Josh, juro que é.

Ele se cala, se afasta de mim e, por um momento, penso que vai sair andando.

– Por favor – sussurro. – Não vá embora.

–Você não se lembra de nada? – ele pergunta, com a voz incrédula e triste. – Eu me refiro ao nosso relacionamento. Nada mesmo?

– Eu me lembro de algumas coisas – digo. – Do nosso primeiro encontro. Da Feira da Geórgia. Tudo o que aconteceu antes de vinte e sete de novembro do ano passado. É onde as lembranças da minha paralela param.

Ele continua não olhando para mim, mas consigo ver suas lágrimas rolarem. Ele não tenta secá-las.

– O que eu sinto... não eram sentimentos de outra pessoa, Abby. Não podem ser. O jeito como amo você... – A voz dele falha. – Não me diga que não é real.

Sinto um aperto no peito.

– Não sei o que dizer. Nada além de sinto muito. Sinto muito, muito. – As lágrimas que apertaram minha garganta e fizeram minha voz tremer desde que essa conversa começou estão descendo livremente agora. Eu controlo um soluço.

– Também sinto muito – ele diz com tristeza. Hesita por um momento e então me abraça. – Eu acredito em você – ele sussurra. Suspiro e me encosto nele, apoiando o peso de meu corpo no peito dele. Seu pescoço, com cheiro de sabonete, está quente contra minha testa. O cheiro é novo e, ao mesmo tempo, muito conhecido, e aciona as poucas lembranças que tenho de estar tão perto dele. Da noite anterior ao nosso primeiro encontro, sentada no balanço ao lado dele. De mãos dadas no planetário dois dias depois. O braço dele sobre meus ombros na roda-gigante. E a mais recente: eu recostada em uma árvore à beira do Chattahoochee, com a cabeça apoiada em seu ombro, observando o pôr do sol depois do piquenique da equipe de Brookside. Respiro profundamente, permitindo a mim mesma imaginar como teria sido viver aqueles momentos, uma vez que as lembranças deles, apesar de específicas e precisas, não têm emoção e, assim, são incompletas. Eu o abraço com força. Não quero soltar.

– Entrelaçamento cósmico – Josh diz depois de um minuto, com a voz abafada contra meus cabelos. – Não foi onde pensei que essa conversa levaria. – Sorrio, recostando-me no peito dele. – Quem mais sabe sobre isso? – ele pergunta.

– Só a Caitlin – respondo, distraída pelo leve bater do coração dele, tentando imaginar como seria colocar a mão ali. – O doutor Mann suspeita, mas não contamos a ele ainda.

Josh se afasta e olha para mim.

– Você não contou ao Michael? – Eu nego com a cabeça. – Por que não?

– Achei que ele não acreditaria.

– Você... – Ele olha para a calçada. – Você o ama?–

– Não sei – admito.

Josh se vira e começa a andar de novo. Os olhos castanhos estão carregados de dor.

– Não deveria ter acontecido assim – digo. – Se eu soubesse de você... de nós... se imaginasse que estávamos... – A palavra "apaixonados" está presa em minha garganta. *Estávamos apaixonados.* Balanço a cabeça, sem conseguir terminar. Josh segura minha mão e a aperta.

– Então, devo colocar a culpa no Dia de Ação de Graças – ele diz. Olho para ele.

– O quê?

– Ano passado – ele explica. – Se você tivesse vindo, como estava combinado, você e Michael teriam se conhecido. Talvez as coisas tivessem sido diferentes, nesse caso.

Sinto meu peito apertar. Não existe "talvez" nisso. Se o Michael soubesse quem eu era quando nos encontramos na Yale, ele esperaria que eu me lembrasse dele, e eu teria fingido como fingi com todos naquele dia. No mínimo, ele teria me perguntado sobre Josh. Não haveria a menor possibilidade de estarmos namorando agora se tivéssemos nos conhecido naquelas circunstâncias.

Graças a Deus ela não foi.

Penso no passado, tentando me lembrar do que minha paralela fez, mas não consigo. Eu me sinto sem fôlego quando me dou conta disso.

– O Dia de Ação de Graças ainda não aconteceu – eu sussurro.

Ele não percebe, a princípio. Apenas fica olhando para mim. E então ele se dá conta.

– Ainda é possível. Ela ainda pode ir à minha casa. Para a sobremesa, talvez. – Os olhos dele brilham com esperança. Mas também há outra coisa.

Amor.

Até mesmo agora, depois de tudo o que aconteceu. Está claro na cara dele. Não importa para ele que suas lembranças não sejam reais. Seus sentimentos não mudaram.

Ele me ama.

– O destino poderia intervir – ele diz. Os lábios, rachados de frio, esboçam um sorriso. – Poderíamos acabar juntos.

Não! Todos os medos e ansiedades que tenho ignorado aparecem. Se minha paralela quiser ficar com Josh, ela deveria ficar. Se decidir que o relacionamento merece outra chance no próximo outono, quando ele disser que está disposto a se transferir, ótimo. Mas aqui, neste mundo, eu devo decidir com quem quero ficar. E escolho o Michael. É com ele que devo ficar. O que estou sentindo neste momento não importa. Na minha mente, sei o que é verdade.

Mas não é a minha cabeça o problema.

Sem conseguir olhar nos olhos de Josh, fito a armação de madeira mais à frente. Meus olhos descem o monte até o balanço à beira do lago, agitando-se ao vento da tarde. Nosso balanço. Hesito, afastando a imagem de nós dois. Não é *nosso* balanço. É *deles*.

As lembranças são danadinhas.

– Vamos – Josh diz, pisando na terra.

– Então, como você se lembra disso? – pergunto quando nos sentamos no balanço. – No último Dia de Ação de Graças. A última lembrança que tenho é da noite anterior.

A expressão de Josh fica séria.

– Michael agiu como ele age normalmente. – Ele olha para mim. – Independentemente de como ele é com você, é diferente com a nossa família. Desde que meu pai morreu. – Josh olha para a água. – O último Dia de Ação de Graças foi um novo golpe. Ele disse coisas bem ruins ao Martin à mesa, e minha mãe permitiu. – *Que tipo de coisas?*, sinto vontade de perguntar, mas não pergunto. – Cansei. Depois daquilo, não quis mais conversar com ele. – Josh olha para mim, com os olhos tristes. – Na frente de casa, ontem, com você... foi a primeira vez que o vi em um ano.

– Que bela maneira de se reverem – é só o que consigo dizer.

Permanecemos em silêncio por muito tempo, deixando o vento, ainda mais frio por causa da água, nos balançar. Encosto a cabeça na madeira fria, observando o céu acinzentado.

– Eu estava em Los Angeles quando a colisão aconteceu – digo depois de um tempo. – Filmando, na verdade. – Olho para Josh. – Na versão real, eu não fiz a aula de astronomia com você. Fiz aula de interpretação e acabei indo para Los Angeles. – Olho para o céu de novo. – Essa vida parece bem maluca para mim agora.

– Fico tentando imaginar se teríamos nos conhecido – Josh diz, pensativo, pegando impulso com os pés no chão. – Se você não estivesse na minha sala ano passado, talvez tivéssemos nos encontrado em algum café em Hollywood.

Sorrio.

– Talvez.

Estamos balançando para valer agora, com a corrente velha e enferrujada fazendo barulho acima de nossa cabeça.

– Você não está morrendo de frio? – pergunto para ele, puxando o zíper da blusa.

– Não – ele responde, dando mais impulso ao balanço para ir ainda mais alto.

– Acho que não dá para fazer isso neste tipo de balanço – digo, olhando para o gancho que prende o balanço.

– Tenho certeza de que você está certa – ele responde, empurrando com mais força, o rosto rosado de frio.

Eu dou risada, erguendo os joelhos em direção ao meu peito. Alguns segundos depois, ele faz a mesma coisa. Estamos indo tão depressa que o balanço range a cada virada, e quase me derruba. Eu me seguro.

– Fracote! – Josh grita. – Onde está a Abby que conheço?

Nós nos entreolhamos e ficamos tentando imaginar.

Michael telefona quando estou entrando na garagem.

– Oi – digo ao atender. – Como estão as coisas em Boston? – Pelo barulho que escuto ao fundo, percebo que ele está em um bar.

– Ótimas! – ele grita. Eu me retraio e afasto o telefone da orelha, e percebo que a bateria está quase acabando. – Estamos nos preparando para uma festa no Sullivan's Tap!

– Diga oi ao Sullivan.

– Não, não! – ele grita. – O Sullivan não é uma *pessoa*. Sullivan's Tap é o nome de um bar perto do Garden.

– Sim, eu entendi. Foi uma piada.

– Ah, tá! – Michael ri. – Como estão as coisas por aí?

– Tudo bem. Mas estou com saudade. – Só faz sete horas que eu o deixei no aeroporto, mas parecem sete dias. Passar um tempo com o Josh foi divertido, mas estar com ele me desestruturou. Basta minha paralela passar na casa dele amanhã para meu relacionamento com Michael acabar.

– Também estou com saudade – Michael diz. – Gostaria que você estivesse aqui.

– Eu também – digo e sinto um aperto na garganta.

– Carpenter! – Escuto um homem gritar. – Bombeirinho. Pronto!

– Posso te ligar amanhã? – Michael pergunta.

– Claro – eu digo, me esforçando para parecer animada. Mas ele já desligou.

Minha mãe está sentada à mesa da cozinha, fazendo palavras cruzadas, quando entro.

– Oi, linda – ela diz. – Como foi?

– Bem, como poderia ter sido, acho. Tem torta?

– Na geladeira – ela responde, pousando o lápis na mesa. – Você conseguiu conversar com ele?

– Sim. Fomos caminhar. – Vejo a torta atrás do leite e tiro os dois da geladeira. Minha mãe olha para mim enquanto corto uma fatia.

– Mãe, o que foi?

– Você *realmente* não sabia que Michael era irmão dele?

Penso em prosseguir com a verdade, mas sei que isso tornará a minha vida muito complexa, e não preciso desse problema agora.

– Não sabia mesmo – digo a ela. – Como o Michael nunca disse que tinha um irmão, sinceramente não pensei que ele pudesse ter.

– E você nunca pensou em saber quem era o irmão de Josh quando foi para a faculdade? Josh não sugeriu isso?

– Josh nunca me pediu isso – digo a ela, com a sensação de que pode ser verdade.

– Não era um relacionamento muito bom, certo? – ela diz, passando a faca para mim. Corto uma boa fatia, e mais uma. Faz vinte e quatro horas. O tempero familiar me acalma no mesmo instante. Enfio outra garfada na boca. *É por isso que dizem que a comida acalma.*

– E então, o que você achou do Michael? – pergunto com a boca cheia, sem saber se realmente quero ouvir a resposta. Meus pais ficaram muito calados depois de ontem.

– Ele me pareceu bastante confiante – ela responde. – E está claro que é muito esperto. – *Confiante*? É como dizer que uma garota tem boa personalidade quando perguntam sobre sua aparência.

– Então, vocês o detestaram.

– Nós não o detestamos! Não seja tola.

– Mas gostam mais do Josh.

– Nós conhecemos o Josh – ela responde. – Não conhecemos o Michael muito bem ainda. Mas estamos ansiosos para conhecer. – Ela sorri.

Vamos torcer para que consigam.

Estou prestes a enterrar minha ansiedade sob mais um pedaço de torta quando a campainha toca.

– Me desculpe por aparecer sem avisar – Josh diz quando abro a porta. – Tentei ligar, mas caiu direto na caixa postal. – Ele está usando a blusa que eu usei há uma hora, com a gola levantada. Estava com o cheiro dele quando eu a vesti... será que ficou com o meu cheiro? – Estou interrompendo o jantar? – ele pergunta.

– Não, eu estava estragando meu apetite para o jantar. – Mostro o prato que ainda estou segurando. – Quer um pouco?

– Não, preciso ir para casa. Só queria lhe dar isto. – Ele tira a mão do bolso e a pulseira de ouro de Caitlin cai no chão.

– Oh, onde você a encontrou?

– Estava presa na manga da minha blusa – ele diz quando se agacha para pegar. Observo-o colocar a delicada corrente de ouro na palma da mão esquerda e esticar a mão na minha direção.

De repente, sou tomada pela lembrança. A imagem – essa imagem – de Josh ajoelhado à minha frente, com a mão esquerda aberta e erguida. Mas na minha mente, o chão onde ele ajoelha é uma praia e não há uma pulseira em sua mão, mas, sim, uma aliança. E Josh, usando uma calça cáqui e uma camiseta polo de manga curta marrom, está meio diferente, mais velho. *Por que não consigo determinar quando aconteceu?*

Porque não é uma lembrança.

Seguro a maçaneta para me manter de pé, pois minhas pernas perderam a força. Por que tenho uma imagem de Josh, apoiado em um dos joelhos, segurando uma aliança com diamante? De onde veio essa imagem? Tento imaginar, mas, ao mesmo tempo, já sei.

Veio do futuro. *Mas de quem?*

— Abby? O que foi?

Ah, nada. Acabei de ver você me pedindo em casamento com detalhes, vi até a sombra da sua camisa.

Finjo estar calma e sorrio. Pego a pulseira da mão dele.

— Josh, o Salvador — digo a ele. — A Caitlin teria me matado se eu tivesse perdido essa pulseira.

— Sem problema — ele diz e fica de pé. Leva a mão ao bolso de trás e tira um cartão-postal dobrado. — Também queria lhe dar isto. — Ele desdobra e me entrega o cartão. Na frente, vejo *A persistência da memória*, de Dali. O quadro que uniu meus pais. O único quadro que restou quando a ala surrealista do MoMa pegou fogo depois da colisão. Um quadro cujo nome descreve perfeitamente o que estou vivendo agora. Passo o polegar sobre a superfície lisa da imagem brilhante, pensando na coincidência e na ligação.

— Onde você conseguiu isto? — pergunto.

— Você me deu — ele responde, sem se preocupar com a distinção entre nós/eles. Algo no rosto dele deixa claro que é uma escolha consciente. — Fomos à exposição de Dali organizada por sua mãe um dia antes de você partir para estudar — ele diz. — Estávamos fazendo um tour, escutando o docente descrever a visão surrealista do subconsciente. "Os sonhos são mais reais do que a realidade", a mulher dizia. Logo depois de ela dizer isso, você se inclinou para a frente e sussurrou: "*Nós somos mais reais do que a realidade*".

– Fiz isso? – sussurro, apesar de não ter sido eu quem disse. Nós dois sabemos disso.

– Esse cartão-postal estava no meu armário na manhã seguinte – Josh diz. – Você deve tê-lo comprado na loja depois do tour. Ele estica o braço e vira o cartão em minhas mãos. Ali, na parte de trás, estão minhas palavras escritas à mão. *Somos mais reais do que a realidade.*

Olho para a tinta borrada, com a garganta apertada demais para responder direito. *Mais reais do que reais.* Algo dentro de mim abraça essa ideia. Existem coisas que transcendem nossa percepção a respeito delas? Coisas que são verdadeiras, independentemente de qualquer coisa? Se existem, o que isso quer dizer para mim e para esse cara que mal conheço, mas em quem não consigo parar de pensar, apesar de amar o irmão dele?

– É melhor eu ir – ouço Josh dizer. – Viajo amanhã cedo.

– Você vai voltar para Los Angeles?

– Vamos jogar na UCLA amanhã – ele responde. – Jogo importante.

– Bom, foi legal ver você – digo sem jeito, segurando o cartão-postal. Minha mão treme levemente. *Por que não quero que ele vá embora?*

– Fique com ele – ele responde. – Para se lembrar. – Ele sorri com tristeza. Sem pensar, eu o abraço. A princípio, seu corpo fica tenso contra o meu, como se ele estivesse evitando o abraço. Mas depois a tensão desaparece e ele retribui. Mas apenas por alguns segundos. E então se afasta. – Tchau, Abby – ele diz e se vira para ir embora. – Se cuide.

– Você acha que as coisas acontecem por um motivo? – pergunto de repente. Josh se vira de novo.

– Com certeza.

– Você acredita em almas gêmeas?

– Pergunte-me amanhã – ele diz. E então vai embora.

À uma da manhã, ainda estou acordada, esperando pelo sono. A lua está brilhando lá fora e lança sua luz dentro do quarto.

Suspiro, rolo para o lado pela décima nona vez desde que me deitei, e repito o que tenho dito sem parar desde que Josh se foi. *Ela não vai* encontrá-lo. *Não há nada com que se preocupar. Ela já disse ao Josh que não pode ir. O dia vai passar, e Michael vai sair mais cedo na manhã de sexta para ir para Boston como ele sempre faz. Nada vai mudar.* Digo a mim mesma essas coisas e finjo acreditar nelas, mas estou com medo. Não quero perder o Michael. Não agora.

Deitada de lado, meu rosto fica a poucos centímetros do post-it que colei na cabeceira como lembrete para "lembrar do Dia de Ação de Graças" assim que acordar amanhã. Rezo para que o feriado da minha paralela aconteça como deve acontecer. Eu a imagino à mesa com meus pais e avós, comendo o peru de minha avó. Eu a imagino na cozinha com minha mãe, levando os pratos para a pia. Eu a imagino no sofá com meu avô, assistindo à versão em preto e branco de *A felicidade não se compra*, um filme que vi tantas vezes que decorei as falas. Fecho os olhos, repassando minha cena preferida.

As palavras de George Bailey ecoam em minha mente quando finalmente adormeço: *O que você quer? Quer a lua? É só pedir, e eu posso laçá-la e trazê-la para baixo. Ei, que ideia boa. Darei a lua a você, Mary.* Mas não é o rosto de Jimmy Stewart que estou vendo, e, sim, o de Josh. E o nome que ecoa é o meu.

13 (Lá)

quinta-feira, 27 de novembro de 2008
(Dia de Ação de Graças)

Estou em uma calçada, passando por um prédio que se estende por um quarteirão. A calçada está repleta de pessoas vestindo jaquetas e cachecóis, carregando livros e cadernos, segurando copos enormes de café, caminhando de um lado a outro. O vento está frio no meu nariz.

— Abby! — Escuto alguém me chamar. Viro para a direita e vejo um portão preto de ferro forjado por baixo de uma passagem alta abobadada. Do outro lado do portão, um cara — cabelos pretos, faces bem desenhadas, dentes perfeitos — sorri para mim. De repente, ouço um bipe e o portão se abre. O cara vem na minha direção. — Oi — ele diz quando se aproxima. — Trouxe algo para você. — Olho para baixo. Há uma caixa em minhas mãos. — É torta de abóbora.

Acordo assustada.

O ar do meu quarto está pesado com o cheiro apimentado da torta de abóbora da minha mãe, sua contribuição para a refeição que minha avó insiste em preparar todos os anos — na nossa cozinha.

— O Dia de Ação de Graças não é um dia para receitas novas — é o que ela diz todos os anos, é uma *direta* para a minha mãe, que não gosta de fazer nada duas vezes. — O Dia de Ação de Graças envolve tradição.

– Parece que seguir a tradição exige uma cozinha moderna. Minha avó se recusa a fazer os pratos em outro lugar que não seja a nossa casa. Ainda de pijama, eu desço a escada dos fundos.

– Aqui está ela! – meu avô diz quando entro na cozinha, abrindo os braços para me dar um abraço.

– Feliz Dia de Ação de Graças, vovô! – digo ao abraçá-lo. – Fiquei feliz por você ter me contado sobre as estrelas. – Fui para a cama pensando em todos os noves, pensando no que concluir. Ele me aperta com mais força, e eu retribuo, sem querer soltá-lo. Quando finalmente o solto, eu me aproximo de onde minha avó está, com as mãos de unhas bem feitas cobertas por migalhas de pão de milho.

– Sua mãe se esqueceu da sálvia – ela me diz, inclinando-se para me beijar. Olho para a minha mãe enquanto isso. Ela só balança a cabeça. *Não pergunte.*

– Quer que eu busque um pouco? – pergunto animada, colocando o telefone no balcão e caminhando até a cafeteira. – O supermercado abre até as duas. Sálvia fresca, não seca, certo?

– Seria ótimo, querida – minha avó diz. – E pode comprar um pouco de uísque escocês? Sua mãe também se esqueceu disso.

– Não, Rose, ela não pode comprar uísque escocês – minha mãe responde antes de mim. – Ela tem dezessete anos. E desde quando você bebe uísque escocês? Tem um Jack Daniels no armário.

– O escocês tem menos calorias – minha avó rebate. – Mas pode ser bourbon.

– Certo, sálvia fresca. – Despejo leite no meu café e então procuro na gaveta a tampa de minha garrafa. – Mais alguma coisa?

– Quem é Josh? – escuto meu avô perguntar. – E por que ele vai "sentir saudades hoje"? – Meu avô está segurando meu telefone, com a tela acesa porque uma mensagem de texto chegou.

– Josh é meu namorado – respondo. – E ele vai sentir saudades porque eu disse que estarei com um velhinho xereta o dia todo. – Meu avô bate em meu traseiro com meu telefone, e então o entrega a mim.

– Podemos conhecer o namorado? – minha avó pergunta.

– Um dia – digo a ela. – Antes de eu me casar, com certeza. – Sopro um beijo para ela, e então subo as escadas com meu café e as perguntas continuam.

– É sério desse jeito? – Escuto minha avó perguntar.

Fico no meu quarto tempo suficiente para vestir a calça jeans e prender os cabelos em um rabo de cavalo. Quando estou passando pela mesa na hora de sair, bato na barra de espaço de meu laptop, acendendo a tela. Com a chegada inesperada dos meus avós ontem, me esqueci de checar meus e-mails quando voltei para casa depois do piquenique. Meu e-mail de aprovação poderia estar em minha caixa de mensagens. Com o coração aos pulos, clico no ícone do e--mail, e uma caixa pop-up aparece: *Erro de servidor. Sua mensagem não foi enviada.*

Que mensagem?

Clico na caixa de saída, e um e-mail se abre.

Não!

Olho para a minha tela, surpresa. É um e-mail para o escritório de admissão da Yale com um documento anexado. Só há uma pessoa, além de mim, que usa meu laptop.

Ela não fez isso.

Com as mãos trêmulas, clico no anexo. É o arquivo que arrastei para a lixeira ontem de manhã. A inscrição para a Yale que não tive a intenção de enviar.

Ah, ela fez, sim.

Sinto a fúria tomar conta de meu corpo. Tão quente que queima todo o resto. Arranco o fio de meu laptop e desço a escada em direção à cozinha.

Minha mãe não desvia o olhar da tigela que está lavando.

– Você pode comprar também...

– Como pôde? – pergunto, interrompendo-a. Ela olha para a frente surpresa. Perde a compostura quando vê meu computador.

– Abby, eu só...

– Você o quê, mãe? Você precisava saber se eu era capaz de entrar? Se sua preciosa filha era boa o suficiente para uma universidade de prestígio? – Minha voz está trêmula e meus olhos estão intensos. As coisas estão começando a perder o foco.

– Não! Não tem nada a ver. Eu...

Não permito que ela termine.

–Você mexeu nos meus arquivos? Quem faz isso? – Bato o computador no balcão, sem me preocupar se ele vai se quebrar ou não. Meus avós ficam olhando para mim, assustados. Não me comporto assim. Não sou descuidada com eletrônicos caros. Não grito com minha mãe.

Mas estou gritando agora.

– Não mexi em nada – ela diz baixinho. – Precisava enviar um e--mail ontem, e havia deixado meu computador no museu. Sua lixeira estava aberta na tela.

– Minha lixeira. *LIXEIRA*. O que você estava pensando em fazer se eu tivesse entrado?

– O que está acontecendo aqui? – Meu pai entra na cozinha, com os cabelos ainda molhados do banho. – Por que toda essa gritaria?

–Você sabia disto? – pergunto, apontando para meu laptop. – Você sabia que a mamãe pegou minha inscrição da Yale na *lixeira* e a enviou sem me contar? – Pela cara do meu pai, fica claro que ele não sabia.

– Ela preencheu tudo – minha mãe diz a ele, imediatamente na defensiva. – Quando vi na lixeira, pensei que, talvez, ela tivesse se arrependido no último minuto, e não queria que ela perdesse uma oportunidade de mudança de vida por medo de não entrar. Ela tem se esforçado tanto, pensei que...

– Mas não era a sua decisão! – grito.

–Abigail, não fale com a sua mãe desse jeito – meu pai diz com seriedade.

– Não, Robert, ela tem razão. Abby, eu...

Não espero pelo pedido de desculpas. Antes de ela terminar, eu me viro e abro a porta dos fundos.

–Vocês podem comer sem mim – aviso um pouco antes de bater a porta.

★ ★ ★

Meu carro praticamente vai sozinho para a casa de Caitlin, apesar de eu não ter pensado em ir lá. Mas quando paro na frente da casa dela, sei exatamente por que vim, e não é para falar de minha mãe. É para pedir desculpas. E pela primeira vez desde que falamos aquelas coisas horrorosas, não estou preocupada com o que direi a ela.

Toco a campainha duas vezes, e percebo que o Volvo da família Moss não está ali, e o Jetta de Caitlin está estacionado na garagem. O jornal de ontem ainda está jogado na varanda.

Charleston. É onde a avó de Caitlin mora e onde a família dela passa todos os feriados.

Decepcionada, mas não derrotada, me sento na varanda e telefono para ela. Dessa vez, deixo uma mensagem de voz.

"Oi, Caitlin, sou eu, a Abby. Estou na sua casa, na varanda, pensando que gostaria que você estivesse aqui para eu poder lhe dizer isso pessoalmente". Respiro fundo, sabendo o que quero dizer, mas sem saber a ordem na qual quero dizer. "Sinto muito, Cate. Sinto muito pelo que disse a você na cafeteria, e por falar do Craig – aquilo foi ridículo, péssimo, e estou arrependida. Estou muito arrependida mesmo por ter dito ao Tyler que você gostava dele. Por pensar que sabia o que era melhor para você. Por achar que dependia de mim. Não consigo nem imaginar o tamanho de sua raiva. Bom, acho que consigo, porque..." Começo a falar sobre a inscrição na Yale, mas desisto. Essa ligação não é para falar sobre o que minha mãe fez. É para falar sobre o que *eu* fiz. "Por favor, aceite o meu pedido de desculpa", eu me apresso. "Farei o que for preciso". Paro, pensando se a mensagem ainda está coerente, já que comecei a falar, chorar e fungar. Fico pensando se devo implorar para ela telefonar para mim ou se só peço desculpas de novo, mas então, escuto o segundo bipe.

A linha fica silenciosa.

De repente, a profundidade do abismo entre nós se torna insuportável. Não quero mais brigar com ela. Ela é minha melhor amiga. Faz parte de quem sou.

Não sou a Abby sem a Caitlin.

Por favor, Deus, devolva a minha melhor amiga.

Estou ligando de novo quando ela retorna a ligação.

– Me desculpe – é o que digo em vez de "alô". – Por favor, não desligue na minha cara.

– Eu liguei para você – ela diz.

– Ah, é – digo, tola. Não sei dizer, pela voz dela, se ela escutou minha mensagem ou não. – Me desculpe – digo de novo. – Pelo que fiz.

– Eu também me arrependo – ela diz, e sua voz falha.

– Você não tem de se arrepender de nada. – As lágrimas escorrem pelo meu rosto. – Menti para o Tyler e disse aquelas coisas horrorosas.

– Eu disse coisas péssimas também. E, de certo modo, também menti. Não contei por que estava irritada. Não foi só por causa do lance do Tyler.

– Como assim?

– Eu tinha que enviar minha inscrição para a Yale no dia seguinte e...

– Ai, meu Deus. Suas redações. – Esqueci totalmente. Uma desculpa quase tão ruim quanto a ofensa em si. *Que tipo de amiga se esquece de algo assim?* Eu sabia que era importante para ela que eu lesse os textos. Sua dislexia a havia deixado muito temerosa em relação a sua capacidade de escrever, e aqueles textos significavam muito para ela. – Sou uma idiota – digo. – Não é à toa que você estava brava comigo naquele dia.

– Bem, por isso e por causa da minha pontuação péssima no SAT.

– A sua *o quê*?

– É. Foi uma semana bem ruim. – A voz dela está carregada de decepção. – Quase tão ruim quanto esta tem sido.

– Você... – Paro. Não consigo imaginar que seja verdade.

– Não entrei – ela diz. – Descobri ontem, um pouco antes de partirmos. Estou na lista de espera.

– Ah, Cate... – Sinto o coração literalmente doer no peito. – Mas você ainda tem uma chance de entrar, certo?

– Sim. Mas só vou saber em fevereiro. Por isso, estou me candidatando a outros lugares. Acredito que meu avô Oscar ficaria orgulhoso por ter uma neta na Wash U ou na Duke. – Ela faz um esforço para parecer animada. – E você? Recebeu notícias da Northwestern?

– Ainda não.

– Você vai entrar – ela me garante, porque é isso que as melhores amigas fazem.

– Minha mãe mandou minha inscrição para a Yale sem me contar – digo. – Ou pelo menos tentou. Descobri a mensagem presa na minha caixa de saída hoje. Há quinze minutos, na verdade. Não foi enviada, graças a Deus.

– Ela preencheu a coisa toda sem contar a você?

– Não. Eu preenchi. Ela encontrou na lixeira do meu computador.

– Por que você preencheu se não queria se candidatar?

– Eu estava confirmando que não queria entrar – explico.

– Preenchendo a ficha de inscrição? A sua cara, Abby. – A familiaridade de sua voz, a mistura distinta de humor e franqueza com seus comentários muito pertinentes me enchem de alegria, não sei explicar.

– Senti saudades – digo. – Muitas.

– Eu também.

Nenhuma de nós diz mais nada durante alguns minutos. Ficamos ali, pensando nas situações da vida.

Certo, talvez o mundo não seja tão justo. Quando volto para o carro, ignorei quatro ligações da minha mãe e três mensagens de texto. Só por que consigo me identificar com o raciocínio do "sei o que estou fazendo" da minha mãe não quer dizer que estou a fim de falar com ela no momento. E, sinceramente, não tenho energia emocional para lidar com a vovó Rose, nem vontade de enfrentar uma refeição de quatro horas. Com Caitlin fora da cidade, o único lugar ao qual posso ir é a casa do Josh.

Estou no meio do caminho para a casa dos Wagner quando me dou conta de que não tomei banho nem escovei os dentes. Felizmente, tem um posto com loja de conveniência e banheiro entre a casa de Caitlin e a de Josh. Compro desodorante, um kit de escova de dente e uma colônia em embalagem para viagem, que espalho pela minha pele.

Excelente. Agora estou com cheiro de camponesa.

Só quando estaciono na frente da casa do Josh me dou conta de que não contei a ele que iria até lá. Penso em ir embora, mas decido que existe uma boa chance de alguém ter me visto chegar. Não é a impressão que quero causar nos membros da família que ainda não conheci. Enquanto penso nas opções, meu telefone toca.

—Você está na frente da minha casa — Josh diz assim que atendo.

—Verdade.

— Isso quer dizer que vai comer conosco?

— Se o convite ainda estiver de pé.

— Claro que está. O que aconteceu com a maratona de comida? — ele pergunta.

— Longa história — digo. — Então, não tem problema eu estar aqui?

— Nenhum. — Escuto quando ele destranca e abre a porta da frente. — Vai entrar agora? Ou precisamos trazer peru na calçada? — Josh sai da varanda descalço, com uma calça cáqui amassada e uma blusa cinza, excepcionalmente bonitinho.

—Vou entrar — respondo. Com o telefone ainda grudado na orelha, saio do carro e caminho na direção dele. — Por favor, desculpe a minha aparência — digo. — Saí com pressa.

Ele franze a testa, preocupado.

— Está tudo bem?

— Sim. Não. — Suspiro e desligo o telefone. — Não sei. Minha mãe encontrou minha inscrição da Yale preenchida na lixeira, onde eu a coloquei e queria que ficasse, e a enviou em segredo. Ou tentou. Eu a encontrei em minha caixa de saída hoje.

— Nossa. Você conversou com ela?

— Sim. — Não tenho forças para contar todos os detalhes, por isso, me calo. Josh não pergunta mais nada.

—Você precisa de um abraço — ele diz e me puxa. Quando começo a relaxar encostada no corpo dele, sinto seu nariz em meu pescoço.

Dou um pulo para trás.

— Não me cheire! Não tomei banho! E dei uma exagerada na colônia.

— É isso! É esse o cheiro! Cheiro de campo. — Ele sorri e se inclina para me cheirar de novo. — Tem de outros aromas também?

– Não. Não sei. – Saio de perto dele. – Pode, por favor, não me cheirar?

Ele ri.

– É meio difícil evitar.

– Ótimo – digo. – Que bela primeira impressão vou causar.

– A única pessoa que você ainda não conhece é o meu irmão, e não deve se preocupar com o que ele pensa, definitivamente.

Ao falar do irmão, a expressão de Josh muda.

– Ai, cara – escuto a voz antes de ver seu dono. – Isso dói. – Olho além de Josh para a saleta escura, onde o irmão dele está de pé nas sombras.

– Essa deve ser a sua namorada – ele diz, aparecendo.

Alto, cabelos pretos, olhos verdes penetrantes. Camiseta do Gray Yale Lacrosse.

Perco o fôlego. *O cara do meu sonho de ontem.*

– Abby, este é meu irmão – Josh diz. Nunca o vi murmurar daquele jeito antes. Não combina muito bem com ele.

– Oi! – digo, tentando ser simpática. – Sou a Abby! – A voz animada também me ajuda a não pensar no fato de que sonhei com o irmão de Josh ontem à noite, um sonho no qual o irmão me deu uma torta de abóbora. *Como isso é possível?* Nunca o vi antes.

– Desculpe a grosseria de meu irmão – ele diz, estendendo a mão. – Sou o Michael.

Uma sensação forte de *déjà vu* toma conta do meu pensamento. Fico ali, olhando para ele – tentando situá-lo em um momento – *qualquer* momento real. Mas não consigo.

– Você vai me deixar esperando? – ele provoca, indicando a mão estendida.

– Ah, desculpe! – Coloco a mão na dele. Quando nos tocamos, eu reconheço. Quero perguntar se já nos conhecemos, mas sei que não haveria como.

– Vocês estão pensando em passar o dia na varanda? – a mãe dele pergunta de dentro da casa.

– Você sabe mexer em um extintor de incêndio? – Josh pergunta para mim. – Eu disse ao meu pai que o ajudaria a assar o peru.

Michael dá um passo para trás para nos deixar entrar.

– É, é melhor você ajudar o *seu pai* – ele diz. Sem responder, Josh passa por Michael e entra na casa. Michael fica olhando para mim.

Olho para ele. A sensação de familiaridade, de lembrança indeterminada, é forte. Aqueles olhos verdes. O formato das sobrancelhas. A cicatriz pequena no rosto. Pisco depressa, tentando me desvencilhar.

– Você tem alguma coisa nos olhos? – Michael pergunta, esboçando um sorriso.

Desvio o olhar depressa.

– Não. Eu... vou procurar o Josh. – Com os olhos grudados no chão, passo por ele e entro na casa.

Duas horas e um quase incêndio depois, nós cinco nos sentamos para comer. Depois da cena que testemunhei na varanda, imaginei que Josh e Michael discutiriam a tarde toda, mas parece que eles têm feito um esforço para serem civilizados por minha causa. Isso, aparentemente, exige que nenhum deles fale. Os únicos sons na mesa são o tilintar dos talheres nos pratos.

– E então, Michael – Martin diz, quebrando o silêncio –, que aulas está fazendo este semestre? Alguma coisa relacionada à física? – *É quase dezembro e eles não sabem as matérias que ele está estudando?*

Michael responde com um sorriso irônico.

– Infelizmente não, Marty.

Martin não reage ao diminutivo de seu nome. Mas não diz mais nada.

– Para quais faculdades você vai se candidatar? – Michael pergunta. Imagino que ele esteja perguntando ao Josh, até notar que todos na mesa estão olhando para mim.

– Ah, hum... – De repente, me dá um branco. – Universidades com bons cursos de jornalismo – digo depois de alguns segundos desconfortáveis. – Northwestern, Indiana. E alguns outros lugares.

– Por que não a Yale? – Michael pergunta, enfiando um pedaço de pele de peru na boca.

Lanço a Josh um olhar irritado.

— Não contei a ele — Josh diz rapidamente. — Ele estuda lá, por isso está perguntando.

Michael olha para Josh, e então para mim.

— O que ele não me disse?

— Nada — respondo. — Pensei em me candidatar, mas mudei de ideia. — De repente, o drama que fiz com minha mãe parece tão infantil.

— Por quê?

— Quero estudar em algum lugar com um programa de jornalismo.

— Uma garota que sabe o que quer — Michael diz, sem parar de olhar para mim. — Estou impressionado, cara.

Ao meu lado, Josh se remexe. Quero desviar o olhar — deveria desviar —, mas não consigo. O olhar de Michael é magnético. Pelo canto do olho, percebo que a mãe e o padrasto de Josh se entreolham.

— Estes bolinhos estão deliciosos — me dirijo à mãe de Josh, mudando de assunto.

— Ah, que bom! — ela responde, parecendo satisfeita. — Foi uma tentativa que fiz com a culinária do sul. Ela pega o bolinho em seu prato, e o analisa. — Pensei que ficariam mais macios.

— Para mim, estão perfeitos — digo a ela.

— Sim, mãe. Bom trabalho — Michael se inclina e a beija no rosto. Ela se alegra.

E, então, imediatamente, ele se vira para mim.

— Por que você quer ser jornalista?

A pergunta me pega desprevenida. Ninguém nunca me pergunta isso.

— Como assim?

— Gostaria de saber o que fez você escolher. Parece bem segura da decisão.

— Ah, eu... hum... — Olho para meu prato, envergonhada por não ter uma resposta. *Porque a mãe de meu amigo era jornalista, e eu gostava do modo como ela se vestia. Esse é mesmo o motivo?* — Gosto de escrever.

— Ela está sendo modesta — Josh me interrompe. — Escreve incrivelmente bem. E é a editora-chefe do jornal da escola.

– Bem, se quer ser jornalista, deveria se candidatar à NYU – Michael me diz, quase ignorando Josh. – Meu melhor amigo do ensino médio estuda lá, e ele fez um estágio no *Huffington Post* no verão passado.

– Sério? Nossa.

– Posso passar o e-mail dele, se você quiser.

– Sim, seria ótimo – digo a ele. – A NYU está na minha lista, mas como o prazo é janeiro, quero saber a resposta da Northwestern antes de enviar minha inscrição.

– Ben está gostando de Nova York? – A mãe pergunta a Michael.

– Adorando – Michael responde. – Conheceu uma garota lá no verão passado por quem diz estar apaixonado.

– Ben apaixonado! – A mãe dele exclama, sorrindo. – Você a conheceu?

– Ainda não – Michael diz. – Ela estuda em Seattle. Ben queria que ela fosse para Nova York no ano que vem, mas pelo que disse, ela quer a Yale.

– *Lá vem ela!* – Nós olhamos para o Martin, que agora está cantando muito bem. – *Duh nuh nuh nuh na na nah.* – Martin bate os dedos na mesa enquanto canta. – *Ela é a namorada do meu melhor amigo.* – A raiva aparece no rosto de Michael, mas Martin não percebe. – Cuidado, Ben! – Martin brinca, sorrindo. Ele não está pensando em seu suposto caso com a esposa de seu melhor amigo, porque não sabe que deveria estar pensando. Mastiga com alegria, esperando que nós comecemos a rir da piada.

Olho para a senhora Wagner. Os olhos dela estão grudados em Michael, como se pedisse para ele não dizer o que está prestes a dizer.

– Michael! – A voz de Josh é firme, como um pai falaria com um filho insolente. Michael se vira para Josh, mas olha para mim, e não para ele. Ficamos nos olhando por um instante. Menos de um instante. E então, inexplicavelmente, ele sorri. Não é um sorriso frio, mas um sorriso caloroso, diretamente para mim.

– Acho que você deveria reconsiderar a Yale – ele diz, como se fôssemos as duas únicas pessoas na mesa, e, por um momento, eu me esqueço de que não somos. – Afinal, a Northwestern pode ter uma bela escola de jornalismo, mas quantos formandos ganharam o prêmio Pulitzer de jornalismo?

– Nove – digo, sorrindo. – Contra quatro da Yale. – Michael ri. Olho ao redor e vejo que Josh e os pais dele estão olhando para nós. Surpresa, pego meu garfo e o derrubo. E agora, estou suando muito enquanto todos me observam pegá-lo do chão.

– Vou pegar outro para você – Josh diz, e fica de pé. Sinto que Michael está me observando do outro lado da mesa, com um sorriso absurdamente atraente. Decido não olhar mais para ele pelo resto da refeição, e olho para meu prato. As ervilhas estão secas e frias.

– Como você e meu irmão se conheceram? – Michael pergunta. Josh responde antes de mim.

– Na aula de astronomia – diz quando me entrega um garfo. Eu o pego e espeto uma única ervilha.

– Então, acho que isso faz de vocês namorados estelares, não é?

A casa está escura quando estaciono o carro cinco minutos antes do meu horário para chegar em casa. Eu me sinto levemente ofendida ao ver que ninguém está acordado me esperando. Saí de casa há doze horas e não atendi os telefonemas. Poderia estar morta no meio da rua.

Estaciono atrás do Buick dos meus avós e uso minha chave para entrar pela porta da frente, sem querer acordar ninguém com o som do portão da garagem. Minha mãe está sentada no primeiro degrau da escada, segurando uma caneca de café, esperando por mim. Parece cansada.

– Como foi? – ela pergunta quando entro.

– Foi... interessante – digo, fechando a porta ao entrar. – Como você sabe onde eu estava?

– O Josh ligou – ela responde. – Não fique brava com ele. Não queria que eu me preocupasse.

– Fico feliz por ele ter telefonado.

– Não fique brava *comigo* – ela diz, com a voz mais delicada. – Só estava tentando ajudar.

— Eu sei.

— Só quero que seja feliz — ela diz.

— Sei disso também. — Tirando meu casaco, subo os degraus e me sento ao lado dela. — Me desculpe pelos gritos.

Ela me abraça.

— Pena que eu não tinha uma câmera para registrar a cara da sua avó quando você gritou. — Nós duas rimos e a tensão desaparece. Encosto a cabeça no ombro dela. — Pensei que a mulher teria um ataque cardíaco na nossa cozinha — ela diz.

— Como foi a refeição?

— Mais ou menos como sempre. Apesar de parecer que seus avós estão fazendo a dieta de South Beach. Eles não comeram a minha torta.

— Ah, então quer dizer que sobrou?

— Quase tudo. Quer um pouco?

— Sim, por favor. Depois do dia de hoje, seria bom experimentar um pouco de normalidade.

— O que aconteceu?

— Imagine o encontro mais estranho de sua vida. Acrescente uns bolinhos, peru e multiplique por cinco.

— Tão ruim assim?

— Pior. O irmão de Josh acusa o padrasto de ter dormido com a mãe deles quando o pai deles ainda era vivo.

— Ele fez isso na sua frente?

— Acho que pode ter sido *por minha* causa, na verdade. Se eu não estivesse ali, acho que o Michael teria ido embora antes da sobremesa. Mas não termina aí. Parece que era o *pai* deles que estava tendo um caso, e a mãe deles tem mantido isso em segredo. Acho que a mulher com quem o pai deles estava dormindo perdeu um brinco em um quarto de hotel, e o atendente deixou uma mensagem a esse respeito no telefone da casa dele. Michael ouviu e pensou que o brinco era de sua mãe, e que ela estava com Martin.

— Bem, pelo menos a verdade foi revelada, certo? Talvez eles possam superar.

— Espero que sim.

Eu a sigo escada abaixo e entramos na cozinha, onde comemos dois pedaços de torta com um copo grande de leite. Enquanto comemos, conto a ela sobre o sonho. A torta, o portão, os olhos verdes de Michael.

— Estranho, não é?

— Que você sonhou com ele? Não. Você e Josh estavam falando sobre ele.

— Mas eu não sabia como ele era – digo. – Não tinha uma imagem mental. E também não havia porta-retratos com fotos dele na casa dos Wagner. Procurei hoje. Além disso – digo, lambendo o garfo –, no meu sonho, ele não era o irmão de Josh. Ele era... não sei. Meu namorado, algo assim. E ele estava me dando a torta. *Esta* torta, na verdade. O que, por falar nisso, está deliciosa como sempre.

— Bem, pelo menos ele tem bom gosto – minha mãe diz.

Sorrio, pensando em Michael.

— Inteligente, bonito e tem bom gosto para tortas – digo. – Poderia ser pior.

— Estamos falando do cara de seus sonhos, não do irmão do seu namorado, certo? – Ela está me provocando, mas fico corada.

— Certo.

— E o irmão do seu namorado? O que acha dele?

— Não sei. É difícil decifrá-lo. Mas havia algo nele... – paro de falar, imaginando a palma de minha mão no rosto dele, e me interrompo. *Ele é o irmão de meu namorado.* – Ele estuda na Yale, na verdade – digo, pigarreando e tirando a imagem de minha mente. – E me incentivou a me candidatar.

— Você gritou com ele também?

— Engraçadinha. – Abro a boca para fazer um comentário, mas apenas bocejo. – Ai, ai. Sinto que estou entrando em coma induzido pela torta.

— Funciona todas as vezes – ela responde, escondendo o próprio bocejo. Pega meu prato vazio.

Dou um beijo nela de boa-noite e sigo para o meu quarto. Ali, na minha mesa, está meu laptop, com a caixa de saída ainda aberta na tela. Minha mãe deve ter mexido de novo. Minha visão borra por um segundo, e eu me imagino ao lado de Michael na frente de um enorme portão de ferro forjado, com um jornal embaixo do braço. É a mesma calçada na qual estávamos no meu sonho de ontem à noite. *Onde fica isso?* O local parece familiar, mas não o reconheço. Como se tivesse planejado, abro a gaveta de baixo e pego o monte de folhetos de universidades que queria organizar, mas não organizei. O da Yale está por baixo, com um pouco de pó de café grudado nele por ter passado brevemente pelo lixo da cozinha quando o peguei. A imagem na frente é um prédio alto, que parece uma catedral gótica, mas, na verdade, provavelmente não seja. Talvez seja a biblioteca.

Num impulso, viro o folheto. Ali está. Phelps Gate, de acordo com a legenda embaixo da foto. Nela, há um aluno passando por uma passagem abobadada enorme. A mesma passagem pela qual Michael passou em meu sonho. Michael, um cara que nunca tinha visto antes. Michael, o irmão de meu namorado, um cara que estuda na Yale, um lugar que nunca visitei e, até então, do qual não tinha visto nada. Mas, ainda assim, sonhei com ele, atrás do portão.

Meu ímpeto é duvidar de mim mesma. Talvez o portão não fosse aquele portão. Talvez o cara que eu vi não fosse o Michael. Porque... como poderia ser?

Mas era.

Olho para a imagem e me imagino passando pelo portão, entrando no campus. Um pensamento surge em minha mente, estranho e forte: *Este é o seu destino.*

– Não acredito em destino – digo baixinho, mas é mentira. Só nunca pensei que o meu poderia ser diferente do que planejei.

Procuro entre os folhetos até encontrar o mais desgastado, com as pontas roxas com orelhas de tanto serem manuseados.

– Este é meu destino – repito para a capa imutável, passando o dedo no *Não* maiúsculo. Mas minha voz está normal e não convence.

Olho para o folheto da Yale e tomo uma decisão. Se eles mandarem um recrutador ao Head of the Hooch, falarei com ele. E se ele disser que eu devo me inscrever, é o que vou fazer.

Arrasto o e-mail para a caixa de rascunhos, só para garantir.

14 (Aqui)
sábado, 28 de novembro de 2009
(hora do jogo)

Meus olhos se abrem e se voltam para o relógio: seis da manhã. O post-it amarelo está bem onde eu o deixei ontem à noite, grudado na lateral da cabeceira, iluminado pela fraca luz azul do relógio.

LEMBRE-SE DO DIA DE AÇÃO DE GRAÇAS!!!

Não que eu precise do lembrete. Não é preciso muito para me lembrar disso. Essa lembrança se destaca das outras, com prioridade em minha mente.

A briga com a minha mãe. Aparecer na casa de Josh sem avisar. Conhecer o Michael, não como uma aluna do primeiro ano desimpedida e disponível, mas como a namorada do irmão mais novo dele. Em outras palavras, já comprometida. Total e completamente indisponível.

Eu me recosto no travesseiro e deixo a nova realidade tomar conta de mim. *Não estou mais com o Michael.* No momento, é como se nosso relacionamento de dois meses e meio nunca tivesse acontecido.

Espero pelo familiar nó na garganta, o medo nauseante. Mas ele não vem. Em vez disso, sinto um frio na barriga. De ansiedade.

Levo a mão à barriga, tentando entender o que estou sentindo. Como posso ficar bem com isso?

Porque quer dizer que você está com o Josh.

– Não – sussurro no escuro. – Não estou apaixonada pelo irmão do meu namorado. – Quando escuto o que digo, quase dou risada. *Quem é o namorado e quem é o irmão?* – Essa coisa toda está bem estranha – digo ao meu teto.

Fecho os olhos, imaginando o rosto de Michael. Ele me faz rir. Faz minhas mãos suarem. Beija absurdamente bem. Qualidades muito importantes em um namorado.

E tem o Josh. Um rosto que é mais embaçado, mas mais familiar. Não o conheço muito bem, e, ainda assim, há algo indescritivelmente *bom* a respeito dele. A nosso respeito. Quando estava com ele ontem, me senti estranhamente completa, como se tivesse encontrado algo que procurava. *Mas por quê?*

– Ele é minha alma gêmea? – digo essas palavras em voz alta, sem intenção. Minha voz está estranha. – Josh é minha alma gêmea – digo, testando as palavras. Sinto uma onda de felicidade ao imaginar o que poderia ser nosso futuro juntos. Assistir ao jogo de futebol da USC quando estiver com ele em Los Angeles. Comer pepperoni na Yorkside quando ele estiver comigo em New Haven.

Yale.

Minha mente, que até este momento estava avaliando calmamente meu novo conjunto de circunstâncias, começa a se acelerar. Estou tentando entender como posso ter ido parar na Yale sem Caitlin para me convencer a me candidatar. Agora, eu sei: minha mãe enviou a inscrição. Mas minha paralela desfez isso quando encontrou aquele e-mail.

Não vou mais para a Yale.

Saio da cama e procuro meu telefone, mas está sem bateria. O laptop está conectado ao lado dele na mesa. Toco a barra de espaço para tirá-lo do modo em repouso e descubro que não está em standby, mas, sim, desligado.

– Merda! – eu grito, apertando o botão de ligar várias vezes. – Ligue, sua porcaria!

– Abby? O que está acontecendo? Por que acordou tão cedo? E por que está xingando seu computador?

Minha mãe está na porta, olhando para mim no escuro.

– Ah, eu...

Ela enfia a mão pela porta e acende a luz. Nós duas piscamos diante do choque que a luz causa à retina.

– Está tudo bem? – ela perguntou. – Escutei você lá de baixo.

Enquanto meus olhos se ajustam à luz, vejo uma mancha azul acima da cabeça dela. Ali. Logo acima da porta, bem onde deveria estar, está minha flâmula da Yale. A pulseira de Caitlin está em cima da cômoda.

– Está tudo bem – abro um sorriso para me desculpar. – Só preciso do telefone sem fio.

– Desça para pegar – ela diz. – E pare de gritar. Seu pai está tentando dormir.

– Eu sei, me desculpe. – Com o rabo entre as pernas, desço com ela até a cozinha para pegar o telefone.

– Para quem você vai telefonar tão cedo? – ela pergunta enquanto serve café em uma xícara para mim.

– Para a Caitlin – respondo, já teclando os números. – Obrigada pelo café – digo quando volto a subir.

– Está falando sério? – Caitlin diz quando atende. – São 6h15min da manhã. De um sábado.

– Preciso me situar.

– Seu nome é Abby Barnes. Você está no primeiro ano da Yale. Você mora com Maris...

Eu a interrompo.

– Sei de tudo isso – digo sem paciência. – Estou namorando alguém?

– Michael – ela diz com voz de sono.

– Michael – repito. – Michael é meu namorado.

– Você não sabia disso? – ela pergunta, bem acordada agora. – Seu relacionamento com ele é novo para você? – Pela primeira vez, sinto um pouco de animação.

Minha vida é um quebra-cabeça. E esses pedaços se encaixam.

Não preciso ter medo de nada.

– Não é novo – digo a ela. – Só não pensei que ainda fosse o caso.

– Por que não? – Caitlin pergunta. – O que aconteceu?

– Na versão real, Michael e eu nos conhecemos no meu aniversário de dezoito anos, um dia depois da colisão. Para mim ele era um cara qualquer, o melhor amigo de Ben. Mas ele não é "um cara qualquer" para a minha paralela. Não mais. Ela sabe que ele é irmão do Josh. Eles se conheceram ontem, no Dia de Ação de Graças deles.

– Sim – Caitlin responde. – É por isso que vocês estão juntos.

Eu fico sem ar.

– Do que está falando?

–Você disse que sabia, desde que conheceu Michael, que tinha que ficar com ele. Foi por isso que você terminou com o Josh. E por que você se candidatou à Yale.

Ela escolheu o Michael.

– Quando foi o rompimento? Logo depois do Dia de Ação de Graças?

– Não, só em abril. Quando você voltou do Bulldog Days.

– Bulldog Days? – Estou quase gritando com ela. – O que diabos é isso?

– O fim de semana de boas-vindas aos alunos da Yale. Você e Michael...

– ELA FICOU COM ELE? Enquanto estava com o *Josh*?

– *Saíram* juntos – Caitlin diz com calma. – Até onde sei, ninguém ficou com ninguém. Não naquele dia, pelo menos. Você manteve a relação bem platônica até setembro. Ideia sua, não dele. Vocês começaram a namorar no seu aniversário.

– E o Josh?

–Você contou a ele há alguns dias, no Dia de Ação de Graças. Pelo que me contou ontem, ele não aceitou muito bem. Acho que desde então, você não fala com ele.

– E o Michael?

– Ele foi para Boston ontem.Vai levar você para jantar em um restaurante chique de New Haven amanhã à noite.

É exatamente o que eu queria. Há dois dias, é o que aconteceu.

Muita coisa pode mudar em dois dias. Muita coisa pode mudar em dois minutos.

Ordem ao caos, e vice-versa.

– Nós fizemos as pazes – digo. – Você e eu. No último Dia de Ação de Graças.

– Claro que fizemos as pazes – Caitlin responde. – Você pensou que ficaríamos brigadas para sempre?

Sorrio. Isso é engraçado na vida. Raramente temos consciência dos males dos quais escapamos. Das coisas que não nos acometem por pouco. As coisas que quase acontecem. Passamos tanto tempo preocupados com o futuro e pouco tempo admirando a preciosa perfeição do presente.

Fecho os olhos e vejo o rosto do Josh. No meio da rua ontem, de barba por fazer, sem tomar banho e sem querer duvidar do que acreditava ser verdade. *Não são os sentimentos de outra pessoa, Abby... O modo como amo você... não me diga que não é real.* Não importou para ele que o passado não fosse como ele se lembrava. Só importava como se sentia naquele momento, ali comigo. Ali, no presente. Respiro fundo, deixando-me voltar para aquele momento. Deixando-me sentir o que senti, mas não conseguia entender. Deixando-me entrar no futuro que vi na minha varanda ontem à noite, um futuro que não consigo ver com clareza, mas no qual confio mesmo assim. *Certo, certo, certo.* Ele é certo. Sempre foi.

E Michael também é certo. Mas não para mim.

Entendi o contrário. O Michael é a alma gêmea da minha paralela. E o Josh, a minha.

De repente, todos os argumentos de Caitlin a respeito da equivalência genética se perdem. E daí se minha paralela e eu parecemos a mesma pessoa sob um microscópio? A alma não pode ser captada em DNA. É exatamente o que o doutor Mann quis dizer naquele dia em seu laboratório. *Você é um ser unicamente criado com uma alma transcendente.* Uma alma cujos desejos não podem ser previstos nem efetivamente explicados, cuja constituição não pode ser quantificada, cuja natureza real continua sendo um mistério, tão misterioso quanto antes. Minha paralela e eu temos almas gêmeas diferentes porque somos almas diferentes.

– Preciso terminar com o Michael – digo.

– O quê? – Caitlin parece bastante chocada. – Por quê?

– Estou com o irmão errado – digo a ela, e logo desligo.

Esquecendo que horas são, teclo o número de Michael. Ele atende no quinto toque, com a voz rouca e grogue.

– Abby?

– Precisamos terminar o namoro – digo assim que escuto a voz dele. *Nada de delicadeza.*

Silêncio.

– Michael?

– Se isso é uma piada, teria sido mais engraçada ao meio-dia.

– Não é piada – digo baixinho.

Escuto passos do lado dele e então, o som de uma porta se fechando.

– Posso saber por quê? – A voz dele está baixa e ecoa um pouco, como se ele estivesse no banheiro. Eu o imagino de camiseta e calção, os cabelos despenteados por estar dormindo, sentado na beira da banheira. Respiro fundo, imaginando o cheiro dele, tão diferente do de Josh, apesar de compartilharem o mesmo DNA. Breve e estranhamente, eu me pergunto se alma tem cheiro.

Ele está esperando uma explicação. Penso em não responder, dizer algo a respeito de valorizar a amizade e de precisar de um tempo. Mas ele merece mais do que isso. Ele merece a verdade.

– Acho que estou apaixonada pelo Josh – digo baixinho.

– Você acha que está apaixonada pelo Josh – ele repete. Eu afirmo mexendo a cabeça, e então percebo que ele não pode me ver. – E eu pensando que você estivesse apaixonada por mim.

– É... – começo, e então paro. *Destino?* Parece ridículo, até para mim. – Não faz sentido – digo. – Eu sei disso.

– Como pôde fazer isso? – Ele está irritado agora. E magoado.

– Não foi minha intenção – digo, com a garganta apertada.

– Mas fez – ele responde. – Você *quis* fazer. Não foi um acidente, Abby. Você está fazendo isso. Está decidindo. É você quem está jogando o nosso relacionamento fora.

Passam-se alguns segundos de silêncio até a linha ficar muda. Durante dez outros segundos, eu entro em pânico. *E se eu estiver escolhendo o cara errado?* Mal conheço o Josh. Ontem foi a primeira conversa ao vivo que tivemos. Todo o resto que sei sobre ele é da memória. Ele parecia o cara certo, mas não sei muito bem se ele e eu temos que ficar juntos. A resposta, claro, é não. Não existe certeza. O melhor que podemos fazer é usar o que sabemos, e o que aprendemos, e o que acreditamos ser verdade a respeito de nós mesmos, e então tomar uma decisão.

Minha paralela tomou uma decisão. Escolheu o Michael.

Eu escolho o Josh.

Momentaneamente paralisada, olho para o telefone. Não tem como voltar atrás. Se as coisas não derem certo com o Josh, terei perdido os dois.

Estou rezando enquanto teclo o número de Josh. *Por favor, atenda, por favor, atenda, por favor, atenda.* Depois de dois toques, ouço a voz de um atendente. "O número que você ligou não está disponível para receber chamadas de seu número."

Sinto um aperto no peito. Ele não se lembra da nossa conversa de ontem. Minha paralela a apagou.

De repente, sinto uma necessidade urgente. Vi meu destino. Não tudo, mas uma parte essencial. Se esse momento for o único momento de que poderei ter certeza, preciso fazer com que ele valha a pena.

Com as pontas dos dedos formigando, digito "passagem aérea de última hora" no Google e clico em enter. Cinco minutos depois, estou inserindo o número do meu cartão de crédito para um voo de Atlanta a Los Angeles que parte em três horas e seis minutos e faz com que o saldo em minha conta corrente fique com menos de três dígitos.

Enfio uma troca de roupa e uma escova de dente em minha bolsa e tomo um banho rápido. Enquanto lavo os cabelos bem depressa, fico pensando no que dizer aos meus pais sobre essa viagem repentina. É claro que eles gostam do Josh. Mas gostam o suficiente para me permitir atravessar o país daqui a três horas para vê-lo?

— Então, ele não sabe que você vai — minha mãe diz quando conto meu plano a eles. — Você vai, simplesmente, aparecer no quarto dele?

— Não no quarto — respondo. — Mas no jogo da UCLA. Sei onde ele vai se sentar. — Desejando preservar o elemento-surpresa, eu disse a Tyler que estava pensando em ver Josh na TV e, assim, queria saber onde ele estaria. Tyler não acreditou, mas me deu o número do assento mesmo assim.

– Essa é a minha garota – meu pai diz, aprovando minha decisão. – Que pega o touro pelos chifres. – Minha mãe lança um olhar a ele. – Que foi? Eu acho romântico.

– Nossa filha de dezoito anos quer atravessar o país para dizer a um garoto que gosta dele. – Minha mãe olha para mim. – Não pode simplesmente telefonar para ele? Ou enviar um e-mail?

– Já disse que ele não atende meus telefonemas. Está chateado com o que aconteceu com o Michael.

– E com razão – ela diz. – Você rompeu com ele para ficar com o irmão dele e manteve segredo.

– Cometi um erro – digo. Não posso explicar nem dar uma desculpa pela minha escolha, porque não fui eu quem decidiu. Mas não posso me arrepender, porque, sem isso, não teria o que tenho no momento: clareza. Se Josh é minha alma gêmea, então eu o encontrei não apesar da influência da Abby paralela, mas *por causa* dela. Ela não é mais minha adversária, mas parte de quem sou. – Precisa de mais dinheiro? – meu pai pergunta, analisando a cozinha à procura de sua carteira. – Vou lhe dar um pouco de dinheiro.

– Vamos permitir que ela vá? – minha mãe pergunta a ele.

– Acho que ela não estava pedindo permissão, Anna.

– Vou ficar bem, mãe – digo a ela. – De verdade.

– Mas e a escola? Você não tem aula na segunda?

– Volto para as aulas. Vou voltar amanhã cedo. Meu voo de volta para New Haven só chega às seis.

– Anna, esta é a Abby, lembra? Nossa filha responsável e ajuizada. – Meu pai me dá cinco notas de vinte e seu Amex.

– Tão responsável e ajuizada que merece fazer compras enquanto estiver viajando? – Pergunto com um sorriso enquanto guardo o cartão.

– Ah, não abusa da sorte.

– Você falou com Michael? – minha mãe pergunta.

Confirmo.

– Telefonei para ele há uma hora. Ele ficou bem chateado – digo a ela, lembrando o som da voz dele. Uma onda de pânico me toma. *Cometi um erro?*

– Nunca gostei daquele cara – meu pai comenta. – Ele tinha um jeito estranho.

–Você só o viu uma vez!

– Tenho boa intuição – ele responde, passando manteiga em uma torrada queimada. Por um momento, sinto pena da minha paralela. Ela vai enfrentar um desafio e tanto tentando convencer minha mãe e meu pai a gostarem de Michael.

– Bem, é melhor eu ir – digo a eles. – Meu voo parte em duas horas. – Pego minha mala, sentindo-me nervosa de repente. – Deseje--me sorte.

– Boa sorte, querida – meu pai diz, apoiando a mão em meu ombro. Foi exatamente o que ele disse para mim no dia da estreia da peça ano passado, atrás do palco, antes do show. As mesmas palavras, o mesmo gesto, a mesma mistura de confiança e preocupação de pai. Eu me lembro de ter me sentido muito nervosa nas semanas que antecederam a apresentação, certa de que eu esqueceria as frases e passaria vergonha na frente da plateia. Toda a minha energia e ansiedade estavam focadas para que eu vencesse aquelas cinco apresentações e pudesse seguir com a mudança de vida. Não vi passar.

Não estava prestando atenção.

– Terra chamando Abby. – Minha mãe balança a mão diante de meu rosto. Eu hesito e o rosto dela aparece para mim. E, de certo modo, a minha vida toda.

– Estou agora – digo simplesmente.

Ela balança a cabeça, sem compreender.

–Você está agora o quê?

– Prestando atenção.

Quando o avião aterrissa em Los Angeles, estou muito nervosa. Sim, é o que quero, mas O QUE ESTOU FAZENDO? Ele bloqueou meus telefonemas. E se ele se recusar a falar comigo? Ou pior, e se eu envergonhá-lo na frente de todos os amigos da faculdade? Penso em esperar o jogo acabar, mas concluo que é arriscado demais: é possível que ele saia com as pessoas depois. Desde que esteja no jogo, sei onde encontrá-lo.

As estradas estão previsivelmente cheias, e quando nos aproximamos da saída da USC, o trânsito fica lento e para. Ao nosso redor, fãs demonstram sua lealdade com adesivos. Meu motorista está ouvindo a cobertura do jogo pelo rádio.

– O senhor pode aumentar o volume? – pergunto. Ele confirma e aumenta o volume bem quando a UCLA entra. Josh deve estar em seu assento.

Sinto o estômago enjoado. Mal conheço esse cara, e estou prestes a falar de meu amor a ele em um estádio repleto de pessoas. É maluco, mas nunca tive tanta certeza de algo na vida.

Cinquenta e oito dólares depois, o táxi me deixa no estádio. O barulho que vem de dentro é ensurdecedor. Quando me aproximo da entrada, olho para cima, e, apesar de estarmos no meio da tarde de um dia maravilhosamente claro, o céu está manchado de vermelho e roxo. Vi a névoa, mas não vi seu efeito no céu de Los Angeles. Essas cores são especialmente encantadoras, o que é estranho, porque normalmente quando o céu está encoberto também fica escuro. Mas hoje, consigo ver até os montes. *Quando foi a última vez em que o céu ficou assim?* Minha mente dança com as lembranças, não consegue se lembrar.

– Ingresso? – alguém diz, levando-me de volta à realidade. Cheguei à catraca, onde uma menina com um capuz marrom e dourado está pegando os ingressos.

Olho para ela sem expressão. Eu me esqueci totalmente do lance do ingresso.

– Ah, não tenho ainda – digo a ela. – Onde posso comprar?

Ela ri.

–Você está brincando, certo? Os ingressos para o jogo acabaram há meses. Há cambistas por aí, mas duvido que algum deles esteja vendendo por menos de duzentos e cinquenta.

– Duzentos e cinquenta dólares? Para um jogo de faculdade?

A garota olha para além de onde estou, para um homem grande atrás de mim, vestido da cabeça aos pés com roupas azuis.

– Ingresso?

O homem passa por mim, quase me derruba.

– Posso vender um ingresso.

Eu me viro e vejo um cara com uma blusa enorme da USC em uma bicicleta que parece pertencer a uma criança de cinco anos. O garoto olha ao redor como se um policial estivesse pronto para abordá-lo. Eu corro até a calçada.

– Quanto? – pergunto com a voz baixa. – Não posso pagar muito.

– Cinquenta dólares – ele responde e puxa um único ingresso do bolso da frente, que me entrega. – É de verdade – ele diz, parando a alguns metros de mim. – É um bom assento, também. Do lado da UCLA.

Do outro lado do ginásio de onde Josh está sentado, mas, neste momento, não posso escolher.

– Vou ficar com ele – digo ao garoto, procurando minha carteira na bolsa.

– Você não parece ser o tipo de pessoa que gosta de futebol – ele diz enquanto espera pelo dinheiro. – Para quem você está torcendo?

– Não estou. Ei, só tenho notas de vinte e duas de um. Aceita quarenta e dois?

– Sessenta.

– Mas você disse que eram só cinquenta!

– E *você* disse que não tem uma nota de cinquenta. Tenho cara de caixa automático? – Olhando para ele, entrego minhas três notas de vinte. Ele guarda o dinheiro no bolso, me dá o ingresso e se afasta com a bicicleta.

Ali dentro, encontro a seção do ingresso com facilidade. Descendo a escada de cimento, viro o pescoço e vejo a cabeça loira de Josh. Quando finalmente chego à fileira dele, meu coração está batendo forte e a parte de trás dos meus joelhos está suada. *É agora.* Desço mais um degrau para poder ver a fila toda e a observo, pessoa por pessoa, esperando pelo momento em que meus olhos encontrarão o rosto conhecido dele.

Mas ele não está ali. Há dois assentos vagos no meio da fila, mas Josh não está. Confiro a mensagem de texto de Tyler para ter certeza de que estou no lugar certo. Seção 11, fileira 89. Onde ele está, então?

Rapidamente, teclo o número de Tyler.

– Ele não está aqui! – resmungo quando Tyler atende.

– Quem não está aí?

– Josh não está onde você disse que ele estaria. Seção 11, fileira 89. E então, a USC marca um ponto, e o estádio é tomado por um barulhão.

– Você está em Los Angeles?

– Vim dizer ao Josh que gosto dele. Queria que fosse uma surpresa.

– Você não está namorando o irmão dele?

– Nós terminamos.

Tyler diz algo em resposta, mas a USC acabou de conseguir o ponto extra, e não consigo escutar nada em meio ao som ensurdecedor. Demora um minuto até eu conseguir ouvi-lo de novo.

– Ele está aí – Tyler me diz. – Ele acabou de me enviar uma mensagem de texto. Está com uma garota que ele conhece do ensino médio.

– Com ela, tipo... namorando?

– Se ele a estivesse namorando, imagino que não iria se referir a ela como "uma menina que conheço do ensino médio". Não, ele a encontrou no caminho. Os assentos dela eram melhores do que o dele e ela tinha alguns sobrando. Seção 6. Terceira fileira.

– Obrigada – digo, já no meio da escada. – Estou indo.

– Foi uma atitude maluca, Barnes, atravessar o país desse jeito – Tyler diz. – E se ele mandar você ir para o inferno?

– Obrigada, Tyler, pelo voto de confiança. Tchau.

Quando chego na entrada da Seção 6, estou acabada. *Linda*. Uma parada rápida no banheiro feminino ajuda, mas também confirma que mais pareço uma maluca. Provavelmente, porque *sou* uma maluca. Suando debaixo do braço. Olho para mim no espelho cheio de respingos de sabonete, tentando entender o que aconteceu com a garota calma e confiante que atravessou o país esta manhã.

– Qual é a pior coisa que pode acontecer? – pergunto ao meu reflexo. Não espero a minha resposta.

Desta vez, é fácil encontrar o Josh. Ele é o único cara de vermelho em meio a um mar de azul e amarelo. Está sentado três assentos do corredor para dentro, ao lado de uma garota com cabelos castanhos compridos e ombros pequenos. Enquanto olho para a nuca deles, tentando criar coragem para descer, o cara no assento do corredor se inclina para a frente para dizer algo a Josh. A princípio, só vejo o braço dele, encostado na parte de trás do assento da garota. Bronzeamento artificial sem limites. *Los Angeles é isso aí.*

E então, a garota se mexe e vejo o rosto do cara.

É *Bret Woodward*. Sentado ao lado de Kirby. Kirby de Boston. A menina que Josh conhece do ensino médio.

Meus olhos analisam o resto da fileira. Vejo Seth do outro lado, e o dublê de Bret e a maquiadora a quem o dublê sempre paquerava, e um cara da faculdade que não reconheço, mas acho, pela camiseta preta da USC, que se trata de um amigo de Josh. E então, do nada e sem qualquer motivo, Josh vira a cabeça e olha diretamente para mim. Ele fica de pé e olha para mim sem entender por um segundo, e então balança a cabeça como se quisesse esvaziá-la.

– O que você está fazendo aqui? – ele pergunta e passa pelos outros caras em direção ao corredor.

– Queria falar com você – eu grito.

Josh me encontra no meio da escada.

– Telefonar teria sido mais barato – ele diz.

– Você não atenderia meu telefonema – digo.

– Cinco mil quilômetros. Você deve ter algo bem importante a dizer.

Hesito, sabendo que esse é o meu momento, mas tenho medo de estragar. Josh fica ali, esperando, enquanto as pessoas começam a cantar ao nosso redor. Por um segundo, acho que elas estão cantando para mim. Mas não. Elas só querem um ponto.

– Acho que somos almas gêmeas – digo, o que não é bem o que eu planejei dizer. Queria começar com um pedido de desculpas pelo que aconteceu com Michael, passando ao grande "Cometi um erro, por favor, me perdoe". *Não deu.*

– Desde quando?

– Desde a primeira vez que você me levou ao nosso balanço – digo, apesar de isso significar algo diferente para ele do que para mim. – Só me esqueci por um tempo.

– E o Michael?

– Terminei com ele hoje cedo. Ele não aceitou muito bem. – Meus olhos ficam marejados, porque me lembro. Não queria magoar nenhum deles, e agora os dois estão magoados. – Josh, sinto muito.

Josh fica calado pelo que parece um tempão. E então, bem alto, digo:

– Acho que ele merece encontrar sua alma gêmea.

Meu coração estremece no peito.

– Estamos... bem? – sussurro.

Ele não responde. Em vez de responder, ele me envolve em seus braços e me beija, e todas as minhas dúvidas desaparecem. Ele toca meus cabelos e eu toco o rosto dele, e tudo se encaixa, como se tivéssemos ensaiado para esse momento a vida toda. Quando a banda começa a tocar, imagino que a canção é para nós.

– A tempo de ver a dominação troiana – Josh diz quando eu finalmente me afasto, e a voz dele está mais alta e mais leve. Ele pega a minha bolsa do ombro. Com a bolsa em uma das mãos, segura na minha mão com a outra e eu o acompanho escada abaixo até o campo.

– Então, você conhece a Kirby do ensino médio?

Ele ergue as sobrancelhas, surpreso.

– Como você conhece a Kirby?

Oops.

– Não conheço – digo rapidamente. – Mas ouvi você mencionar o nome dela.

– Achei que não tivesse dito.

– Então, ela é de Worcester? – pergunto antes que ele possa repassar nossa conversa e perceber que não disse o nome dela.

Ele assente.

– Dois anos abaixo de mim na escola. Eu era amigo do irmão mais velho dela, o Keith. Ela e a mãe se mudaram para cá quando Kirby completou dezesseis anos.

– E agora ela tem saído com as celebridades, hein? Aquele não é Bret Woodward? – Não tem nem um pouco de inveja em minha voz. Não sinto inveja nenhuma.

– Louco, não é? É ela ali, perto do Bret, e aqueles são Seth, Dante e Brianna – Josh me diz, apontando para cada um deles. Todos sorriem e acenam, sem perceberem nada. *Meus amigos de Los Angeles.* Consigo ver todos eles no jantar de aniversário que Bret preparou para mim na noite anterior a tudo mudar. – O cara da outra ponta é meu amigo, Derrick.

– Vocês deveriam sentar! – Kirby diz. – Aqui, sentem-se aqui. Seth, venha.

Josh levanta minha mochila acima da cabeça. Enquanto observo os bíceps bronzeados dele se contraírem, sinto um frio na barriga. De repente, só consigo pensar em beijá-lo. Passar as mãos em seus cabelos, sentir seu peito contra o meu. Enquanto eu o acompanho a nossos assentos, olho para a cintura de sua calça jeans. Vejo a cueca com pequenas renas vermelhas aparecer por baixo da camiseta, que sobe um pouco quando ele ergue os braços. Suas costas são um pouco mais claras do que os braços, mas os músculos são igualmente pronunciados. *Esse traseiro é tão perfeito assim naturalmente ou ele faz alguma coisa?* Eu me distraio tanto com esse pensamento que só vejo o pé de Bret quando tropeço nele.

Ele me segura antes que eu caia.

– Cuidado – ele diz, mantendo-me firme.

– Ei, vou tirar uma foto – Kirby diz, balançando o celular e espirrando cerveja na perna de Seth. – Juntem-se.

– Ela é uma ameaça com esse telefone com câmera – Bret diz para mim. Quando a respiração dele passa por meu rosto, sinto um arrepio.

Eu estaria aqui.

Mesmo que nosso mundo não tivesse colidido com o mundo paralelo, eu estaria sentada bem ali, naquele mesmo assento, com aquelas pessoas. Não teria ido a Los Angeles atrás de Josh, claro. Já estaria ali pelo cinema e provavelmente estaria nesse jogo como acompanhante de Bret. Mas estaria ali de qualquer modo. E graças a Kirby de Boston, Josh também.

Teríamos nos conhecido de qualquer modo. Mesmo sem aquela aula de astronomia. Mesmo sem a ajuda da minha paralela. Ela me levou a ele mais cedo, mas eu o teria encontrado sozinha.

E então, uma realidade tão clara que ilumina todo o resto.

Eu o teria amado de qualquer modo.

As palavras do doutor Mann ecoam em minha mente. *Seu caminho vai mudar. Seu destino não muda.* De repente, tudo faz sentido. O caminho não dita o destino. Há vários desvios do destino, e às vezes esse desvio é um atalho. Mas é mais do que isso. Sentada aqui, neste lugar, Bret de um lado, Josh do outro – entre meu passado e meu futuro –, é exatamente onde devo estar. Não importa como eu cheguei aqui ou para onde vou quando partir. A questão é que estou aqui. Neste lugar, neste momento, com estas pessoas. Os pontos se unem de um modo tão especial, se cristalizam em algo maior do que a soma das partes. Todo o passado formando o presente. A imagem de minha vida mais linda do que eu poderia imaginar.

Mais linda do que eu poderia planejar.

Le mathématicien. Quelle artiste.

– Olhe para cima – Josh diz, segurando minha mão. – Deixa o céu da noite no chinelo, não? – Acima de nós, o céu é um monte de vermelhos e laranjas, como a parte de dentro de uma chama de vela.

– Uau – digo. – É...

Antes de eu conseguir terminar a frase, o estádio começa a tremer. Ao nosso redor, as pessoas gritam e correm para se proteger.

– TERREMOTO! – alguém grita.

Olho para o Josh, e o mundo escurece, e fica calado. O tremor aumenta e então para.

Do silêncio, escuto os sons de pessoas comemorando. Um apito. Pessoas falando e rindo.

– Terra chamando Abby.

Ao som da voz de Bret, abro meus olhos. Ele está sorrindo como se nada tivesse acontecido.

– O que foi aquilo? – pergunto.

– Me diz você – ele responde rindo. – Você estava sentada ali com os olhos fechados.

Olho além dele, para as pessoas. Todo mundo está sorrindo e feliz. Nenhum sinal de terremoto.

Será que imaginei? Seguro a mão de Josh, segurando-as com as minhas duas mãos.

– Acabei de viver a experiência mais maluca de todas – começo a dizer, virando-me para olhar para ele. Ele está olhando para mim, surpreso.

– Ah, não – ouço a voz de Bret. – Devo sentir ciúmes desse cara novo? – Olho para Josh e para Bret, e é neste momento que percebo que Bret está usando uma camiseta diferente da que usava há cinco minutos. E eu...

Caramba.

Estou aqui com o Bret. Não com o Josh.

– Ei, não me incomodo – Josh diz, apertando meus dedos. – Não é todo dia que dou a mão para uma estrela de cinema. – Ele ri e solta.

Não. Por favor, não.

Não sei como eu sei e não consigo explicar como pode ter acontecido, mas sei que aconteceu. Com a mesma rapidez com que perdi minha vida real há três meses, eu a recebi de volta. As pessoas sentadas nesta fileira são meus amigos de elenco. Eu moro aqui, em Los Angeles, onde essas pessoas pensam que tenho gravado filmes desde maio.

Não estudo na Yale.

Não conheci o Michael.

Nunca namorei o Josh.

Fecho os olhos. Isso não está acontecendo. *Por favor, Deus, não permita que isso esteja acontecendo. Não depois de eu ter encontrado minha alma gêmea. Não depois de eu ter acertado tudo.*

Bret segura minha mão depressa, apertando-a entre as palmas de sua mão.

– Você está bem? – ele pergunta. – Parece meio atordoada.

Atordoada. É uma palavra especialmente adequada.

Abro os olhos e olho para ele, e, por um momento, sim, estou atordoada. Irritada com a ideia de começar de novo, sozinha, sem que ninguém mais saiba como as coisas eram. Como as coisas deveriam ser.

Então, olho para Josh. E me lembro.

Mais real do que a realidade.

Não estou sozinha. Josh está bem do meu lado. Ele não sabe o que sei, mas o que eu sei basta.

Agradecimentos

Agradeço, antes de qualquer pessoa, ao criador do universo, o autor e aperfeiçoador de toda grande ideia, e ao seu filho, pelo presente que nunca poderei retribuir. Sou mais do que abençoada.

Obrigada também a:

Kristyn Keene, da ICM, por me encontrar e ler minha história e por acreditar nela, mesmo quando havia muito trabalho a ser feito. Além de ser um dos seres humanos mais adoráveis que já conheci, sinceramente acredito que você é a melhor agente do universo, e eu me sinto incrivelmente sortuda por tê-la ao meu lado.

Sarah Landis, da HarperTeen, por dizer "sim", e por fazer acontecer. Desde o começo, você soube o tipo de história que eu estava tentando contar e onde esse livro peculiar, mas não exatamente de ficção científica, se encaixaria no universo maluco da literatura jovem. E à maravilhosa equipe da Harper, que me deu uma ajuda que sempre apreciei.

Garry Hart e Jill Arthur, por perceberem a promessa em meu conceito complicado quando era um piloto para TV, e às redes de televisão que passaram a transformar o *Paralela* em um programa, motivo de ter se tornado um livro.

Minha família de Los Angeles – Sarah, Ryan, Suzanne, Brian, Mia, François, Katherine, Jay, Cat, Alan, Kelli e Matt. Todos vocês me inspiraram, me desafiaram e me ensinaram o sentido da graça, e ao meu discipulado de mulheres que rezaram por um senso de urgência quando eu não conseguia escrever.

Tyler, por ler todos os manuscritos deste livro, até os ruins, e por fazer as correções necessárias e rir do uso inadequado de aspas e por mostrar todos os "e ainda" irritantes, e por sempre usar a sintaxe correta em nossas conversas. Mas obrigada, acima de tudo, por ser real, verdadeiro e você mesmo. Este livro e minha vida são melhores por causa do papel que você desempenhou ao moldá-los.

Rachel, por praticamente escrever a carta de apresentação que eu não enviei porque seus blogueiros já tinham feito o trabalho todo por mim (e, com isso, por dar novo sentido à expressão "mundo pequeno"). A única coisa que me faria amar mais você seria se você se mudasse para Los Angeles para podermos passar mais tempo juntas, fazendo ioga e bebendo smoothies verdes, e também procrastinar com os livros que deveríamos estar escrevendo.

A meus primeiros leitores e queridos amigos, Bobbi Shiflett, Lindsey Mann e Amy Carter, pelo incentivo e feedback.

A SK, por ser o protótipo de Caitlin, o que a tornou tão fácil de escrever.

Por último, mas não menos importante, a minha família.

A meu pai e minha mãe, por tantas coisas – amor, fé, sabedoria –, mas principalmente pela presença incessante em minha vida. Vocês sempre estiveram presentes, não apenas para mim, mas comigo, lembrando-me que, independentemente do que aconteça, vocês estão do meu lado. Além disso, gosto mais de vocês do que gosto da maioria das outras pessoas, então é isso. E a Stacy, minha melhor amiga e maior incentivadora, a única pessoa que nunca questionou minha decisão de pedir demissão para escrever (nem mesmo quando pedi 300 dólares emprestados para pagar a conta de luz), e a Gregg, por ler meu blog quando ninguém mais lia, e a Hannah, por me ajudar a pensar em nomes de personagens quando eu me vi sem ideias.

A Donny, meu marido e parceiro nisso tudo, obrigada por dar esse salto comigo e por acreditar que seria frutífero. A viagem na qual estamos é a maior aventura da minha vida, e eu não mudaria nada nela. Amo você.

E finalmente, ao doce Eliot Bea, meu Lil Mil. Não fosse por sua concepção inesperada, este livro não existiria. Vocês foram meus parceiros desde a primeira página. Obrigada por me ensinar a entrar no caminho e por encherem a minha vida (e a nossa casa) de riso e alegria.